경세 황비

傾世皇妃

2

경세황비

倾世皇妃

2

오정옥 吳静玉 장편소설 · 문은주 옮김

새파란상상

경세황비

傾世皇妃

2

차례

무정한
황실이여

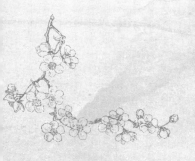

모란정을 나누며

결국 기우는 힐방원에서 침소에 들지 않고 양심전으로 돌아갔다. 그가 떠나자 깊은 실망감이 찾아왔다. 나는 회랑에 서서 그의 뒷모습이 사라져 간 모퉁이를 하염없이 바라보다가 한참이 지나서야 시선을 거두었다.

오늘밤 그는 누구의 처소에서 머물까? 정 부인에게 승은을 베풀러 간 것일까, 아니면 두 황후의 섬김을 받으러 간 것일까?

계속 내 옆을 지키고 있던 심완이 혹여 내가 감기에라도 걸릴까 봐 외투를 걸쳐 주었다. 손을 뻗어 외투를 단단히 여며도 한기는 더욱 강하게 파고들었다. 찬 바람이 을씨년스럽게 불어왔으나 방에 들어가 잠을 자야겠다는 생각은 조금도 들지 않았다.

어두운 하늘, 까마귀는 저 멀리 날아갔는데 나는 어찌 이곳에 서서 하염없이 바라만 보고 있는 걸까? 바삐 내리는 눈꽃이 버들솜처럼 누각 위로 떨어지고 희미하게 불어오는 밤바람이 꽃병의 매화를 어루만지자 마음은 재가 되어 버렸다. 쓸쓸함이 복받쳐 올라와 끝없이 배회하며 나의 마음을 어지럽혔다.

제왕, 그는 세상 모든 여자들의 남편이다. 나는 더 이상 개의치 않기로 했다. 천하가 다 그의 것이지 않은가.

"주인님, 그만 안으로 드시지요. 폐하께서는 이미 멀리 가셨습니다."

심완이 내 옷자락을 잡아당기며 주의를 환기시켰다. 내가 들릴 듯 말 듯한 탄식을 하며 방으로 돌아가려는데, 소 첩여가 양 첩여를 이끌고 나를 향해 급히 달려오는 것이 보였다.

"설 언니! 설 언니!"

내가 방으로 들어가 버릴 것 같은지 소 첩여가 큰 소리로 나를 부르기 시작했다.

소 첩여가 갑자기 나를 설 첩여가 아닌 설 언니라고 부르니 이상한 느낌이 들었다. 그리고 곧 그 이유를 깨달았다. 조금 전, 황제가 내 침소로 찾아왔기 때문일 것이다. 아마도 온 후궁에 이미 소문이 퍼진 듯했다.

"동생, 무슨 일이라도 있나요?"

내가 자연스레 자신을 동생이라 부르자 소 첩여는 매우 기쁜 듯 미소를 지었다. 그녀가 흥분한 것에 비하면 양 첩여는 훨씬 침착한 모습이었다. 그녀는 잠자리에서 소 첩여에게 이끌려 나온 듯 눈빛이 몽롱했다.

"조금 전 폐하께서 언니의 방에 오셨다면서요. 정말 부러워요."

소 첩여가 갑자기 양 첩여의 손을 놓고 내 손을 잡으며 말했다. 나는 어색하게 손을 빼내어 내가 다시 그녀의 손을 잡았다. 나는 곁에서 한마디도 하지 않고 있는 양 첩여를 미소를 머금고 바라보았다.

"내 몸 상태가 별로 좋지 않아 폐하께서 이곳을 친히 찾아주셨지요. 참으로 과한 총애에 나도 깜짝 놀랐어요."

소 첩여가 걱정스러운 표정으로 나의 이마를 어루만졌다.

"어쩌다 몸이 안 좋으신 거예요?"

나는 최대한 미소를 지으며 그녀의 갑작스러운 관심에 답하였다.

"아마도 찬 바람을 쐬어서 그런 듯싶어요."

"사운思雲아, 그만하렴."

소 첩여의 이름을 부르는 것을 보니 양 첩여와 소 첩여는 매우 친한 듯했다.

"몸이 아직 불편한데 설 첩여를 붙잡고 한담이나 나누다니, 설 첩여의 건강이 악화될까 봐 걱정되지도 않니?"

그녀의 말을 들은 소 첩여의 얼굴빛이 어두워지는가 싶더니 곧 나를 부축하여 방으로 들어갔다.

"제 실수예요. 용계容溪 언니가 상기시켜 주지 않았다면 깨닫지 못했을 거예요."

나는 그녀에게 이끌려 화리목으로 만든 원형 탁자를 향해 걸어갔다.

"잔병이니 괜찮아요."

소 첩여는 의자 하나를 빼서 나를 자리에 앉히고, 다시 양 첩여에게 앉기를 권한 후 자신 역시 자리에 앉았다. 그러고는 나에게 정성스럽게 차 한 잔을 따라 주었다. 그러나 곧 미간을 찌푸리더니 고개를 돌려 심완에게 말했다.

"차가 다 식었는데 따뜻한 걸로 바꾸지도 않다니, 이런 차를 설 언니보고 어떻게 마시라는 게냐?"

"잘못했습니다. 지금 당장 새로 끓여 오겠습니다."

심완이 곧바로 탁자 위로 손을 내밀어 붉은 봉황이 새겨진 오색 찻주전자를 집어 들려 하였으나 내가 먼저 재빨리 소 첩여가 쥐고 있던 찻잔을 빼앗아 들고는 미소를 지으며 말했다.

"괜찮아요. 안 그래도 목이 칼칼해서 차가운 차를 마시고 싶던 참이었어요."

내가 찻잔에 담겨 있는 차를 한입에 마셔 버리자 심완은 당황하여 어쩔 줄 몰라 했다.

양 첩여가 내 손에서 찻잔을 받아 들며 말했다.

"설 첩여, 안색이 창백해요. 이제 그만 쉬셔야겠어요. 저와 사운은 이만 돌아가 볼게요."

그녀는 소 첩여를 티 나지 않게 끌고 나갔다. 양 첩여는 확실히 눈치가 빨랐다. 내색은 못했으나 쉬지도 않고 조잘거리는 소 첩여가 무척 귀찮았는데 양 첩여가 내 마음을 꿰뚫어 보고 소 첩여를 데리고 돌아간 것이다.

그녀들이 떠난 후 방 안이 조용해지자 심완이 입을 열었다.

"주인님, 밤이 깊었습니다. 어서 쉬셔요."

나는 고개를 끄덕였으나 갑자기 시상이 떠올라 책상으로 걸어가 종이를 꺼낸 뒤 먹을 갈았다. 그리고 검은 박달나무 붓대에 토끼털로 만든 붓을 들고 시원하게 시 몇 구절을 적어 내려가기 시작했다.

심완은 내가 쓴 글을 보고는 입을 가리고 웃었다.

"주인님께서는 폐하와 백발이 될 때까지 함께하길 바라시는군요."

놀랍게도 그녀의 말이 떨어진 후에야 나는 내가 쓴 글의 내용을 깨달았다.

죽거나 살거나 함께 고생하자고, 내 임과 약속하였지요.
내 그대 손을 꼭 잡고, 백년해로하겠다고.[1]

나는 멍해져서 붓을 손에 든 채 굳어 버렸다. 붓에서 떨어진 먹이 종이 위로 한 방울 두 방울 떨어져 큰 자국이 될 때까지 나는 멍하니 그 시를 바라보았다. 이윽고 손에서 힘이 풀리자 붓이 탁자 위로 떨어지며 맑은 소리가 울렸다. 나는 급히 종이를 구겨 바닥에 던져 버렸다.

"주인님?"

---

1 《시경》〈북풍〉〈격고(擊鼓)〉의 구절이다. 전장에 나간 병사가 아내를 그리워하며 읊은 시다.

의아한 시선으로 나의 기이한 행동을 바라보던 심완이 걱정스러운 듯이 나를 불렀다.

"피곤하구나."

평소의 모습을 되찾은 나는 피로함에 얕은 탄식을 내뱉으며 그녀를 물렸다.

무심코 고개를 돌려 바닥에 떨어져 있는 종이를 바라보니 마음이 울적하고 서글퍼졌다.

다음 날 정오가 되어서야 눈을 뜬 나는 몽롱한 눈으로 창호지를 통해 들어오는 따스한 햇살을 바라보고 있었다. 오늘은 날씨가 좋은 듯한데 심완은 어찌 나를 깨우지 않았을까?

나는 나른함에 취해 눈을 뜬 채 가만히 침대에 누워 아주 조금씩 흔들리고 있는 얇은 휘장을 바라보았다. 탁자 위에 놓인 금빛 사자 모양의 향로에서 피어오른 연기가 사방에 가득 차 있었다. 얼핏 보면 마치 선경에 있는 듯, 보는 이의 마음을 사로잡았다.

얼마나 오랫동안 그렇게 누워 있었는지는 알 수 없으나 문틈을 통해 가벼운 웃음소리가 어렴풋이 들려왔다.

환청인가? 이상한 생각이 들어 나는 감각을 귀에 집중시켰고, 달콤한 웃음소리는 예고도 없이 다시 들려왔다. 결국 나는 호기심에 못 이겨 밖으로 나가 무슨 일인지 확인해 보기로 했다. 이렇게 고운 웃음소리는 이 황궁에서 참으로 듣기 어려운 소리였다.

문을 열고 바라보니 정원에 가득 피어 있던 꽃은 이미 모두 시들고 뾰족한 나뭇가지만이 따뜻한 날을 기다리고 있었으며, 따스한 봄날의 기운을 담고 불어오는 상쾌하고 시원한 바람은 봄기운을 담고 있었다. 넓은 정원에는 수많은 여자들이 모여 있었는데, 우아한 자태와 날씬한 몸매의 그녀들은 고운 미소와 꾀꼬리 같은 목소리로 마음을 울렸고, 요염하고 교태 넘치는 모습이 참으로 아름다웠다.

"설 언니, 일어나셨네요."

나를 가장 먼저 발견한 사람은 한창 신이 나 있던 소 첩여였다. 그녀의 높은 목소리에 그곳에 자리한 모든 이들이 나에게 시선을 고정시켰다. 나를 훑어보는 이들의 시선에 채 적응하지도 못했는데 소 첩여가 미소를 지으며 내 곁으로 오더니 그 시끌벅적한 곳으로 나를 이끌었다.

"저희는 시서와 악곡에 대해 이야기를 나누고 있어요. 설 언니도 함께하시겠어요?"

양 첩여가 유난히 친절하게 내게 말을 걸어 왔다. 내가 소외감을 느낄까 봐 걱정하는 듯했다.

이곳에 자리한 수십 명의 고운 아가씨들을 바라보자 마음 한구석에서 감동이 일었다.

그녀들은 탁자에 빙 둘러앉아 있었는데, 탁자 위에는 수많은 시집과 명화, 악기가 놓여 있었다. 보아하니 그녀들은 무료할 때마다 이렇게 모여 함께 시간을 보내는 듯했다. 나라도 이런 시간만큼은 참으로 즐거우리라.

나는 의자 하나를 끌어다 놓고 앉아 그녀들이 즐겁게 나누는 이야기를 가만히 듣기 시작했다. 이야기는 어느새 각종 화초를 주제로 하고 있었다. 어떤 이는 겨울의 차가운 맑은 물에서도 꼿꼿이 자라는 수선화를 사랑하였고, 또 어떤 이는 해당화의 아름다움을 능가하는 연꽃을 사랑하였으며, 하얗게 내린 서리와도 같은 치자꽃을 사랑하는 이도 있었다.

"저는 모란꽃이 참 좋아요. 꽃의 귀족이죠. 매화의 도도함도, 수선화의 고상함도, 국화의 고결함도 없지만 모란은 우리의 삶을 닮은 꽃이에요."

자신만만해 보이는 한 아가씨의 입에서 흘러나온 말이었다. 샘물 같은 그녀의 피부는 매우 곱고 부드러워 보였고, 눈빛은 반짝였다. 용모는 경국지색이라 일컬을 정도는 아니었으나 기품만큼은 이곳에 있는 여인들 가운데 으뜸이라 할 만했다.

나는 이 여인을 한참 동안 찬찬히 살펴보았다. 모란은 현세에서의 욕망을 뜻하는데, 지금 그녀는 놀랍게도 모든 사람들 앞에서 대담하게 자신의 욕망을 드러내고 있었다. 그녀는 이 후궁에서 큰 곤경에 처하는 것이 두렵지 않은 것일까?

그녀의 대담한 솔직함에 마음이 흔들리기라도 한 것일까? 나는 나도 모르게 솔직하게 물었다.

"아가씨께서는 《모란정牡丹亭》을 읽으셨나 보군요?"

내가 입을 열 거라고는 생각지 못했는지 그녀는 다소 주저하듯 나를 바라보았으나 이윽고 진지하게 고개를 끄덕이며 말했다.

"세상 사람들은 《모란정》을 음란한 책이라 일컫지만 저는 그렇게 생각하지 않습니다. 《모란정》은 유몽매와 두려낭의 감정의 본질을 정확하게 밝혀냈지요. '꿈에서 사랑하는 임을 본 후 병이 나고 말았지. 한 번 얻은 병은 긴병이 되었기에, 자화상을 그린 후 세상을 떠났다네. 죽은 지 세 해가 되었는데, 어찌 저승에서 꿈꾸던 이를 찾아 되살아났는가.' 게다가 사람들에게 큰 감동을 주고, 뼈에 새길 만한 그런 사랑을 드러냈지요."

나는 돌연 탁자를 치며 큰 소리로 감탄의 말을 터뜨렸다.

"참으로 좋은 말씀이십니다!"

나는 여자라면 반드시 갖춰야 할 조신함 따위는 조금도 신경 쓰지 않고 몸을 앞으로 내밀며 격정적으로 말하였다.

"읽어 보셨습니까?"

그녀는 나의 격앙된 말투에 조금도 놀라지 않고 오히려 더욱 반짝이는 눈빛으로 나를 바라보았다.

나는 그녀의 말에는 답하지 않고 한 첩여가 탁자 위에 올려놓은, 서시西施가 그려진 부채를 집어 들고는 천천히 부채질을 하며 《모란정》한 소절을 부르기 시작했다.

곱고 붉은 꽃 사방에 피었으나,

버려진 우물과 허물어진 담벼락처럼 쇠락하겠지.

호시절의 눈부신 풍경 어디에 있으며,

기쁘고 즐거운 일 뉘 집에 있을꼬.

그녀가 입가에 매혹적인 미소를 지으며 손에 들고 있던 부채를 활짝 펼치자 자단목 향기가 코끝을 찔렀다. 그녀는 아름다운 자태로 몸을 돌리며 사뿐사뿐 춤을 추더니 나의 노래를 이어서 부르기 시작했다.

화려한 방 안에서 낮에는 하늘에 떠 있는 꽃구름을 보고
밤에는 주렴을 말아 올려 창밖에 흩날리는 비바람 소리에 귀 기울인다.
자욱한 안개는 넓은 수면으로 퍼져 나가고 배들은 쉴 새 없이 오가나,
규방의 여인에게 아름다운 정경은 그저 허망한 것일 뿐.

나는 가냘픈 몸매로 아름다운 춤을 추는 그녀의 모습을 하염없이 바라보았다. 노래를 읊조린 후 다시 회전하며 춤을 추는 그녀의 모습은 매우 독특하고 매혹적이었다. 모든 이들이 그녀의 고운 음색에 깊이 빠져들었고, 심지어 몇몇 첩여들은 풍부한 감성이 배인 그녀의 노래에 남몰래 눈물을 훔쳤다.

어느새 내 눈가도 촉촉해져서 나는 눈물을 참기 위해 고개를 돌렸다. 그런데 유난히 많은 눈물을 쏟고 있는 양 첩여의 모습이 눈에 들어왔다. 이상하게 여기고 그 이유를 물어보려는데, 그 순간 그녀가 두 눈을 꼭 감고 바닥 위로 쓰러지는 모습이 보였다. 모든 이들이 비명을 지르기 시작했다.

높은 누각에 비스듬히 비치는 햇살이 하늘을 붉게 물들이고, 반짝이며 빛을 발하는 꽃구름은 마치 봄날을 환영하는 듯

했다.

　나는 환관을 따라 태후전으로 들어서면서도 여전히 조금 전에 혼절한 양 첩여를 생각하고 있었다. 양 첩여가 쓰러지자 그곳에 있던 첩여들 모두 상당히 놀랐고, 그중에서도 소 첩여가 특히 많이 놀랐다. 그녀의 눈에는 걱정이 가득했고, 눈물을 흘리며 어의를 불러 오라 소리를 질렀다. 그러나 그 순간, 나는 태후전의 환관에게 이끌려 이곳으로 오게 되었다. 태후를 알현하기 위해서…….

　환관의 뒤를 바짝 따르며 태후가 나를 무슨 일로 불렀을까 생각하니 불안한 마음이 고개를 들었다. 나는 그녀에게 갚아야 할 빚이 있었다. 설마 지금 그 빚을 갚으라고 하려는 것인가? 지금 내가 그녀에게 무슨 도움을 줄 수 있단 말인가?

　"태감께서는 태후마마께서 저를 어떤 일로 부르셨는지 알고 계십니까?"

　나는 진지한 표정으로 물었다.

　"가 보시면 아시게 될 것입니다."

　그가 다소 머뭇거리며 대답하는 것을 보니 나의 의혹은 더욱 커져만 갔다. 그러나 더 이상 물을 수는 없었다.

　나는 조용히 그의 뒤를 따라 태후전의 장엄한 붉은 문을 열고 안으로 들어갔다. 엄숙한 분위기의 본당을 가로질러 편당 안쪽으로 계속 걸어가자 하늘을 향해 피어오르는 연기가 보였다. 연기는 아스라이 휘날리고 있는 연노란빛의 가볍고 부드러운 비단 휘장과 함께 그곳을 가득 채우고 있었다.

명주 휘장을 통과하여 편당의 본채로 접어들자 의자에 앉아 있는 한 태후가 눈에 들어왔다. 다소 피로한 듯한 그녀는 내게 시선을 고정하며 곱게 미소 지었다.

　"설 첩여가 왔구나."

　"태후마마를 알현하옵니다."

　나는 예를 갖춰 인사를 올린 후, 그 옆자리에 앉아 있는 여인을 향해서도 살짝 몸을 틀어 인사를 올렸다.

　"등 부인마마께 인사 올립니다."

　등 부인이 온화한 미소를 지었다. 눈빛에서는 따스함이 느껴졌으나 웃는 얼굴은 어쩐지 어색해 보였다.

　태후가 내게 자리를 청했다.

　"듣기로 설 첩여가 두 번이나 폐하의 침궁을 찾았고, 어젯밤에는 몸이 좋지 않은 설 첩여가 걱정되어 폐하께서 직접 힐방궁을 찾아가셨다고 하더구나. 보아하니 폐하의 마음속에 설 첩여가 크게 자리잡고 있는 듯하구나."

　태후의 말투에는 위엄이 어려 있었다. 나는 감히 주저할 수 없어 급히 그녀의 말을 이었다.

　"이 모든 것이 태후마마의 은혜 덕분입니다."

　만족한 듯 미소를 지은 태후가 손끝으로 집게손가락에 있는 푸른빛의 비취 반지를 만지작거리며 말했다.

　"그렇다면 다음 수순은 분명 너의 품계를 올려 주시는 것이겠구나. 지금 삼부인의 자리가 하나 비어 있으니, 황상께서는 너를 부인으로 봉하시겠지?"

"아마 그리……, 간단하지는 않을 듯합니다."

등 부인이 말참견을 하였다. 그녀의 작은 목소리에 걱정스러움이 묻어났다.

"황후마마와 정 부인이 차례로 황제 폐하께 이를 반대하는 편지를 올릴 것입니다."

"안심해라. 이 태후가 있는 한 황후는 결코 후궁을 독점할 수 없을 것이다!"

여유로운 모습으로 미소 지은 태후가 고개를 돌려 옆에 자리한 등 부인을 바라보았다.

"내가 오늘 이렇게 너희들을 부른 것은 앞으로 이 후궁에서 너희가 서로를 잘 돌봐 주기를 바라는 마음에서이다."

등 부인이 생긋 웃으며 나를 향해 사뿐사뿐 걸어왔다. 머리 위에 꽂힌 붉은 보석이 부딪히며 청아한 소리가 사방으로 울려 퍼졌다.

"동생이라 불러도 괜찮겠나?"

나는 생긋 웃으며 그녀를 향해 말했다.

"언니, 앞으로 이 동생을 잘 보살펴 주세요."

등 부인도 지금까지 태후가 그 뒤를 봐주고 있었던 것 같았다.

도대체 태후는 무슨 생각을 하고 있는 것일까? 그녀는 도대체 왜 후궁에서 자신의 세력을 키우려 하는 것일까? 설마 지금의 부귀영화에 만족하지 못하고 있는 것일까?

나는 태후전에서 저녁 식사를 마친 후에야 그곳을 떠나왔다. 하늘을 수놓은 반짝이는 별을 바라보니 탄식이 절로 흘러나왔다. 나는 아무도 없는 웅장한 궁문 앞에 서서 고개를 돌려 높은 곳에 걸려 있는 '태후전'이라는 세 글자를 바라보았다. 안타까운 마음이 솟아났다.

이제 나는 더 이상 이곳을 떠날 수 없게 되었다. 과연 이 피비린내 진동하는 잔혹한 후궁의 암투를 나는 견뎌 낼 수 있을까?

멍하니 황금빛으로 번쩍이는 현판을 바라보고 있는데, 한명의 무거운 목소리가 들려왔다.

"그대는 이곳에 나타나지 말았어야 했소."

나는 현판에서 시선을 거두고 그를 무심히 바라보았다.

"왜 폐하께 옥패 이야기를 했나요?"

"신하 된 도리로 나는 황제 폐하께 충성해야 하오."

그의 논리 정연하고 옳은 말에 나는 더 이상 반박할 수 없었다. 나와 그의 우정을 봐서 황제를 속이라고 할 수는 없지 않은가. 그러니 그가 나를 팔았다 해서 그를 탓할 수는 없었다. 분명 기우는 그의 군주이니 말이다. 게다가 한명에게 황제를 속이고자 하는 마음이 있었다 한들 황제의 강경한 질문 앞에서는 사실을 말할 수밖에 없었을 것이다.

이것이 바로 황제의 힘이었다. 그렇기에 그토록 수많은 이들이 황위를 노리는 것이리라. 기성 역시 이 때문에 목숨을 잃지 않았는가.

"알겠습니다."

나는 고개를 숙이며 가볍게 웃었고, 나의 목소리가 아득히 퍼져 나갔다.

"소경굉 대장군은 인정에 구애됨 없이 공평하고 사심이 없으며, 조정에 대한 충성심이 남다르시기에 폐태자의 장인이신데도 여전히 조정에서 굳건히 자리를 지키고 계시지요. 폐하 역시 안심하고 그에게 큰 권력을 주셨고요. 한명, 그대도 소 대장군과 같이 평생 폐하께 충성을 다하고, 탐욕과 야심을 멀리하여 어떠한 상황에서도 넘어지지 않으시길 바랍니다."

다시 힐방원으로 돌아오는 나의 마음은 어지러웠고 마주잡은 두 손은 하얗게 변해 있었다. 겨울은 사람의 마음을 쓸쓸하게 만들었고, 힐방원 역시 생기를 잃은 스산한 모습이었다.

조금 전 한명과 나눈 대화가 나의 가슴을 아프게 했다.

그는 내가 변했다고 했다. 온몸에 짙은 증오를 숨기고 있어, 순수하고 세상일에 무관심했던 예전의 나와는 완전히 다른 사람이 되어 버렸다고 했다. 그럴 수도 있을 것이다. 사람은 누구나 배신과 고통 속에서 성장한다. 완벽한 사람은 없다. 신선에게도 칠정육욕七情六欲[2]이 있다 하지 않는가. 신선마저 그러한데 나라고 다를 것이 있겠는가.

양 첩여의 처소를 지날 때 보니 반짝이는 불빛이 보였다. 정오에 갑자기 혼절했던 그녀의 병세가 걱정되어 나는 그녀의 처

---

2 인간의 다양한 감정과 욕망을 뜻하며, 희(喜)·노(怒)·애(哀)·구(懼)·애(愛)·오(惡)·욕(欲)의 일곱 가지 감정과 생(生)·사(死)·이(耳)·목(目)·구(口)·비(鼻)의 여섯 가지 육체적 욕망을 말한다.

소로 향했다.

끼익!

반쯤 열려 있던 문을 밀어 열자 가장 먼저 눈에 들어온 것은 푹신한 베개에 반쯤 기댄 채 앉아 있는 양 첩여의 모습이었다. 그녀의 눈빛은 흐릿했고, 안색은 백지장처럼 창백했다. 흐릿한 불빛에 비친 그녀의 안색은 더욱 어두워 보였다.

씁쓸한 약 냄새가 강하게 풍겨 온다 싶더니 소 첩여가 김이 나는 약그릇을 들고 있는 것이 보였다. 그녀는 한 손에 약숟가락을 들고 양 첩여가 약을 먹도록 마음을 다해 설득하고 있었다. 그러나 침대에 앉아 있는 이는 미동도 하지 않은 채 마치 아무것도 들리지 않는 양 탁자 위에 놓인, 거의 다 타 버린 붉은 초만 바라보고 있었다.

"설 언니!"

나를 본 소 첩여가 몸을 급히 일으키며 반겨 주었다.

"몇 시진 전에 어의가 용계 언니를 위해 맥을 짚어 주었는데, 오랫동안 쌓인 슬픔이 병이 된 거래요. 마음의 병이에요. 어의가 적어 준 약방문대로 약을 달였는데 한 모금도 마시려 하지 않아요."

나는 침대 곁으로 걸어가며 말했다.

"어의도 마음의 병이라 하였다면서요. 어찌 약으로 병의 근원을 치료할 수 있겠어요?"

나는 양 첩여가 덮고 있는, 오복을 상징하는 원앙이 수 놓인 비단 이불을 결대로 쓰다듬었다.

《모란정》한 곡으로 혼절할 정도라면 분명 마음속에 깊은 슬픔이 쌓여 있을 거예요. 그걸 토해 내야만 그 병을 풀 수 있을 겁니다."

양 첩여의 멍한 눈빛이 나의 말에 흔들렸고, 그 시선은 나와 소 첩여 사이를 가만히 좇고 있었다. 그녀는 여전히 주저하고 있는 듯했다. 그때, 발걸음 소리와 함께 문이 열리는 소리가 들려왔고, 우리 셋은 동시에 문턱을 넘어서고 있는 사람을 바라보았다. 오늘 정오에 정원에서 《모란정》을 불렀던 그 첩여였다.

우리 세 사람의 시선에 그녀는 발걸음을 멈추었고, 어색한 모습으로 그 자리에 멈춰 섰다.

"제가 방해가 되었나요?"

"아니에요. 윤 첩여가 어쩐 일로 오셨어요?"

그녀의 방문에 소 첩여는 다소 놀라는 모습이었다.

"양 첩여가 오늘 제가 부른 모란정 때문에 혼절한 게 자꾸 마음에 걸려서 이렇게 찾아왔답니다."

그녀가 힘없이 옅은 미소를 짓자 속세에 물들지 않은 듯한 매력이 발산되었다.

"괜찮아지셨는지요?"

"괜찮아요."

다소 메마른 양 첩여의 목소리를 들으니 마음이 아팠다. 그녀의 병은 가볍지 않아 보였다.

"그저 오늘 감동을 깊이 받았을 뿐이에요."

"그 노래를 듣고 그토록 슬퍼하며 혼절까지 할 정도라면 분명 마음속에 사랑이 있기 때문일 거예요. 양 첩여의 고통은 분명 사랑하는 이와의 이별 때문이겠지요. 그로 인해 가슴이 찢어지는 듯한 고통을 느끼셨을 겁니다."

우리를 향해 다가오며 말하는 윤 첩여의 말투에는 확신이 서려 있었다.

양 첩여는 씁쓸하게 웃을 뿐이었다. 아마도 묵인이리라. 말을 하는 것조차 힘들어 보이던 그녀가 천천히 입을 열었다.

"어린 시절부터 저는 저희 집안을 돌보던 집사의 아들과 자주 어울렸지요. 저희는 죽마고우였습니다. 저희 둘은 서로의 마음을 잘 알고 있었지요. 그러나 저희 부친께서는 간택을 위해 저를 입궁시키려 하셨습니다. 언젠가 폐하의 승은을 입어 가문을 빛나게 할 그날을 기대하시면서 말입니다. 부친의 강압에 못 이겨 결국 저는 어쩔 수 없이 입궁을 할 수밖에 없었습니다."

그녀의 눈에서 맑은 눈물이 흘러내렸으나 울음은 더 이상 소리가 되어 나오지 않았다. 나는 비단 손수건을 급히 꺼내 들고 몸을 숙여 양 첩여의 얼굴 가득 흘러내리고 있는 눈물을 닦아 주었다.

"동생, 몸을 잘 챙겨야 해요."

"황궁에는 수없이 많은 절세미녀들이 있는데 제가 어찌 폐하의 총애를 얻을 수 있겠어요? 게다가 총애를 한 몸에 받고 있는 정 부인이 가만있을 리 없지요. 혹여 총애를 받는다 해도 그 총애가 하루아침에 사라지지 않는다고 어찌 보장할 수 있겠어요? 결국 제 남은 생은 이 힐방원에서 이렇게 처량하고 서글프게 끝나게 될 거예요."

그녀의 말은 점점 처량해졌고, 윤 첩여와 소 첩여도 그 감정에 동화되기 시작했다. 그녀들은 모두 의기소침해졌고, 고개를 숙인 채 깊은 생각에 빠져 들었다.

바로 이것이 구중궁궐에 거하는 후궁들의 비애일 것이다. 그렇다면 황제의 총애와 보살핌을 받고 있는 나는 그녀들의 눈에 더할 수 없는 행운을 거머쥔 이로 비치리라. 그것이 행운인지 불행인지는 제쳐 두더라도 잔혹하고 음모가 난무하는 후궁에서 나는 이미 더 이상 빠져나갈 수 없게 되었다. 잠시도 쉴 수 없는 끝없는 쟁투 속에 말려들게 되었다.

"만약 언니들께서 마다하지 않으신다면 의자매를 맺고 싶어요. 앞으로 서로를 돕고 지켜 줄 수 있잖아요."

소 첩여가 갑자기 입을 열었다. 나는 그녀를 의혹이 담긴 눈빛으로 힐끔 쳐다보았으나 이내 미간을 펴며 미소 지었다. 양 첩여를 보니 그녀의 눈빛에서는 거절의 뜻을 찾을 수 없었다. 나는 다소 망설이는 기색이 보이는 윤 첩여를 바라보며 말했다.

"사운 동생이 좋은 의견을 내 주었군요. 이토록 깊은 인연이 있으니 우리, 의자매를 맺도록 해요!"

소 첩여가 흔들리는 윤 첩여의 눈빛을 알아채고 말했다.

"윤 언니, 저희가 싫으세요?"

그녀가 고개를 천천히 가로저었다.

"그럴 리가요!"

그녀는 또다시 깊은 생각에 빠진 듯했으나 여전히 대답을 하지 못하고 있었다. 내가 그녀의 손을 가볍게 잡고 미소 지으며 말하였다.

"우리 모두 깊은 인연이 있는 듯하니 서로를 지기로 삼으면 좋지 않겠어요? 의자매를 맺는 것이 어찌 해가 되겠어요?"

그녀는 놀란 눈빛으로 나를 바라보았다. 그녀의 눈에 복잡한 마음이 드러났으나 결국 그녀가 고개를 끄덕여 수락을 표했다.

나와 소 첩여가 양 첩여를 부축하여 침대에서 내려오게 한후 우리는 얼음장같이 차가운 바닥에 무릎을 꿇었다. 그러고는네 사람 모두 고개를 들어 서글픔을 띠고 있는 창밖의 초승달을 보며 맹세했다.

"나, 소사운蘇思雲."

"나, 설해雪海."

"나, 양용계楊容溪."

"나, 윤정尹晶."

"이 순간, 의자매를 맺어 아름다운 교제를 나누기 원하노니, 복이 있으면 함께 즐기고 화가 있으면 함께 나눌 것입니다. 밝은 달을 증인으로 삼아 하늘에 맹세합니다. 이 맹세를 어기는 자는 벼락에 맞아 비명횡사하게 될 것입니다."

체 황비

닷새 후, 따뜻하던 날씨가 갑자기 변하여 흰 눈이 펄펄 내리기 시작했다. 온 세상이 새하얗게 변하여 그 정경이 맑고 투명한 아름다움을 뿜냈다.

힐방원의 첩여들은 정원에서 펑펑 내리는 눈을 맞으며 삼삼오오 모여 눈사람을 만들고 있었다. 양손과 두 뺨이 새빨갛게 얼어 있었으나 그녀들은 무척 즐거워 보였다.

나는 손화로를 들고 창문 앞에 선 채 아무 근심 없이 천진난만한 미소를 짓고 있는 그녀들을 바라보고 있었다. 은구슬 같은 웃음소리가 아름다운 풍경과 하나가 되어 울리니 부러운 마음이 절로 솟아났다. 정원에 쌓여 가는 눈은 점점 두꺼워졌고, 흩날리는 눈꽃송이는 그녀들의 몸과 머리카락 위로 가득 내려 앉아 또 다른 아름다운 자태를 만들어 내고 있었다.

"주인님, 어찌 함께 어울리지 않으세요?"

심완도 그녀들의 즐거운 웃음소리에 기분이 들뜬 듯했다.

"난 추위를 많이 타거든."

짧게 대답하고 나는 계속해서 손화로를 어루만졌다.

심완은 쌓인 눈의 무게를 이기지 못해 부러진 나뭇가지를 말없이 바라보더니 한참이 지난 후에 천천히 말하였다.

"어째서 세 분 첩여들과 의자매를 맺으셨어요? 제가 보기에 그분들은 폐하께서 주인님을 지극히 총애하시는 걸 알고 일부러 주인님과 가까워지려 하시는 것 같습니다. 주인님을 통해 비빈으로 봉해지길 바라고 말입니다."

나는 차갑게 고개를 돌리며 입을 열었다.

"이 후궁 안에 자매 하나가 더 있는 것이 적 하나가 더 있는 것보다 낫지 않느냐?"

그녀는 넋이 나간 듯 나를 멍하니 바라보더니 걱정을 담아 말하였다.

"제 짧은 생각으로는 주인님께는 굳이 그러한 사귐이 필요 없으실 듯합니다. 폐하께서 주인님을 그리 총애하시고 앞으로는 정 부인마저 걱정해야 할 정도인데, 굳이 승은조차 입지 못한 첩여들까지 걱정하실 필요는 없으실 듯합니다."

고개를 들어 끝없이 펼쳐진 파란 하늘을 바라보니 물과 하늘, 그리고 눈이 하나의 색으로 연결되어 있는 듯 보이는 것이 두 눈을 어지럽혀 다소 어슴푸레하게 보였다.

"윤 첩여의 부친은 정일품 독찰원좌督察院左, 소 첩여의 부친은 정이품 내각학사內閣學士, 양 첩여의 부친은 창주 제일의 부호란다."

나는 잠시 쉬었다가 다시 말을 이었다.

"지금 후궁은 두 개의 파로 나뉘어 있지. 하나는 폐하의 총애를 등에 업고 기세등등한 정 부인을 위시한 파이고, 또 다른 하나는 황후의 파이지. 황후는 황후라는 신분은 둘째 치고라도 부친 두문림 승상이 조정에서 가장 큰 세력을 가지고 있단다. 덕분에 수많은 관원들과 비빈들이 황후에게 아첨을 일삼고 있지. 만약 내가 폐하의 승은을 입고 총애를 받는다면 분명 이 두 세력으로부터 큰 위협을 받게 될 것이다. 그러니 나는 지금부터 내 세력을 키워야만 해. 그렇지 않으면 폐하께서 나를 아무리 총애하신다 한들 나는 순식간에 제거될 수도 있단다. 결국 부평초처럼 이리저리 떠다니게 될지도 몰라."

심완은 이내 입을 굳게 다물고 이해했다는 듯 고개를 끄덕였다.

"주인님께서 이토록 깊고 치밀하게 생각하고 계신 줄 모르고……. 부끄럽사옵니다."

"성지요! 설 첩여는 성지를 받드시오!"

힐방원 밖에서 들려오는 고함 소리가 유난히 우렁차게 울려 퍼졌다. 즐거운 웃음소리와 말소리로 넘쳐나던 정원은 한순간 쥐 죽은 듯 고요해졌고, 모든 이들이 옷매무시를 가다듬으며 바닥에 꿇어앉아 성지를 기다렸다.

나 역시 손에 들고 있던 손화로를 재빨리 내려놓고는 심완과 함께 총총걸음으로 눈 쌓인 바닥의 한가운데에 꿇어앉아 성지를 기다렸다.

서 환관이 내 앞에 서서 황금빛 성지를 펼쳤다.

"짐이 천명을 받들어 말하노니, 설 첩여는 짐의 사랑으로서 짐과 여생을 함께하길 원하노라. 이제 설 첩여를 기나라의 제일황비로 봉하며 '체蒂' 자를 하사하노라. 서궁의 소봉궁昭鳳宮에 거하라. 정월 대보름날에 대혼을 거행하여 봉호와 옥새를 하사할 것이다. 만인이 함께 기뻐할 날이니, 대사면을 시행한다. 이상!"

서 환관이 성지를 다 읽자 여기저기에서 놀라움에 숨을 들이켜는 소리가 들려왔다. 나 역시 몹시 놀랐으나 급히 입을 열었다.

"폐하의 하해와 같은 은혜에 감사하옵니다. 폐하 만세, 만세, 만만세."

나의 목소리가 그 순간의 침묵을 깨뜨렸고, 다른 첩여들도 정신을 차리고 입을 열었다.

"폐하 만세, 만세, 만만세."

두 손으로 성지를 받든 나는 멍하니 그것을 바라보았다.

참으로 단순한 성지였다. 그는 화려한 문체와 단어 대신 짧은 한마디로 나를 수식하는 말을 대신했다.

'짐의 사랑으로서 짐과 여생을 함께하길 원하노라.'

체 황비蒂皇妃!

제왕의 황비, 이처럼 고귀한 봉호라니 어찌 감동하지 않을 수 있겠는가?

"체 황비마마, 인사 올립니다!"

서 환관이 미소 지으며 무릎 꿇고 내게 인사를 올리자 모든 첩여들이 몸을 돌려 나를 향해 무릎 꿇고 인사를 올렸다.

"체 황비마마를 알현하옵니다!"

"모두 일어나라."

나는 재빨리 모든 이들을 일어나게 했다. 오랫동안 누구도 나에게 무릎 꿇고 인사를 올리지 않았기에 이 상황이 어색하게 느껴졌던 것이다.

똑바로 선 서 환관이 허리를 숙이며 말하였다.

"황비마마, 가마에 올라 소봉궁으로 가시지요. 궁녀들이 이미 준비를 마치고 황비마마께서 오시기만을 기다리고 있습니다."

나는 바람에 흩날리고 있는 목 주변의 머리카락을 살짝 매만졌다.

"심완을 소봉궁으로 데려가도 되겠는가? 이 아이가 마음에 드는데……."

서 환관이 다소 기묘한 표정을 지었으나 그 기색은 이내 사라졌다.

"황비마마의 말씀이시니 당연히 따라야지요."

나는 고개를 돌려 심완을 향해 미소 지은 후 다시 입을 열었다.

"감사하네, 서 태감!"

그가 재빨리 나의 말에 답하였다.

"황송하옵니다."

수많은 금위군과 궁녀들에게 둘러싸인 채 옥으로 장식된 가마를 타고 나는 소봉궁으로 향하였다. 바닥의 눈을 밟을 때마다 뽀드득거리는 소리가 들려왔다. 심완은 눈이 내 몸 위로 떨어지지 않게 내 뒤를 바짝 따르며 우산을 받쳐 주었고, 서 환관은 맨 앞에서 길을 안내했다.

고개를 돌려 붉고 높은 담장과 황금빛 유리 기와 위로 수북이 쌓인 새하얀 눈을 바라보니 마치 은백색의 커다란 용이 온 황궁을 품고 있는 듯한 모습이 좋은 징조였다. 그 사이로 크고 작은 궁과 누각이 어지러이 교차된 모습이 끝없이 펼쳐져 있었다.

힐방원을 떠나기 전, 나는 세 동생들과 방에서 잠시 이야기를 나누었다. 그녀들은 모두 기쁜 얼굴로 나의 책봉을 축하해 주었고, 헤어질 때는 아쉬워하며 나를 바라보았다. 마치 수많은 말을 하고 싶으나 무슨 말부터 해야 할지 알지 못하는 것 같았다.

그녀들이 일부러 나의 마음을 얻으려 하는 것이든, 거짓으로 나의 비위를 맞추는 것이든, 진심으로 나를 축복해 주는 것이든 내게는 중요치 않았다. 내가 거만한 두 황후와 오만한 정부인을 제거하기 위해서는 그녀들의 도움이 절대적으로 필요했다.

지금까지 나는 그녀들을 아주 자세히 관찰해 왔다. 윤정은 자신감과 승부욕이 넘치고 학문이 뛰어나며 가무에 능했다. 소사운은 매우 아름답고 솔직하고 거침없으나 성미가 급하고 충동적이었다. 양용계는 우아하고 단정하며 인품과 미모를 겸비한 데다 자신의 생각을 잘 드러내지 않았다. 세 여인 모두 각기 다른 장점과 매력을 갖추고 있었다.

눈송이가 눈에 떨어지는 바람에 부자연스럽게 눈을 감았다 뜨니 아득한 기운이 나를 뒤덮었다. 옥 가마가 모퉁이를 돌아 나가는데 정 부인을 태우고 이쪽을 향해 다가오고 있는 옥 가마와 마주쳤다. 그녀는 여전히 위풍당당한 모습이었으나 배 위에서 처음 만났을 때의 순결함과 청초함은 많이 사라져 있었다. 후궁이란 곳이 그녀를 이렇게 변하게 했으리라!

서 환관은 정 부인을 보자마자 곧바로 무릎을 꿇고 인사를 올렸다.

"정 부인마마께 문안드립니다. 부인마마, 만복을 누리시옵소서."

그녀는 서 환관을 곁눈질하며 말했다.

"일어나라!"

그녀의 번뜩이는 눈빛이 내게 고정되었다.

"설 첩여, 너는 도대체 어떤 여우 짓을 해서 폐하의 정신을 흐리게 한 것이냐? 나와 황후가 그토록 너의 책봉을 막으려 하였는데도 아무 소용이 없다니, 참으로 이해할 수가 없구나. 그 대단한 입놀림과 춤사위 외에 또 무엇으로 폐하를 혹하였느냐!"

나는 그녀의 비꼬는 말에는 조금도 개의치 않고 입꼬리를 올려 웃을 듯 말 듯한 표정을 지으며 말했다.

"내 비록 정식으로 황비의 옥새를 받지는 못했으나 폐하의 성지를 이미 받들었으니 정 부인은 내 앞에서 자신을 신첩이라 일컬어야 하지 않는가? 후궁의 규율이 그렇지 않은가, 서환관?"

당황한 기색으로 나와 정 부인 사이를 힐끔거리던 그가 결국 용기를 내어 말하였다.

"황비마마께 아룁니다. 마마께서는 폐하께서 봉하신 제일황비이시니, 황후마마를 제외한 모든 비빈들은 마마 앞에서 신첩이라 일컬어야 함이 옳습니다."

원하던 답을 얻은 나는 환한 미소를 지으며 유난히 부드러운 말투로 말했다.

"정 부인, 똑똑히 들었겠지? 궁중의 규율을 모르지는 않겠지?"

궁지에 몰린 그녀는 순식간에 얼굴이 굳더니 분노로 시뻘겋게 달아올랐고, 나는 여유로운 모습으로 가마에 기대어 그녀를 바라보았다. 그 순간, 옥 가마에서 몸을 일으킨 그녀가 차가운 눈밭 위에 꼿꼿하게 무릎을 꿇었다. 무릎의 절반이 눈 속에 파묻혔다.

"황비마마, 신첩의 무례를 용서해 주시옵소서."

입으로는 용서를 구하는 말을 하고 있었으나 그녀의 말투에는 분노가 담겨 있었다.

나도 급히 몸을 일으키며 말하였다.

"내가 어찌 부인에게 큰절을 받겠는가? 그대는 지금 회임한 몸인데 내게 예를 차리느라 이렇게 무릎을 꿇었다가 만약 아기에게 무슨 일이라도 생기면, 내가 죄를 짓게 되는 것은 둘째 치고 그대의 희망 역시 사라지게 될 텐데 말이네."

정 부인은 나의 말에 온몸을 부들부들 떨며 눈밭에서 힘겹게 몸을 일으켰다.

"감사합니다, 체 황비마마."

그녀는 '감사'라는 단어에 유달리 힘을 실어 말했다. 그녀가 계속 고개를 숙이고 있어서 나는 그녀의 표정을 제대로 확인할 수 없었다. 그저 소록소록 내리는 눈발이 그녀의 머리카락과 등 위로 두껍게 쌓여 가고, 옷자락이 북풍에 날리는 모습만을 볼 수 있을 뿐이었다.

"소봉궁으로 가자."

서 환관은 위풍당당하던 기세가 완전히 사라져 버린 정 부인을 멍하니 바라보다가 나의 말에 정신을 차리고 어색하게 몸을 부르르 떨며 겁에 질린 눈빛으로 나를 바라보았다. 곧 시선을 거둔 서 환관이 입을 열었다.

"출발!"

흩날리는 눈발 가운데 홀로 남겨진 정 부인이 그 순간 어떤 표정을 짓고 있을지는 나의 관심 밖의 일이었다. 조금 전 나의 행동은 정 부인에게 나의 위엄을 보여 주기 위함이기도 했지만, 동시에 후궁의 비빈들에게 내가 그리 만만한 상대가 아니라는 걸 알리기 위한 경고의 의미를 담고 있었다.

향 하나가 다 탈 정도의 시간이 흘렀을 무렵, 나는 화려하게 채색된 궁 입구에 도착하였다. 정면 위쪽에 걸려 있는 황금빛 현판에는 '소봉궁昭鳳宮'이라는 번쩍이는 세 글자가 쓰여 있었다.

소봉궁은 서궁에서 가장 화려한 궁으로, 황후가 거처하는 동궁의 자양궁紫陽宮과는 또 다른 매력을 지니고 있었다. 자양궁이 금빛으로 빛나는 휘황찬란함을 자랑하며 위엄이 넘치고 웅장하나 다소 음침한 분위기를 내뿜는 데 반해 소봉궁은 호화롭고 기품이 넘치며 수려한 경관을 자랑하고 있으나 웅장한 기세는 다소 부족했다.

궁문으로 들어서자 커다란 화원이 나타났는데, 메마른 나뭇가지만이 남아 있는 겨울이어서 만개한 꽃을 볼 수 없다는 게 아쉬울 따름이었다. 백 보 정도를 더 걸어 들어가자 소봉궁의 정전正殿이 눈에 들어왔고, 정전을 돌아보니 왼쪽에는 침궁이, 오른쪽에는 편당이 자리하고 있었다.

"황비마마, 앞으로 마마의 시중을 들게 될 이들입니다. 완미浣薇, 모란莫蘭, 호설皓雪, 염추瀲秋, 소노자小路子, 소현자小玄子, 소탁자小卓子, 소영자小影子입니다."

서 환관이 내게 여덟 명의 궁녀와 내관을 한 명씩 소개해 주었고, 이어서 손에 검을 쥐고 있는 금위군 네 명을 불러 내 앞에 서게 했다.

"이들 넷은 황제 폐하께서 특별히 황비마마의 안전을 위하여 준비한 이들로, 행운行雲, 유수流水, 도광刀光, 검영劍影이라고 합니다."

그들의 이름을 듣자 마치 피비린내 진동하는 강호에 있는 것만 같았다. 또한 대단한 무공 실력을 갖춘 이들의 남다른 보호가 혹여 다른 이들의 미움을 살까 봐 걱정스러웠다. 보이는 곳에서 날아오는 창은 피할 수 있으나 몰래 쏘는 화살은 피할 수 없지 않은가. 게다가 내가 막아야 할 것은 창이나 화살이 아니라 이 후궁에 있는 음험한 이들의 마음이었다.

다른 이들이 뒤를 바짝 따르는 것이 불편하여 나는 그들을 모두 물러가게 한 후 홀로 소봉궁의 경치를 감상했다.

편당의 뒤쪽으로 나와 화리목 문을 열자 마치 선경과도 같은 아름다운 풍경이 눈앞에 펼쳐졌다. 눈발이 거세지고 있었지만 나는 그곳을 향해 나아갔다.

구불구불 이어져 있는 작은 오솔길은 평화롭고 고요하였다. 들리는 것이라고는 흩날리는 눈꽃이 바닥에 내려앉는 소리뿐이었다. 설경을 배경으로 오솔길 양쪽에 꼿꼿이 자리한 소나무들이 아름다운 풍경에 정취를 더하고 있었다.

약 한 잔차盞茶[3] 정도를 걷자 구불구불한 다리 앞에 도착하였다. 다리의 구불구불한 모습이 마치 거대한 용이 호수 위에 엎드려 있는 것 같았다. 더 걸어 들어가자 '비선정飛仙亭'이라는

---

3 중국 전근대의 시간 개념으로서 지금의 약 10분에 해당한다.

황금빛 글자가 쓰여 있는 누각이 눈에 들어왔는데, 누각의 네 기둥에는 마치 날고 있는 듯한 여덟 마리의 용이 조각되어 있었다.

걷느라 지친 나는 어깨 위에 쌓인 눈을 털어 내며 누각 안의 긴 의자에 앉았다. 의자에서 올라오는 얼음장같이 차가운 기운이 온몸으로 퍼졌다가 차차 사라졌다.

한겨울의 공기를 깊이 들이마신 후 뒤편 난간에 쌓인 눈을 손바닥 위에 살짝 올려 놓았다가 너무나 차가운 기운에 얼른 털어 냈다. 나는 소매 안에 넣어 두었던 성지를 꺼내 펼치고 그것을 찬찬히 살펴보았다. 고풍스러우면서도 힘이 있는 필체, 결코 잊을 수 없는 기우의 필체였다.

그런데 왜 이 성지에서는 예전에 느꼈던 그 강렬한 감정을 느낄 수 없는 것일까?

'반옥은 소자가 마음 깊이 사랑하는 사람입니다.'

설마 우리는 정말 변해 버린 걸까?

성지를 든 손에 나도 모르게 힘이 들어가 손바닥에 통증이 번져 갔다.

체 황비…….

나는 그가 내게 미안한 마음을 품고 있고, 자신이 내게 줄 수 있는 모든 것을 주고 싶어 한다는 것을 알고 있다. 그러나 그는 모르고 있다, 그가 내게 아무리 높은 지위를 준다 해도 나는 여전히 그의 첩일 뿐이라는 것을. 그가 내게 영원한 사랑을 약속한다 해도 나는 여전히 수많은 여인들과 그를 나눠 가져야 한다. 나는 성인군자가 아니다. 질투를 하지 않을 수도 없고, 신경 쓰지 않을 수도 없다. 그렇지만, 그렇다고 내가 어찌하겠는가?

생각이 이에 미치자 나는 성지를 호수에 던져 버렸다. 퐁당 소리와 함께 성지가 빠진 수면 주위에 물보라가 일었다. 몇 바퀴를 빙빙 돌던 성지는 수면으로 떠오르더니 바람이 부는 대로 이리저리 떠다녔다. 나는 곧바로 후회하고는 몸을 일으켜 성지를 쫓기 시작했다.

바람을 보니 성지는 분명 남쪽 호숫가로 흘러갈 것 같았다. 나는 남쪽을 향해 달리기 시작했다. 눈발이 온몸을 덮었으나 조금도 개의치 않고 그저 성지가 어서 이곳으로 흘러오기만을 바랐다.

한 시진 후, 드디어 성지가 순풍을 타고 호숫가로 천천히 흘러왔다. 나는 호숫가에 늘어진 버들가지를 꺾어 잡고 그것으로 성지를 건져 올리려고 했다. 그러나 바람에 성지가 계속 움직이는 데다가 버들가지가 조금 짧았다. 나는 몸을 더욱 낮게 기울였고, 천신만고 끝에 드디어 성지를 건져 낼 수 있었다.

"조심!"

내가 막 몸을 일으키려는데 노여움 섞인 다급하고 걱정스러운 고함 소리가 들려왔고, 깜짝 놀란 나는 들고 있던 버들가지를 손에서 떨어뜨리고 호수 쪽으로 휘청거렸다. 곧 뼈를 엘 듯이 차가운 호수에 빠질 거라고 생각한 그 순간, 누군가의 양팔이 나를 감싸 안으며 나를 안전하게 일으켜 주었다.

나는 숨을 가다듬으며 놀란 마음을 진정시킨 후, 납빛으로 변한 기우의 얼굴과 그 뒤에 서 있는 놀란 궁녀와 환관들을 바라보았다. 나는 다소 두려워하며 그를 불렀다.

"폐하……."

"조금 전 그대가 얼마나 위험했는지 알기나 하는 것이오!"

내 양어깨를 단단히 붙잡은 그의 눈빛 속에는 조급한 기색이 역력했으나 그의 입에서는 노기를 담은 말이 쏟아지고 있었다.

"이것을 건지기 위해서였어요."

나는 거짓말이 아니라는 것을 증명하려고 손에 들고 있는 성지를 들어 기우에게 보여 주었다. 그가 이 순간의 노기를 거두기를 바라는 마음이 간절했다.

"이런 물건을 건지는 것이 목숨보다 중요하오?"

내 손에 들려 있는 성지를 힐끔 바라본 그가 그것을 받아 들고 펼쳐 보았다. 성지의 글자가 호숫물에 번져 새까만 얼룩이 되어 있었다. 이래서야 어찌 글자를 읽어 낼 수 있겠는가?

기우가 한숨을 내쉬며 뒤쪽의 서 환관에게 성지를 건네주었다.

"만약 그대가 원한다면, 내 그대에게 다시 써 주면 되지 않소. 그러니 앞으로 다시는 이러한 위험한 행동은 하지 마시오."

나는 고개를 숙인 채 나비가 수 놓인 신발 끝을 바라보며 아무 말도 하지 않았다. 마음속에 설명할 수 없는 슬픔이 가득 차올랐다. 내가 원한 것은 성지가 아니라 그의 마음이었다.

기우가 갑자기 단단히 얼어 새빨갛게 변해 버린 내 두 손을 꼭 쥐고 문지르기 시작했다. 그는 내게 따뜻한 기운을 전해 주려 하였으나 나의 손은 여전히 너무나 차가웠다. 그러자 그가 나의 두 손을 자신의 입가로 가져가 따뜻한 입김을 불어 주었고, 그 따스함이 얼어붙어 감각마저 잃어버린 내 손으로 퍼져 나갔다.

나는 아무 말 없이 그의 행동을 바라보았다. 마음속의 씁쓸함이 달콤함으로 바뀌고 눈가가 촉촉히 젖어 들었다. 오랫동안 느끼지 못했던 감정으로 인해 심장이 제멋대로 뛰고 있었다. 사 년 만에 처음으로 나는 그의 사랑을 다시 느끼고 있었다. 그는 사 년 전과 똑같은 마음으로 나를 여전히 사랑하고 있었던 것이다.

내 손은 천천히 온기를 찾아가고 있었으나 그는 여전히 내 손을 어루만지고 있었다. 나는 재빨리 손을 빼내어 이번에는 내가 그의 손을 붙잡으며 입을 열었다.

"기우, 우리 영원히 이렇게 지내는 게 어때요?"

울먹이는 나의 여린 목소리에 그는 잠시 멍해진 듯했다. 나는 그의 손을 다시 힘껏 붙잡으며 말을 이었다.

"당신이 성지에서 말씀하셨듯이 남은 생을 그대와 함께하겠어요. 당신이 황제여도 좋고 거지여도 좋아요. 저는 그대와 생사를 함께하겠어요."

그가 다시 내 손을 힘껏 움켜쥐었다. 너무 강하게 움켜쥐어 아픔이 느껴질 정도였다.

"나 납란기우, 결코 그대의 사랑을 배신하지 않겠소!"

고운 미소를 지으며 나는 그의 품에 기대었다. 흩날리는 눈꽃이 펼쳐진 눈밭에서 우리는 서로를 안고 있었다. 서 환관은 난처한 기색으로 우리가 눈을 맞지 않도록 우산을 받쳐 주었으나 심완은 미묘하면서도 부러움이 담긴 시선으로 나를 바라보고 있었다.

나는 우리를 바라보는 이들의 시선 따위는 조금도 신경 쓰지 않은 채 따뜻한 그의 품에 안겨 있었다. 그의 품에서 떨어지고 싶지 않았다. 그가 나를 진심으로 사랑하고 있음이 느껴졌기 때문이다. 어쩌면 나는 사랑과 원한을 동시에 이룰 수 있을 것이다. 그럴 수 있을 것이다……

우리가 함께 있은 지 한 시진도 채 되지 않아 혁빙이 뵙기를 청한다고 서 환관이 알려 왔고, 기우는 당부의 말 몇 마디를 남기고는 급히 소봉궁을 떠나 양심전으로 향했다. 매우 중요한 일이 있는 듯했다.

조금 전, 나는 기우에게 선황이 왜 나를 죽이지 않고 놓아주었는지 물었다. 기우는 차가운 미소를 지으며 대답했다.

"거기에는 두 가지 이유가 있소. 하나는 그대가 원 부인을 많이 닮아 차마 죽일 수 없었던 것이고, 다른 하나는 그대를 이용해 앞으로 나를 견제하기 위해서였소."

나는 소리 없는 탄식을 내뱉을 수밖에 없었다. 황위를 쟁취하기 위한 과정 속에는 수많은 음모와 속임수가 뒤섞여 있었다. 나는 일찌감치 그 도리를 깨우쳤다.

그리고 선황이 기운에게 황위를 넘겨주려고 하였다면, 그렇다면……, 지금 기운은 매우 위험한 상황에 처해 있는 것이 아닌가? 기성도 제거된 지금, 기우는 어째서 자신에게 가장 위협적인 존재인 기운에게는 그 어떤 행동도 취하지 않는 것일까? 기우답지 않았다!

서난각西暖閣의 창문 아래에 앉아 나는 창틀에 기대어 깊은 생각에 빠져 있었다. 심완이 매화 한 다발을 들고 들어오자 꽃향기가 가득 퍼졌다. 그녀는 용과 봉황으로 장식된 다채로운 빛깔의 도기 꽃병에 조심스레 꽃을 꽂았다. 나는 고개를 돌려 그 꽃을 바라보았다. 내가 가장 좋아하는 매화……, 매화는 수많은 기억을 품고 있었다.

매화를 보자마자 떠오른 이는 연성, 그리고 둘째 숙부였다.

"욱나라와 하나라의 주군이 아직도 궁에 있느냐? 언제 떠난다더냐?"

심완이 내 곁으로 다가와 말했다.

"원래는 오늘 떠나려고 하셨는데, 폐하의 대혼이 있을 거라는 이야기를 듣고는 대혼식에 참석하기 위해 더 머무르기로 하셨답니다."

잠시 주저하던 심완이 다시 말을 이었다.

"어쩌면 정월 대보름을 보낸 후에야 돌아가실 것 같아요."

그들이 나의 대혼식에 참석한다고? 가장 걱정되는 건 연성이었다. 그에게 나의 신분을 증명할 증거가 있든 없든, 만약 대혼식 날 그가 나의 진짜 신분을 폭로해 버린다면 사람들은 나의 정체를 의심하게 될 것이다. 둘째 숙부의 의심은 말할 것도 없고, 기우 역시 난처한 상황에 처하게 될 것이 분명했다. 생각이 이에 미치자 온몸에 차가운 기운이 퍼져 갔다.

안 된다! 그것만은 막아야 한다!

내가 아무 말도 하지 않자 심완이 다시 입을 열었다.

"황비마마, 오늘 정 부인에게 본때를 보여 주셨는데, 이번 일로 앞으로 그녀가 마마를 더 증오하게 될까 봐 걱정되지 않으세요? 그렇게 되면 마마의 처지가 더욱 위험해지지 않겠습니까?"

나는 얼굴 가득 미소를 지으며 말했다.

"나는 오히려 그녀가 나를 증오하지 않을까 봐 걱정스럽구나."

심완은 영문을 모르겠다는 눈빛으로 나를 바라보았으나 더 이상은 묻지 않았다. 설령 더 자세히 물어온다 한들 나는 대답할 생각이 없었다. 심완이 어떤 사람인지 나는 여전히 잘 알지 못하지 않는가. 만약 그녀도 남월처럼 다른 이가 내 곁에 심어 둔 첩자라면? 나는 어쩔 수 없이 주변 사람들을 조심해야만 한다. 이 세상에서 운주 같은 이를 만나는 일은 두 번 다시 없을 테니…….

"황비마마!"

완미의 목소리가 밖에서 들려왔다.

"황후마마께서 정전에서 기다리고 계십니다."

나는 코웃음을 쳤다.

"황후가?"

잠시 침묵이 흘렀다.

"황후마마께 정전에서 잠시 기다려 달라고 전하거라. 몸치장을 마친 후 찾아 뵙겠다고."

내 대답을 들은 완미는 급히 편당을 떠났고, 심완은 화장대 앞으로 자리를 옮겨 나를 바라보았다. 그러나 나는 여전히 창가에 기댄 채 창밖에서 조용히 흩날리고 있는 흰 눈만을 바라보고 있었다.

"황비마마?"

한참을 기다려도 내가 꼼짝도 하지 않자 마음이 급해진 심완이 입을 열었다.

"치장하지 않으십니까?"

나는 미소를 띠고 대답했다.

"가서 탁자 위에 있는, 난향과 장미향이 어우러진 마름떡 좀 가져다 주렴."

심완은 미간을 살짝 찌푸렸으나 나의 분부대로 보기만 해도 식욕이 돋는 붉은 마름떡을 가져다 주었다. 나는 떡 한 개를 집어 들어 입 안에 넣고 그 맛을 천천히 음미하며 먹은 후 또 한 개를 먹었다. 심완은 조급한 마음에 몸을 꿈틀대며, 재촉하고 싶은 것을 참고 있는 듯했다.

나는 웃기만 할 뿐 아무 말도 하지 않았다.

두 황후, 지금쯤이면 그날 내게 기회를 주었던 것에 대해 분명 땅을 치며 후회하고 있으리라.

대략 반 시진이 지나자 접시 위의 떡은 흔적도 남지 없었다. 밖에서 완미가 다급히 달려 들어왔고, 나는 살짝 고개를 들어 당황한 기색이 역력한 그녀의 모습을 바라보았다. 숨을 헐떡이는 그녀의 새빨갛게 상기된 두 뺨이 아주 귀여워 보였다.

"황후마마께서 노하신 듯합니다. 어서 마마를 모셔 오라고 하셨습니다."

심완 역시 걱정이 담긴 눈빛으로 나를 바라보았다.

"황후마마는 성미가 불같다고 이름나신 분이십니다. 예전에 몽둥이로 후궁을 죽을 때까지 때리신 일도 있지만 폐하께서는 어떤 벌도 내리지 않으셨지요. 황후마마께서 결코 좋은 마음을 갖고 소봉궁에 행차하신 것이 아니오니, 황비마마께서는 신중히 행동하셔야 합니다. 절대로 정 부인을 대하셨던 것처럼 그렇게……."

"심완아, 오늘 네가 유난히 말이 많구나."

나는 쌀쌀맞게 그녀의 말을 막았다.

"가서 황후마마께 전하여라. 가장 아름다운 자태로 황후마마를 맞이하고 싶어서 그런 것이니 조금만 더 기다려 달라고 말이다."

잠시 망설이던 완미가 발걸음을 옮겼다. 한 손으로 턱을 받친 채 하늘에서 춤추며 내려오는 눈꽃을 멍하니 바라보고 있으니 마음이 한결 나아졌다.

"심완아, 매화의 꼿꼿함과 눈의 순결함, 너는 어느 것이 더 좋으냐?"

고요함을 깨뜨리는 나의 질문에 심완은 깊이 고민하지 않고 곧바로 대답하였다.

"매화가 눈보다 희지는 않지만 그 향기만큼은 눈이 매화를 이길 수 없지요. 저는 매화가 더 좋습니다."

그녀의 말을 들어보니 말하는 것이 범상치 않았다.

"혹시 서당에 다녔니?"

"어릴 적에 서당 밖에서 훈장님의 수업 내용을 몰래 엿듣곤 했습니다."

부드러운 목소리에는 희미한 쓸쓸함이 배어 있었다.

"황비마마의 글재주가 훌륭하시다고 알고 있습니다. 앞으로 마마의 곁에서 많이 배울 수 있을 것입니다."

억지로 즐거운 목소리로 말하는 그녀의 말을 들으니 나 역시 서글퍼졌다.

"혹시 시를 지을 줄 아느냐?"

그녀가 곧바로 고개를 가로저으며 들릴 듯 말 듯한 탄식을 흘렸다.

"못합니다. 소인은 시를 지을 줄 아는 여인이 얼마나 부러운지 모릅니다. 글을 짓는 영감과 글재주가 뛰어난 이들 말입니다."

나는 몸을 일으키고 그녀를 탁자 앞으로 불러왔다.

"그럼 내가 네게 시 짓는 법을 가르쳐 주마. 기승전결 가운데

승과 전은 짝이 되어야 한다. 또한 평성平聲은 측성仄聲과, 허虛
는 실實과, 실은 허와 짝을 맞추어야 한다. 특별히 빼어난 구절
이 있다면 평측허실의 규칙을 지키지 않아도 된단다. 예를 들어
이 구절처럼……."

나는 붓을 들어 종이 위에 시를 써 내려가기 시작했다.

떠나 버린 황학은 다시 돌아오지 않고,
흰 구름만 천년을 유유히 떠다니누나.[4]

심완은 알 듯 모를 듯한 모습으로 고개를 끄덕였다.
"정말 가르쳐 주시게요?"

그녀가 눈을 반짝이며 믿을 수 없다는 듯 큰 소리로 말했다.
"당연히 정말이지. 너는 어리석지 않으니 열심히만 하면 금
세 배울 수 있을 게다."

나의 말이 떨어지자마자 완미가 뛰어 들어왔다. 표정에는
두려움이 서려 있었고, 이마에는 식은땀이 배어 있었다.
"황비……, 황비마마……."

숨을 헐떡거리느라 제대로 말을 할 수가 없어 그녀는 잠시
숨을 가다듬을 수밖에 없었다. 이어서 밖에서 시끄러운 소리가
들려왔다.
"황후마마……, 들어가시면 안 됩니다."

---

4 당 현종 때 시인 최호(崔顥)의 황학루(黃鶴樓)의 한 구절.

짝!

뺨을 때리는 소리가 소름이 끼칠 정도로 야무지게 들려
왔다.

"빌어먹을 것 같으니라고! 네가 감히 나의 앞을 막는 것
이냐!"

분노에 찬 목소리가 점점 가까워졌다. 이 오만 방자한 목소
리의 주인공이 두완이 아니면 또 누구겠는가? 나는 손에 들고
있던 붓을 내려놓고 옷자락을 정리했다. 가슴팍의 자색 해당화
와 봉황 문양의 장신구를 똑바로 고정한 후 나는 이미 편당으
로 들어선 황후를 맞이하기 위해 발걸음을 옮겼다.

"신첩, 황후마마를 알현합니다."

황후가 콧방귀를 뀌며 두 눈에 자신의 분노를 여과 없이 드
러냈다.

"체 황비는 참으로 겁도 없구나. 나를 정전에서 한 시진이나
기다리게 하고 이곳에서 글 장난이나 하고 있다니!"

고개를 들어 황후를 바라보니, 마침 그 뒤에 서 있던 모란이
눈에 들어왔다. 그녀의 오른쪽 뺨에는 선명한 손자국이 남아
있었고, 희미하지만 긁힌 자국도 있었다. 황후의 손은 여전히
매서웠다.

"황후마마, 그렇게 화를 내실 필요가 있으신지요? 비록 한
시진을 기다리셨지만 황후마마께서 직접 이렇게 찾아오셔서
결국 이렇게 만나지 않았습니까?"

나는 얼굴 가득 미소를 지었다. 웃는 낯에 침 못 뱉는다고

하지 않는가? 게다가 황후인 그녀는 자신의 신분을 생각해서라도 궁녀들 앞에서 함부로 행동하지 않을 것이 분명했다.

황후는 매서운 기세로 나를 가리키며 노여움에 온몸을 부들부들 떨었다.

"무엄하다!"

나는 태연자약한 모습으로 내 코앞까지 다가온 그녀의 손을 치우며 말했다.

"황후마마, 일전에 신첩과 했던 내기를 잊으셨습니까? 신첩은 이 후궁의 생사를 주관하는 가장 큰 권력이 누구의 손아귀에 있는지 아직 증명해 내지 못하였는데, 벌써 못 견디시겠습니까?"

황후는 나를 노려보기만 할 뿐 아무 말도 하지 못했다. 나는 곧 쓰러져 버릴 것 같은 그녀의 몸을 붙잡고 다시 입을 열었다.

"황후마마, 어서 앉아 신첩과 이야기를 나누시지요. 황후마마께서 어인 일로 이곳에 행차하셨는지, 신첩 매우 궁금하옵니다."

나의 손길에 굳어 버린 그녀의 팔을 잡고 나는 강한 힘으로 그녀를 화리목 의자에 끌어 앉혔다. 나는 고개를 돌려 얼이 빠져 있는 궁녀들에게 명하였다.

"어서 가서 대홍포大紅袍와 떡을 좀 내오너라. 황후마마를 소홀히 대접하면 안 되지."

모란과 심완이 먼저 정신을 차렸고, 다른 이들도 차례로 정신을 차린 뒤에 나의 명을 따르기 위해 조용히 밖으로 나갔다. 방 안에는 심완과, 황후가 데려온 시녀 하나만이 남아 있었다.

황후 역시 조금 전 이성을 잃은 듯하던 모습은 사라지고 어느새 오만하고 기품 있는 모습을 되찾고 있었다.

그녀가 목을 가다듬고 물었다.

"너와 폐하는 전부터 알던 사이지?"

질문이라기보다는 추궁에 가까웠다. 나는 그녀의 첫 질문이 이것일 줄은 생각지 못했다.

이상하다. 결코 똑똑하다고는 할 수 없는 두완이 어찌 알았을까?

"만약 그렇다면 어쩌시겠습니까?"

한순간 두완의 눈에 한 줄기 빛이 반짝하더니 순식간에 사라졌다. 그녀가 다시 천천히 물었다.

"너는 누구냐?"

"대단하신 황후마마께서 설마 알아내지 못하신 건가요?"

나의 조롱이 오히려 그녀를 더욱더 자신만만하게 하였다.

"품계조차 없는 계집 따위가 폐하의 총애에 기대어 감히 나에게 싸움을 걸다니. 그런 이는 네가 처음이다."

"제가 처음이라니 영광입니다."

방 안에 침묵이 깔리자 들려오는 소리라고는 바깥에서 내리는 눈 소리뿐이었다. 황금빛 사자 향로에 남은 연기가 방 안 곳곳으로 퍼져 나가며 기묘한 분위기를 만들어 냈다.

결국 황후가 누르고 있던 화를 참지 못하고 돌연 입을 열어 경고의 말을 내뱉었다.

"네가 폐하의 총애를 두고 나와 다투고자 한다면 얼마든지 상대해 주겠다. 그러나 만약 온정야 그 비열한 계집처럼 우리 두씨 집안의 세력을 무너뜨리려 한다면, 내 너를 잔혹하게 죽여 버리고 말 것이다!"

나는 여전히 미소 짓고 있었다. 황후가 드디어 본론을 꺼낸 것이다. 나는 정색을 하고 입을 열었다.

"이 조정의 절반이 두씨 집안 사람이라는 것을 천하가 다 알고 있는데, 제가 어찌 감히 두씨 집안과 세력을 다투겠습니까? 저의 목적은 오직 폐하뿐입니다."

황후의 얼굴을 덮고 있던 어두운 기색이 점점 사라지는가 싶더니 보일 듯 말 듯 미소가 떠올랐다.

"체 황비가 그 비열한 계집보다는 이치를 제대로 알고 있는 듯하구나. 그럼 후궁에서의 일은 각자 알아서 하도록 하지."

황후는 온정야를 '비열한 계집'이라 일컬었다. 이것만 보아도 이 둘의 관계가 얼마나 어긋나 있는지 알 수 있었다. 이러한 상황은 마치 선황의 재위 시절, 황후와 한 소의의 십 년간의 쟁투를 떠올리게 했다. 이것이야말로 내가 바라던 상황이었다. 쌍방이 지쳐 쓰러질 때까지 다투는 사이, 나는 힘들이지 않고 이들을 일망타진할 수 있을 것이기 때문이다.

호설과 모란이 정교한 모양의 떡 두 접시를 들고 들어왔고, 소영자가 차를 들고 천천히 그 뒤를 따라 들어왔다. 나와 황후의 언쟁은 그제야 잠잠해졌고, 황후는 몇 마디 한담을 나눈 후 소봉궁을 떠났다. 나는 황후를 배웅하지 않고, 봉황이 수 놓인 그녀의 새빨간 비단옷이 문밖으로 사라져 가는 모습을 바라보고만 있었다. 나의 손은 찻잔 위에 가만히 놓여 있었으나 찻잔의 차는 이미 차갑게 식어 있었다.

어두운 눈빛과 달리 나의 입에서는 가벼운 웃음이 흘러나왔다.

"아내가 아무리 마음을 다해 남편을 위해 마음을 쓰고 공경한다 할지라도, 남편의 마음은 평안치 못하다."[5]

두완과 기우의 관계를 묘사하는 데 이보다 적절한 구절은 없을 것이다.

내가 갑자기 웃음소리를 낸 것에 놀란 심완이 나의 눈을 바라보며 입을 열었다.

"황비마마께서는 정말 대단하신 것 같아요. 언제나 의기양양하신 황후마마마저도 황비마마 앞에서는 꾹 참고 인내하게 하시네요."

"틀렸다! 내가 대단해서가 아니란다."

낯빛이 어두워진 나는 미소를 거두고 조소하며 말하였다.

"폐하 때문이지. 만약 나를 향한 폐하의 총애가 사라지면 황후는 당장 백배 천배로 내게 되갚을 것이 분명하다."

모란이 이미 식어 버린 나의 찻잔의 차를 버리고 다시 따끈

---

5 《홍루몽》의 한 구절로 원문에는 거안제미(擧案濟眉)라는 고사성어가 쓰였다. 남편의 밥상을 눈썹 있는 데 까지 들어올려 공경했다는 후한 양홍의 처에게서 나온 말이다.

따끈한 대홍포를 따라 주었다.

"그러니 황비마마께서는 절대로 총애를 잃으셔서는 안 됩니다."

뜨거운 김이 올라오자 내 두 눈이 촉촉히 젖어 들었다.

총애를 잃다니, 그런 날이 올까?

아니다. 나는 기우를 믿어야 한다. 우리의 사랑만큼은 절대로 후궁의 쟁투에 말려들게 해서는 안 된다. 우리 사이에 유일하게 남아 있는 사랑마저 이용할 수는 없다. 그러나……, 내가 이용하지 않겠다고 한들, 정말 이용하지 않을 수 있을까?

밤이었다. 깜짝 놀라 꿈에서 깬 나는 튀어 오르듯 몸을 일으켰다. 한겨울인데도 온몸이 식은땀으로 젖어 있었다. 가슴 위의 이불을 움켜쥐고 숨을 가다듬으려 했지만 나는 여전히 조금 전의 악몽에서 헤어나올 수가 없었다.

꿈속에서는 온몸이 피투성이가 된 운주가 내게 달려들어 목을 조르면서 왜 자기를 버렸느냐고 물어 댔다. 그때, 기성이 나타났다. 나를 운주의 손아귀에서 구해 준 그가 우아하게 웃으며 내게 손을 내밀었다. 황천길이 너무 외로우니 함께 가자고 했다. 나는 미친 듯이 도망쳤다. 이번에는 산발을 하고 눈빛에 증오가 가득한 두 황후와 마주쳤다. 목숨을 내놓으라고 말하는 그녀의 음울한 목소리가 꿈속에서 멀리 퍼져 나갔다.

운주는 죽기 전의 그 처량한 미소를 지었고, 기성의 말은 내 귓가에 맴돌았으며, 두 황후의 흉악한 눈빛은 잊히지가 않았다. 나는 이마 위의 식은땀을 닦아내며, 문밖을 지키고 있는 모란과 염추를 안으로 불러 등불을 켜라고 명하기 위해 고개를 돌렸다. 그때, 돌연 나의 시선이 옮겨졌다.

"악!"

나의 비명소리가 고요한 소봉궁을 가로질렀고, 그 순간 바깥에 불빛이 환히 밝혀졌다.

가장 먼저 방 안으로 달려온 이는 모란과 염추였다. 그녀들이 급히 달려와 탁자 위의 등불을 밝히자 어둠으로 가득 찼던 음산한 침궁이 불빛으로 환해졌다. 이어서 행운과 유수, 도광, 검영이 급히 달려 들어왔다. 그들은 이미 검을 뽑아 들고 있었고, 그들의 눈빛은 온 침궁을 샅샅이 탐색하고 있었다.

"황비마마, 무슨 일이셔요?"

모란이 매우 무거운 목소리로 입을 열었다.

나는 차가운 공기를 깊이 들이마시며 힘없이 탄식하였다.

"가위에 눌렸을 뿐이다. 물러가거라."

염추가 걱정스러워하며 말하였다.

"소인이 마마의 침대 곁을 지키겠습니다!"

나는 고개를 천천히 가로저었다.

"괜찮다. 너희들은 모두 물러가거라. 나는 잘 때 곁에 누가 있는 게 익숙지 않다."

자리한 모든 이들이 주저하듯 눈빛을 교차하다가 결국 모두 물러갔다.

방 안에는 절반 정도 타 버린 등불이 여전히 붉은 눈물을 흘리고 있었다. 침대 옆에 놓인 두 개의 화로에서는 숯이 타는 소리를 냈고 그 연기가 천천히 공기 중을 떠다니고 있었다. 모든 것이 이처럼 뚜렷하면서도 비현실적이었다.

침궁 안의 푸른 비단 뒤에서 검은 그림자가 걸어 나왔으나, 악몽의 공포에서 벗어나 이미 평정심을 되찾은 나는 조금 더 편안해진 마음으로 눈앞의 사람을 마주할 수 있었다.

나는 얇은 옷 하나만을 입고 있는 몸 위에 검은 담비 외투를 걸친 후, 침대에서 내려와 휘장을 걷어 냈다.

"안 그래도 어떻게 만나야 하나 생각하고 있었는데, 이렇게 먼저 저를 찾아 주실 줄은 생각지도 못했습니다."

"그 얼굴은 영수의의 짓이오?"

그의 목소리는 몇 년 전처럼 온화하고 부드러웠으나 내 귀에는 무척 위험스럽게 느껴졌다.

"그녀가 인정하던가요? 아니지요?"

설령 내가 그녀와 얼굴을 마주하고 묻는다 해도 그녀는 결코 인정하지 않을 것이다.

"정말 그녀가 한 짓이었군!"

어조에는 분노가 어려 있었고, 목소리는 다소 높아져 있었다.

"그 천한 계집이!"

나는 깜짝 놀라 그를 바라보았다. 처음으로 듣는 연성의 욕설에 무척 당황스러웠다. 언제나 고상하고 온화하며, 자신의 감정을 잘 드러내지 않는 그가 처음으로 이런 모습을 보인 것이다.

"정말 그녀가 한 짓이라고 한들 당신이 그녀를 어찌할 수 있겠어요? 게다가 이미 사 년이나 흘렀는데 어디에서 그 증거를 찾을 수 있겠어요?"

"공주야말로 가장 좋은 증인이 아니오."

나는 재빨리 그의 말을 막았다.

"안 됩니다!"

내 입에서 가늘지만 가라앉은 목소리가 날카롭게 터져 나왔고, 그 소리는 침궁을 한동안 떠다닌 후에야 사라졌다.

"저의 신분을 밝히시면 안 됩니다."

"그대는 나 연성의 약혼녀요. 나는 혼인 약조문도 지니고 있소. 내 여인을 다른 이에게 빼앗길 수는 없소. 그대의 신분이 밝혀지면 기나라 조정의 대소 신료들의 마음을 어지럽힐 것이 분명하오."

그의 입가에는 마치 겨울날의 차가운 눈도 녹일 듯한, 따뜻한 햇살 같은 미소가 걸려 있었지만 내 눈에 비친 그의 미소는 뼛속까지 파고드는 한기와도 같았다.

나는 그를 향해 미소 지었다.

"연성, 당신은 욱나라의 주군이에요. 남자들 사이의 원한은 전장에서 천하를 두고 가리셔야지요. 서로를 향한 증오는 승패로 끝내야지요. 그런데 당신은 여인을 통해 한때의 즐거움만 얻으려 하시는군요."

그가 나를 가만히 응시하였다.

"정말 변했군. 예전의……."

나는 그의 말을 과감히 잘라 버렸다.

　"예전 이야기는 하지 마세요. 저는 예전의 세상물정 모르던, 그 천진하고 어리석은 복아 공주가 아니에요."

　그가 천천히 손을 들어 내 양 뺨을 어루만졌다.

　나는 피하지 않았다. 나는 그가 이 완전히 낯선 얼굴을 바라보며 모순된 감정을 느끼고 있음을 알고 있었다. 그가 느끼는 것은 미안함과 실망이었다.

　나는 처음부터 알고 있었다. 그의 사랑은 매화가 흩날리던 하나라 황궁에서 춤을 추던 나를 향한 것이었다. 그는 첫눈에 사랑에 빠졌고, 그것은 분명 강렬한 감정이었을 것이다. 그것이 사랑인가? 꿈이라 일컫는 게 더 적절하지 않을까?

　"연성, 결코 저의 정체를 밝혀서는 안 돼요. 절대로 충동적으로 행동하시면 안 돼요. 이곳이 기나라라는 것을 기억하세요. 만약 기우가 분노하여 당신을 이곳에서 떠나지 못하게 한다면……, 그대도 그 결과를 상상하실 수 있겠지요?"

　나는 복잡한 마음이 그대로 드러난 그의 눈빛을 응시하였다. 그리고 내가 정말로 하고 싶었던 말을 했다.

　"저를 향한 감정이 정말 사랑이라고 생각하세요? 틀렸어요. 소유할 수 없는 저에 대한 마음이 당신의 마음속에서 환상이 되어 버린 거예요. 정말로 저를 갖게 되시면 당신은 분명 실망하시고 말 거예요. 저의 진짜 모습이 당신이 상상하시는 것만큼 대단하지 않기 때문이죠."

　내 말이 끝나자마자 그의 손이 내 얼굴에서 떨어졌다. 그가 주먹을 얼마나 단단히 쥐었는지 그의 허벅지 옆에 떨어뜨려 놓은 손의 손등의 혈관이 불안정하게 꿈틀거렸다.

나는 그의 눈빛을 다시 바라볼 엄두가 나지 않아 고개를 돌려 바닥에 비친 고르지 않은 휘장의 그림자와 하늘하늘한 연기가 교차되며 만들어 내는 모습을 바라보았다.

"그대의 말이 맞소. 나는 그대의 봉무구천을 보고 진심으로 탄복하였고, 그 때문에 그대에게 깊이 빠져들었지."

그의 웃음소리가 참으로 허무하고 아득했다.

"음산에서 그대가 자신의 안위도 돌보지 않고 나를 구해 주었을 때, 나는 그대에 대한 경계심을 완전히 버리고 그대를 신뢰할 수 있게 되었소. 청우각에서 함께 지낸 두 해 동안 나는 그대의 재기와 지혜에 깊이 감동하였지. 그대와 나누는 이야기는 언제나 나의 마음을 편안하게 해 주었다오. 나는 황제가 되었으나 그대는 나의 비가 되길 원치 않았고, 또다시 도망쳐 버렸소. 그러나 이번에는 나 역시 지난번과 같이 백방으로 그대를 찾지 않았다오. 그대가 멀리 떠날 수 있도록 놓아주었지. 그대를 향한 나의 마음을 깨달아 버렸기 때문이었소. 그것은 당초의 집착을 넘어선 감정이었소. 그대가 진정으로 좇고 있는 것이 자유라는 걸 알고 있었기에, 나는 그대를 보낼 수 있었소."

그의 입에서 흘러나오는 한 마디 한 마디에는 진실함이 담겨 있었다. 그는 이미 나를 보내 주려 마음먹고 있었던 것이다. 그렇다면 애초에 그는 왜 나를 자신의 비로 봉하려고 했

던 것일까? 고개를 들어 그에게 물으려는데 그가 다시 입을
열었다.

"그대가 말해 보시오. 이게 사랑이 아니면 무엇이란 말이오?"

"연성, 당신이 당초 저를 보내 주기로 마음먹었었다면……,
그렇다면 이번에도 한 번만 더 부탁할게요."

나는 부들부들 떨며 그에게 간절하게 부탁했다. 나는 두 번
다시 기우를 떠나고 싶지 않았다.

"그대가 내게 말했었소. 이 생에서의 그대의 숙원은 나라를
되찾는 것이 아니라 아름다운 자연을 벗 삼아 살며, 자유롭게
세상 사람들과 같은 삶을 사는 것이라고. 그런데 지금 그대는
납란기우를 위해 그대의 숙원을 포기하고, 이 피비린내 나는
더러운 후궁에 갇혀 살려는 것이오?"

나는 담담히 말하였다.

"자유는 저의 숙원이에요. 그러나 저는 기우와 함께 있어야
만 진정한 기쁨을 느낄 수 있어요."

그의 눈빛이 흐려지고 아득해졌으며, 그의 입에서 한없이
무거운 한숨이 흘러나왔다. 그리고 단단히 쥐고 있던 그의 주
먹이 힘없이 풀렸다.

"좋소. 그렇다면 그대는 그의 곁에 머물며 그 기쁨을 계속
누리시오. 나 역시 앞으로는 안심하고 나의 삶을 살아가겠소."

말을 마친 그는 몸을 돌려 편당으로 향했다. 빛이 들지 않는
유난히 어두운 구석에서 발걸음을 멈춘 그가 고개도 돌리지 않
고 한마디를 덧붙였다.

"후회하지 마시오!"

결국 그는 떠나갔고, 나는 그가 몸을 숨기고 있던 칠흑같이 어두운 자리를 한참 동안 바라보며 침묵을 지키다가 조용히 말하였다.

"도와주어서……, 고마워요."

성대한 대혼식

　눈은 나흘 동안 쉬지 않고 내렸고, 궁 안의 환관들은 두껍게 쌓인 눈을 치우느라 바쁘게 움직이고 있었다. 내일은 바로 나와 기우의 대혼일이다.

　조금 전, 서 환관이 두 눈이 휘둥그레질 만큼의 값진 보석과 장식품 그리고 비단을 가져왔는데, 그 양이 정전을 가득 채울 만큼 엄청났다.

　모란, 심완, 완미는 내 뒤에서 황제가 보내온 선물을 정리하며 쉴 새 없이 감탄을 내뱉고 있었다. 그러나 문턱 앞에 서서 밖을 바라보는 나의 얼굴빛은 무겁기만 했다.

　쉬지 않고 내리는 이 눈은 길조인가, 흉조인가?

　"푸른색 주름과 네 마리 용이 어우러진 문양의 족제비 모피 옷, 푸른색 주름과 여덟 마리의 황금 용 문양으로 이루어진 담비 모피 옷……."

심완이 한쪽에서 물건을 정리하며 선물의 이름을 부르면 모란이 그것을 적어 내려갔다. 선물을 하나하나 읽을 때마다 몸이 가볍게 떨리는 것이 하나하나가 모두 매우 귀한 것들인 모양이었다.

"밀랍 호박 목걸이 한 개, 송석 목걸이 한 개, 금과 옥으로 상감한 장신구 두 개……."

고개를 돌려 평소와 달리 매우 흥분한 세 사람의 얼굴을 바라보자 나도 모르게 조용한 탄식과 함께 옅은 미소가 흘러나왔다.

완미가 반짝이며 빛을 발하는 몇 개의 보석을 조심스레 집어 들고는 나를 향해 말하였다.

"황비마마, 이건 청옥이에요. 게다가 붉은색도 있어요."

보석을 천천히 어루만져 보아도 흥미가 일지 않았다. 나는 지루해하며 물었다.

"요새 궁에 무슨 큰일이 있느냐?"

모란이 잠시 생각하더니 입을 열었다.

"황비마마께 아룁니다. 한 가지 큰일이 있기는 합니다. 명태비마마께서 황비마마의 대혼식 날 작고하신 진남왕의 발인을 하신답니다. 그러나 폐하께서 이를 윤허하실 리 없지요. 그런데도 진남왕의 무리들은 조금도 물러서지 않고 있다고 합니다."

나는 내가 잘못 들었기를 바라는 마음으로 다시 한 번 물었다.

"발인?"

그녀들이 동시에 고개를 끄덕였다.

"명 태비가 기우에게 공개적으로 도전을 하다니, 설마 그녀
가……?"

만약 기우가 진심으로 노한다면 조금의 주저도 없이 진남왕
의 잔당을 처리해 버리고 기성의 시체마저 남기지 않을 수도
있었다. 그런데 어찌 명 태비는 자신의 발등을 찍으려 하는 것
일까?

심완이 내 귓가에 대고 작은 목소리로 말하였다.

"서 환관 어른께서 그러시는데 폐하께서 크게 진노하셨대
요. 그런데도 명 태비마마께서는 자신의 집안 세력을 등에 업
고 황제 폐하와 맞서시려고 하시고요. 심지어 폐하께서 윤허
해 주지 않으셔도 내일 계획대로 발인을 하실 거라고 말씀하
셨대요."

명 태비가 이토록 경거망동하다니 믿을 수가 없었다. 혹시
명 태비가 진정 노리고 있는 사람은 나일까? 갑자기 그날, 금
성전에서 기성과 대화를 나누었을 때 남월이 계속 그 자리에
있었던 것이 생각났다. 그녀는 분명 명 태비에게 내가 기성을
해한 일을 말하였을 것이다. 혹시 그녀가 나의 정체까지 말해
버렸을까? 만약 그렇다면 명 태비는 복아 공주라는 나의 신분
을 가지고 기우를 위협할 것이다.

명 태비는 기우라는 사람을 전혀 파악하지 못하고 있었다!

기우는 자신의 부모도 죽일 수 있는 사람이 아닌가. 진시황의 풍모를 지니고 있지 않은가. 그런 그가 위협에 굴복할 리 없었다. 누구든 자신의 황권을 위협하는 자는 절대로 용서치 않을 것이다. 자신의 것을 빼앗으려 하는 자라면 기우는 부처마저도 죽일 것이다. 명 태비의 행동은 너무나 어리석었다!

"양심전으로 가서 폐하를 만나 봬야겠다."

"황비마마, 절대로 아니 됩니다."

당황한 완미가 급히 나를 말렸다.

"내일이 대혼식인데, 오늘 폐하를 만나시는 것은 불길한 행동입니다. 절대로 경솔하게 행동하시면 안 됩니다."

"나는 폐하를 반드시 만나야 한다!"

나는 기성에게 은혜를 입었고, 죄책감이 남아 있었다. 그가 세상을 떠난 지금 그의 영혼이 또 다른 상처를 입도록 두고 볼 수는 없었다. 지금 내가 그에게 해 줄 수 있는 일은 오직 이것뿐이었다.

그녀들의 만류를 뿌리치고 나는 가마를 타고 양심전으로 향했다.

양심전 밖의 회랑에 도착하자 차가운 얼굴의 혁빙과 몇몇 시위들이 나의 길을 막아섰다. 혁빙이 냉정한 말투로 말하였다.

"황비마마, 내일이 대혼일입니다. 지금 황비마마께서 폐하를 만나시면 폐하의 위엄이 흔들리게 됩니다."

조급한 마음이 일었다. 조금이라도 늦었다가 상상치도 못할 두려운 일이 생길까 봐 겁이 나서 나의 말투에는 분노의 기색이 더해졌다.

"비켜라!"

혁빙은 나의 노기에 조금도 흔들리지 않고 여전히 길을 가로막고 서 있었다.

"황실의 위엄과 체통을 위해서라도 황비마마께서는 소봉궁으로 돌아가 내일 있을 대혼식을 기다리십시오. 대혼식이 끝난 후에는 폐하를 언제 뵈려 하시건 그 누구도 막지 않을 것입니다."

나의 얼굴빛이 더욱 어두워졌다.

"만약 내가 무슨 일이 있어도 지금 당장 폐하를 뵈어야겠다면?"

내가 화가 난 것은 누군가 길을 막고 있어서가 아니라 내 길을 막아선 이가 바로 혁빙이기 때문이었다. 예전의 그는 감히 내 앞에서 이런 식으로 이야기할 엄두조차 내지 못했었다. 그러나 지금, 비록 그가 나를 알아보지 못한 탓이라 할지라도 마음속에서 불쾌한 마음이 치밀었다.

"그렇다면 신이 무례하다고 탓하지 말아 주십시오."

분위기가 심상치 않자 심완이 공포에 질린 듯 나의 팔을 붙잡고 돌아가자는 뜻을 비추었으나 나는 티 나지 않게 그 팔을 뿌리쳤다.

"나는 오히려 혁빙 대인께서 어떻게 무례해질지 보고 싶군요."

얼굴빛이 변한 혁빙이 좌우의 시위들에게 눈짓을 하였다.

"황비마마를 궁으로 잘 모셔다 드려라."

그의 '잘'이라는 말이 유난히 음산하게 들려왔다.

"잠깐 기다리시오!"

한명의 외침에 무력으로 나를 제압하려던 시위들은 그 동작을 멈출 수밖에 없었다. 양심전 안에서 걸어 나오는 것을 보니 그는 아마도 황제와 상의를 마치고 나온 듯했다.

한명을 보자 나는 안심이 되었다.

"명의후, 폐하를 뵈어야겠습니다."

"보아하니 명의후 어른과 황비마마께서 잘 아시는 사이이신 듯하니, 이 일은 명의후 어른께 맡기겠습니다. 법도는 잘 아시겠지요!"

혁빙이 차가운 눈빛으로 한명을 보고 그 시선을 다시 나에게로 옮기더니 이윽고 부하들을 이끌고 자리를 떴다.

나는 그가 멀리 간 것을 확인한 후에야 그의 뒷모습을 좇던 시선을 거두고 탄식하며 입을 열었다.

"기세가 정말 대단하네요."

혁빙은 한명에게 적의를 느끼고 있는 듯했다. 황제의 두 심복이 서로에게 불만을 갖게 되는 것은 이해할 수 있었으나, 나에게는 왜 적의를 갖고 있는 걸일까?

마치 내 마음속의 의혹을 읽어내기라도 한 듯 한명이 담담한 어조로 내게 말했다.

"그는 정 부인과 좋은 관계를 유지하고 있습니다. 정 부인이 조정에서 기대는 버팀목이 바로 그라고 하더군요."

정 부인? 그래서 내게 그렇게 적의를 드러냈던 것이구나. 혁빙은 언제부터 이런 약육강식의 조정에 몸 담그기를 원하게 된 걸까? 도대체 언제부터 권신이 되길 원했던 걸까? 권신의 말로가 무엇인지, 그도 분명 알고 있을 텐데…….

권신, 참으로 그럴듯하다. 그리고 그것이 잘못되었다는 것도 아니다. 그러나 후궁의 비빈과 얽혀서는 안 되었다. 만약 내가 정 부인을 제거하려 한다면 분명 그에게까지 영향이 미치게 될 것이다.

혁빙, 내가 정 부인에게 진다면 너는 계속 권신의 지위를 이어갈 수 있을 테지만 내가 이긴다면 너에게 두 번 다시 지금과 같은 권세는 없을 것이다.

"명 태비의 일은……."

"황비께서는 조정의 일에 간섭하지 않으시는 게 좋습니다. 아시다시피 역대 후궁들은 조정일에 간섭할 수 없었고, 간섭했던 이 가운데 좋은 말로를 맞은 이가 없었습니다."

차가운 어조로 말하는 그의 말끝이 유난히 길게 늘어지고 있었다.

"저는 황비께서 또 다른 두지희가 되시는 것을 바라지 않습니다."

온몸이 빳빳하게 굳었다.

"만약 정말 그런 날이 온다면……."

나의 목소리는 점점 작아지다가 곁에 있는 궁녀들을 의식하여 결국 말끝이 흐려졌다.

한명의 얼굴빛은 여전했고, 그의 시선은 하늘 위에서 춤추며 흩날리는 눈꽃에 고정되어 있었다. 해가 뜨기 전의 맑고 깨끗한 하늘, 높은 구름 사이로 황금빛이 비추고 있었고, 아주 작은 눈송이가 하늘에서 떨어지고 있었다. 나는 그가 무슨 생각을 하고 있는지 알 수 없었다.

"황비, 돌아가십시오. 내일이 대혼일입니다."

"당신과 저는 진남왕에게 빚을 졌어요. 폐하께서 명 태비까지 죽이려 하시는데, 그대의 마음도 편치는 않잖아요?"

"명 태비가 자초한 일입니다. 스스로 사지로 걸어 들어간 겁니다!"

그의 힘있는 목소리에서 냉혹한 피비린내가 풍겨 왔다. 내가 희미하게 미소를 지으며 다시 입을 열려고 하는데, 굳게 달혀 있던 용 문양의 황금빛 양심전 문이 열리며 둔탁한 소리를 냈다. 우리는 동시에 고개를 돌려 그곳을 바라보았다.

어두운 얼굴의 기우가 문지방 안쪽에 서 있었다. 아득한 눈빛 아래 오싹한 기운을 담고 그가 차갑게 한마디를 던졌다.

"들어오시오!"

갑자기 벌어진 상황에 나는 여전히 멍한 상태였으나 기우는 어느새 암흑 같은 대전 안으로 사라지고 없었다. 나는 한명과 눈빛을 나눈 후 발걸음을 옮기기 시작했으나 마음은 혼란스러웠다.

겨울의 음침함 탓인지 휘황찬란하던 대전 역시 다소 음습한 분위기를 풍기고 있었다. 사면의 벽에는 붉은 용과 봉황 모양의 초가 밝혀져 있었는데 황금처럼 빛나는 초의 심지가 바람에 흔들리고 있었고, 상쾌한 향기가 코끝을 맴돌았다. 대전 안에는 오직 나와 그뿐인 듯, 한 걸음을 내디딜 때마다 내 발소리가 메아리 치며 끊임없이 울려 퍼져 으스스한 기운이 감돌았다.

기우는 뒷짐을 진 채 나를 등지고 서 있었다. 그가 무슨 생각을 하고 있는지 알 수 없으나 그 모습만큼은 유난히 오만하고 사나워 보였다. 나는 작은 목소리로 그를 불렀다.

"기우……."

앞으로 몇 발짝 더 나아가 나는 그의 옆얼굴을 바라보았다. 그의 얼굴을 통해 일말의 갈피라도 잡고 싶었기 때문이다.

"그대가 나를 찾아온 건 기성 때문이겠지."

부드럽지만 엄숙함이 담겨 있는 그의 목소리가 내 마음을 무겁게 했다.

"명 태비를 어떻게 처리하실 생각이세요?"

기우가 갑자기 몸을 돌려 나를 바라보며, 냉혹함이 담긴 엷은 미소를 지으며 말했다.

"옳고 그름을 알지 못하는 이, 죽을 수밖에 없소."

나는 가볍게 웃었다.

"모든 일을 피로 해결할 수밖에 없나요?"

나조차도 이 순간 내가 왜 웃고 있는지 알 수 없었다.

"저는 우리의 혼인이 살육으로 얼룩지기를 원치 않아요."

기우는 한참 동안 아무 말도 하지 않고 그저 나를 가만히 바라보고만 있었다. 그의 얼굴 위로 복잡한 감정이 스쳐 지나갔고, 나는 질식할 것만 같았다. 입가에 쓸쓸한 미소가 지어졌다.

"만약 제가 황위를 위협하는 날이 온다면, 그때 폐하께서는 신첩을 어찌 처리하실 건가요?"

나의 목소리는 부드러웠으나 나는 긴장하고 있었다. 나는 기대를 담고 그의 대답을 기다렸다.

그의 날카로운 눈빛이 무거워졌으나 기우는 입을 굳게 다물고 대답하지 않았다. 그렇게 그의 대답을 기다리던 나의 마음도 점점 무거워졌다. 나는 실망했을 뿐만 아니라 깨달음도 얻게 되었다. 나는 일찌감치 깨달았어야 했다. 자신의 황위를 위협하는 자를 제왕이 어찌 용납할 수 있겠는가? 하물며 그것이 고작 한 명의 여인이라면!

나는 홀로 미소 짓고 몸을 돌려 양심전을 떠나려 했다. 그때, 내가 떠나지 못하도록 뒤쪽에서 두 팔이 내 양어깨를 감싸 안았다.

"만약 정말 그런 날이 온다면 나 납란기우, 그대가 즐겁게 지낼 수 있도록 강산의 절반을 그대에게 주겠소."

'복아가 좋아하기만 한다면, 세상의 절반을 뚝 떼어 네가 더 즐겁게 놀 수 있도록 해 주겠다.'

부황이 내게 하신 말씀과 똑같았다. 어찌 이리도 꼭 닮았단 말인가? 쓰라린 마음이 온몸을 덮어 목소리가 떨려 나왔다.

"강산의 절반 따위는 원치 않아요. 저는 당신이 앞으로도 오랫동안 무사하기만을 바랄 뿐이에요."

마치 이 순간의 평안함에 사로잡힌 듯이 그가 나의 목덜미에 자신의 머리를 살짝 기대었다. 그의 따뜻한 숨소리가 들려오자 나는 포기하지 않고 다시 한 번 그에게 되물었다.

"명 태비……."

"남월은 이미 자결했소."

나는 깜짝 놀라 차가운 숨을 들이켰다.

기우가 아무렇지도 않게 내뱉은 말에는 수많은 의미가 담겨 있었다. 어찌 마침 남월이 자결을 했단 말인가? 분명 명 태비가 나의 정체를 밝히려는 것을 알아챈 기우가 먼저 손을 쓴 것이 분명했다. 남월……, 그녀는 살해당한 것이다.

"이제 어떡하실 건가요?"

그는 나의 말에 대답하지 않았다. 공기는 무겁게 가라앉았고 주위는 고요했다. 결국 나는 마지막 희망마저 포기하고 말았다. 나는 그저 애절하게 그에게 부탁했다.

"어떤 결정을 하든, 제발 기성을 좋은 곳에 잘 묻어 주세요. 부탁이에요. 제가 당신께 하는 첫 번째 부탁이에요."

음력 정월 대보름.

완미가 나선형 눈썹먹으로 내 눈썹을 그려 주고, 양뺨에 장미 가루를 뿌려 내가 더욱 아름답게 보이도록 해 주었다. 심완은 내 이마 중간에 황금 봉황 문양의 금박 장식을 붙여 주고, 머리를 부드럽게 말아 위로 올린 후 자색 봉황과 금빛 꿩으로 장식된 관을 씌워 주었다. 마지막으로 모란이 장미 꽃밭에서 춤을 추고 있는 봉황 문양의 겹겹의 붉은 혼례복을 입혀 주었다. 치마 끝자락은 반짝반짝 빛을 발하였고, 움직일 때마다 사각거리는 소리가 들려왔다.

거울 속에 비친 이는 한없이 곱고 우아해 보였다. 이게 정말 그토록 평범하던 나의 모습이란 말인가? 정성스럽고 정교한 몸단장을 통해 나는 눈부시게 아름다운 모습으로 변해 있었다. 사람은 꾸미기 나름이라는 말이 틀리지 않은 듯했다.

나는 여러 사람의 부축을 받으며 침궁을 나섰다. 몇 시간 전에 비하면 잦아들었지만 눈은 여전히 멈추지 않고 내리고 있었다.

서 환관의 말에 의하면 소봉궁 앞에서 기다리고 있는 꽃가마를 타고 승헌전으로 가면 황제가 조정의 문무백관 앞에서 내게 정식으로 황비의 옥새를 하사할 것이라고 하였다. 하지만 꽃가마를 향해 가는 내내 나는 기쁨을 느끼기는커녕 억지 미소를 지으며 힘겹게 버티고 있었다. 나는 황제가 명 태비와 그 주변 사람들을 어찌 처리할 것인가에 온 신경이 집중돼 있었다. 그는 정말 피비린내 나는 대혼식을 치르려 하는 것일까?

소봉궁을 나서자마자 황금빛으로 찬란한 꽃가마가 눈에 들어왔다. 놀랍게도 그것은 정말 황금으로 만든 것이었다. 나는 터져 나오는 씁쓸한 미소를 금할 수가 없었다. 이 순간 내 머릿속에 떠오른 것은 한 무제의 황후 진아교陳阿嬌[6]였다. '만약 아

---

6 한 무제의 황후 진씨의 아명. 후에 총애를 잃고 폐비가 되었다.

교를 아내로 삼을 수 있다면 반드시 황금으로 집을 지어 그녀가 머물 수 있게 하겠다.'고 했던가? 그러나 한 무제는 알지 못했다. 아교가 원한 것은 화려한 황금 집이 아니었다. 그녀가 원한 것은 오직 한 무제의 진실한 사랑이었다.

한명이 눈보라 속에 머리카락과 붉은 도포를 휘날리며 서 있었다. 밖으로 나온 나를 보고 그가 곧바로 나를 향해 다가왔다.

"황비마마, 가마에 오르시지요. 대신들은 모두 승헌전에 들었고, 황비마마의 가마만을 기다리고 있사옵니다."

나는 감정의 동요가 조금도 드러나지 않은 그의 두 눈을 멍하니 바라보았다. 왜 그가 나를 데리러 온 것일까? 이것이 정말 우연일까?

"신이 황비마마를 업어서 가마에 오르시도록 하게 해 주시옵소서."

한명의 간절한 어조와 단호한 눈빛에 나는 잠시 주저했다. 손바닥에서 어느새 식은땀이 배어 나왔다. 설마 황제가 이미 알고 있는 것인가?

힘없이 몇 발짝 뒷걸음질 친 나는 고개를 가로저으며 거절의 뜻을 드러냈다. 안 된다. 절대 안 된다.

내 속마음을 눈치챘는지 한명이 웃으며 입을 열었다.

"이 한명이 마지막으로 그대를 업을 수 있게 해 주오. 앞으로 그대는 나의 주인이 될 테니."

그가 천천히 몸을 숙이고 거절을 허락하지 않겠다는 몸짓으로 나를 기다렸다.

마음이 실로 복잡했으나 나는 결국 한명의 등에 업혔고, 그는 눈 위에 깊은 발자국을 남기며 황금 꽃가마를 향해 나아갔다. 머리에 쓴 황금 봉황관에 달린 진주와 비취 술 장식이 내 시선을 가리고 흔들리며 연신 낭랑한 소리를 퍼뜨렸다. 또다시 눈이 내리는 날, 그는 또다시 나를 업고 돌아올 수 없는 길을 걷고 있었다.

"황비마마, 이제 곧 아귀다툼이 난무하는 후궁으로 들어서시게 됩니다. 부디 몸조심하십시오."

한명의 목소리는 겨울날의 얼음 같았고 여전히 눈처럼 냉정했으나 서글프고 지친 듯 느껴졌다.

"언젠가 황비마마께 위험이 닥치는 날에는 신이 반드시 목숨을 다하여 황비마마를 지켜 드릴 것입니다."

나는 그의 귓가에 대고 낮은 목소리로 말하였다.

"나를……, 내버려 두세요."

"이 한명이 말씀드리지 않았던가요? 마마를 지켜 드리겠다고."

그가 긴 한숨을 내쉬었다. 어느덧 우리는 황금 꽃가마 앞에 도착했고 한명이 나를 조심스레 가마에 내려 주었다. 고개를 돌리니 그가 나를 응시하고 있었다. 그가 휘장을 내리자 그것이 차갑게 우리 사이를 가로막았다.

규칙적으로 흔들리는 가마에 얌전히 앉아 있으니 졸음이 쏟아졌다. 얼마나 지났는지 드디어 흔들림이 사라지고 가마가 땅에 닿는 충격을 느끼고서야 나는 깜짝 놀라 정신을 차렸다.

"황비마마, 도착하였습니다."

심완이 작은 소리로 고하고 비단 휘장을 걷었다.

차가운 바람에 옷섶을 단단히 여미며 가마에서 내린 후 나는 눈앞에 펼쳐진 승헌전의 웅장한 모습을 바라보았다. 두 번째로 찾은 이곳은 여전히 휘황찬란한 모습을 자랑하고 있었다.

대전으로 들어서자 붉은 융단이 궁 정면의 백옥 계단까지 이어져 있었는데, 그 양쪽에서 문무백관들이 머리를 조아리고 허리를 숙인 채 나를 맞이했다. 내 뒤를 따르는 궁녀들이 연붉은색 장미 꽃잎을 내 머리 위로 뿌리자 꽃잎이 내 귀밑머리로, 양뺨으로, 옷섶으로 하염없이 떨어지며 짙은 향기를 풍겼다.

약 이백 보 정도를 걸어 내가 옥 계단 아래에 도착하자 옥좌에 앉아 있던 기우가 몸을 일으켜 계단 위에 선 채 나를 향해 손을 내밀었다.

내가 정말 그의 아내가 되는 것인가? 기쁘고 흥분된 마음과 함께 실의와 두려움이 느껴졌다. 나는 무엇을 두려워하고 있는 것인가?

백옥 계단에 발을 디디고 한 걸음씩 힘차게 계단을 올라 마지막 한 계단이 남았을 때 나는 기우의 손을 단단히 붙잡았다. 그의 따뜻한 손은 마치 수일 전 나의 얼음장 같던 손을 녹여 주었던 것같이 나의 마음을 어루만져 주었다.

그의 눈빛은 다정했고, 그의 입가에는 시원스럽고 자연스러운 미소가 걸려 있었다.

"바로 이 사람이 짐의 체 황비이다."

그는 자리한 모든 사람들을 향해 큰 소리로 선포하였고, 그 우렁찬 소리가 대전에 메아리쳤다.

환관 하나가 조심스럽게 황금빛 천으로 에둘러진 상자 하나를 기우에게 전하자 기우가 내 손을 놓고 그 상자를 받아 내 앞에 내려놓았다. 나는 천천히 무릎을 꿇고 그의 말에 귀를 기울였다.

"서궁의 봉황 옥새를 체 황비에게 하사하여 후궁을 관장하게 하노라. 이에 불복하는 자, 이 옥새로 그 죄를 다스리겠노라."

"폐하, 성은이 망극하옵니다. 만세, 만세, 만만세!"

내가 묵직한 봉황 옥새를 받아 들자 조심스레 나의 팔을 붙잡아 일으켜 준 기우가 조용히 속삭였다.

"드디어 나의 아내가 되었군!"

그의 뜨거운 시선을 피해 나는 미소를 지으며 고개를 숙였다. 사람들의 눈이 가득한 이곳에서 나의 두 뺨은 붉어지다 못해 뜨겁게 타오르고 있었다.

시선을 돌리자 아래쪽에서 몸을 꼿꼿하게 세운 채 무심한 표정으로 우리의 모습을 바라보고 있는 연성이 보였다. 그 표정은 마치……, 낯선 사람, 완전히 낯선 사람이었다. 나는 그가 이미 나를 자신의 마음속에서 지우기로 마음먹었고 또한 그가 그렇게 할 수 있다는 사실이 기뻤다.

그러나 나는 여전히 걱정스러운 마음을 버릴 수 없었다. 기라에 대한 연성의 증오는 이미 그의 마음을 가득 채우고 있었다. 그는 분명 음산에서의 원한을 갚으려 할 것이다. 나는 이 일을 기우에게 알려 연성을 더욱 경계하라고 해야 하는 걸까? 하지만 그렇게 하면 연성이 매우 위험해질 것이 아닌가? 그렇다고 알리지 않는다면 기우가 위태로워질 것이다.

드디어 지루한 책봉식이 끝나고, 나는 수많은 궁녀들과 환관들에게 둘러싸여 승헌전을 나왔다.

나는 양심전의 침궁 안에서 가만히 앉아 있었다. 탁자 위에 놓인, 용과 봉황이 똬리를 틀고 있는 문양의 붉은 초는 이미 절반이나 타 버린 채 붉은 눈물 방울을 흘리고 있었다. 얼마나 오래 앉아 있었는지 온몸이 찌릿찌릿 아파 오기 시작했다. 내 머릿속은 마치 귀신에게 홀리기라도 한 듯 텅 비어 있었고, 내 곁에 서서 시중을 들고 있는 심완과 모란도 붉은 눈물을 흘리고 있는 촛불만 멍하니 바라보고 있었다.

그때, 침궁 문을 열고 들어온 완미가 다급하게 내 곁으로 달려왔다.

"황비마마, 정 부인마마의 태아가 심상치 않다고 합니다. 이 소식을 들으시고 폐하께서 정 부인마마를 안심시키기 위해 백앵궁으로 향하고 계신다고 합니다."

모란이 차갑게 웃었다.

"참으로 신기하기도 합니다. 하필이면 황비마마의 대혼식 날 태아가 심상치 않다니요."

심완도 이를 악물며 말했다.

"정 부인은 분명 황비마마의 대혼식을 망치려고 하시는 게 틀림없습니다. 아예 마음을 먹고 황비마마를 속상하게 하시려는 겁니다."

침착하게 몸을 일으킨 나는 겹겹이 걸친 봉황 의복을 벗으며 화장대 앞으로 걸어갔다.

뒤쪽에서 심완의 목소리가 다시금 들려왔다.

"오늘 밤, 정 부인께서 폐하를 붙잡고 백앵궁에서 밤을 보내게 하시지나 않을까 걱정입니다."

화장대 앞에 도착한 나는 천금같이 무겁던 봉황관을 내려놓으며 말했다.

"정 부인의 태아가 위험하다면 폐하께서 그곳에 머무시며 정 부인을 위로하시는 게 당연하지 않겠느냐?"

"이렇게 사람을 괴롭히다니요!"

화가 잔뜩 난 모란이 탁자를 내리치자 그 소리가 사방으로 퍼져 나가 메아리쳤다.

머리를 고정시킨 은비녀를 뽑자 흑단같이 검은 머리카락이 어깨 위로 흘러내렸다. 거울에 비친 내 모습은 연지조차 소용없을 만큼 창백했다.

"너희들 모두 물러가거라. 이만 쉬어야겠다."

침묵이 깔렸다. 모두들 주저하고 있는 듯했다.

나는 소리 없이 탄식하며 다시 말하였다.

"물러가라 하지 않았느냐!"

나는 조금 더 엄한 목소리로 말했다. 그런데 그녀들이 기쁨이 담긴 목소리로 동시에 입을 열었다.

"폐하!"

그들의 목소리에는 놀라움이 섞여 있었다. 나는 거울을 통해 기우가 그녀들을 물린 후 문을 천천히 닫는 모습을 바라보았다. 주위가 침묵에 빠져들자 나는 그제야 손에 꼭 쥐고 있던 상아 빗을 내려놓았다.

"저는……, 오시지 않으실 줄 알았습니다."

기우가 나를 향해 성큼성큼 걸어오더니 내 옆에 한쪽 무릎을 꿇고 손을 뻗어 내 머리카락을 쓰다듬었다.

"오늘은 우리의 대혼일인데 내가 어찌 그대를 이곳에 홀로 남겨 둘 수 있겠소?"

그는 내 허리 부근까지 내려온 머리카락을 한 줌 손에 쥐고 코에 대고 그 향기를 맡았다. 나는 질투의 기색을 띠며 콧방귀를 뀌었다.

"정 부인은 신경 쓰이지 않으시고요? 정 부인은 당신 아이를 배고 있잖아요."

내 옆모습을 물끄러미 바라보던 그가 살짝 미소를 지었다.

"그대가 정 부인을 질투하다니……. 정 부인은 그대의 그림자일 뿐이오. 내가 어찌 그녀를 위해 그대를 버리겠소?"

나는 몸을 돌려 그의 두 눈을 똑바로 바라보았다. 일찍이 운주에서 정 부인이 총애를 받게 된 이유가 정 부인의 분위기와 자태가 나와 유난히 흡사했기 때문이라고 들은 적이 있지만 이렇게 그의 입을 통해 직접 들으니 더욱 마음이 흔들렸다.

"하지만……, 그날 그녀를 위해 저를 치라고 하셨잖아요."

그가 돌연 미소를 거두고 미간을 찌푸렸다.

"아직도 그 일을 기억하고 있군. 다 내 탓이오. 그때 운주가 목숨을 걸고 그대를 살려서 얼마나 다행인지 모르오. 안 그랬다면 내 평생 후회할 뻔했소."

그가 운주의 이름을 꺼내자 나의 표정이 어두워졌다. 나는 고개를 숙인 채 두 손을 붙잡았다.

"운주에게 너무 미안해요. 나만 아니었다면……."

"그대와는 상관없는 일이오. 운주는 그대가 알지 못하는 암투로 인해 죽은 것이오."

나의 차가운 손을 붙잡으며 그가 나지막한 목소리로 나를 위로해 주었다.

마주잡은 우리 두 사람의 손을 바라보고 있자니 마음이 복잡해졌다. 그가 명 태비의 일을 어찌 처리하려는지 묻고 싶었으나 나는 망설이기만 할 뿐 감히 이야기를 꺼내지 못했다.

나는 그가 화를 낼까 봐 겁이 났다. 순식간에 돌변하여 나를 차갑고 냉담한 태도로 대할까 봐 너무나 두려웠다. 내 곁을 떠나는 그를 어찌해도 붙잡을 수 없을 것만 같았다.

그때, 갑자기 몸이 가벼워지는 게 느껴졌다. 기우가 나를 안아 올린 것이다. 그의 갑작스러운 행동에 나는 긴장한 숨소리를 터뜨리며 그의 가슴팍을 단단히 부여잡았다. 그는 나를 따뜻하고 부드러운 황제의 침대 위에 조심스럽게 내려놓았다. 향기가 진동하였고, 귓가에 그의 나지막한 목소리가 들려왔다.

"오늘은 우리의 첫날밤이오……."

내 머릿속은 뒤죽박죽이 되어 버렸다. 그의 깊고 그윽한 눈을 보자 나의 심장은 점점 빠르게 뛰어 마치 입을 열면 입 밖으로 튀어나올 것만 같았다.

"저는……."

기우가 고개를 숙이고 내 이마 위에 입맞춤을 했다. 그는 유혹하듯 내 귓가에 대고 조용히 말하였다.

"드디어 그대를 가질 수 있게 되었소. 그대를 처음 본 그 순간, 나는 그대를 내 품에 안은 채 생각했다오. 만약 그대를 영원히 가질 수 있다면 참으로 행복하겠다고."

그의 뜨거운 몸에 밀착되어 나는 정신이 점점 아득해져 갔다.

"예전 같지 않은 저의 미모가 신경 쓰이지 않으세요?"

그의 눈빛이 어두워지는가 싶더니 그가 나의 오른쪽 목을 살짝 깨물어 꾸짖음의 의미를 드러냈다.

"그대는 나를 그 정도로밖에 생각하지 않는 것이오?"

희미한 아픔이 전해지자 나는 비명을 질렀고 그는 웃음을 터뜨렸다. 나는 가벼운 원망을 했다.

"제 용모가 이리 흉하게 변해 버린 이유를 왜 묻지 않으세요?"

기우는 내 목에 머리를 파묻고 아무 말도 하지 않았다. 그의 평소 같지 않은 모습에 당황한 나는 다급히 그의 팔을 흔들었다. 그러자 그가 두 손으로 나의 허리를 단단히 끌어안으며 진지한 목소리로 말했다.

"만약 내가 물었다면, 그대는 분명 내가 그대의 용모가 아름다운지 아닌지에 대해 크게 신경 쓴다고 여겼을 것이오. 나는 이 일로 우리 사이의 감정이 흔들리길 원치 않았을 뿐이오. 이해할 수 있겠소?"

나는 한참 동안 넋을 잃고 있다가 간신히 정신을 되찾았다. 그랬구나. 나는 그를 계속 오해하고 있었다. 나는 깊이 감동해서 그의 입술에 입맞춤을 하며 말했다.

"기우, 미안해요."

그의 몸이 빳빳하게 굳어지는가 싶더니 그의 깊고 그윽한 눈빛이 흐릿해지며 은근한 따스함을 띠었다.

"내가 듣고 싶은 말은 미안하다는 말이 아니오."

나는 아무 말 없이 옅은 미소를 지으며 갈구하는 그의 눈빛을 피했다. 한참이 지나도 원하는 말을 듣지 못한 기우가 맹렬한 기세로 나의 목을 에두르며 나에게 입을 맞추었다. 정신을 차릴 새도 없이 입술에 아릿한 아픔이 퍼져 갔다. 그의 입맞춤에는 거절을 절대로 허용하지 않겠다는 듯한 난폭함과 응징이 담겨 있었다. 그의 입맞춤에 나는 숨을 쉴 수가 없었다.

그사이 그의 손은 나의 얇은 옷을 빠른 속도로 벗겼고, 그의 따뜻한 손바닥은 쉬지 않고 나의 몸을 어루만졌다. 내가 입을 열어 심호흡을 하자 그의 혀끝이 미끄러지듯 들어오더니 나의 혀를 휘감았다. 농염한 욕망에 도취된 기운이 공기 중에 퍼져 갔다.

입술과 이 사이를 넘나드는 농염한 입맞춤은 나를 거의 질식하게 만들었고, 그의 손은 여전히 나의 허리 부근을 어루만지고 있었다. 타오르는 욕망으로 딱딱해진 그의 하반신이 나를 누르자 두려움을 느낀 내가 뒤쪽으로 몸을 빼려 하는 것을 그가 꽉 붙잡았다.

"복아……."

목이 멘 듯한 기우의 목소리가 조용히 들려왔다. 그리고 놀란 나를 진정시키려는 듯 그의 입맞춤이 부드럽고 조심스럽게 변해 갔다.

"나를 믿으시오. 마음을 편안히 하고."

천천히 두 눈을 감자 그의 따뜻한 호흡이 느껴졌다. 그제야 안도감이 들며 긴장이 풀어졌다. 그러나 다음 순간, 격렬한 고통이 온몸으로 퍼져 갔다. 나는 소리를 지르지 않기 위해 입술을 힘껏 깨물었다.

감정을 자제하는 듯한 그의 목소리와 함께 나의 입술을 어루만지는 그의 손이 느껴졌다.

"아프면 소리를 질러도 되오."

깨물고 있던 입술을 풀고 손톱으로 날카롭게 그의 등을 찌르자 고통이 점차 사라져 갔다. 그의 정성스러운 입맞춤이 점차 가슴 쪽으로 옮겨 갔고, 하반신에 긴장과 이완이 반복되며 빠르게 그리고 다시 느리게 요동쳤다. 나는 나도 모르게 몸을 구부리고 그에게 애원하는 소리를 내고 있었다.

"기우……, 기우……."

한 방울, 또 한 방울 땀이 그의 얼굴에서 떨어졌고, 그는 한 번, 또 한 번 나의 이름을 나지막이 부르며 자신의 사랑을 호소

했다.

　나는 그를 단단히 붙잡은 채 그의 격렬한 사랑……, 그리고 고독하기만 했던 그의 이십여 년간의 삶을 받아들이고 있었다.

　일찍이 나는, 그의 곁에 머물며 그를 더 이상 고독하지 않게 하겠다고 스스로에게 다짐했으나 지금까지 그렇게 하지 못했었다. 그러나 이제 기회가 생겼으니 나는 내가 줄 수 있는 모든 것을 그에게 줄 것이다. 이 세상에는 오직 냉담, 배신, 음모만이 존재하는 것이 아니라는 것을, 내가 온 마음을 다해 그를 사랑하고 있다는 것을 그가 분명히 알 수 있도록 할 것이다.

피눈물의 황릉 참배

침대 위의 온기가 조금씩 사라져 갔다. 나는 손을 뻗어 기우를 찾았으나 침대 위를 몇 번이나 더듬어 보아도 그는 느껴지지 않았다. 두 눈을 천천히 뜨고, 나는 잠시 어둠을 응시하다가 튀어 오르듯 침대에서 몸을 일으켰다.

지금은 신시[7]이니 조회까지는 아직 한 시진이 넘게 남아 있었다. 그는 어디에 있는 걸까? 텅 비어 있는 침궁 안을 훑어보다가 나는 먹먹한 마음이 들어 곧바로 바닥 위에 어지러이 흩어진 옷가지를 줍기 시작했다. 이따금 느껴지는 몸의 통증에 조금 전 기우와 뒤섞여 있던 모습이 떠올라 얼굴이 새빨갛게 달아올랐다.

---

7 오후 3시~5시.

나는 침착하게 옷을 챙겨 입고 엉망이 된 머리를 붉은 비단 끈으로 묶어 목덜미 옆에 고정시킨 뒤 담비 모피 옷을 걸치고 침궁의 문을 열었다.

　"황비마마, 어찌 이리 일찍 기침하셨는지요?"

　밖을 지키고 있던 서 환관이 놀라며 나를 향해 인사를 올렸다. 나는 흐린 달빛의 새카만 밤을 바라보았다. 며칠 동안 내리던 눈이 드디어 멈춘 듯했다.

　"폐하는?"

　"폐하께서는……, 정전에 계십니다."

　마음속에 의혹이 일어 나는 정전을 향해 발걸음을 옮겼다. 그러자 서 환관이 곧바로 나를 막으며 입을 열었다.

　"폐하께서는 몇몇 대인들과 중요한 일을 논하고 계십니다. 그 누구도 방해하게 하지 말라는 분부가 있으셨습니다."

　나는 차가운 눈빛으로 그에게 감히 참견하지 않는 것이 자신의 신분을 지키는 데 좋을 것이라는 경고의 뜻을 분명히 드러냈다. 나의 눈빛을 본 서 환관은 입을 꼭 다물고 난처한 표정으로 원래의 자리로 돌아가, 내가 정전으로 발걸음을 옮기는 모습을 바라보았다.

　나는 발소리를 죽인 채 적막하고 어두운 회랑을 걸었다. 편당에는 아무도 없었으나 등불이 환하게 밝혀져 있었다. 나는 이상하게 여기며 계속해서 앞으로 걸어갔고, 등불은 점점 희미해지더니 어느새 새까만 어둠으로 변해 버렸다. 나는 숨을 죽인 채 정전에서 흘러나오는 희미한 소리에 귀를 기울였다.

다시 정전 모퉁이까지 살금살금 걸어가자 그제야 안의 대화가 똑똑히 들려왔다. 귀 기울여 들어 보니 그것은 기우, 혁빙, 한명의 목소리였다. 그들 셋은 이곳에서 무슨 이야기를 나누고 있는 것인가?

"다 해결하였느냐?"

기우가 차갑고 낮은 목소리로 물었다. 무엇을 해결했다는 거지?

"예, 폐하."

혁빙의 목소리는 냉담하였으나 공손함이 담겨 있었다.

"이제 중궁에 갇혀 있는 명 태비와 진남왕의 시신만 처리하면 됩니다. 폐하께서는 이를 어찌 처리하실 생각이신지요?"

한명이 결정을 하지 못한 듯 물었다.

그 순간 정전은 고요해졌고, 나는 두 손을 꼭 붙잡고 초조해하며 기우의 결정만을 기다렸다. 그는 내게 약속했다. 약속해 주었다!

"명 태비는 사형에 처하시고, 진남왕의 시신은 뼈를 부러뜨리고 태워 재는 날려 버리십시오!"

기우가 아무 말도 하지 않자 혁빙이 자신의 견해를 밝혔다. 그 말에 나는 분노가 치솟아 나도 모르게 모퉁이를 돌아 나와 정전 앞쪽에 서서 그들을 똑바로 바라보며 말했다.

"혁빙 대인, 참으로 독하시군요!"

그곳에 자리한 세 사람 모두 처음에는 당황한 듯하였으나 곧 살기를 띠고 나를 바라보았다. 정전 안에는 밝은 등불이 켜져 있지 않았으므로 몸의 형태와 옷의 윤곽만으로 그들이 누구인지 분별해 내야만 했다. 표정 따위는 알아볼 수도 없었다.

"체 황비, 참으로 배포가 크시군요. 감히 폐하의 정사를 엿듣다니, 이는 중죄요!"

혁빙이 내게 몇 발짝 가까이 다가오며 냉담한 말투로 말했다. 그러나 나는 기죽지 않고 냉소를 지어 보였다.

"죄를 논하자면 혁빙 대인의 죄가 더 크지 않겠소? 나를 보고도 예를 갖추지 않았을뿐더러 감히 위협을 하고 추궁을 하다니! 게다가 폐하께서도 아직 나를 책망하지 않으셨는데 먼저 나서서 입을 열다니, 이것이……, 신하 된 자의 도리요?"

나의 말에 혁빙의 몸이 경직되었다. 그는 나를 한참 동안 바라보기만 할 뿐 감히 다시 입을 열지 못하고 있었다. 나는 서글픈 마음을 감출 수가 없었다. 언제부터 나와 혁빙이 이토록 날을 세우는 적이 된 것일까?

나는 혁빙을 지나쳐 황좌에 앉아 있는 기우 앞에 무릎을 꿇었다.

"폐하, 신첩이 이렇게 간청하옵니다. 제발 명 태비의 목숨을 살려 주십시오. 그리고 진남왕, 그분은 그래도 폐하의 형님이십니다!"

"체 황비!"

더 이상 참을 수 없었는지 혁빙이 다시 소리쳤다.

"무측천의 흉내를 내고 싶으신 겁니까?"

"폐하……."

나는 혁빙의 말은 들리지 않는다는 듯 계속해서 황제에게 간절히 애원했다. 그러나 되돌아온 건 "물러가라."라는 그의 한마디뿐이었다.

나는 무릎을 꿇은 채 그의 냉담한 얼굴과 칠흑 같은 어둠 속에서 날카롭게 빛나는 그의 차가운 두 눈만을 한참 동안 바라보았다.

그가 다시 입을 열었다.

"짐이 물러가라 하지 않았소!"

그의 목소리에 엄한 기세가 더해졌다. 나는 소리 없이 몸을 일으켰고, 그곳에서 물러나 편당으로 들어섰다. 길을 걷는 내내 머릿속은 엉망진창이었고, 발걸음은 점점 빨라져 결국은 총총걸음을 걷고 있었다. 나의 몸은 딱딱하게 굳어 있었고, 나는 더 이상 아무 생각도 할 수가 없었다.

흐리멍덩한 모습에 노기를 띤 표정으로 침궁으로 돌아온 나를 보고 서 환관이 놀라 무슨 말인가 하려 하였으나 나는 그의 말을 기다리지 않고 침궁 문을 힘껏 닫아 버렸다. 문이 닫힌 그 순간, 걸치고 있던 담비 모피 옷이 내 어깨 위에서 흘러내렸다.

나는 침대 위로 몸을 던진 후 부드러운 이불 안으로 머리부터 발끝까지 온몸을 말아 넣고, 눈을 뜬 채 이불 안에서 어두운 느낌을 만끽했다.

조금 전까지 다정하게 나를 사랑한다 말했으면서 잠시 후에는 그런 차가운 말로 나를 대하다니, 도대체 나는 그에게 무엇이란 말인가? 그는 나를 진심으로 사랑하고 있기는 한 걸까?

그저 후궁의 수많은 비빈 가운데 하나로 여기고 있는 것은 아닐까? 그는 내게 세상에서 가장 행복한 신부가 되게 해 주겠다고 말했었다. 그러나 지금 나는 조금도 행복하지 않았다.

얼마나 오랫동안 그렇게 몸을 웅크리고 생각에 빠져 있었는지 점점 숨이 가빠 오기 시작했다. 이불 안의 공기가 답답하고 뜨거워져 그 열기가 온 얼굴 위로 퍼지고 이마에서 땀이 배어 나오고 있었다. 머리를 내밀어 신선한 공기를 들이마시려는데 그 순간 끼익 하는 문소리와 함께 이곳으로 다가오는 조용한 발소리가 들려왔다. 기우가 돌아온 것이다.

이불을 걷고 싶은 충동을 애써 참으며 나는 그가 어떤 행동을 할지 가만히 기다렸다. 그러나 한참을 기다려도 그는 아무런 행동도 취하지 않았고, 그저 침대 앞에 조용히 서 있을 뿐이었다. 더 이상 참을 수 없을 지경이 되자 나는 이불을 걷어 내고 신선한 공기를 정신없이 들이마시기 시작했다. 그제야 불편했던 몸이 편안해졌다.

침대 끄트머리에 앉아 나를 바라보는 기우의 두 눈에는 장난기가 가득하였다.

"나는 그대가 영원히 그 이불 안에서 나오지 않을 줄 알았다오."

나는 고개를 돌리고 그를 바라보지 않으려 하였으나 그가 몸을 숙여 자신의 옷소매로 내 이마의 땀을 닦아 주었다.

"내게 화가 났어도 자신을 그리 힘들게 하지는 마시오."

옅은 한숨을 내쉬고, 그가 금빛 용이 수 놓인 비단 신발을 벗고 이불 안으로 들어와 내 허리를 끌어안았다. 나는 몸부림을 치며 그의 품에서 벗어나려 하였으나 그가 두 팔로 나를 단단히 붙잡았다.

"복아, 내 말을 들어 보시오."

"듣고 싶지 않아요!"

나는 그를 거칠게 밀어내고 새하얀 벽을 향해 돌아누웠다. 고요한 뒤편에서는 그의 숨소리만이 들려왔다. 나도 모르게 주먹이 쥐어졌다.

"저는 정말 당신을 이해할 수가 없어요. 어느 때는 저를 따뜻하게 대해 주시다가 어느 순간 또 차갑게 대하시는 당신을 보면 무섭기만 해요. 어느 날 당신이 저를 버리실까 봐 너무나 두려워요. 당신에게는 이미 수많은 비빈들이 있어요. 하나같이 저보다 아름답고 당신의 마음을 사기 위해 저보다 더 대단한 노력들을 하고 있어요. 그런데 저는 당신에게 귀찮은 일만 안겨 줄 뿐이죠. 만약 어느 날 갑자기 당신이 귀찮아졌다며 저를 버리신다면 저는 어찌해야 하나요? 이제 제게 남은 것은 아무것도 없는데……."

나는 울먹이고 있었으나 온 힘을 다해 눈물만은 흘리지 않으려고 노력했다. 나는 울고 싶지 않았다. 눈물로 그의 연민이 담긴 사랑을 얻고 싶지는 않았다.

한참 동안의 침묵 후 기우가 긴 한숨을 내쉬었다. 그는 내 몸을 돌려 그를 마주보게 한 뒤 단호한 어조로 말하였다.

"나는 사람을 어찌 달래야 하는지 알지 못하오. 그러나 지금

이 순간, 그대에게 이 말만은 꼭 해 주고 싶소. 나는 무슨 일이 있어도 결코 그대를 버리지 않을 것이오."

나는 그의 품에 머리를 파묻고, 두 손으로 그의 허리를 단단히 껴안았다. 그가 내 등을 토닥거렸다.

"화가 풀렸소? 이제 내 이야기를 들어 줄 수 있소?"

그는 나의 입술에 살짝 입맞춤을 한 후 입을 열었다.

"조금 전 내가 그대의 말을 막지 않았다면 분명 혁빙이 내게 그대가 조정의 일에 간섭한다며 죄를 묻도록 요구하였을 것이오. 그 때문에 나는 그대를 냉담하게 대할 수밖에 없었소. 그런데 어찌 이리 토라져 화를 낸단 말이오. 내 해명은 들으려 하지도 않고."

나는 답답한 마음을 안고 그에게 물었다.

"그럼 혁빙에게 제가 누구인지 말해 주실 생각이세요?"

"한 사람이라도 덜 알아야 위험을 조금이라도 줄일 수 있소. 지금까지 그대의 정체를 알고 있던 사람들은 모두 제거되었소."

그의 말을 듣자 나는 온몸이 부들부들 떨려 왔다.

"명 태비는……?"

"그녀는 감히 그대의 정체를 가지고 나를 위협하였소. 죄를 물을 수밖에 없었소!"

그는 잔인한 말을 태연하게 내뱉었다.

"기성은요?"

나는 긴장하며 물었다. 그는 내 머리카락을 사랑스럽다는 듯 어루만지며 말했다.

"사흘 후, 황릉에 매장할 것이오. 만족하오?"

나는 안도의 한숨을 내쉬었다. 그러나 이내 온몸이 팽팽하게 긴장되었다. 그는 명 태비에게 죄를 묻지 않을 수 없었다고 말하였다. 그렇다면 조금 전에 말한 '해결'이란 명 태비 일당을 이미 처리해 버렸다는 뜻이리라.

잠깐, 나의 정체를 아는 사람이 한 명 더 있지 않은가! 혹시 기우가 그에게도 살의를 품고 있는 건 아닐까?

"그럼 한명은……?"

"나는 그의 충심을 믿고 있소. 게다가 그는 그대를 좋아하니, 그대에게 해가 될 만한 행동은 하지 않을 것이오."

나는 그의 깊은 눈빛을 읽어 낼 수 없었고, 대체 그가 무슨 생각을 하고 있는지도 헤아릴 수 없었다.

나는 긴장하며 말했다.

"저와 한명 사이에는 아무 일도 없었어요. 오해하지 마세요."

말을 한 순간 후회가 밀려왔다. 내가 해명을 한다 한들 무슨 소용이 있겠는가? 진상이란 덮으려 하면 할수록 오히려 더 드러나는 것이 아닌가.

몰래 그의 표정을 살피려 하였으나 기우는 이미 두 눈을 감은 채 미간을 찌푸리고 있었다. 무척 피곤한 듯했다.

"기우."

나는 그의 양미간을 살살 어루만지며 뒤엉켜 있는 상처를 보듬어 주었다.

"응?"

그의 목에서 낮은 소리가 흘러나왔다. 나는 그의 품 안에서 편안한 자세를 잡은 뒤에 졸음이 몰려오는 두 눈을 천천히 감으며 말했다.

"사랑해요."

내 팔을 어루만지던 그의 손에 힘이 들어가는가 싶더니 기우가 깊은 곳에서 토해 내는 듯한 목소리로 말하였다.

"나도 사랑하오."

그는 나를 힘껏 끌어안은 채 잠이 들었다.

다음 날, 서궁의 모든 원, 각, 루, 궁의 주인들이 소봉궁으로 몰려와 내게 문안을 올렸다. 그들은 하나같이 한껏 치장을 하고 고운 미소를 짓고 있었으며 나의 책봉을 축하하는 선물을 들고 찾아왔다. 하루 종일 그녀들과 이야기를 나누고 미소를 지었더니 얼굴이 딱딱하게 굳어지는 것만 같았다.

조금 전 찾아온 이는 등 부인이었다. 그녀는 자신과 태후의 선물을 전하며 정식으로 황비로 책봉된 나를 축하해 주었다. 나는 비단 상자에 들어 있는 황금 자물쇠를 한참 동안 바라보며 등 부인이 온화한 목소리로 하는 말을 듣고 있었다.

"태후마마께서 이 황금 자물쇠를 황비마마께 전해 드리라 하시며, 황비마마께서 하루 빨리 황제 폐하의 아기를 잉태하셔서 황실이 번성하길 바라신다 하셨습니다."

나는 상자에서 황금 자물쇠를 꺼내어 손끝에 올려놓고 천천히 어루만져 보았다.

"참으로 정교하고 진귀한 황금 자물쇠군요. 태후마마께서 이토록 마음을 써 주시니, 며칠 내에 태후마마를 찾아뵙고 친히 감사의 말씀을 전해야겠습니다."

등 부인은 곱게 미소 짓고 탁자 위에 놓인 우전차雨前茶[8]를 한 모금 마시고 말했다.

"이 황금 자물쇠는 태후마마께서 자신의 아기를 위해 준비하신 것이었다고 합니다. 평생 무사 평안하기를 바라시는 마음으로요. 선천적으로 불임이신 게 안타까울 따름입니다."

나는 애석해하는 미소를 지으며 입을 열었다.

"이토록 소중한 선물을 주시다니, 과분한 총애에 몸 둘 바를 모르겠습니다."

나는 생각에 빠져들었다.

불임증……. 나는 한명이 전에 내게 해 준 이야기를 떠올렸다. 두 황후가 사람을 시켜 한 태후의 먹을 것과 마실 것에 홍화를 뿌려 그녀가 불임이 되게 만들었다는 이야기였다. 그런데 이상한 것은 갑자기 나타나 자신의 죄를 시인한 그 궁녀였다. 왜 갑자기 나타나 죄를 시인한 것일까? 만약 그녀가 끝까지 말을 꺼내지 않았다면 그 누구도 한 태후의 불임의 이유를 알지 못했을 텐데, 도대체 왜 굳이 자신을 사지로 몰아넣는 행동을 했단 말인가?

---

8 곡우(穀雨) 전, 즉 4월 5일 이후부터 4월 20일 이전까지 채집된 찻잎으로 만든 차. 깊고 풍부하며 진한 맛을 자랑한다.

"황비마마?"

등 부인이 목소리를 높여 나의 주의를 환기시켰다.

"등 언니, 앞으로는 저를 설 동생이라 불러 주세요."

손에 들고 있던 황금 자물쇠를 조심스레 비단 상자에 넣으며 내가 다시 말을 이었다.

"등 언니, 요즘 조정에 무슨 큰일은 없는지요?"

등 부인의 눈빛이 미세하게 반짝였다.

"명 태비께서 물에 빠져 돌아가셨다고 해요. 또한 조정에서 진남왕 세력의 중추적인 역할을 했던 세 사람이 모두 암살당했다고 하네요."

나는 가벼운 미소로 마음속의 충격을 감추었다. 하룻밤 사이에 기우는 실로 신속하게 명 태비와 그 세력을 제거해 버린 것이다. 참으로 두려운 일이었다. 그의 정치적인 수단에 탄복할 수밖에 없었다. 역시 그는 강경한 황제였다.

등 부인은 이마 위의 술 장식을 조심스레 넘기며 탁자 위의 찻잔을 한참 동안 만지작거렸다.

"설 동생께서 후궁을 관장하게 되셨는데, 앞으로 어떤 계획이 있으세요?"

"태후마마의 뜻은?"

나는 떠보듯 질문을 던졌다.

"태후마마께서는 두견화杜鵑花⁹가 너무 화려하게 피는 건 좋

---

9 진달래꽃. 여기에서는 발음이 같은 두씨 집안을 뜻하고 있다.

은 일이 아니라고 하시더군요. 동생께서 묘안을 짜내어 두견화의 화려함을 덮고 시들게 하시길 바라고 계세요."

말을 마친 등 부인은 작별을 고하고 소봉궁을 떠났다.

하루에 이십여 명이 넘는 비빈들을 맞이하느라 지칠 대로 지친 나는 긴 의자 위에 힘없이 몸을 기댄 채 두 눈을 감고 잠시 휴식을 취하였다. 심완이 나를 위해 태양혈을 눌러 안마를 해 주었는데 그 힘의 강도가 딱 적당했다. 나는 편안함을 느끼고 낮은 탄성을 터뜨렸으나 마음속으로는 두완, 그리고 온정야의 이름을 읊고 있었다.

태후는 두씨 집안을 제거할 생각을 하고 있었다. 그럴 만도 한 것이, 지금의 두씨 집안 세력은 황제의 지위에 도전할 정도가 되어 있었기 때문이다. 그러나 지금의 나에게는 그토록 대단한 두씨 집안과 맞설 힘이 없었다. 하지만, 기우의 성격에 그는 누구라도 황권에 도전하는 걸 두고 보지 않을 것이 분명했다. 이 일은 기우에게 맡겨 두면 될 것이었다. 그는 이미 두씨 집안을 제거할 묘안을 준비해 놓았을 것이 분명했다. 세상 어느 황제가 다른 이가 황권보다 더 지대한 세력을 행사하는 걸 보고만 있겠는가? 지금 기우는 분명 근심이 많을 것이다. 회임을 한 온정야를 처리하는 것도 그다지 지혜로운 방법은 아니었다. 그렇다면 지금 내가 해야 할 일은 나 자신의 세력을 키워 나가는 것이다. 그래야만 그녀와 맞설 수 있을 것이다.

갑자기 내 이마를 눌러 주던 심완의 손이 사라져 나는 그녀를 나지막이 불렀다.

"심완?"

한참 동안 아무 대답이 없어 나는 어슴푸레 두 눈을 뜨고 멍하니 텅 빈 침궁을 바라보았다.

"황비마마, 제가 마마의 시중을 들게 해 주십시오."

장난기 가득한 목소리가 뒤쪽에서 들려오는 바람에 나는 곧바로 의자에서 몸을 일으켰다. 그러나 그가 나를 다시 제자리에 앉게 하였다.

"오늘 많이 피곤했소?"

"네."

나는 기우의 눈을 마주보았다.

"오늘은 어찌 이리 일찍 오셨어요?"

흘러내린 검은 담비 모피를 다시 내 몸 위에 잘 걸쳐 준 그가 부드러운 동작으로 내 태양혈을 눌러 주기 시작했다.

"그대가 보고 싶었소."

내가 그를 멍하니 바라보자 그가 이상하다는 듯 물었다.

"왜 그러오? 어찌 나를 그런 눈으로 바라보오?"

"저는……."

나는 꽤 오랫동안 주저하다가 결국 용기를 내어 입을 열었다.

"내일이 기성의 하관식인데, 저도 그곳에 가고 싶어요."

그의 손이 멈추는가 싶더니 그의 얼굴에서 미소가 점점 사라졌다. 그가 곧바로 대답하였다.

"안 되오!"

나는 다시 낮은 목소리로 애원하기 시작했다.

"저도 무리한 부탁이라는 건 알고 있어요. 그러나……, 저는 정말로 가 보고 싶어요."

"연일 계속해서 그를 위한 말을 하더니 짐 앞에서 또 그를 언급하는군. 도대체 언제부터 기성이 그대에게 그토록 중요해진 것이오? 짐보다 더 중요하단 말이오?"

그의 말투에는 분노가 서려 있었고, 자신을 '짐'이라고 칭하고 있었다. 나는 그가 화가 났다는 것을 깨달았다. 옷소매를 뿌리친 기우가 침궁 밖을 향해 걸어갔다. 깜짝 놀란 나는 의자에서 튀어 오르듯 몸을 일으켜 그의 옷소매를 단단히 붙잡았다.

"기우, 제가 잘못했어요. 다시는 그의 이야기를 꺼내지 않을 테니 제발 화 내지 마세요, 네?"

그는 나를 등지고 꼿꼿하게 선 채 나에게 눈길도 주지 않았다. 그의 분노가 사그라들지 않았기 때문일 것이다.

나는 다시 말을 이었다.

"아시잖아요. 기성은 저의 벗이었어요. 그리고 저는 그에게 은혜를 입었지요. 그런데 저는 그 은혜를 갚기는커녕 오히려 그를 해하고 말았어요. 그가 떠나 버린 지금, 제가 그를 위해 할 수 있는 일이라고는 이것뿐이에요. 하지만 당신이 싫다면 다시는 그의 이름을 꺼내지 않을게요. 제발 화내지 마세요."

경직되었던 그의 두 어깨가 조금씩 풀리더니 그가 천천히 몸을 돌려 나를 그의 품으로 이끌었다.

"그대는 항상 다른 사람들만 배려하오. 기성이 그대를 어찌 대했는지 그대는 모르고 있는 것이오? 그대를 술에 취하게 해 운주의 정체를 토해 내게 했고, 백방으로 수소문해 그대의 얼굴을 시술한 명의를 찾으려고 하였소. 심지어 죽기 직전까지도 그대가 나를 미워하도록 했지."

기우가 잠시 말을 멈추고 긴 한숨을 내쉬었다.

"그대와 그 사이에 무슨 일이 있었는지 나도 모두 알고 있소. 그러니 신경이 쓰일 수밖에 없다오."

나는 마음을 놓고 살짝 미소 지었다.

"당신도 질투를 하시네요. 저와 기성은 정말로 벗이었을 뿐이에요. 아주 좋은 벗 말이에요. 음산에서 그는 저에게 큰 은혜를 베풀었어요. 그리고 저는 그 은혜를 여전히 가슴에 새기고 있지요."

"음산?"

기우가 이상하다는 듯 되물었다.

"사 년 전, 부황께서 하나라를 원조하라며 나와 그를 보낸 그때 말이오? 그대도 그곳에 있었단 말이오?"

"맞아요. 그때……, 저는 군 장막 안에 숨어 있었어요."

나는 겸연쩍어 웃음을 터뜨렸다. 그러자 연성이 떠나기 전에 보였던 매서운 눈빛이 다시 떠올랐고, 나는 곧바로 말을 이었다.

"연성, 그를 조심하셔야 해요."

기우가 고개를 끄덕였다. 이미 연성의 야심을 눈치채고 있었던 듯했다.

"우선은 조정의 일을 마무리 짓고 욱나라와 하나라의 일을 처리할 것이오."

"하……, 하나라?"

"나는 우리가 했던 거래를 잊지 않았소. 팔 년 안에 반드시 그대를 위해 나라를 되찾아 줄 것이오."

기우는 여전히 가슴속 깊이 그 약속을 새기고 있었다.

"정말이세요?"

"그대에게 했던 말은 내 반드시 지킬 것이오."

그가 손가락으로 나의 목덜미를 어루만지자 차가운 기운이 퍼져 나갔다.

"가서 한명을 찾으시오."

나는 당황하여 고개를 들고 그를 바라보았다.

"한명은 왜요?"

"그가 금위군 총령이잖소. 그가 있어야 그대가 출궁할 수 있지 않겠소?"

기우가 나의 이마를 살짝 두드리며 내 주의를 환기시켰다.

"정말요? 정말 허락해 주시는 거예요?"

나는 그의 품에서 빠져나와 그의 두 눈을 바라보며 그의 말이 진심인지 재차 확인했다. 조금 전만 해도 노기등등하여 나를 잡아먹을 것 같더니 그가 지금은 어찌……, 이렇게 변한 걸까?

기우는 진지하게 고개를 끄덕이더니 잠시 후 응큼한 미소를 지으며 내게 말하였다.

"조금 전 태후를 찾아뵈었는데, 나와 그대가 하루 빨리 아기를 갖기를 원하시더군. 그러니 우린 좀 더 노력해야만 하오."

그가 나를 들어올리고는 침대를 향해 발걸음을 옮겼다.

달빛은 밝고 하늘은 고요했다. 침상의 휘장 안에 있는 아름다운 여인은 마음을 녹이는 부드러움과 깊은 정감을 지니고 있었다. 흰 깃발이 춤추듯 휘날리고, 밖에는 보슬비가 내리고, 안에서는 기쁨의 탄성이 들려왔다.

나는 금위군의 갑옷과 투구를 입고, 허리에는 장검을 찬 채 길고 긴 행렬을 따라 황릉으로 들어섰다. 그리고 사람들이 선황의 능묘에서 백여 보 떨어진 곳에 위치한 공터에 관 하나가 들어갈 만한 크기로 땅을 파고 있는 모습을 바라보았다.

선황의 묘비를 바라보고 있자니 온갖 감정이 교차하며 마음속에 서늘한 기운이 번졌다.

선황, 당신이 꾸민 음모가 얼마나 많이 남아 있나요?

나는 여전히 수면 위로 떠오르지 않은 선황의 음모들이 수없이 많이 남아 있다고 확신했다. 그는 기우의 부친이 아닌가.

내 곁에 서 있던 한명 역시 아무 말 없이 기성의 시신이 묻히는 모습을 바라보고 있었다. 나는 두 손으로 허리춤에 찬 대검을 단단히 붙잡고 작은 목소리로 물었다.

"오늘은 기성의 하관식이 있는 날인데, 영월 공주는 어찌 오지 않은 건가요?"

한명이 가볍게 웃으며 탄식하였다.

"그녀는 이제 나를 경시하여 나와는 절대로 동행하지 않습니다."

"영월은 불쌍한 공주예요. 이 며칠 사이에 오라버니와 모친이 모두 그녀의 곁을 떠났지요. 그러니 그녀를 너무 차갑게 대하지 마세요. 당신 두 사람 사이에 아무리 많은 갈등이 얽혀 있다 해도 그녀는 당신 아내예요. 하룻밤 부부라도 그 인연의 끈은 길고도 긴 법이에요. 게다가 그녀는 당신을 깊이 사랑해 왔으니, 그녀를 잃은 후에야 그 소중함을 아는 일은 없도록 하세요."

주변 사람들에게 들리지 않도록 나의 목소리는 작고 낮았다.

한명은 먼 곳을 아득히 바라보며 계속 침묵을 지키고 있어서 나는 그가 무슨 생각을 하고 있는지 알 수 없었다. 안개비가 그의 머리를 적신 모습이 마치 이슬을 덮고 있는 것만 같았다.

"명의후 어른, 진남왕의 하관식이 무사히 끝났습니다."

시위 하나가 그의 앞에 무릎을 꿇으며 보고하자 한명이 고개를 끄덕이며 말하였다.

"너희들은 먼저 궁으로 돌아가거라. 나는 잠시 후에 돌아가겠다."

그의 명령이 떨어지자마자 수백 명의 시위들이 분분히 떠났고, 나와 그만이 남게 되었다.

내가 돌연 허리춤의 검을 뽑자 검이 번뜩거리며 빛을 발했다. 내가 이를 악물고 내 팔뚝을 그어 내리자 팔뚝·전체가 피로 물들었다.

한명이 내 손에서 순식간에 검을 빼앗았다.

"무슨 짓입니까! 왜 자신을 해하는 것입니까?"

나는 미소 지으며 기성의 묘비 앞에 꿇어앉아 흘러내리는 피를 그의 묘비 앞 흙 위에 뿌리기 시작했다.

"기성, 이것은 제가 그대에게 돌려주는 것입니다. 잘 가요."

"황비는 참으로 의리 있는 사람이십니다."

한명이 낮은 목소리로 읊조리고는 검을 무성한 수풀 사이로 던졌다.

"어느 날, 이 한명이 진남왕처럼 이 세상을 떠난다면 황비께서 저를 위해서도 이렇게 해 주실지 모르겠습니다."

나의 몸은 경직되었고, 조금 전 상처의 아픔이 갑자기 강렬하게 몰려와 미간을 찌푸릴 수밖에 없었다.

"그런 날은 오지 않을 것입니다."

"세상일이란 알 수 없는 것이지요."

한명이 나와 어깨를 나란히 하고 묘비 앞에 꿇어앉더니 그 역시 검을 뽑아 들고 팔뚝을 그어 내렸다.

"이것은 이 한명이 진남왕에게 돌려주는 것이오. 그날, 그대에게 죄를 뒤집어 씌운 것은 나의 본의가 아니었소. 하늘에서 나를 탓하지 말아 주시오."

무심히 고개를 돌려 그를 바라보니 만감이 교차했다. 나는 곧바로 입을 열었다.

"한명, 관직을 그만두고 분쟁과 암투가 끝없이 이어지는 이곳을 떠나세요. 나는 그대마저 이 피비린내 나는 싸움에 휘말리는 것을 원치 않아요."

"만약 제가 떠나면 황비께서는 홀로 고독하게 싸워야 합니다. 두 황후에게는 두문림 승상이라는 버팀목이 있고, 정 부인은 혁빙이 든든히 받쳐 주고 있습니다. 폐하의 총애만으로 그들을 이겨 내실 수는 없습니다. 그러니 이 한명, 조정에서 황비를 든든하게 뒷받침해 줄 버팀목이 되기 위해 이곳에 남을 것입니다."

팔뚝의 아픔이 점점 심해져 나는 얼굴을 찡그렸고, 땀과 안개비가 뒤섞여 이마 위로 흘러내렸다.

"정말로……, 그대만큼은 기성의 뒤를 따르기를 원치 않아요. 멀리 갈 수 있을 때 최대한 멀리 떠나세요……. 멀리멀리 떠나요."

나의 목소리가 유난히 흔들리고 있었다. 한명이 이상하다는 듯 나를 응시하며 말하였다.

"얼굴이 어찌 그리 창백하십니까?"

그가 내 팔뚝의 상처를 움켜쥐며 말하였다.

"독입니다!"

"말도 안 돼요……."

"검에 독이 묻어 있었습니다. 이 검은 도대체 어디서 난 것입니까? 도대체 누가 준 것입니까?"

그의 얼굴 가득 당황한 기색이 드러났다.

뜨거운 피비린내가 목에서 올라와 내 입술을 타고 흘러내렸다. 한명은 순간 넋을 잃고 나를 멍하니 바라보았다.

"으……."

나는 오장육부가 터지는 것 같은 아픔을 느꼈다. 팔뚝 위의 상처가 점점 까맣게 변해 가더니 이윽고 팔 전체가 검게 물들어 갔다.

"반옥⋯⋯, 아무 일도 없을 것이오. 절대로 아무 일도 없을 것이오!"

한명이 정신을 차리고 바닥에 쓰러진 나를 들쳐 업고 황릉을 벗어나기 시작했다. 긴장한 듯한 그의 입에서는 똑같은 말이 계속 반복되고 있었다.

"내가 곧 어의를 찾아 주겠소. 곧 괜찮아질 것이오⋯⋯."

고통에 허덕이며 나는 그의 품에 기대었다. 그동안에도 피는 입 밖으로 하염없이 쏟아지고 있었다.

"기우를 만나야 해요⋯⋯. 기우⋯⋯."

나는 남아 있는 온 힘을 동원하여 이 말을 뱉어 냈다. 이십여 년 동안 단 한 번도 느껴본 적 없는 공포가 퍼져 갔다. 죽음이 이토록 두렵게 느껴진 것은 처음이었다. 이제야 행복을 찾았는데 이렇게 떠나고 싶지는 않았다. 그러나 그 무엇보다 두려운 것은 기우를 보지도 못하고 이렇게 죽어 버리는 것이었다.

나는 죽고 싶지 않았다. 정말이지 죽고 싶지 않았다.

참을 수 없는 격렬한 통증이 나를 통째로 삼키고 있었다⋯⋯.

한없이 즐거웠던 꿈에 도취되어

황량한 외곽,

매서운 독수리 하늘 위를 비상하고,

채찍 들자마자 말은 순식간에 낙하를 건넜으며,

한낮의 깃발 그림자 도성을 향해 이어져있다.

크고 높은 암석산 지나고,

비취빛 산맥 넘었다.

즐겁게 웃으며 한담 나누니 어느새 폭풍우 멈추어,

노래 부르며 나라 위해 희생한 이를 기린다.

태양이 떨어지자 생황소리 울리고,

달빛은 밝으니,

자욱한 구름과 안개 사이로 가을비 사라져간다.

나와 그는 어깨를 나란히 한 채 푸른 강물을 바라보고 있었다. 나는 흩날리는 흰 눈과 고운 빛깔의 매화를 여유롭게 즐기며 시상을 떠올렸다. 그는 나를 백마에 태우고 천하의 아름다운 정경을 보여 주며 이 세상의 끝없는 변화에 대해 소곤소곤 이야기하고 있었다…….

지금 이 순간의 정경은 나 복아가 꿈에서조차 감히 그리지 못했던 아름다운 장면이었고, 내 곁에 있는 이는 천고의 제왕인 납란기우였다. 그러나 나는 지금 이 눈부시게 찬란한 정경이 일장춘몽이라는 것을 알고 있다. 가능하다면, 영원히 깨어날 수 없다 해도 나는 이 아름다운 정경 안에 머물고 싶었다. 그와 천하를 떠돌며 이 세상을 자유롭게 즐기고 싶었다.

그런데 도대체 누가 지친 나의 몸을 흔들며, 내 귓가에 대고 속삭이는 것 같기도 혹은 이 세상의 것이 아닌 것 같기도 한 목소리로 나를 부르고 있는가?

"일어나시오……. 나를 버리지 마시오……."

한 번, 또 한 번 반복하여 낮게 읊조리는 소리가 또다시 나를 사로잡았다.

"그대가 내게 했던 말을 기억하시오……. 나와 여생을 함께하겠다고……, 생과 사를 함께하겠다고 했잖소."

촉촉한 물기가 무겁고 단단히 감긴 나의 눈 위로 떨어졌고, 차갑게 식어 버린 눈물이 나의 눈가를 따라 흘러내렸다.

누구? 누가 나를 부르고 있는가? 기우인가? 그가 어찌……?

나는 온 힘을 다해 두 눈을 떴으나 눈앞에는 암흑만이 펼쳐져 있었고, 정신은 다시 몽롱하고 아득한 곳으로 서서히 빨려 들어갔다.

"깨어났다……. 어의! 황비가 깨어났소!"

실성한 듯한 고함소리가 내 귓가를 울렸고, 나는 온 힘을 다해 눈을 깜빡이며 불편한 눈에 익숙해지려고 노력했다.

어의가 조심스레 붉은 실을 내 손목에 감고 세심하게 맥을 짚기 시작했다. 한참이 지난 후 그의 근심스럽던 얼굴에 드디어 미소가 번졌다.

"폐하, 황비마마께서 고비를 넘기셨습니다. 몸조리만 잘하시면 곧 회복되실 것이옵니다!"

나는 힘없이 눈을 들어 기우를 바라보았다. 그의 흐릿한 눈빛에는 기쁨이 담겨 있었으나 그 속에는 자책이 섞여 있었다. 그의 섬세하고 준수한 얼굴 위에도 이처럼 쇠약해진 모습이 드러날 수 있다니……. 그는 한순간에 십 년은 늙어 버린 듯했다.

기우가 천천히 발걸음을 옮겨 내 곁으로 다가오더니 마치 힘껏 붙잡으면 내가 부서지기라도 한다는 듯이 부드럽게 나의 손을 잡았다. 그리고 나의 손바닥에 입을 맞췄다. 그는 수많은 이야기를 하고 싶은 듯했으나 입을 열지는 않았다.

나는 힘겹게 붕대에 감겨 있는 다른 손을 들어올려 그의 얼굴을 조심스레 어루만졌다. 오랫동안 잠을 자지 못한 듯 그의 눈은 충혈되어 있었다.

"저는 괜찮아요."

비록 잠긴 목소리였으나 나는 온 힘을 다해 소리를 냈다.

기우가 입을 열었으나 그의 입에서는 여전히 아무 말도 흘러나오지 않았고, 대신 한 방울의 눈물이 그의 눈가를 타고 흘러내렸다. 나는 얼른 손을 올려 손바닥에 떨어지는 그의 눈물을 받은 후 주먹을 꼭 쥐었다.

"이것은……, 당신이 저를 위해 흘린 눈물이에요. 제가……, 잘 보관할게요."

"미안하오……. 다 내 잘못이오!"

울먹이며 그가 내 손바닥에 얼굴을 파묻었다.

"제왕이란……, 다른 사람 앞에서 결코 슬픔을 드러내서는 안 됩니다."

그렇게 한참 동안 얼굴을 파묻고 있다가 고개를 든 그의 얼굴에 조금 전의 슬픈 기색은 사라져 있었다.

"그대가 무사해서 정말 다행이오. 내 반드시 그대에게 서역西域의 독을 쓴 이를 찾아내고야 말 것이오. 내 결코 용서하지 않겠소!"

나는 고개를 가로저었다.

"제발 제가……, 직접 찾아내도록 해 주세요."

만약 기우가 범인을 찾으려 한다면 궁 안에 큰 풍파가 일 것이고 일을 그렇게 떠들썩하게 처리하면 황권에 큰 타격을 줄 것이 분명했다.

그는 나의 의중을 간파한 듯 한참 동안 아무 말도 하지 않더니 이윽고 고개를 끄덕여 허락을 표했다. 그리고 잠시 후, 탄식하며 말했다.

"이번에 한명이 그대를 제대로 지켜 주지 못했으니, 그의 병권을 몰수해야겠소."

그의 말을 듣자마자 막아야 한다는 생각에 서두르다가 나는 팔뚝의 상처를 건드리고 말았다. 아픔에 신음이 터져 나오고 식은땀이 배어 나왔다.

"폐하, 안 됩니다. 이번 일은 명의후의 잘못이 아닙니다."

"그냥 해 본 말이니 그리 긴장하지 마시오."

기우가 조심스럽게 나의 팔을 놓고는 내 이마 위에 밴 식은땀을 부드럽게 닦아 주었다.

"이제 푹 쉬시오. 밤에 다시 그대를 보러 오겠소."

몸을 굽혀 내 이마 위에 뜨거운 입맞춤을 남긴 그가 입가에 희미한 미소를 지었다.

"네."

나는 가볍게 고개를 끄덕이고는 편안한 마음으로 그의 뒷모습을 바라보았다. 기우가 밖으로 나가자 그제야 팔뚝의 고통이 느껴지기 시작했다. 비명 소리조차 지르지 못할 만큼 극렬한 아픔이었다.

뜨거운 김이 모락모락 나는 물을 들고 안으로 들어오던 심완이 이런 나의 모습을 보고는 손에 들고 있던 대야를 바닥에 떨어뜨리고 말았다. 나를 향해 급히 달려온 그녀가 다급하게 물었다.

"황비마마, 왜 그러세요? 몹시 고통스러우신 것 같은데 어의를 부를까요?"

나는 고통을 참아 내며 고개를 가로저었다.

"그저 상처를 건드린 것뿐이다."

나는 상처 입은 팔을 부드러운 비단 이불 안으로 살며시 밀어 넣고는 온 힘을 다해 고통을 참았다.

심완이 한숨을 내쉬며 말하였다.

"황비마마께서 닷새나 의식을 잃고 계셔서 저희가 얼마나 놀랐는지 모릅니다."

"내가 닷새나……, 의식을 잃고 있었다고?"

나는 믿기 힘들다는 눈빛으로 그녀를 바라보았다.

도대체 무슨 독이기에 닷새나 의식을 잃게 만들었단 말인가? 서역의 독이라고 했던가?

"그렇습니다. 폐하께서는 꼬박 닷새 동안이나 마마의 침상을 지키셨습니다. 심지어 조회에도 나가지 않으시고 마마 곁에서 계속 마마를 부르기만 하셨지요. 저희들도 폐하의 마음에 깊이 감동을 받았습니다."

가볍게 탄식하는 심완의 눈빛에는 부러움이 담겨 있었다.

감동으로 심장이 두근거렸다. 그래서 그의 얼굴이 그토록 창백하고 지쳐 보였구나. 현명한 주군인 그가 어찌 사사로운 정에 이끌려 조정에도 나가지 않았단 말인가? 그의 마음속에서 나는 황위보다 우선인 것인가?

나도 모르게 입가에 미소가 번져 갔다. 그러나 이내 얼굴이 굳었다.

내 검에 독을 바른 이는 도대체 누구란 말인가? 내가 궁을 떠난다는 걸 아는 이는 기우와 한명, 침궁에서 나의 시중을 드는 아홉 명의 궁녀와 내관, 네 명의 시위뿐이었다. 나는 이곳을 떠나기 전 그들에게 절대로 이 사실이 밖으로 새어 나가서는 안 된다고 신신당부를 했었다. 그러나 결국 새어 나갔다. 유일한 가능성은 하나뿐이었다. 첩자다.

하지만 지금의 내 몸 상태로 첩자가 누구인지 밝혀낸다는 것은 불가능한 일이었다. 그렇다면 도대체 어떤 방법으로 내부의 첩자를 밝혀내야 할까?

피로로 두 눈이 감기자 나는 푹신한 이불 안에 온몸을 파묻었다. 이불에 배어 있는 청아한 향기를 깊이 들이마시니 생각을 이어가는 것마저 점차 힘들어졌다. 결국 나는 깊은 잠에 빠져 들었다.

그로부터 닷새가 더 지난 후에야 나는 침상에서 내려올 수 있었다. 그러나 팔뚝에서는 여전히 찌르는 듯한 아픔이 느껴졌다. 심완이 내 머리를 똘똘 말아 올리고, 얼굴에 화장을 하고 눈썹까지 곱게 그린 후 옷을 입혀 주었다.

연지 덕분에 창백함이 사라진, 구리거울 안에 비친 나의 모습을 바라보며 내 생각은 저 먼 곳을 떠다니고 있었다.

잠시 후, 열두 명의 궁녀와 내관, 시위들이 침궁으로 잇달아 들어와 세 줄로 꿇어앉았다. 심완은 내 곁에 가만히 서 있었다.

나는 그들을 등진 채 거울 속의 내 모습을 바라보며 비취옥 빗을 만지작거렸다. 기이할 정도로 침묵이 흘렀다. 사람들의 가쁘고 무질서한 호흡 소리까지 들릴 정도였다.

나는 심호흡을 한 후 옥 빗을 힘껏 내던졌다. 팍, 소리와 함께 화장대에 부딪힌 빗이 두 쪽이 났다. 질식할 것 같은 긴장된 분위기 속에서 내가 입을 열었다.

"내가 떠나기 전, 너희에게 무어라고 하였느냐?"

"절대로 누구에게도 황비마마의 행방을 알리지 말라고 하셨습니다."

모두가 이구동성으로 대답하였다. 무거운 목소리도, 낭랑한 목소리도 있었으나 그 목소리들이 한데 어우러져 유난히 우렁차게 들렸다.

"기억들은 참으로 잘하고 있구나. 그런데 어찌 그걸 실천하지 못한 것이냐?"

몸을 돌린 나는 위엄이 넘치는 눈빛으로 그들을 바라보았으나 얼굴에는 여전히 미소가 걸려 있었다. 또다시 고요함이 깔렸고, 나는 옷매무시를 가다듬으며 말하였다.

"심완아, 그 금위복과 검은 네가 나를 위해 준비한 것이지?"

심완은 얼굴이 돌연 창백해지더니 힘없이 바닥에 꿇어앉은 후 입을 열었다.

"황비마마, 고명한 판단을 해 주시옵소서. 그 금위복은 행운 시위가 제게 전해 주며 황비마마께 드리라고 한 것입니다."

나의 시선은 자연스레 태연자약한 모습의 행운에게로 옮겨졌다.

"만약 제 기억이 틀리지 않았다면 금위복과 검을 제게 전해 준 이는 모란과 호설입니다."

"황비마마, 그것들은 명의후께서 저희에게 직접 전해 주신 것으로, 저희는 그저 분부에 따라 마마께 전해 드린 것뿐입니다."

호설은 당황한 듯 해명했으나 모란은 호설보다는 침착한 모습이었다. 그저 목소리가 다소 떨리고 있을 뿐이었다.

"저와 호설은 그것들을 조금도 건드리지 않고 곧장 행운 시위에게 전해 주었습니다."

호설이 곧바로 고개를 끄덕였다.

"그렇사옵니다, 황비마마. 저희들은 서로의 증인이 될 수 있습니다."

그들이 서로 책임을 미루는 모습을 보고 있자니 우습기 짝이 없었다. 금위복 한 벌과 검 하나가 네 사람의 손이나 거친 후에야 내게 왔다니, 이 첩자는 보통내기가 아니었다. 여러 사람을 끌어들여 자신의 꼬리를 감춘 것이다. 게다가 꽤나 성공적이었다. 도대체 이 네 사람 중 누가 진짜 첩자란 말인가?

나의 추궁은 나를 찾아온 윤, 양, 소 첩여에 의해 그 맥이 끊어지고 말았다.

그녀들의 갑작스러운 방문을 의아해하며 나는 여전히 얼굴 가득 미소를 지은 채 침궁에서 나가 정전에서 그들을 맞았다. 각자 푸른색, 주황색, 붉은색의 옷을 입은 그녀들은 탁자 위에 놓인 하얀색과 자색의 꽃과 잘 어우러져 서로를 빛내 주고 있었다. 나란히 서 있는 세 사람의 아름답고 고운 자태는 말로 담아 내지 못할 만큼 눈부셨다.

정전에는 완미와 염추만이 남아 시중을 들고 있었고, 나머지는 순식간에 흔적도 없이 사라지고 없었다. 아마도 그들은 함께 모여 서로를 의심하고 있으리라.

"설 언니, 언니께서 며칠 전에 누군가에 의해 중독되셨다는 말을 듣고 저희가 얼마나 놀랐는지 몰라요. 폐하께서 소봉궁 근처에는 누구도 가까이 오지 못하게 하셔서 저희는 언니를 찾아올 수도 없었답니다. 그래도 오늘 이렇게 회복되신 언니를 뵈니 마음이 놓이네요."

소사운은 언제나 가장 먼저 입을 열었고, 또 가장 말이 많았다. 그녀가 일부러 나의 환심을 사려 한다는 생각을 하면서도 나는 매번 그녀의 천진난만하고 깨끗한 두 눈과, 마음을 따뜻하게 녹여 주는 웃는 얼굴을 볼 때마다 어찌된 일인지 그녀의 행동이 그저 그녀의 성격일 뿐일 것이라고 여기게 되었다.

"모두들 걱정해 주어 고맙네. 봉리(鳳梨, 파인애플) 좀 드시게. 달콤하고 감미로워서 몸의 열기를 식혀 준다네."

나는 대나무 집게 하나를 들어 이미 조각조각 썰려 있는 봉리 하나를 골랐다. 눈처럼 반짝거리는 것이 보기만 해도 군침이 돌았다. 나는 봉리 한 조각을 입에 넣은 후 천천히 씹어 넘겼다. 그러나 그녀들 셋은 서로를 바라보기만 할 뿐 봉리는 건드리지도 않았다.

윤정이 입을 열었다.

"감히 설 언니를 해하려고 한 이는 반드시 엄하게 벌하셔야 합니다."

나는 손에 들고 있던 대나무 집게를 만지작거리며 미소 지었다.

"그러나 이 소봉궁 안의 첩자는 아직 잡지 못했다네. 게다가……, 배후에 있는 사람도 만만치 않은 사람이겠지."

"설마 그렇다고 해서 언니의 목숨을 빼앗으려 한 사람을 놓아주지는 않으시겠지요?"

높아진 윤정의 목소리에는 노기가 담겨 있었다. 윤정은 나를 위해 분노하고 있었다.

나는 대나무 집게를 과일그릇 옆에 내려놓고 손수건을 꺼내 입 주변을 닦았다.

"그렇다면 어디 동생들이 이 황비를 도와 함께 추리해 보지 않겠나? 도대체 누가 검을 건드렸을지 말이네."

나는 조금 전 네 사람의 반응과 그들이 말한 내용, 그리고 그 표정까지 빠짐없이 그녀들에게 설명해 주었다. 내 이야기를 들은 그녀들은 약 한 잔차의 시간 동안 침묵을 지켰다.

지금까지 한마디도 하지 않던 양용계가 생각에 잠긴 모습으로 입을 열었다.

"심완은 이야기를 듣자마자 안색이 순식간에 창백해졌고 유난히 당황하며 무릎을 꿇고 결백을 주장한 데 반해 행운은 이상할 정도로 침착한 모습이었다고 하셨는데, 두 사람의 반응이 이토록 다르니 저는 그들이 의심스럽습니다. 모란과 호설은 서로의 증인이 될 수 있으니 아마도 범인이 아닌 듯하고요."

그러자 소사운이 고개를 끄덕였다.

"용계 언니의 말이 맞아요. 그럼 그 둘 중에 누가 첩자일까요?"

"제 생각에는 심완입니다."

양용계의 말이 끝나기도 전에 윤정이 입을 열었다.

"하지만 제 생각에는 모란과 호설이 첩자일 가능성이 더 커 보입니다."

매우 진지한 그녀의 말투에 우리 셋의 눈빛이 그녀에게 고정되었다. 윤정이 침착하게 말을 이었다.

"행운은 시위이니 황비마마께 물건을 직접 전해 드린다는 것이 좀 이상하지요. 그런데 모란과 호설은 왜 행운의 손을 빌려 황비마마께 물건을 전하려고 했을까요? 결국 필요 없는 과정을 한 번 더 거친 것입니다. 진실을 숨기려 하다가 오히려 진상을 밝히는 행동을 한 것이 아니겠습니까?"

양용계는 몹시 놀라워했다.

"그러나 그녀 둘은 서로의 증인이 되어 줄 수 있어요. 그리고 그 검을 건드리지도……."

"첩자가 하나뿐이라고 누가 그러던가요?"

윤정의 말에 다들 정신이 번쩍 든 듯했다. 나는 그녀를 더욱 높이 평가하게 되었다. 그녀의 추측은 내 생각과 똑같았던 것이다.

"윤 첩여의 말씀을 듣고 보니 저도 생각나는 일이 있습니다.

황비마마께서 궁을 떠나시기 하루 전날, 저와 같은 방에서 잠을 자는 모란이 한밤중에 일어나더니 약 한 시진이 지나서야 슬금슬금 돌아왔습니다. 그 당시에는 별일이 아니라고 생각했는데……."

나는 심호흡을 하고, 얼굴에 차가운 미소를 띠고 말했다.

"오늘 일은 그 누구도 입 밖으로 내서는 안 되네. 그렇지 않을 경우 어찌 될지 다들 알고 있으리라 생각하네."

"신첩, 새겨 듣겠습니다."

어느새 한식이었다. 버드나무에는 새싹이 돋고, 꾀꼬리와 참새는 노래를 부르고 있었다. 만물에 봄기운이 완연하였고, 맑은 공기가 소봉궁을 가득 채우고 있었다. 나는 오늘따라 유난히 기분이 좋아 심완, 완미와 함께 궁 안에서 봉황 연을 만들고 있었다.

"이 봉황 좀 보셔요. 황비마마의 손을 거치니 마치 살아 있는 듯한 모습으로 바뀌었어요. 하늘 위로 날리면 분명 봉황처럼 하늘을 자유롭게 날아다닐 거예요."

완미는 쉬지 않고 손발을 움직여 봉황처럼 춤을 추며 듣기 좋은 소리로 나를 칭찬했다. 어리고 천진한 얼굴 위로 두 개의 옅은 보조개가 드러나 더할 나위 없이 사랑스러웠다.

지난번, 어쩌면 모란과 호설이 나를 중독시킨 사람일 수도 있을 거라는 사실을 알고 난 후 그녀들은 모란, 호설과 많이 소원해졌고, 심지어 말조차 섞지 않았다.

나는 도광과 검영을 시켜 모란과 호설의 출신에 대해 조사해 보라 명하였다. 모란과 호설을 대하는 나의 태도에는 변함이 없었고 가끔씩 그녀들과 한담을 나누기도 하였지만 마음속으로는 도광과 검영의 소식만을 기다리고 있었다. 날짜를 계산해 보니 그들이 떠난 지도 이미 보름이 지나 있었다. 그들은 아직 아무것도 찾아내지 못한 것일까?

　"황비마마, 날씨가 좋으니 함께 나가서 연을 날려 보아요."

　완미가 흥분한 듯 손에 들고 있는 연을 흔들었다. 마치 어린아이 같은 모습이었다. 나는 고개를 끄덕이고 그녀들과 함께 서궁의 봉서파鳳棲坡로 향하였다. 파릇파릇한 새싹이 돋은 나무들이 사방을 둘러싸고 있는 이곳 중앙에는 야생초가 끝없이 펼쳐져 있었고, 중간중간에 보이는 야생화는 푸른 야생초 사이에서 유난히 눈길을 끌었다. 따스함을 품은 봄바람이 불어와 우리의 옷자락과 머리카락을 어루만지자 옆머리에 꽂은 진주 달린 봉황 비녀에서 맑은 샘물과 같이 청아한 소리가 울려 퍼졌다.

　성격이 급한 심완은 초원에 들어서자마자 연을 날리려 했으나 어느 방향으로 날려도 연이 제대로 날지 않자 마음이 조급해져 더욱 허둥댔다. 그러자 완미가 미소를 지으며 그녀를 도와주었다. 심완이 얼레를 돌려 실을 빼고, 완미가 연을 붙잡고 저만치 물러났다가 놓으니 연이 빠르게 날아올라 푸른 하늘과 넘실거리는 구름 사이를 훨훨 날기 시작했다.

　고개를 들어 하늘 위를 비상하고 있는 연을 바라보니 마치 연이 살아 있는 것 같았다.

"황비마마."

도광과 검영이 어느새 소리 없이 내 곁에 나타나 있었다. 바람에 날려 시야를 가린 술 장식을 넘기며 내가 물었다.

"찾았느냐?"

"저희 둘이 각각 항주에 있는 모란의 집과 강서에 있는 호설의 집으로 가 조사한 결과, 그녀 둘 다 혜심聴心이라는 여인으로부터 큰돈을 받았다는 걸 알아냈습니다. 그 돈을 받고 그녀들의 집에서는 자신들의 딸을 입궁시키기로 마음먹은 것입니다. 제가 조사한 바로는……."

도광의 말이 절반도 끝나지 않았을 무렵, 얼레를 손에 쥔 심완이 연실을 조심스레 붙잡은 채 내 곁으로 다가오는 것을 보고 그가 곧바로 말을 멈추었다.

"황비마마, 어서 오셔요."

심완이 얼레를 내게 건네주었다. 나는 잠시 주저했으나 결국 얼레를 받고 연실을 천천히 움직이기 시작했다. 연이 점점 높이 날자 연실을 푸는 속도도 점점 더 빨라졌다.

한참 동안 사방으로 뛰어다니며 연을 이끈 심완과 완미가 지칠 대로 지쳐 힘없이 초원 위에 주저앉자 도광이 재빨리 나의 뒤를 따르며 오직 나만이 들을 수 있는 목소리로 이야기를 이었다.

"그 혜심이라는 여인은 바로 두 황후의 유모라고 합니다."

희미하게 무엇인가 끊어지는 소리가 들려왔다. 실이 끊긴

연이 유유히 아래로 떨어지고 있었다. 나는 당황한 채 연이 춤을 추듯 아래로 떨어지는 모습을 바라보았다.

두완이었다니! 나는 지금껏 온정야라고 생각하고 있었다. 비록 내가 황비로 책봉된 이후 그녀와 만난 적은 없으나 그러나⋯⋯, 나는 그녀가 먼저 내게 도전해 올 것이라 생각하고 있었다.

"아, 연이⋯⋯!"

완미와 심완이 외마디 비명을 지르며 초원에서 튕기듯이 일어나 연을 쫓아 달리기 시작했다. 그 모습을 보자 나 역시 덩달아 긴장이 되었고, 나도 모르게 그녀들을 따라 함께 달리기 시작했다.

황폐한 정원의 붉은 문은 굳게 닫혀 있었다. 연을 쫓다 보니 잡초가 무성한 이곳이었다. 완미와 심완과는 어느새 헤어졌고 나는 내가 어디에 있는지도 알지 못했다. 그저 이곳의 음침한 분위기에 두려움이 밀려와 빨리 떠나야겠다는 생각 뿐이었다.

몸을 돌리려는 순간, 용수나무 위에 걸려 있는 연이 보였다. 잠시 망설이던 나는 결국 연을 빼내기로 마음먹었다. 나무의 홈을 이용하니 생각보다 쉽게 나무에 오를 수 있었다. 발뒤꿈치를 살짝 들어올려 연을 빼내고 내려가려고 고개를 돌린 그때, 담장 너머 정원 안의 모습이 눈에 들어왔다. 순간, 나는 입술을 꼭 다물고 소리를 내지 않기 위해 안간힘을 썼다.

"부인, 이제 다시는 만나지 않는 것이 좋겠습니다."

혁빙이 자신의 품에 꼭 안겨 있는 이를 밀어내며 말했다. 그러자 온정야가 원망이 담긴 눈빛으로 조용히 물었다.

"왜요? 두려워졌나요?"

혁빙의 차가운 얼굴 위로 세상 풍파에 지친 슬픔이 떠올랐다. 그는 다정함을 힘겹게 숨기고 있었다.

"부인을 위해서, 무엇보다 부인의 뱃속에 있는 아기를 위해서입니다."

"그래서 당신은 나를 버리려는 건가요? 나를 모르는 척하려는 건가요?"

창백한 온정야의 눈가에는 언제라도 떨어질 것만 같은 눈물이 맺혀 있었다. 혁빙이 머리를 깊이 숙이고 단호하게 말하였다.

"저는 영원히 부인 곁을 지킬 것이며, 부인을 도와 황후를 제거할 것입니다. 그리고 부인께서 아기를 낳으시면 온 힘을 다해 그 아기가 태자의 자리에 앉을 수 있도록 할 것입니다. 그렇게 되면 부인께서는 천하의 어머니인 황후가 되실 것입니다."

"만약 내가 그 모든 것을 원치 않는다고 하면요?"

솟아오른 자신의 배를 천천히 어루만지는 온정야의 얼굴에 달콤한 표정이 드러났다.

"나는 오직 그대, 그리고 우리의 아기와 함께하기만을 바랄 뿐이에요."

나는 눈을 크게 뜬 채 이 모습을 바라보고 있었다.

심장이 걷잡을 수 없이 빠르게 뛰어 마치 질식할 것만 같았다. 조금 전 그녀는 '우리의 아기'라고 말하였다. 그 아기가 온 정야와 혁빙의 아기였다니!

나는 붙잡고 있던 나뭇가지를 손끝으로 힘껏 쥐었다.

"황비마마, 어서 내려오세요! 위험합니다!"

완미의 날카로운 소리가 비탄에 빠진 고요한 정원을 가로질렀다.

나는 깜짝 놀라 손에 들고 있던 연을 떨어뜨렸고, 정원에 있던 두 사람은 고개를 들고 나무 위에 있는 나를 뚫어져라 바라보았다. 온정야, 즉 정 부인의 얼굴은 순식간에 새파랗게 변해 핏기라고는 조금도 찾아볼 수 없었다. 그리고 혁빙의 이루 말할 수 없을 만큼 차가운 눈빛에는 서서히 살기가 드러나고 있었다.

나는 곧바로 고개를 돌리고 말하였다.

"도광, 검영! 나를 내려 다오!"

완미는 나의 엉뚱한 말에 사방을 둘러보더니 다시 조심스레 입을 열었다.

"여기에 없……."

나는 그녀의 말을 급히 막았다.

"완미야, 거기 서서 무엇하고 있느냐? 어서 연을 줍지 않고!"

그녀가 별 의심 없이 시키는 대로 몸을 숙여 떨어진 연을 줍는 사이 나는 곧바로 나무에서 뛰어내렸다. 중심을 잃고 하마터면 미끄러질 뻔하였으나 다행히 완미가 나를 붙잡아 주었다.

"황비마마……."

"가자!"

나는 그녀의 팔을 붙잡고 달리기 시작했고, 그녀도 무언가를 깨달은 듯 나를 따라 정신 없이 달렸다.

황폐한 작은 수풀을 벗어난 후 속도를 조금 늦추었으나 감히 발걸음을 멈출 수는 없었다. 조금 전, 만약 내가 기민하게 도광과 검영의 이름을 부르지 않았다면 어쩌면 나와 완미는 혁빙의 칼끝 아래 망혼이 되었을지도 모를 일이었다.

소봉궁 침궁 밖에 도착해서야 겨우 긴장을 푼 나는 이마에 밴 식은땀을 살며시 닦아 내었다.

나는 어찌하여 매번 보지 말아야 할 것을 보게 되는 것일까? 영수의와 연윤의 불륜을 목격했을 때는 얼굴을 잃지 않았던가. 이번만큼은 결코 마음이 약해지지 않을 것이다. 그러나……, 그렇게 되면 나는 혁빙을 해하게 된다. 나는 절대 그러고 싶지 않았다.

침궁의 붉은 문이 조금 열려 있어 그 틈으로 침궁 안이 훤히 들여다보였다. 나는 문을 열려는 완미의 손을 급히 붙잡았다.

이불이 깔린 긴 의자에 누워 깊은 잠에 빠져 있는 기우의 곁에 모란이 서 있었다. 그녀는 떨리는 손으로 아주 조심스레 기우의 이마, 눈, 얼굴을 쓰다듬었고, 그 눈빛은 사랑의 감정으로 빛나고 있었다. 마치 그를 향한 애모의 마음을 억누를 수 없는 듯했다.

완미도 고개를 내밀어 안을 들여다보고는 너무 놀라 짧은 비명을 터뜨렸다. 나는 재빨리 그녀의 입을 틀어막았다. 그녀는 동그래진 눈으로 도저히 믿을 수 없다는 듯 나를 바라보며 두 눈을 깜빡이고 있었는데 그 눈빛에는 분노가 섞여 있었다.

나는 입을 열지 말라고 손짓을 하며 그녀를 진정시켰다.

"완미야, 이 연은 너에게 주마."

나는 일부러 큰 소리로 말하며 그녀의 입을 막고 있던 손을 거두고, 문을 열고 안으로 들어갔다. 모란은 어느새 단정한 모습으로 기우의 곁에 선 채 시선을 똑바로 고정하고 있었다. 마치 조금 전 아무 일도 없었다는 듯이 말이다.

나는 살짝 미소를 지으며 그녀에게 물었다.

"폐하께서 언제 오셨느냐?"

"오신 지 두 시진쯤 되셨습니다. 황비마마를 오랫동안 기다리시다가 깊이 잠드셨습니다."

그녀의 눈빛은 평온해 보였고 목소리에는 전혀 흔들림이 없었다.

긴 의자에 누워 잠을 자고 있던 기우가 천천히 깨어나 두 눈을 뜨고는 나를 멍하니 바라보았다.

"어디 갔다 온 것이오? 사람을 보내어 그대를 찾아보았으나 찾지 못하였다오."

나는 손에 들고 있던 연을 흔들어 보이며 말하였다.

"신첩은 연날리기를 하러 갔었습니다. 원래는 폐하께도 함께 가자고 할 생각이었으나 한 나라의 주군이신 폐하께서 어찌 신첩과 어린아이들의 놀이를 하실까 싶었지요."

사뿐사뿐 발걸음을 옮겨 조심스레 의자 끝에 앉자 기우가 나의 허리를 감싸 안으며 미소 지었다.

"짐의 사랑하는 비가 곁에 있기만 하다면 설령 진흙놀이라도 짐은 즐겁게 할 것이오."

나의 얼굴에 미소가 절로 번져 갔다. 이 순간 모란의 표정 변화를 몰래 엿보니 그녀의 얼굴 위로 질투, 증오, 희미한 실망과 슬픔이 스쳤다가 순식간에 사라졌다. 자신의 감정을 숨기는 그녀의 모습을 보고 나는 다시금 놀라고 있었다. 만약 조금 전 그 장면을 목격하지 못했다면 나는 아마도 영원히 알지 못했을 것이다. 내 곁에 이토록 대단한 인물이 있다는 것을 말이다. 두완, 온정야보다도 모란이 더욱 두려운 심성을 갖고 있었다.

기우가 천천히 몸을 일으키자 나는 손을 내밀어 그를 일으켜 주려 하였다. 그러나 나보다 더 빠른 두 손이 기우를 붙잡아 그를 똑바로 앉혀 주었다. 나는 평상시와 다를 바 없어 보이는 모란의 모습을 바라보며 아무 말도 하지 않았다.

기우는 여전히 아무 낌새도 눈치채지 못한 채 나의 손을 잡고 화장대 앞으로 걸어갔다. 그의 눈빛에 다정함이 가득 묻어나 있었다.

"내가 그대의 눈썹을 그려 주겠소."

눈썹먹을 들고 진지한 모습으로 나의 눈을 바라보더니 그가 옅은 미소를 지으며 조심스레 내 눈썹을 그려 주기 시작했다. 거울 안에 비친 나의 초승달 같던 눈썹이 그의 손을 거쳐 더욱 또렷하게 변하였으나 다소 어색하고 부자연스러워 보였다. 그가 나의 눈썹을 그려 주는 모습을 보고 있자니 참으로 어색하였다.

기우가 뒤에서 나를 안으며 말했다.

"가난하지만 단조로운 생활을 하고, 그대가 화장을 할 때는 그대 곁을 지키면서 달콤한 부부의 정을 나누고 살면 좋으련만……."

나는 고개를 살짝 기울이며 농담 반, 진담 반으로 이야기하고 있는 그의 모습을 바라보았다.

"그렇다면 폐하께서는 천하를 원치 않으십니까? 그러나 저는 군주를 미혹하는 달기가 되고 싶지는 않습니다."

그가 내 얼굴 위에 입맞춤을 하고는 빛나는 미소를 지으며 말하였다.

"나를 미혹하지 않아도 나는 이미 그대에게 빠져 버렸다오."

갑자기 다른 생각이 떠올라 나는 그에게 물었다.

"폐하, 오늘 밤은 어디에서 머무르시나요?"

"소봉궁."

잠시도 망설이지 않고 그의 입에서 대답이 흘러나왔다. 나는 웃음을 머금은 눈빛으로 말하였다.

"안 됩니다. 오늘은 신첩의 몸이 좋지 않습니다."

완미가 영문을 알 수 없다는 눈빛으로 나를 바라보았다. 나는 계속해서 말을 이었다.

"힐방원에서 윤 첩여라는 여인을 알게 되었습니다. 지식이 풍부하고 재기와 미모를 겸비한 여인으로 그녀의 노랫소리는 마치 천상의 소리와도 같더군요."

나의 의중을 알아챈 듯 기우의 안색이 다소 어두워졌다.

"그렇게 출중한 여인이라면 짐이 그녀에게 마음을 뺏길까 봐 걱정되지는 않소?"

"만약 저에 대한 폐하의 감정이 그 정도밖에 안 된다면 저도 어쩔 수 없지요."

왜인지는 알 수 없으나 나는 그를, 그리고 우리의 감정을 이토록 신뢰하고 있었다. 나 역시 기우를 다른 여인과 나누고 싶지는 않으나, 그러나……, 어쩔 수 없었다.

그는 심호흡을 한 후 고개를 끄덕였고, 그의 눈빛에 내가 읽어 낼 수 없는 기색이 떠올랐다. 그가 눈썹을 치키며 가볍게 웃었다.

"나는 그대를 믿소. 우리 사이의 감정은 아무리 오랜 시간이 흐른다 해도 결코 변하지 않을 것이오. 원 부인을 향한 부황의 사랑처럼 영원히, 조금도 변치 않을 것이오."

나는 재빨리 기우를 떠나 보냈으나 점점 멀어져 가는 그의 뒷모습을 바라보자 서글픈 마음이 고개를 들었다. 형용할 수 없이 슬프고, 죽어도 원치 않았지만 나에게는 다른 방법이 없었다.

비록 태후, 등 부인과 한편이 되기는 했으나 태후의 야심은 너무나도 컸고 종잡을 수 없어 나는 그녀로 인해 언제든지 위험에 빠질 수 있었다. 등 부인은 지혜롭지 못했고, 특별한 재주도 없고, 총애도 얻지 못했다. 게다가 그보다 중요한 것은 그녀가 운주를 죽인 네 명의 후궁 가운데 한 명이라는 사실이었다. 그래서 나는 윤정에게 기댈 수밖에 없었다. 그녀는 영리했고 학식이 뛰어났으며 아무리 작은 일이라도 세심하게 관찰하는 능력을 갖고 있었다. 나는 그녀를 믿었다. 그래서 기우를 그녀에게 보낸 것이다. 나는 결코 이 후궁에서 기댈 곳 없이 외로이 고립되지 않을 것이다.

침궁의 모든 궁녀들을 내보낸 후 나는 홀로 침상 머리에 앉아 창밖의 나뭇잎이 내는 소리에 귀를 기울이고 있었다. 선혈이 가득 묻어 있는 손수건을 쥐고, 나는 멍하니 그것을 바라보았다. 피의 흔적은 시간의 흐름에 따라 어두워져 있었고, 덕분에 보기만 해도 가슴이 멎을 것만 같던 처음의 모습은 이미 사라져 있었다. 그러나 피의 흔적을 어루만지는 나의 손가락 끝은 여전히 미세하게 떨렸다.

"혁빙……."

나는 반복해서 이 이름을 부를 뿐 어떤 결정도 내릴 수가 없었다.

"어떻게 여기까지 오게 되었느냐? 어떻게 그런 반역을 저지르게 되었느냐? 왜 하필이면 네가!"

명치 끝이 답답해져 제대로 숨조차 쉴 수가 없었다. 마치 수천만 근의 짐이 가슴 위를 누르고 있는 듯했고, 어떻게 해도 그 짐을 내려놓을 수가 없었다.

"수주야, 내게 알려 다오. 내가 정 부인의 일을 밝혀야 하겠느냐?"

두 눈을 감자 죽음을 불사하고 나를 하나라 궁에서 데리고 나오던 혁빙의 모습이 보였다. 수많은 위험과 마주했으나 그는 죽을 각오로 나를 지켜 주었고 결코 나를 포기하지 않았었다. 그 은혜는 내 뼛속 깊이 새겨져 있었고, 영원토록 지워지지 않을 것이었다. 다시 마음이 약해졌다. 내가 어떻게 그를 위험에 빠뜨릴 수 있겠는가? 이제 방법은 오직 하나뿐이었다.

다음 날, 일찌감치 침궁으로 찾아온 완미가 나를 위해 치장을 해 주며 끝없이 질문을 해 댔다.

"황비마마, 어제 나무 위에서 무엇을 보셨습니까?"

나는 미소만 지을 뿐 아무 말도 하지 않았다. 그때, 심완이 가쁜 숨을 몰아쉬며 달려 들어왔다.

"황비마마, 조금 전 들은 소식에 의하면 윤 첩여가 미인美人으로 봉해졌다고 합니다."

내가 태연하게 고개만 끄덕일 뿐 더 이상 반응을 보이지 않자 완미는 마음이 급해진 듯했다.

"황비마마, 정말 조금도 걱정되지 않으십니까? 만일……."

아무 말도 하지 않고 허리춤의 나비 노리개의 매무새를 가다듬고 나서 나는 이윽고 심완의 얼굴에 시선을 고정하고 말했다.

"어의에게 가서 약 한 그릇을 받아 오너라. 곧 정 부인을 만나러 갈 것이다."

완미와 심완은 서로를 마주보며 다소 머뭇거렸으나 이내 곧 발걸음을 옮겼다.

내가 백앵궁에 도착하자 언제나 정 부인의 곁을 지키던 시녀가 안에 알리지도 않고 나를 편당으로 안내했다. 마치 내가 찾아올 것을 미리 알고 있었던 듯했다.

편당 안에는 아무도 없었다. 나는 심완에게 눈짓으로 검은 약이 가득 담긴 사발을 백옥 탁자 위에 올려놓게 한 후 그녀들을 물렸다.

잠시 백옥 탁자 앞에 앉아 있자 정 부인이 힘없이 느릿느릿 걸어 들어왔다. 그녀의 눈빛은 흐릿하였고, 눈썹먹으로 살짝 그린 눈썹은 찌푸려져 있었다. 머리에 꽂은 단순한 장신구가 오히려 그녀를 초췌해 보이게 했다. 그녀가 걸음을 옮길 때마다 머리 위의 벽옥 비녀가 소리를 내었다.

"황비마마……."

그녀가 슬픔과 괴로움이 담긴 눈빛으로 나를 바라보며 눈물을 흘렸다. 그녀는 무릎을 굽히고 내 앞에 엎드려 절을 올렸다. 나는 시선을 돌려 그녀의 표정을 보지 않으려 했다.

그녀가 목메어 울며 말했다.

"황비마마, 신첩은 어찌 벌 주셔도 괜찮으나 제발 혁 대인만은 살려 주십시오."

내가 여전히 아무 말도 하지 않자 그녀가 맹렬한 기세로 머리를 바닥에 내리찧었다. 그러자 쿵쿵거리는 소리가 편당에 울려 퍼졌다.

"신첩, 일전에 마마께 불경했던 죄로 머리를 땅에 내리찧겠습니다!"

내가 재빨리 손을 뻗어 그녀를 만류했으나 이미 그녀의 이마에서는 무시무시할 만큼의 피가 흘러내리고 있었다. 나는 소리 없이 탄식하며 입을 열었다.

"이런 날이 올 것을 알았다면 당초에 어찌 그리했겠는가?"

그녀는 바닥에 웅크린 채 고통과 비탄에 젖어 온몸을 바들바들 떨고 있었으나 울음소리는 점점 잦아들었다.

"예전에 저는 폐하를 깊이 사랑했습니다."

그녀는 울먹거리며 고개를 들고는 처량한 모습으로 나를 바라보았다.

"그러나 저는 알아 버리고 말았지요. 저를 향한 폐하의 총애는 저와 닮은 다른 여인 때문이라는 것을 말입니다. 참으로 여러 번, 폐하께서 꿈을 꾸며 부르시던 이름은 제 이름이 아닌 복아였지요."

나는 이상할 정도로 침착했고 말투는 차분했다.

"그랬는가?"

"제가 힘들고 비참한 시간을 보내고 있을 때 혁 대인께서는 항상 제 곁에 계셔 주셨습니다. 세상살이의 즐거움에 대해 이야기해 주시고 제 평생 느껴 보지 못했던 기쁨을 느끼게 해 주셨지요. 그는 저를 잘 알았고, 이해해 주셨습니다. 심지어 저를 위해 세상을 등지고 은거하려던 마음까지 포기하셨지요. 그리고 폐하의 마음을 얻기 위해 노력하여 권신의 자리에 오르셨습니다. 오직 저를 지켜 주시기 위해서 말입니다. 오만 방자하여 모든 이를 우습게 보는 황후로부터 보호해 주기 위해서 말입니다. 자신을 조금도 생각하지 않는 그 사랑을 제가 어찌 거절할 수 있었겠습니까?"

그녀는 울고 있었으나 혁빙과의 일을 이야기하는 그녀의 얼굴에는 미소와 행복이 배어 나오고 있었다.

그녀의 말을 들으니 손이 가볍게 떨려왔고, 감동이 되었다. 그러나 나의 이성이 내게 속삭이고 있었다. 절대로 마음이 약해져서는 안 된다고.

"너희들의 사랑이 아무리 아름답고 감동스럽다 한들 너희들은 궁의 법도를 어겼다."

"제 이 천한 목숨을 살려 달라 빌지 않을 테니, 황비마마, 제발 혁 대인만은 살려 주십시오."

그녀는 덜덜 떨리는 목소리로 시종 혁빙을 위해 애원했다.

"네 뱃속에 있는 것은 천한 사생아다."

나는 한 손으로 탁자 위에 놓여 있던 약사발을 들고 그것을 한참 동안 바라보았다. 그러나 결국 그것을 그녀 앞으로 내밀었다.

"나는 누구든 사생아를 폐하의 아이라고 속이고 황실로 끌어들이는 것을 결코 용납할 수 없다."

약사발을 본 온정야의 얼굴이 더욱 창백해졌다.

"이것은……?"

"네가 이것을 마시기만 하면 너와 혁빙은 모두 무사할 수 있

을 것이고, 나 역시 내가 보고 들은 일에 대해 다시는 언급하지
않을 것이다."

한참이 지난 후 나는 다시 말을 이었다.

"만약 마시지 않겠다면 너와 혁빙, 그리고 그 아기까지……,
모두 죽게 될 것이다."

그녀는 두려워하는 눈빛으로 내 손에 들려 있는 약사발을
바라보기만 할 뿐 감히 받아 들지 못했다. 그녀를 향해 내민 내
팔이 조금씩 아파 오기 시작할 때쯤 그녀가 물었다.

"제가 이것을 마시기만 하면 정말로 저와 혁빙의 일을 폭로
하지 않으실 겁니까?"

그녀의 표정은 많이 평안해졌으나 여전히 나를 믿지 못하고
있었다. 내가 진지하게 고개를 끄덕이자 그녀가 순식간에 내
손에서 약사발을 채 가더니 한입에 모두 들이켰다.

"약속을 꼭 지키십시오."

둥근 의자에 가만히 앉아 나는 그녀의 손에서 약사발이 바
닥으로 떨어지는 모습을 바라보았다. 유난히 귀를 자극하는 그
릇 깨지는 소리와 함께 그녀의 표정이 고통으로 일그러졌고,
온정야는 솟아오른 배를 어루만지며 괴로움에 비명을 질렀다.
그 소리는 실로 너무나도 처절하였다. 결국 그녀는 땅바닥을
뒹굴기 시작했다. 그녀의 치마가 천천히 피로 물드는가 싶더니
바닥에 피가 점점 넓게 퍼지며 고였다. 보기만 해도 가슴 아픈
장면이었다.

그녀의 비명소리를 들은 궁녀들이 문을 박차고 들어와 이

장면을 목격하고는 날카로운 비명을 질렀다. 순식간에 백앵궁은 혼란으로 가득 찼다. 어의가 신속하게 도착하여 고통으로 말조차 이을 수 없는 정 부인의 맥박을 짚었고, 소식을 들은 기우도 한걸음에 달려와 생기라고는 전혀 없는 모습으로 침상에 누워 있는 온정야를 조급한 모습으로 바라보았다. 그러나 나는 여전히 백옥 의자에 앉은 채 눈 한 번 깜빡이지 않고 검붉은 핏자국만을 응시하고 있었다.

나는 아직 세상에 태어나지도 못한 아기가 나의 손을 거쳐 그렇게 죽어 가는 것을 바라보고 있었다. 나는 도대체 언제부터 이토록 독해진 것인가?

"황비마마……."

완미가 바들바들 떨며 나를 불렀다. 무언가를 알아챈 듯 그녀의 두 눈은 눈물로 반짝이고 있었다.

"정 부인마마께서 유산하셨습니다."

어의가 안타까워하며 한숨을 내쉬었다.

"뭐라고 했느냐? 유산?"

기우의 목소리가 돌연 높아졌고, 눈빛에 차가운 기운이 서렸다.

"멀쩡했는데 어찌 갑자기 유산을 한단 말이냐?"

어의는 전전긍긍하며 나를 힐끔 바라보더니 우물쭈물하며 말하였다.

"아마도……, 낙태약 때문인 듯하옵니다."

기우가 그 어떤 반응을 취하기도 전에 온정야가 힘없이 그를 불렀다.

"폐하……."

그가 곧바로 그녀의 손을 꼭 붙잡았다.

"짐은 여기에 있소. 두려워하지 마오."

"신첩이 부주의하여 바닥에 넘어지고 말았습니다……. 신첩이 무능하여 아기를 잘 지키지 못했습니다……. 폐하, 이리 부탁하오니……, 죄를 묻지 말아 주시옵소서."

말을 할수록 감정이 격해지는지 눈가로 끊임없이 흘러내린 눈물이 베개를 적셔 큼직한 자국을 남겼다.

"괜찮소. 짐은 그대를 탓하지 않소. 한숨 푹 자오. 무슨 일이든 다 지나가기 마련이니……."

기우가 부드러운 목소리로 그녀를 위로해 주었다. 온정야는 맥없이 웃으며 나를 바라보고는 그에게 붙잡혀 있던 손을 조심스레 빼낸 후 두 눈을 감고 깊은 잠에 빠져들었다.

기우는 침대 위에 누워 있는 가냘프고 가엾은 이를 그윽한 시선으로 바라본 후 그 시선을 바닥 위의 깨진 사발 쪽으로 옮겼다. 그러고는 나를 바라보았다.

"짐을 따라오시오."

나의 대답을 기다리지도 않고 그는 성큼성큼 걸어 정전으로 향했다. 나는 그의 발걸음을 따라 아무도 없는 고요한 대전에 도착하였다. 음침한 정전은 유난히 처량한 분위기를 풍기고 있었다.

한참 동안 말없이 나를 바라보던 기우가 차가운 어조로 내게 물었다.

"그대의 짓이오?"

나는 분노에 찬 그의 시선을 마주하며 공허한 목소리로 대답했다.

"그래요!"

말이 떨어지자마자 그가 나의 뺨을 매섭게 쳤다. 짝 소리가 온 대전 안에 한참 동안이나 울려 퍼졌다. 갑자기 맞은 따귀로 나는 몇 발짝을 뒷걸음칠 수밖에 없었다. 힘이 잔뜩 들어간, 무자비할 정도의 따귀를 맞은 탓에 내 귓가에서는 윙윙 소리가 났고, 머릿속은 텅 비어 버렸다.

나는 그가 나를 욕하고, 외면하고, 멀리할 것을 예상하고 있었다. 그러나 나를 때리리라고는 전혀 생각지 못했다. 심지어 그는 내게 왜 그랬느냐고 묻지도 않았다. 아팠다. 너무나 아팠다.

"그대는 도대체 언제부터 그렇게 독한 사람이 된 것이오!"

그는 분노하며 나를 비난했다. 나의 시선은 계속해서 그의 얼굴 위를 배회하였고, 잠시도 떠나지 않았다.

"그래요, 사람은 다 변하기 마련이지요."

그의 눈빛에 실망이 어렸고, 그는 한 가닥 감정도 담지 않고 나를 향해 냉소를 터뜨렸다.

"그 아기는 짐의 혈육이었소. 그대는 세상에 태어나지도 않은 아이마저 그냥 둘 수 없었던 것이오?"

"맞아요. 저는 질투했어요. 그녀가 도대체 무슨 자격으로 그대의 아이를 갖는단 말인가요!"

불쑥 소리를 지른 나는 점점 흥분하여 고함을 질렀다. 눈가에 눈물이 고였으나 그에게 그것을 보이고 싶지 않았다.

"제가 황제의 유일한 아기를 죽였으니, 당신이 저를 어찌 벌한다 한들 저는 할 말이 없어요."

그는 나보다 더 우렁찬 목소리로 대전에 메아리치고 있던 나의 목소리를 덮어 버렸다.

"짐이 그대를 벌주지 못하리라 생각하는 것이오?"

나는 아무 말도 하지 않고 그를 가만히 바라보기만 했다. 그 역시 나를 한참 동안 바라만 보았다. 그러나 그의 눈빛에는 더 이상 다정함과 사랑이 담겨 있지 않았다. 돌연 그가 두 눈을 감더니 잠시 후 다시 눈을 떴다. 그는 이미 평소의 냉정한 모습을 되찾은 후였다. 그는 나를 쳐다보지도 않고 조용히 나의 곁을 떠나갔다. 한 가닥 미련도 없다는 듯이……

나는 차갑게 웃었고, 그 희미한 웃음소리가 대전 안을 떠돌았다.

상처받은 여린 마음

나와 완미, 심완은 소봉궁 뒤쪽의 비선정에 가만히 앉아 있었다. 찬란한 햇살 아래, 바람에 꽃가루가 흩날리고 있었다.

두 달, 그동안 기우는 나를 찾아오지 않았고, 온정야의 유산도 시간이 흐르자 잊혀져 갔다. 그 누구도 감히 그녀의 아이가 해를 당한 것인지 온정야의 말대로 그녀가 넘어져서 그리 된 것인지 묻지 않았고, 혁빙도 이 일을 자세히 조사해 달라고 청하지 않았다. 이 일이 어떻게 잠잠해졌는지는 알 수 없으나, 그런 능력을 가진 이는 기우뿐이라는 것은 분명했다.

내 곁을 지키고 있는 이는 심완과 완미, 오직 둘뿐이었다. 다른 궁녀들은 게으르고 나태해졌고, 나를 대하는 태도도 예전과 같이 공손하지 않았으며, 심지어 나의 말을 듣는 척 마는 척 했다. 이것이 소위 말하는 세상 인심이리라.

나는 탁자 위에 놓여 있는 매화 향이 향긋한 찻잔을 손에 들었다. 그것을 한 모금 마시자 순식간에 기분이 좋아졌다. 이것은 심완이 나를 위해 특별히 준비한 차로 향긋할 뿐만 아니라 맛도 달콤했다. 그보다 가장 중요한 것은 차 이름에 '매梅' 자가 들어가 있다는 것이었다.

　심완이 갑자기 나지막하게 사를 읊기 시작했다.

광활한 하늘, 새하얀 눈으로 뒤덮인 숲.

누워 새파란 하늘을 바라보니 구름송이로 뒤덮여 있구나.

가는 잎사귀 열리고, 꽃봉오리 하얀 목화솜을 드러내며,

따뜻한 봄날의 늘어진 버들가지 녹색 그림자를 만드니,

다음 봄날을 오래 기다려야 함을 아쉬워한다.

물가의 아름다운 복숭아꽃, 담장 옆에 만개한 꽃은 봄을 맞이하는 듯.

저녁의 구름송이 바라보니 고요하고,

요초瑤草[10]는 녹색 빛깔 옥처럼 아름답다.

저 멀리 푸른 풀로 뒤덮인 무덤 보이니,

이 순간 화려한 빛깔의 창과 비교되는구나.

늦은 밤 풍겨 오는 꽃향기,

내일 밤도 오늘 밤같이 상쾌하리라.

　나는 놀란 눈빛으로 그녀를 바라보며 물었다.

---

10 전설 속의 약초로, 장수(長壽)할 수 있게 해 주며, 온갖 병을 고칠 수 있는 신비로운 풀이라고 전해져 온다.

"네가 지은 사니?"

심완이 고개를 힘차게 끄덕였다.

"어젯밤 내내 고민하며 지은 사입니다. 황비마마께서 기분이 좋아지시길 바라면서 지었지요."

나는 감동하여 기분 좋게 웃었다.

"고맙다."

완미가 말했다.

"황비마마, 제가 한마디만 드리겠습니다. 이 두 달 동안 윤 첩여는 구빈 가운데 세 번째로 높은 소원이 되었고 황비마마께서는 세력을 잃어 가고 계신데 윤 소원은 어찌 한 번도 마마를 찾아뵙지 않을까요? 그녀를 폐하께 추천해 주신 분은 바로 황비마마가 아니신지요. 참으로 은혜를 모르는 사람입니다."

입술을 깨물고 있는 완미의 얼굴 위로 성난 기색이 드러났다.

"내가 이렇게 세력을 잃으니 사람들은 나를 피하기에 급급하지. 윤정이 나를 배신한 것도 이해가 간다."

희미하게 물결치며 반짝이고 있는 호수 면으로 눈길을 옮기자 출렁이는 물결에 반사된 햇빛에 눈이 따끔거렸다.

심완이 서글픈 한숨을 내쉬며 입을 열었다.

"마마와 폐하께서는 분명 예전처럼 사이좋게 지내실 수 있으실 거예요. 마마께서……, 매비梅妃의 누동부樓東賦[11]를 쓰시

---

11 당 현종의 비였던 매비(梅妃) 강채평(江采萍)의 작품으로, 양귀비(楊貴妃)로 인해 총애를 잃은 자신의 비참한 심경, 양귀비에 대한 불만, 그리고 현종을 향한 그리움을 그려 내고 있다.

고, 제가 전해 드리면 어떨까요? 아니면 탁문군의 수자시數字詩[12]도 좋을 듯합니다."

그녀는 끊임없이 나를 위해 좋은 생각을 내고 있었다.

그녀의 말을 들으며 나는 내 마음을 조금씩 잠식하고 있는 서글픈 마음을 떨쳐 버리려 애썼다.

"'장문궁長門宮에 갇힌 아교阿嬌[13]처럼 되지 말고, 비연飛燕[14]처럼 후궁을 어지럽히지 말자. 독고獨孤[15]와 같이 제왕의 사랑을 막지 말고, 장손 황후長孫皇后[16]와 같이 존경받는 스승이 되지도 말자.' 이는 내가 황비로 책봉된 후 스스로에게 매일 해 온 말이란다. 지금의 나는 비록 폐하의 총애를 잃었지만 결코 예전의 황후들처럼 불쌍하고 가엾게 되지 않을 것이며, 황제의 마음을 다시 얻기 위해 수단과 방법을 가리지 않는 행동도 하지 않을 것이다."

---

12 사마상여(司馬相如)의 아내인 탁문군(卓文君)의 작품으로, 사마상여가 아내인 자신과의 이별을 원하는 내용의 편지를 숫자로 표현해 보내자, 이에 대한 답장으로 역시 숫자를 이용하여 쓴 시이다. 주 내용은 자신과의 이별을 원하는 남편에 대한 원망이다.

13 한(漢) 무제(武帝)의 첫 번째 황후인 진아교(陳阿嬌). 황제의 총애를 한 몸에 받았으나 총애를 잃고 장문궁(長門宮)에 갇힌 후 황제의 총애를 되찾기 위해 궁으로 무당을 불러 굿을 하는 등 온갖 노력을 하였다.

14 한(漢) 성제(成帝)의 황후인 조비연(趙飛燕). 황제의 총애를 등에 업고 조정 일에 간섭하여 후궁을 어지럽혔다.

15 수(隋) 문제(文帝)의 정실로서, 수 나라 최초의 황후였다. 그녀는 금욕적인 성격과 더불어 질투심이 넘쳐 황제가 후궁을 들이지 못하도록 하였다.

16 당 태종의 황후인 문덕 황후(文德皇后). 어질고 지혜로워 황제의 존경을 받았다. 언제나 조정과 황제를 먼저 생각한 그녀는 외척과 자신의 세력이 커지길 원치 않아 자결하였다.

"그러나……, 그러다가는 영원히 폐하의 마음을 얻으실 수…….."

"나 자신을 위해 최소한의 자존심이라도 지키고 싶구나."

나의 말이 떨어지자마자 또 다른 소리가 들려왔다.

"황비마마."

우리 모두 동시에 소리가 들려온 쪽을 바라보았다. 한명이 천천히 다가오고 있었다. 그는 예전 그대로의 모습이었다.

"명의후 어른, 이곳은 후궁입니다. 이렇게 나타나시면 황비마마께 해가 되실 수도 있습니다."

놀란 완미가 경계의 기색을 띠며 말하자 한명이 사방을 둘러보며 말했다.

"지금의 소봉궁은 예전 같지 않고, 이곳으로 오는 내내 아무도 보지 못했다. 그런데 도대체 누가 내가 이곳에 오는 것을 신경 쓰겠느냐?"

"너희는 모두 물러가거라."

다시 찻잔을 들어 차 한 모금을 마시자 코끝을 찌르는 향기가 입안에 가득 퍼졌다. 잠시 후, 심완과 완미가 물러가자 한명이 내 맞은편에 앉았다. 그러고는 놀랍게도 내 손에 들려 있는 찻잔을 빼앗아 갔다. 덕분에 차가 그의 소매에 튀었다.

"참으로 향긋한 차입니다. 자주 마십니까?"

"매화꽃으로 만든 차로 매일 마시고 있지요. 이제는 습관이 되어 버렸습니다."

그의 무례한 행동에도 나는 미소를 지을 뿐이었다.

"알고 계세요? 검에 묻어 있던 독은 황후의 짓이었어요."

나의 말에 그는 손에 들고 있던 찻잔을 내려놓으며 조용히 대답하였다.

"그랬습니까?"

"조금도 놀라지 않으시는군요. 저는 무척 놀랐었습니다."

금박으로 장식된 손톱의 결을 만지작거리자 올록볼록한 느낌이 전해졌다.

"황후는 제가 칼을 뽑을 거라는 걸 어떻게 알았을까요?"

한명은 아무 말도 하지 않았다. 마치 내가 한 말을 곰곰이 생각하는 것 같기도, 혹은 그 대답을 피하고 있는 것 같기도 했다. 나는 화제를 바꾸었다.

"오늘은 무슨 일로 저를 찾으셨어요?"

"정 부인의 일 때문입니다. 그 아기……."

그의 말꼬리가 길게 늘어졌다.

"저예요."

나는 잠시도 망설이지 않고 시인했다. 지금까지 나는 그에게 그 무엇도 숨기지 않았고 그와 기우의 관계를 생각하면 그역시 진실을 알고 있을 것이 분명했다.

"참 이상하군요. 당신도 폐하처럼 제게 그 이유를 묻지 않으시는군요."

한명이 나의 눈빛을 피하며 말하였다.

"황비를 믿기 때문입니다."

"혹은, 그 이유를 알고 있기 때문이겠지요?"

나는 여전히 미소를 지은 채 농담 반, 진담 반으로 그에게 물었다. 마치 아주 일상적인 이야기를 나누는 것처럼……

그의 손이 미세하게 떨렸다. 그의 입꼬리가 올라가며 그가 무슨 말을 하려는 듯했으나 내가 그보다 먼저 입을 열었다.

"농담이었습니다. 명의후께서 어떻게 아시겠습니까?"

한명이 조심스럽게 찻잔 덮개를 만지작거리며 말했다.

"폐하께서 한참 동안 찾아오지 않으셨겠군요."

나는 그의 말에 수많은 의미가 담겨 있다는 것을 알고 있었다. 내가 고개를 끄덕이자 그가 다시 말을 이었다.

"어쩌면……, 황비께는 좋은 일일지도 모르겠습니다."

"듣자 하니 폐하께서는 윤 소원을 총애하신다고 하더군요."

나는 이미 모든 것에 달관하여 마음이 조금도 흔들리지 않았다.

"머지않아 폐하께서 윤 소원을 부인으로 봉하신다 합니다. 어쩌면……, 서궁의 주인은 그녀가 될지도 모르겠습니다."

그는 아주 조심스럽게 말을 이었다. 내가 자신의 말에 상처받을까 봐 걱정스러운 듯했다.

나는 그의 말을 담담하고 자연스럽게 받아들였다. 지난 모든 일들이 꿈만 같았다.

온갖 노력을 다 해 보았지만 결국 나는 해낼 수 없었다. 만약 내가 조금만 더 독했다면 나는 여전히 총애를 한 몸에 받는 위풍당당한 황비였을 것이다. 그러나 내가 정말 독한 마음을 먹었다면 나 역시 세속적인 여자가 되는 것이다.

"기억하세요? 그대가 제게 말했었죠. 하늘은 제게 미모와 지혜 그리고 선량함을 주었으나 제가 마음속에 증오를 품은 후 저의 재기는 모두 사라져 버렸고, 저는 완벽해 보이는 허황된 꿈에 빠져버렸다고. 그래서 다시는 저만의 그 특별함을 찾을 수 없게 되었다고."

"지금은 깨어났습니까?"

"지난 두 달 동안 저는 마음을 많이 가라앉힐 수 있었고, 많은 생각을 정리할 수 있었지요. 그동안 참으로 많은 잘못을 저질렀더군요."

나는 돌연 멀지 않은 곳에 있는 새하얀 복숭아나무 숲을 바라보았다. 어느새 이 황궁에 온 지도 한 해가 지났다. 이 짧은 한 해라는 시간 동안 얼마나 많은 일이 벌어졌는가. 운주의 죽음, 기성의 죽음, 두 황후의 죽음, 황비 책봉, 독에 중독되어 죽을 뻔도 했고, 내 손으로 정 부인의 아기를 죽였다. 모든 일들이 놀라울 만큼 선명하게 하나로 연결되었다.

"한명, 저와 함께 복숭아나무 숲을 걸으시겠어요?"

고개를 끄덕인 한명이 중심을 잘 잡지 못하는 나를 부축하여 복숭아 꽃잎이 흩날리는 숲으로 나를 이끌었다. 새하얀 세상 속에서 꽃잎이 춤을 추듯 우아하게 떨어졌다. 참으로 눈부시게 아름다운 정경이었다.

얼굴을 잃은 후 한 해 동안 난계진의 도화원에서 지낸 그 시간이 내 평생 가장 평화로운 나날이었다. 사랑을 위해 홀로 황궁으로 들어와 나 스스로 자유를 포기해 버린 것이 안타까울 뿐이었다. 오직 단 한 번이라도 기우의 모습을 보기 위해서였다. 그러나 그와의 만남을 위해 내가 바꾼 것은 무엇이란 말인가?

우리 둘은 복숭아나무 숲의 한가운데에 서 있었다. 나뭇가지의 꽃은 눈과 같았고, 핏빛으로 눈을 물들인 빛깔은 옅어져 있었다.

"아세요? 온정야가 찾아왔었어요. 그녀가 떠나기 전, 제게 했던 말을 잊을 수가 없어요."

나는 몸을 웅크린 채 양손으로 부드러워진 흙을 파냈다. 손이 지저분해졌으나 나는 개의치 않고 계속해서 팠다.

"그녀가 뭐라고 했습니까?"

"운주의 정체를 밝힌 익명의 편지를 백앵궁으로 전한 사람을 그녀가 보았대요. 바로 서 환관이었다더군요."

나는 바닥에 떨어져 있는 복숭아 꽃잎을 모아 깊지도 얕지도 않은 구멍 안으로 밀어 넣었다.

"바로 양심전에서 시중을 들며 항상 황제 곁에 있는 그 서 환관 말이에요."

나는 다시 한 번 금위복을 입고 한명의 뒤를 따라 양심전으로 들어서고 있었다. 나는 그에게 나를 이곳에 데려와 달라고 부탁하였다.

더 이상 도망치지 않고 모든 것과 솔직히 마주하고 싶었다. 모든 사실을 알고 싶었다. 비록 나의 마음속에서 진실이 조금씩 그 모습을 드러내고 있었으나 내 귀로 직접 모든 진실을 들어야만 했다.

양심전은 몇몇 시위들이 지키고 있을 뿐이었다. 아마도 그들은 황제의 심복일 것이다. 나는 한명의 심복 자격으로 궁 밖을 지켰다. 정전 안에는 황제와 한명뿐이었고 붉은 문이 아주 조금 열려 있어 아주 크지도, 아주 작지도 않은 틈이 드러나 있었다. 결국 나는 참지 못하고 그 틈 쪽으로 몸을 살짝 움직였고, 양심전 안의 움직임에 귀를 종긋 세웠다.

"폐하께서는 황비를 어찌하실 생각이십니까? 정말 그녀를 소봉궁에 버려두고 영원히 모르는 척하시려는 겁니까?"

한명의 목소리에는 노기가 담겨 있었다. 황제 앞에서 감히 이렇게 말할 수 있는 이는 오직 그밖에 없을 듯했다.

"짐은……, 더 이상 그녀를 끌어들이고 싶지 않다."

기우의 목소리에는 여전히 감정이 전혀 드러나지 않았다. 한참 동안 듣지 못한 그의 목소리, 놀랍게도 나는 그를 그리워하고 있었다.

"그 말은 그녀를 외면하시겠다는 뜻이 아닙니까?"

한명의 목소리가 더욱 높아졌다.

"폐하께서는 애초에 황비를 끌어들이실 때 왜 놓아주는 것에 대해서는 생각지 않으셨습니까? 폐하를 위해 황비께서 얼마나 많은 고통을 감내했는지 알고 계시지 않습니까? 폐하를 대하는 황비의 마음은 진심이십니다. 모든 일을 오직 폐하만을 위해 생각하고 계신데, 폐하께서는 황위를 견고히 하시기 위해 모란을 시켜 황비의 검에 독까지 묻히셨습니다. 황후를 해하시기 위해서 말입니다. 황후를 향한 증오를 불러일으켜 두씨 집안을 제거하기 위해서 말입니다! 폐하께서도 아시다시피 황비께서는 목숨이 경각에 달려 있을 때에도 오직 폐하만을 생각하셨습니다. 하염없이 폐하의 이름만을 부르시며……, 죽고 싶지 않다고 말씀하셨지요. 폐하를 외롭게 홀로 내버려 둘 수 없다고, 평생 동안 폐하 곁에 있고 싶다고……. 저는 황비의 입에서 끝없이 피가 흘러나와 제 두 손과 소매가 시뻘겋게 물들어 가는 것을 보고 있어야만 했습니다."

"그 독은 해독약이 있는 것이었다. 제때 먹이기만 하면 그녀에게 큰일이 생길 일은 결코 없었다."

기우의 목소리도 조금씩 메어 오기 시작했다.

"해독약 문제가 아니라는 것을 알고 계시지 않사옵니까!"

한명은 계속해서 그를 추궁했다.

"폐하께서는 생각해 보셨습니까? 그토록 믿고 있던 사람이 자신을 어떻게 대했는지 알게 되었을 때 황비께서 얼마나 큰 상처를 받으실지 말입니다. 정말 생각조차 안 해 보신 겁니까? 그리고 정 부인의 아기, 폐하께서는 그 아기가 정 부인과 혁 대인의 아기라는 것을 알고 계셨음에도 일부러 황비께서 그 둘의 불륜을 목격하도록 하여 황비의 손을 빌려 정 부인과 혁빙을 제거하려 하셨지요. 그러나 황비께서 정 부인과 혁빙을 차마 제거하지 못하리라고는 생각지 못하셨겠지요. 그들의 목숨을 살려 주리라고는 말입니다!"

한명의 목소리는 점점 더 커져 갔고, 마치 귀신의 소리처럼 끊임없이 내 귓속으로 파고들었다. 나는 얼어붙은 듯 그 자리에 가만히 서서 내 마음속에서 서서히 드러나고 있던 진실이 한명의 입을 통해 흘러나오는 것을 듣고 있었다.

그렇다. 도광이 내게 그 검의 독을 황후가 묻힌 것이라고 말했을 때부터 나는 의심스러웠다. 내가 검을 뽑을 것이라는 것을 두완이 어찌 알았겠는가? 나를 가장 잘 아는 이는 오직 기우뿐이었다. 그래서 나는 많은 사람들이 주시하고 있는데도 일부러 낙태약을 들고 백앵전으로 향했다. 내 추측이 맞는지 확인해 보기 위해서였다! 나는 계속 기우를 의심하고 있었던 것이다.

"혁빙은 자신의 아이를 짐의 아이인 척했다. 이것은 반역이다! 짐이 그를 죽이지 말아야 하느냐?"

감정이 격해진 듯 기우의 목소리도 높아졌다.

"죽이셔야지요. 그러나 폐하를 향한 황비의 감정과 신뢰를 이용하지는 마셔야 했습니다. 이것이 폐하께서 그들을 직접 죽이시는 것보다 그녀를 더욱 고통스럽게 했을 것입니다."

"그래서 짐은 그날 이후 그녀를 더 이상 이용하지 않기로 한 것이다. 짐은 그녀를 놓아줄 것이다."

"그래서 폐하께서는 윤정을 찾으셨지요. 황비처럼 뛰어난 지혜를 지닌 여인을 말입니다. 윤정을 통해 황비가 완성하지 못한 일을 마무리 지으려 하시는 것이 아닙니까?"

더 이상 참을 수가 없었다. 나는 떨리는 입술을 꽉 깨물고 울음소리를 억누르며 그 어떤 소리도 터져 나오지 않게 견뎠다.

가장 어리석은 이는 바로 나였다. 사랑과 증오가 공존할 수 있다는 헛된 생각을 품고, 나는 순진하게도 나를 향한 기우의 사랑이 깨끗하고 순수하다고 여기고 있었다. 알고 보니 우리의 사랑은 그의 황위에 비하면 참으로 보잘것없는 것이었다. 이 정도의 시련도 이겨 낼 수 없는 그런 사랑이었다.

"윤정이 짐을 도와 모든 장애물을 제거한 후에 황비에게 모든 진상을 밝힐 것이다. 그때에는 그녀야말로 짐의 유일한 황후가 될 것이다."

"폐하께서는 황비께서 진상을 알고 난 후에도 폐하를 용서하시리라 생각하십니까?"

"그렇다면 짐은……, 그녀에게 진실을 밝히지 않을 것이다."

순간 말소리가 멈추었으나 곧 또 다른 말소리가 이어졌다.

"납란기우! 당신은 황비를 사랑할 자격이 없을 뿐만 아니라 황비의 사랑을 받을 자격은 더더욱 없소!"

분노가 담긴 고함 소리가 대전 안에서 크게 울리자 나와 함께 서 있던 몇몇 시위들이 모두 놀라 몸서리를 쳤다. 그러나 나는 소리 없이 냉소를 지을 뿐이었다.

사랑?

나를 향한 기우의 사랑은 그의 황위에 비하면 참으로 보잘것없는 것이었다.

사랑?

내가 살아날 수 있을지 없을지 확신하지 못하면서도 그는 나를 중독시켰다.

사랑?

아마도 기우는 자기 자신을 더 깊이 사랑하고 있으리라.

그때 끼익 하는 큰 소리가 울려 퍼지는가 싶더니 살짝 열려 있던 문이 누군가에 의해 활짝 열렸다. 차가운 바람이 나의 몸을 때렸고, 나는 어느새 한명에게 손을 붙잡힌 채 앞을 향해 걷고 있었다. 그의 걸음이 매우 빨라 나는 잰걸음으로 그의 뒤를 따라야 했다.

등불이 환히 밝혀진 회랑에 발소리만이 울렸다. 얼마나 걸었는지 그가 속도를 늦추고 나를 아무도 없는 적막한 회랑 안으로 이끌었다. 그의 발걸음은 몹시 무거웠으나 결코 나를 붙잡은 손을 놓지 않았다.

그의 뒷모습을 보고 있자니 씁쓸한 미소가 번지기 시작했다.

"황제에게 그렇게 대들다니, 두렵지 않으세요?"

그가 쓴웃음을 지으며 말했다.

"두려웠다면 황비를 모시고 오지도 않았을 겁니다."

나는 덤벙덤벙한 발걸음으로 그의 뒤를 따랐다. 그 발소리에서 유난히 박자감이 느껴졌다.

"황위를 차지하려면 반드시 그대와 맞바꾸어야 하오. 그런 황위, 나는 필요없소."

황위를 얻지 못했을 때는 저와 황위를 절대로 맞바꿀 수 없다고 하시더니, 황위를 손에 거머쥔 이제는 저와 맞바꿀 수 있게 되신 건가요?

나는 오늘 밤 발생한 모든 일을 차마 믿을 수가 없었다.

이미 예상했던 일이 아니던가? 도대체 왜 아직까지도 가슴이 이리 아픈 것인가?

납란기우, 저를 이용하여 두씨 집안을 무너뜨리고자 하셨다면 저에게 분명히 이야기하셨으면 됐을 것을, 그랬다면 저 역시 당신을 도왔을 텐데 왜 이런 수단을 쓰신 건가요? 설마 잊으신 건가요? 다시는 저를 이용하지 않겠다고 하셨잖아요. 우리 사이의 약속은 눈앞에 흩날리는 구름과 연기 같은 것이었던가요? 바람만 불면 흔적조차 없이 사라지고 마는 그런 것이었나요?

중독된 후 깨어났던 그날, 당신은 저를 위해 눈물을 흘렸지요. 그러나 그것은 가슴이 아파서가 아니라, 저를 잃을까 두려워서가 아니라 죄책감 때문이었군요. 당신의 총애는 저를 파도가 몰아치는 바다로 내보내기 위함이었군요. 증오로 제 마음을 가득 채워 제가 이 후궁의 세력을 제거해 주길 바라셨던 거군요. 마치 선황이 한 소의를 이용해 황후의 세력을 제거하려 했던 것처럼 말이에요. 그대의 마음속에서 저는 그 정도 가치뿐이었나요?

당신은 저를 바둑판 안으로 끌어들여 놓고 대체 왜 중간에 내보내신 건가요? 가슴이 아파서? 아니, 아마도 제가 당신의 생각만큼 독하지 못했기에, 당신의 기준에 도달하지 못했기에 저를 포기해 버리신 것이겠지요. 윤정, 확실히 그녀는 총명하고 야심이 있는 여자지요. 당신은 사람을 고를 줄 아는군요. 저는 처음부터 끝까지 손안의 원숭이처럼 당신에게 놀아난 것뿐이었군요.

갑자기 두 다리에서 감각이 사라지며 힘이 풀려 버렸다. 내가 바닥에 쪼그려 앉자 한명도 발걸음을 멈췄다. 그는 붙잡고 있던 손을 풀고는 나를 가만히 바라보았다.

나는 떨리는 목소리를 애써 감추며 물었다.

"제가 우습지요?"

한명이 무거운 한숨을 내쉬며 무릎을 굽혔다.

"기우와 같은 제왕을 사랑하면 상처 입을 수밖에 없는 겁니다."

"다 제 잘못이에요."

나는 울먹이는 목소리로 말하며 가슴에서 치솟아 오르는 눈물을 힘겹게 참아내고 있었다. 그러나 결국 눈물이 내 손바닥 위로 떨어지기 시작했다.

"소리 내어 우십시오."

나를 자신의 품 안으로 이끈 한명이 내 등을 토닥이며 위로해 주었다. 나는 두 손으로 그의 가슴팍을 부여잡고 소리 내어 울기 시작했고, 나의 눈물이 그의 품을 적셨다.

"그가 어떻게 우리의 사랑을 이렇게 짓밟을 수 있나요! 그가 어찌!"

그의 두 팔에 더욱 힘이 들어갔다. 그의 따스한 위로에 나의 눈물은 마치 제방이 무너진 강물처럼 흘러 넘쳤고, 나의 증오와 원한도 함께 흘러나왔다.

"명의후, 이게 도대체 무슨 짓이란 말이오!"

우리의 왼편에서 청아한 목소리가 고상하게 들려왔다. 그러나 그 어조에는 엄한 기색이 묻어 있었다. 나와 한명은 깜짝 놀라 동시에 그쪽을 돌아보았다.

"아니, 체 황비 아니시오."

그는 또다시 조롱하는 어조로 말했으나 그 눈빛의 의미는 헤아릴 수 없었다. 나는 재빨리 한명의 품에서 벗어나 허둥대며 눈물을 닦았다.

푸른 비단옷을 입은 그는 우아한 미소를 지은 채 우리 둘을 바라보고 있었다. 왜인지는 알 수 없으나 그의 눈빛에는 냉혹함이 숨겨져 있었다.

아니다. 그는 내가 알던 기운이 아니었다.

한명이 그를 향해 예를 갖춰 인사를 올렸다.

"초청왕."

"명의후와 황비의 사이가 매우 좋아 보이오. 이 야심한 밤에 회랑에서 서로 부둥켜 안고 있다니, 누군가 보면 오해하지 않을 수 없겠소."

그때 가벼운 바람이 불어와 우리를 향해 걸어오는 그의 어깨 위의 머리카락을 흐트러뜨리자 그의 모습이 더욱 말쑥해 보였다.

나와 한명은 서로의 눈을 바라보았고, 마음을 맞춰 침묵을 지켰다. 이 순간, 무슨 말을 한다 해도 의혹만 키울 뿐이라는 것을 우리 둘 다 똑똑히 알고 있었기 때문이다.

피 흘리며 부활하리라

결국 기운은 더 이상 아무 말도 하지 않고 옅은 미소를 지은 채 떠났다. 추궁을 하지도, 경고나 위협을 하지도 않았다. 나는 그가 무슨 생각을 하고 있는지 전혀 알 수가 없었다. 그러나 그 묘한 미소가 나를 불안하게 했다. 어쩌면 내가 너무 예민한 걸까?

기운은 언제나 세상일에 무관심한 사람이었고, 병권도 당파도 갖고 있지 않았다. 만약 그가 야심을 키우고 있다 한들 이런 상황에서는 난을 일으킬 수도 없을 것이다. 이것이 바로 황제가 그를 제거하지 않은 진정한 이유일지도 모른다.

나는 금위군의 투구와 갑옷을 벗어 한명에게 건네주고 얇은 비단옷 하나만을 걸치고 있었다. 초봄이었지만 날씨는 여전히 싸늘했다. 나는 목멘 목소리로 그에게 감사했다는 말만 남기고는 그곳을 홀로 떠났다. 발걸음은 한없이 무겁기만 했다.

나는 엉망진창으로 엉켜 버린 생각을 하나씩 정리하기 시작했다.

소봉궁에는 열세 명의 사람이 있고, 모란과 호설은 황제의 사람이다. 그렇다면 도광과 검영은 왜 내게 그녀들이 두완의 사람이라 한 것일까? 이것으로 나는 확신할 수 있었다. 그들 둘 역시 기우의 사람인 것이다. 아니다. 네 명의 호위병 모두 황제의 사람들일 것이다.

봉서파에서 갑자기 연실이 끊어진 것도 결코 우연이 아닐 것이다. 그것은 내가 혁빙과 온정야의 간통 장면을 목격하도록 준비되어 있었던 것이 분명했다. 그렇다면 연 역시 누군가가 그 나무 위에 걸어 놓았던 것이 확실하다. 누구일까?

나는 그날 있었던 일을 머릿속에 떠올려 보았다.

"황비마마, 날씨가 좋으니 함께 나가서 연을 날려 보아요."

제안한 것은 완미였고, 버려진 정원에서 나를 발견한 것도 그녀였다. 설마 그녀가?

"봉서파요. 사면이 넓게 트여 있고 바람이 잘 불어오니 연날리기에 가장 좋은 곳이에요."

봉서파로 가자고 했던 것은 심완이었다. 그렇다면 그녀란 말인가?

생각에 잠겨 서궁의 회랑으로 들어서던 나는 수많은 금위군이 두 사람을 끌고 걸어오는 것을 보았다. 나는 이상하게 여기며 그들을 주시했다. 거리가 더 가까워졌고, 회랑 양쪽에 걸려 있던 촛불들이 흔들리며 그들의 얼굴을 비추었다. 놀랍게도 그들은 온정야와 혁빙이었다. 나는 한걸음에 달려가서 그들의 앞을 막아섰다.

"정 부인? 이게 어찌 된 일인가?"

두 손과 두 발이 묶여 있는 그들의 헝클어진 옷매무새로 보아 붙잡히기 전에 그들이 저항했다는 것을 알 수 있었다.

온정야가 나를 흘겨보며 차갑게 코웃음을 쳤다.

"나한테 어찌 된 일이냐고 묻는 것이냐? 그 사발의 약을 다 마셨거늘 도대체 왜 약속을 지키지 않은 것이냐? 왜 우리를 놓아주지 않은 것이냐?"

그녀의 말에 영문을 알 수 없어 나는 다시 물었다.

"그게 무슨 말인가?"

"당신 말고 우리가 봉서파 후원의 버려진 정원에서 만난 것을 도대체 누가 안단 말이오!"

나를 노려보는 혁빙의 차가운 눈에 핏기가 어렸다. 나는 두려움을 느꼈다. 그 순간 천둥소리가 울리고 번개가 내리쳤으며, 그 빛이 혁빙의 푸른 얼굴 반쪽을 비추었다.

온정야의 곁을 지나쳐 혁빙에게 달려간 나는 그의 팔을 단단히 붙잡으며 다급하게 해명했다.

"내가 아니야……."

그가 매섭게 나의 손을 뿌리쳤다. 덕분에 나는 몇 걸음이나 뒷걸음질 치다가 바닥에 세게 나가떨어지고 말았다.

또다시 칠흑 같은 어둠을 가르는 우렁찬 벼락 소리가 들려왔다. 나는 혁빙의 뒷모습에 시선을 고정하고 고함을 질렀다.

"혁빙! 정말로 내가 아니야! 내가 어떻게 너를 해할 수 있겠느냐!"

그가 몸을 돌려 바닥 위의 나를 바라보았다. 그 눈빛에는 복잡한 감정이 서려 있었다. 그가 입을 열어 무슨 말을 하려는 듯하였으나 금위군에게 떠밀려 억지로 걸음을 옮길 수밖에 없었다.

"빨리 가란 말이다!"

고개를 돌려 나를 계속 바라보는 그의 눈에는 한 줄기 빛이 사라졌다 드러났다를 반복하고 있었다. 그가 의심하기 시작한 것이다. 그 둘의 모습이 사라지고 나서야 나는 한 가지 사실을 깨닫고 시선을 거두었다.

황제다. 그들을 죽이라 명한 것은 황제인 것이다.

소봉궁으로 돌아오고 얼마 지나지 않아 갑자기 비가 억수같이 쏟아지기 시작했다.

심완과 완미는 계속 밖에 선 채 내가 돌아오기만을 기다리고 있었다. 그녀 둘의 눈빛에서 거짓이라고 할 수 없는 초조함을 본 나의 마음은 더할 수 없이 복잡해졌다. 그녀 둘 중 한 명은 분명 황제가 내 곁으로 보낸 사람일 것이다.

도대체 왜 이 황궁은 수많은 거짓과 배신 그리고 음모로 뒤덮여 있는 것일까? 나는 왜 이 피비린내 진동하는 암투장 가운데에 있어야 하는 것인가? 처음부터 기우를 만나지 말았어야 했다. 그가 나를 구하지 못하도록 했어야 했다. 그와 나라를 되찾는 계약 따위는 하지 말았어야 했다.

나는 그녀들의 조급한 눈빛을 담담히 훑어보며 침궁 안으로 들어섰다.

"정 부인과 혁 대인의 일은 어떻게 된 것이냐?"

완미 역시 자세히 알지 못하는 듯 고개를 가로저으며 말했다.

"제가 들은 것이라고는 한 무리의 금위군이 갑자기 폐허가 된 정원으로 몰려가……, 참, 황비마마께서 연을 찾으셨던 바로 그곳입니다. 금위군들이 정 부인과 혁 대인을 잡으려던 때, 그들은……, 불경한 일을 하고 있었다고 합니다."

나는 조롱을 담아 가볍게 웃었다. 그 웃음소리는 참으로 귀에 거슬렸다.

"금위군은 그들이 거기에 있었다는 걸 어찌 안 것이지?"

심완이 등불을 밝히자 다소 어두웠던 침궁이 환해졌다.

"누가 알겠습니까? 어쩌면 누군가 밀고를 했겠지요."

"황비마마! 마마의 손에서 피가 흐르고 있습니다."

놀란 완미가 비명을 지르고는 곧바로 약상자를 들고 와서 지혈을 해 주었다. 나는 어느새 새빨간 피로 물든 손을 바라보았다. 조금 전 혁빙이 나를 밀쳤을 때, 두 손이 바닥에 쓸려 난 상처인 듯했다.

심완도 재빨리 깨끗한 물을 떠 와서 나의 상처를 닦아 주었다. 그녀 둘은 나를 진심으로 대하고 있었고, 나를 위해 늘 초조해하고 있었다. 그런데 어찌 그녀들 가운데 첩자가 있을 수 있겠는가? 어쩌면 내 생각이 틀렸을 수도 있지 않을까? 그날의 일은 모두 우연일 수도 있지 않을까?

번개가 번쩍이고 천둥 소리가 울리니 봄날의 하늘이 어둡고 음침해졌다. 차가운 바람과 함께 빗방울이 비스듬히 뿌려지는가 싶더니 이내 쏴아쏴아 소리가 들려왔다. 빗소리가 지면과 처마를 때리는 소리를 듣고 있으려니 마음이 한없이 아려 왔다.

"폐하께서는……, 이 일을 어찌 처리하실까?"

"그런 대역죄를 저질렀으니 분명 죽음을 면하기 어려울 것입니다."

완미가 나의 손에 조심스럽게 금창약을 발라 주고 그 위에 얇은 천을 감아 주었다.

"죽음……, 참으로 두렵구나."

돌연 차가운 기운이 나의 몸을 엄습했다.

"완미야, 어서 양심전에 가서 상황을 좀 알아보아라. 폐하께서 그들을 어찌 처리하실지 말이다."

그녀는 큰비가 내리는 바깥을 바라보고 순간 주저하는 듯하였으나 이내 고개를 끄덕이고는 우산을 받쳐 들고 폭우 속으로 천천히 걸어 들어갔다. 나는 폭우가 망망한 어두운 밤을 삼키는 모습을 바라보며, 완미가 어서 돌아와 듣고 온 이야기를 알려 주길 초조하게 기다렸다.

그때, 향긋한 차 한 잔이 내 앞에 놓였다. 나는 심완의 얼굴을 바라보고는 한숨을 내쉬며 그 차를 받아 들었다. 찻잔의 뚜껑을 여니 차의 향기가 코를 찔렀다.

"매화꽃 향기! 매일 이 향기를 맡을 때마다 마음이 편안해지는구나. 이 차는 어떻게 만든 것이냐?"

"매일 아침 인시[17]에 일어나 꽃 위에 맺혀 있는 이슬을 모아 매화를 그 안에 한 시진 동안 담가 놓지요. 그리고 햇볕 좋은 날 그것들을 말린 후 찻주전자에 담아 약한 불로 천천히 우려내면 이 매화차가 완성된답니다."

말을 하는 그녀의 눈빛은 반짝거렸고, 두 눈을 깜빡이는 그 모습이 몹시 사랑스러웠다.

"그래서 입에 닿자마자 그런 달콤한 향이 느껴졌구나. 이제 보니 네가 나를 위해 매일 그토록 정성껏 차를 만들어 주고 있었구나."

향기는 사라지지 않고 계속 코끝을 맴돌았고, 뜨거운 연기는 모락모락 피어 오르고 있었다. 천천히 차를 들이켜니 기분이 급속도로 편안해졌다.

마지막 모금의 차를 마시고 있을 때, 온몸이 흠뻑 젖은 완미가 돌아왔다. 그녀는 숨을 몰아쉬는 한편 온몸을 덮은 추위에 몸을 바들바들 떨고 있었다.

"황비마마, 폐하께서는 정 부인과 혁 대인을 이미 투옥시키셨다고 합니다."

---

17 새벽 3시 ～ 5시.

"그저 옥에 가두었을 뿐이라고?"

나는 낮은 목소리로 이 말을 반복하며 탁자 위에서 붉은 눈물을 떨어뜨리고 있는 한 쌍의 붉은 초를 바라보았다.

집안의 보기 좋지 않은 일은 밖에 내보이지 않는 법, 그러니 황제는 결코 그들을 보란 듯이 참수하지는 않을 것이다. 그렇다면 그들은 옥 안에서 죽음을 맞이하게 될 것이 분명했다.

나도 모르게 맞잡고 있던 두 손에 힘을 너무 주어 얇은 천으로 잘 감쌌던 상처에서 다시 피가 배어 나왔다. 눈을 자극하는 새빨간 피가 새하얀 천을 물들이자 불길한 예감이 마음속에서 고개를 들며 마음을 어지럽혔다.

나는 웃는 얼굴로 침궁을 뛰쳐나왔고 나의 온몸은 순식간에 비에 흠뻑 젖어 버렸다.

혁빙을 구해야 한다. 설령 그를 구할 수 없다 해도 나는 나 자신이라도 구해야만 한다.

늦은 밤의 굵은 봄비가 돌계단을 제멋대로 적시고 있었다. 끝없이 내리는 차가운 비 사이로 촛불이 흔들리고 있었다. 흠뻑 젖은 채 양심전 밖에 도착하니 시위가 길을 막아섰다.

"황비마마, 폐하께서는 이미 윤 소원마마와 침소에 드셨습니다. 내일 아침에 폐하를 찾아뵈십시오."

나는 허망한 눈빛으로 굳게 닫혀 있는 궁문을 바라보았다. 순간, 나는 내 신분도 잊은 채 바닥 위에 무릎을 꿇고 온 힘을 다하여 큰 소리로 울부짖었다.

"신첩 설해, 폐하를 뵙기 청하오니 폐하께서는 저를 만나 주시옵소서."

몇몇 시위들이 놀라 뒷걸음질 쳤고, 난처한 듯 나를 바라보았다.

"황비마마, 무릎 꿇으셔도 아무 소용 없습니다. 폐하께서는 정말로 이미 침소에 드셨습니다."

나는 여전히 꼿꼿하게 꿇어앉은 채 비바람이 내 몸을 때리는 것을 참아내고 있었다. 한기가 나의 결심을 더 굳건하게 했다.

"그렇다면 폐하께서 나타나실 때까지 꿇어앉아 있을 수밖에……."

우산을 받치고 뛰어온 심완과 완미가 내 머리 위로 우산을 받쳐 주고, 자신들은 폭우를 고스란히 맞으며 서 있었다.

심완이 울먹거리며 말하였다.

"황비마마, 이렇게까지 하실 필요가 있으신지요?"

나는 아무 말도 하지 않은 채 빗물로 깨끗해진 붉은 문만 멍하니 바라보았다.

"너희들은 물러가거라."

완미가 고집을 피웠다.

"소인, 황비마마 곁을 지키겠습니다."

나는 매서운 눈빛으로 그 둘을 노려보았다.

"나의 말을 듣지 않을 것이냐? 돌아가거라!"

완미가 웅얼거리며 말하였다.

"황비마마······."

"물러가라!"

그녀들은 어쩔 수 없이 궁으로 돌아가면서도 쉴 새 없이 뒤를 돌아보았다.

나는 억수같이 내리는 빗속에서 여전히 목소리를 쥐어짜 큰소리로 외쳤다. 나는 마치 울고 있는 것 같기도, 울고 있지 않는 것 같기도 했다.

갑자기 궁문이 열렸고, 나는 기대하는 마음으로 고개를 들어 바라보았다. 그러나 기대는 곧 실망으로 바뀌었다. 서 환관이 근심스러운 표정으로 나를 바라보고 있었다.

"황비마마, 돌아가십시오. 폐하께서는 마마를 만나지 않으실 겁니다."

그에게서 눈빛을 거둔 나는 씁쓸한 미소를 지으며 아무 말도 하지 않았다.

"이 후궁에는 폐하의 총애를 얻었다 잃은 비빈들이 수두룩하지 않습니까? 놀라운 일도 아니지요. 지금의 황비마마께서는 폐하의 총애를 잃으셨으니 폐하께서 황비마마를 다시 총애하시리라는 기대는 하지 않으시는 게 좋습니다."

서 환관이 손을 내젓자 양쪽에 서 있던 시위들이 궁문을 다시 굳게 닫았다.

나는 차가운 미소를 짓고 있었고, 나의 웃는 얼굴 속에는 참으로 많은 감정이 뒤얽혀 있었다.

그렇다. 나는 이미 황제의 총애를 잃은 여자다. 지금의 나에게는 아무것도 없다. 가족도, 자매도, 심복도 없다. 게다가 사랑하는 이까지 잃은 여자인 것이다. 내가 이런 비참한 상황을 맞이하게 된 이유는 모든 이들이 우러러보는 황제에게 환상을 품었고, 검은 머리가 흰머리가 될 때까지 그와 평생을 함께할 수 있으리라는 헛된 꿈을 꾸었으며, 그가 오직 나만을 사랑하기를 바라는 지나친 욕심을 부렸기 때문이다.

나는 잊고 있었다. 그가 황제라는 것을, 그에게 후궁이, 삼천 명이나 되는 꽃다운 여인들이 있다는 것을.

삼천 명의 후궁 가운데 오직 나만을 총애하겠다는 것은 애초부터 우스운, 허황된 약속이었다. 그러나 나는 어리석게도 그 약속을 믿고 있었다.

그렇다. 내가 틀렸다.

나는 세상을 등진 채 모든 것을 인내하지 말았어야 했다. 그렇게 나약하고 선량하지 말았어야 했다. 사랑 앞에서 방향을 잃고, 진정한 나 자신을 놓치지 말았어야 했다. 사랑으로 인해 복수의 감정을 잃지 말았어야 했다. 사랑을 위해 후궁의 비빈들 앞에서 그리 어질고 우유부단하게 행동하지 말았어야 했다. 모든 것이 나를 향한 황제의 판단을 신경 썼기 때문이고, 나의 사랑을 암투 속으로 끌어들이고 싶지 않았기 때문이었다.

이제야 나는 깨달았다, 내가 틀렸다는 것을. 이 음험한 황궁이란 곳에서 사랑과 암투는 결코 공존할 수 없는 것이었다.

비록 황제가 이 모든 도리를 알고 있었다 해도 그는 자신의 황위를 견고히 하기 위해서 우리의 사랑을 이용하는 데 주저하지 않았다. 그렇다면 나 복아, 더 이상 포기하지 못할 게 뭐가 있겠는가?

황권을 위협하는 세력들을 모두 제거한 후 나를 자신의 황후로 봉하겠다고? 어처구니없게도 세상의 지혜를 다 갖춘 그는 이 후궁이 수많은 여인들의 무덤이라는 것을 잊고 있었다. 황권을 견고히 한 후 그에게 남은 것은 이미 말라 비틀어진 나의 시체뿐일 수도 있다. 죽음은 두렵지 않다. 그러나 그렇게 비참하게 죽지는 않을 것이다. 위풍당당한 하나라의 공주가 후궁 비빈들의 음모에 당해 죽을 수는 없다. 그럴 수는 없다.

나는 공주로서의 자긍심을 갖고 있다. 냉궁에 갇혀 죽는 것은 절대로 나 복아의 말로가 아니다. 봉황은 가장 높은 곳으로 날아올라 영원히 용과 함께해야만 하는 것이다. 피투성이로 죽음을 맞이한다 해도 다시 부활하리라.

차가운 비가 비단옷을 적셨고, 가느다란 빗방울이 기와 위로 떨어지며 또로록 소리를 내고 있었다.

빗속에서 몇 시진이나 꿇어앉아 있었는지 알 수 없으나 목소리가 잠겨 버렸다는 것만은 알 수 있었다. 두 무릎이 딱딱하게 굳고 시려 왔다. 끈질기게 내리는 빗물에 흠뻑 젖어 온몸 어느 곳 하나 한기가 느껴지지 않는 곳이 없었다. 그러나 기우는 끝내 나타나지 않았다.

그가 어찌 이리도 무정할 수 있단 말인가?

"정말 저를 무시하실 생각인가요?"

기력이 점점 쇠하는 것을 느끼며 나는 나지막이 읊조렸다.

　잠시 후 나는 빗물로 가득한 바닥에 쓰러졌다. 쓰러지면서도 나의 두 눈은 굳게 닫혀 있는 붉은 문만 멍하니 응시하고 있었다. 짙은 피로감 때문에 온몸은 너무나도 무력하였고, 무겁디무거운 두 눈은 천천히 감겨 왔다.

　너무 피곤했다. 잠시라도 쉬고 싶었다. 가만히 바닥에 누워 나는 시간의 흐름조차 느끼지 못하고 있었다. 그때, 점점 가까워지는 발소리가 들리는가 싶더니 곧이어 누군가 바닥에 쓰러져 있는 나를 안아 올렸다. 눈을 뜨고 나를 안고 있는 따스한 품의 주인이 누구인지 보고 싶었으나 나에게는 그럴 힘조차 남아 있지 않았다.

　한명인가? 이 황궁 안에서 내 곁에 함께 있어 주고 내가 안전하다고 느끼도록 해 주는 이는 오직 그뿐이었다. 나는 입가에 미소를 지으며 목멘 소리로 낮게 읊조렸다.

　"떠나고 싶어요. 저를 데리고 떠나 주시겠어요?"

　예상했던 대로 그는 나의 말에 답하지 않았고, 마음속의 씁쓸했던 마음도 점점 옅어져 갔다. 한명은 황제에게 충성을 다하는 사람인데 내가 어찌 그에게 나를 데리고 떠나 달라고 할 수 있겠는가? 이것은 그를 사지로 몰아넣는 일이었다.

　"진심이 아니었어요. 당신까지 연루시키지는 않겠어요."

　그는 여전히 아무 말도 하지 않은 채 편안한 숨소리만을 내고 있었다. 그의 품에 가만히 안겨 내 의식은 점차 흐릿해져만 갔다. 그와 함께 천근만근 무거운 마음도 저 먼 곳을 향해 날아가더니 결국 나는 깊은 잠에 빠져 버렸다.

　다시 눈을 떴을 때 나는 소봉궁의 침궁 안에 누워 있었다. 나는 정신을 차리기 위해 머리를 흔들며 완미와 심완을 멍하니 바라보았다.

　그녀들은 기뻐하며 눈빛을 반짝였다.

　"황비마마, 드디어 깨어나셨군요."

　나는 입을 열었으나 소리가 나오지 않았다. 목이 바짝 말라 고통스러웠다. 발버둥을 치며 침대 위를 기어 일어난 나는 탁자 위의 찻주전자를 가리켰다. 나의 뜻을 이해한 심완이 차 한 잔을 따라 주며 나지막한 목소리로 말하였다.

　"어젯밤, 초청왕께서 황비마마를 모시고 오셨을 때 저희들이 얼마나 놀랐는지 모릅니다."

　'초청왕'이라는 세 글자를 듣자마자 나는 몹시 놀라 목소리를 쥐어짰다.

　"뭐라고……?"

　"황비마마, 어서 드셔요."

　떨리는 손으로 심완이 건네준 물잔을 받은 나는 멍한 상태로 그 물을 한입에 다 마셔 버렸다. 머릿속에 큰일났다는 생각만 들었다. 기운 앞에서 내가 헛소리를 하지는 않았겠지?

　나는 메마른 목을 축이고는 긴장하며 물었다.

　"초청왕이 무슨 말을 했느냐?"

　"저희들에게 황비마마를 잘 보살피라고 하셨습니다."

완미가 텅 빈 물잔을 내게서 받아 탁자 위에 올려놓았다.

나는 잠시 생각을 하고는 다시 물었다.

"다른 말은 없었느냐?"

그녀 둘은 고개를 가로저었으나 나는 안심이 되지 않았다. 어젯밤 나와 한명이 함께 있는 모습을 보고는 다시 양심전 밖에 나타나 나를 궁으로 데려오다니, 기운은 도대체 무슨 생각을 하고 있는 것일까?

그때 급히 달려 들어온 모란이 걱정스러운 목소리로 말했다.

"황비마마, 윤 소원께서 마마를 뵙기를 청하시옵니다."

"그래, 알겠다."

나는 살짝 웃었다. 그녀가 왜 이곳을 찾아왔는지 대충 짐작이 되었다.

침대에서 몸을 일으킨 나는 손에 잡히는 대로 옷을 골라 입었다. 입고 보니 옅은 푸른색 천에 연꽃 문양이 들어간 수수한 옷이었다.

완미가 날렵한 눈으로 나의 행동 하나하나를 뒤좇다가 말했다.

"황비마마, 이렇게 입고 나가셔서 윤 소원을 만나시려고요? 소인이 마마를 단장해 드리겠습니다."

나는 어깨 위로 늘어뜨린 머리카락을 가볍게 빗어 내리며 손에 잡히는 대로 비취 진주 비녀 하나를 집어 옆머리에 꽂았다.

"지금은 예전과 많이 달라지지 않았느냐? 더 이상 나를 아껴 주는 사람도 없는데 지상에 내려온 선녀같이 치장한다 한들 무슨 소용이 있겠느냐?"

나의 말이 떨어지자마자 심완과 완미의 얼굴 위로 쓸쓸한 기색이 스쳐 가는가 싶더니 희미한 탄식 소리가 새어 나왔다. 나는 모르는 체하고 천천히 침궁을 나섰고, 그녀들도 재빨리 나의 뒤를 따랐다.

다시 만난 윤정은 예전의 모습과 달라져 있었다. 고결하고 도도한 얼굴 위로 사랑에 빠진 여인의 아름다움이 드러나 있었고, 미소는 달콤했다. 온몸을 화려하게 치장한 모습이 비가 그친 태양 아래에서 더욱 화려해 보였고 올림머리 위에서 여러 종류의 진귀한 녹색 비취 장신구가 반짝이고 있었다. 그녀는 귀부인의 느낌을 물씬 풍기고 있었다.

나를 본 그녀가 나를 반기며 예를 갖춰 인사를 올렸다.

"설 언니, 잘 지내셨지요?"

나는 차갑게 웃는 듯 마는 듯한 미소로 답했다.

"동생보다 잘 지냈을 리가 있나? 지금 동생은 후궁 최고의 총애를 받고 있으니, 혹여 이 언니를 잊기라도 했을까 걱정이네."

그녀의 미소가 더욱 짙어졌다.

"우스갯소리도 잘하시는군요. 저희는 하늘에 맹세한 의자매가 아닌가요? 그 맹세, 이 동생이 어찌 감히 잊겠습니까?"

나는 입꼬리를 올리고, 황금빛으로 번쩍이는 휘황찬란한 대전으로 시선을 돌렸다. 화려하고 놀라운 대전의 모습이 실재하지 않는 듯 그림자처럼 느껴졌다.

한참 동안 내가 입을 열지 않자 그녀가 먼저 입을 열었다.

"어젯밤 언니께서 양심전 밖에서 세 시진이나 무릎을 꿇고 계셨다고 들었어요. 저도 칠랑七郎[18]께 언니를 만나 달라고 청하였으나, 만나 주지 않으면 알아서 돌아갈 것이라고만 말씀하시더라고요. 참으로 무정하시기도 하지."

윤정이 그를 '칠랑'이라 부르는 것을 들으니 웃음을 금할 수가 없었다. 그녀는 아마도 내게 들으라고 일부러 그렇게 부르고 있는 것이리라. 저 '칠랑'은 도대체 무엇을 의미하는가?

나와 그녀는 기우의 손안에 있는 바둑돌과 다를 바 없었다. 똑같은 바둑돌로서 나는 그녀에게 동정심을 느낄 뿐이었다. 지금 그녀의 모습을 보니 사랑 안에서 허우적거리던 나의 옛 모습을 보고 있는 것만 같았다. 그 쓸쓸함은 오직 나만이 알 수 있는 것이었다.

윤정이 갑자기 낮은 목소리로 말하였다.

"어머나, 이 동생이 말실수를 했군요."

나는 미소를 여전히 거두지 않고 있었으나 심완의 얼굴은 일그러져 있었다. 그녀가 윤정에게 차를 내왔다.

"소원마마, 차를 드시지요."

심완이 윤정의 앞쪽에 찻잔을 내려놓으려는 것을 보고 윤정

---

18 일곱째 도련님. 일곱째인 납란기우를 친근하게 부르는 호칭.

이 그 찻잔을 받아 들려는 찰나, 뜨거운 차가 그녀의 몸 위로 쏟아졌다.

윤정은 고통으로 의자에서 튀어 오르듯 일어났고, 손수건으로 재빨리 옷을 닦았다. 심완은 급히 무릎을 꿇고는 땅바닥에 머리를 찧었다.

"마마, 용서해 주시옵소서. 고의가 아니었습니다."

나는 웃음을 힘겹게 참으며 머리를 계속 찧고 있는 심완을 부축해 일으켰다.

"일어나라. 네가 일부러 그런 것도 아닌데 도량이 넓은 동생이 네게 죄를 묻겠느냐?"

그러자 심완이 감격해하며 여전히 옷의 물기를 닦아 내고 있는 윤정을 향해 말하였다.

"마마, 용서해 주셔서 감사합니다."

윤정은 끓어오르는 화를 겨우 참으며 그녀를 노려보았으나 이 상황에 화를 낼 수도 없었기에 미소 같지도 않은 미소를 힘겹게 지을 뿐이었다.

"언니의 궁녀, 참으로 대단하군요."

나는 피식 웃으며 답하였다.

"동생, 어찌 그리 말하는가? 옷이 다 젖었으니 어서 궁으로 돌아가 옷을 갈아입도록 하게. 안 그러면 모든 이들의 웃음거리가 될 테니 말일세."

윤정이 움직이던 손을 멈추고 침착하게 나를 바라보았다.

"그러면 저는 이만 돌아가 보겠습니다."

문을 향해 가던 그녀가 다시 몸을 돌리며 말하였다.

"참, 제가 한 가지 중요한 일을 잊고 있었습니다. 사흘 후에 이 동생이 정일품 부인으로 책봉되오니 언니께서도 연회에 참석해 주십시오."

"꼭 가지."

고개를 끄덕이던 나는 갑자기 떠오른 일이 있어 그녀에게 물었다.

"동생은 어제 정 부인과 혁 대인의 간통을 밝힌 사람이 누구인지 알고 있는가?"

윤정의 얼굴이 굳었다가 순식간에 원래의 모습을 되찾았다. 그 찰나의 변화는 참으로 당황스러울 정도였다. 그러나 나는 그보다는 그녀에게 탄복하는 마음이 더 컸다.

만약 나의 추측이 틀리지 않았다면 소위 '밀고자'는 윤정이 틀림없었다. 기우가 그녀를 이용하기로 마음먹었다면 당연히 그녀가 온정야와 혁빙의 일을 발견하게 했을 것이다. 그리고 그녀가 공을 세우면 그것을 빌미로 기우는 그녀를 부인으로 책봉할 수 있는 것이다.

"제가 어찌 알겠습니까?"

그녀가 담담하게 부인했다.

"동생이 어찌 모른단 말인가?"

윤정은 잠시 침묵했다가 결국은 시인했다.

"역시 언니는 속일 수가 없군요. 제가 그랬습니다. 정 부인과 혁 대인의 일은 참으로 부끄러운 것이고, 그 죄가 매우 중하지 않습니까? 이렇게 해야만 황실의 위엄이 서지요."

나는 참지 못하고 그녀에게 주의를 주었다.

"그렇게까지 할 필요가 있었는가?"

"저는 제 행동이 잘못되었다고 생각하지 않습니다."

윤정이 차갑게 콧방귀를 뀌었다.

"그럼 이 동생은 이만 물러가겠습니다."

나는 윤정의 뒷모습을 바라보며 나지막이 읊조렸다.

"동생은 알아야 하네, 좋은 날은 오래가지 않는다는 것을. 다른 사람에게 퇴로 하나를 남겨 주면 자기 자신에게도 퇴로 하나를 남기게 되는 것이라네."

나의 말을 들었는지 못 들었는지 그녀는 잠시도 멈추지 않고 앞을 향해 걸어가 궁문을 나섰다.

나는 다시 맥없이 의자에 앉아 천천히 두 눈을 감았다. 심신이 지친 듯했다. 많은 일이 발생하였다. 너무나 많은 일이 발생하여 정신을 차릴 수가 없을 지경이었다.

"황비마마, 매화차를 드시지요."

심완이 탁자에 찻잔을 조심스럽게 내려놓자 맑은 소리가 울려 퍼졌다. 나는 두 눈을 천천히 뜨고는 내 앞의 심완을 바라보았다. 조금 전, 그녀가 뜨거운 차를 윤정의 몸 위에 쏟아부었던 것을 떠올리니 은연중에 미소가 살짝 지어졌다.

"조금 전에 일부러 그랬던 거지?"

심완이 다소 어색해하며 말하였다.

"황비마마께서는 알아채셨군요."

찻잔을 들고 향기를 맡은 후 차를 마시려던 순간, 언제나 위엄이 넘치는 한 태후의 모습이 보였다. 나는 들고 있던 차를 급히 내려놓고는 몸을 일으켜 그녀를 향해 인사를 올렸다.

"신첩, 태후마마께 인사 올립니다."

그녀는 온화한 모습으로 내게 몸을 일으키라 한 후, 우아하게 자리에 앉았다.

"어젯밤 체 황비가 빗속에서 세 시진이나 꿇어앉아 있었는데 폐하께서 그대를 만나 주지 않으셨다고?"

그녀의 목소리에는 믿을 수 없다는 듯한 느낌이 담겨 있었다.

나는 자연스럽게 고개를 끄덕였다.

"그렇습니다."

"폐하께서 그대를 이렇게 대하시다니, 돌아가서 폐하와 이야기를 좀 나누어야겠군."

그녀의 말투에는 노기가 담겨 있었다.

나는 급히 막으며 말하였다.

"태후마마, 노기를 거두시옵소서. 폐하께 급한 일이 있으셨을 수도 있습니다."

그녀는 생각에 빠진 듯, 내가 조금 전 마시지 않고 탁자 위에 다시 올려놓은 찻잔을 만지작거리며 나를 바라볼 뿐 아무 말도 하지 않았다. 불편한 분위기를 바꿔 보기 위해 내가 입을 열었다.

"태후마마, 이 차는 신첩이 매일 마시고 있는 매화차입니다. 태후마마께서 하찮게 여기시지 않으신다면 한 번 드셔 보시지요."

그녀는 생각을 거두고는 찻잔을 바라보았다. 찻잔의 뚜껑을 열고, 입가로 가져가 차를 마시려던 그녀의 몸이 순식간에 경직되었다. 다시 코로 가져가 그 향기를 맡은 그녀가 무시무시한 모습으로 나를 바라보았다.

이상하게 여긴 나는 떨리는 목소리로 그녀를 불렀다.

"태후마마⋯⋯?"

그녀가 들고 있던 찻잔을 내려놓는 모습을 본 나는 완미와 심완을 바라보며 말하였다.

"너희들은 모두 물러가라!"

나의 목소리에는 위엄이 서려 있었으나 마음속의 의혹은 점점 커져 가고 있었다.

이제 정전 안에는 나와 태후만이 남아 있었다. 공기는 마치 얼어붙을 것만 같았고, 나는 감히 입을 열 수가 없었다. 태후는 지금 깊이 분노하고 있었다.

갑자기 도자기잔이 깨지는 소리가 들려왔다. 나는 깜짝 놀라 매화차가 담겨 있던 찻잔이 바닥에 떨어져 깨진 모습을 바라보았다.

태후가 온 힘을 다해 탁자를 세게 내리치며 말하였다.

"이 차는 누가 만든 것이냐?"

차?

"심완이 만든 것입니다."

주먹을 쥔 채 몸을 부들부들 떨고 있는 태후의 얼굴에는 분노와 더불어 슬픔이 드러나 있었다.

"그 차가 어디에서 온 것인지 알고 있느냐?"

그녀의 말에 나의 심박수가 요동치기 시작했다. 그러나 감히 대답할 엄두조차 내지 못하고 이어질 그녀의 말을 가만히 기다리며 눈물로 촉촉해진 그녀의 눈가를 바라볼 뿐이었다.

"황비도 알고 있겠지? 내가 아기를 가질 수 없다는 것 말이다."

머나먼 곳을 응시하고 있는 태후의 눈빛은 흐릿해져 있었다.

나는 차분히 대답하였다.

"신첩, 선대 황후인 두 황후의 짓이라 들었습니다."

"틀렸다. 그건 황후가 아닌 선황의 짓이었다. 선황은 내가 입궁한 그날, 기운을 내게 보내어 양육하게 하였지. 나는 그를 내 친자식으로 여기고 참으로 예뻐하였음에도 불구하고, 선황은 내가 아이를 가지게 되면 기운이 황위를 잇는 것을 내가 온마음으로 돕지 않을 거라 생각했던 거야. 그래서 사람을 보내어 내가 매일 마치는 차에 사향을 조금씩 넣었고, 결국 나는 평생 아기를 가질 수 없는 몸이 되었지!"

격한 감정이 고스란히 담긴 그녀의 한 마디 한 마디가 나의 귀에 똑똑히 들려왔다.

나는 몹시 놀랐다. 설마……!

태후가 긴 탄식을 내뱉었다.

"그래. 황비가 말한 소위 매화차와 내가 당시 마시던 차의 향기가 똑같다."

당황한 나는 의자에서 튀어 오르듯 일어나 태후를 바라보았다. 나는 그녀의 눈빛을 통해 그 말이 진실인지 아닌지 확인하고 싶었다. 그러나……, 모든 것은 분명했다!

몸이 부들부들 떨렸다. 내가 매일 마시던 차가……. 어느새 나는 내 아랫배를 어루만지고 있었고, 다시금 바닥 위를 적신 차를 멍하니 바라보며 차가운 웃음을 지었다.

나는 손을 뻗어 깨진 유리 파편을 손안에 담기 시작했다. 파편들이 서로 부딪히며 낭랑한 소리를 냈지만 나의 마음은 칼로 그은 듯 너무나 아파 숨조차 쉴 수 없었다.

"도대체 누가 이리도 독하단 말입니까?"

나는 이를 악물고 말을 내뱉었다. 파편에 베인 손바닥에서 아픔이 번져 가고 있었다.

태후는 입을 열려다가 아무 말도 하지 않았다. 그러나 그녀의 표정을 통해 나는 똑똑히 알 수 있었다. 말은 필요 없었다.

납란기우! 그대는 저를 이런 식으로 사랑하시는 건가요? 그대는 저를 이따위 식으로 사랑하고 있는 것이로군요!

태후가 떠나기 전, 나는 대담하게도 그녀에게 의지懿旨를 부탁했다. 옥으로 가서 온정야와 혁빙을 만나고 싶었기 때문이다. 처음에 그녀는 다소 난처해하며 두 눈에 의혹을 드러냈으나, 반복된 나의 간곡한 요청에 결국 의지를 내주었다. 그리고 떠나기 전, 내게 한마디를 남겼다.

"다시는 한명을 가까이 하지 마라. 황비는 그를 해하게 될 게야."

그녀가 오늘 소봉궁을 방문한 목적은 바로 이것이었다. 사실, 나도 이미 깨닫고 있던 바였다.

황제는 그의 주인이고, 황비 역시 그의 주인이다. 정과 도리는 함께할 수 없는 것이다. 나는 처음부터 그가 중간에서 난처한 상황에 처하도록 하고 싶지 않았다. 그러나 그는 조금도 주저하지 않고 황제에게 충성을 다하면서도 나 역시 보호해 주려 했다. 그러나 이것이 가능한 일이란 말인가?

태후의 의지를 손에 든 나는 옥 안으로 쉽게 들어갈 수 있었다. 옥문 앞에 서서 나는 온정야와 혁빙이 볏짚 위에서 부둥켜안은 채, 서로에게 기대어 두 눈을 감고 편안히 자고 있는 모습을 응시했다. 이 옥 안에서 보낸 지난 며칠이야말로 그들에게 가장 평화로운 시간이었으리라.

나는 잠시 그들을 바라보다가 옥졸에게 옥문을 열라고 명했다. 그가 난감해하며 말했다.

"황비마마, 이들은 황제 폐하께서 직접 가두신 죄인들입니다. 하실 말씀이 있으시면 밖에서 하심이……."

나는 엄한 목소리로 그의 말을 잘라 버렸다.

"내가 태후마마의 의지를 가져왔거늘 네가 감히 태후마마의 말도 듣지 않겠다는 것이냐?"

나는 적당한 때를 틈타 낮은 목소리로 다시 말하였다.

"들어가서 잠깐만 이야기를 나누고 곧바로 나올 것이다."

결국 그는 나의 강경책과 유화책에 넘어가 내가 들어갈 수 있도록 옥문을 열어 주었다.

꿈에서 깨어난 두 쌍의 흐릿한 눈은 나를 응시한 채 아무 말도 하지 않고 있었다.

나는 천천히 무릎을 꿇으며 손에 들고 있던 찬합을 내려놓았다. 그 안에 들어 있는 것은 음식이 아닌 작은 황주 한 병과 한 쌍의 붉은 초였다. 나는 그것들을 조심스레 꺼내었다.

온정야가 나의 행동을 이해할 수 없다는 듯 바라보다가 결국 참지 못하고 입을 열었다.

"도대체 지금 뭐 하는 짓입니까?"

"이 순간 당신들 두 사람의 가장 큰 바람은 폐하께서 당신들의 목숨을 살려 주시는 것이 아니라 부부의 연을 맺어 언제나 함께하는 것이겠지요."

초에 불을 붙이고 나는 미소를 지었다.

"오늘, 내가 바로 당신들의 주례입니다."

혁빙이 목멘 소리로 차갑게 물었다.

"그대……."

"나는 너의 주인이니, 내게 주례의 자격이 없다는 소리는 하지 말아라."

내가 밝은 목소리로 나의 정체를 밝히자 혁빙이 가볍게 웃기 시작했다. 그 웃음소리에는 모순과 자조가 담겨 있었다. 그러다가 결국 그의 두 눈에서 눈물이 흘러내렸다. 그가 우는 모습을 보는 것은 처음이었다.

"당신이 혁빙이 자주 이야기하던 그 공주?"

온정아는 믿을 수 없다는 듯이 나를 다시 훑어보았다.

"온 아가씨, 배 안에서 만난 반옥을 기억하나요? 우리는 함께 시와 그림을 즐기고, 옛 인물들에 대해 즐겁게 이야기했었지요."

나는 그녀의 기억을 불러일으킬 만한 것들을 담담하게 이야기하기 시작했다.

몹시 놀라 나를 한참이나 쳐다보던 그녀가 겨우 정신을 되찾았다. 미움과 공경의 감정이 담긴 그녀의 복잡한 눈빛을 마주하자 나의 마음도 아파 왔다.

그녀가 옅은 미소를 지으며 입을 열었다.

"바로 당신이 우리 집안의 몰락에 일조한 반옥일 줄이야⋯⋯. 네 해 전, 당신이 배 안에서 갑자기 실종되자 당시 한성왕이셨던 지금의 폐하께서 찾아와 당신과 접촉했던 모든 이들을 옥에 가두셨지요. 저 역시 옥에 갇혔습니다. 저희 부친께서 운영하시던 수십 척의 배도 하루아침에 엉망이 되어 버렸지요. 그 후, 연로하신 부친께서는 병에 걸리셨고 다시는 일어나지 못하신 채 결국 세상을 떠나셨습니다. 단 며칠 만에 일어난 일에, 저는 너무도 깊은 고통을 받았습니다. 이 모든 것이 바로 당신의 실종 때문이었습니다. 폐하께서는 저를 동정하시고 가엾게 여기시어 저를 옥에서 빼내시고 첩으로 삼으셨지요. 폐하께서는 저에게 참 잘해 주셨습니다. 하마터면 그가 저를 진심으로 사랑한다고 생각할 뻔했지요. 그러나, 저는 알게 되었습니다. 저는 당신의 그림자일 뿐이라는 것을요. 그래서 저는 당신을 더욱 증오하게 되었지요. 당신을 그토록 미워했기에, 그 증오의 마음이 당신의 시녀였던 운주에게 향했던 겁니다. 저는 그녀를 끝없이 핍박하고 모욕했지요. 당신을 증오하기 때문이었습니다. 당신만 없었다면 제가 어찌 이런 말로를 맞게 되었겠습니까?"

나는 나를 향한 그녀의 질책과 분노, 그리고 증오를 조용히 받아들였다.

온정야는 고개 숙여 울며 어지러이 놓여 있는 볏짚을 단단히 붙잡고 천천히 말하였다.

"하지만, 그럼에도 불구하고 저는 당신에게 감사하고 있습니다. 당신이 없었다면 제가 어떻게 혁빙을 만날 수 있었겠습니까? 저를 위해 모든 희생을 감내하고, 심지어 생명까지 버릴 수 있는 이런 남자를 말입니다."

그녀는 고개를 돌려 혁빙을 그윽하게 바라보았고, 그 눈빛에는 한없는 사랑이 담겨 있었다.

그녀의 감정이 평온해지길 기다려 나는 심호흡을 하고 붉은 초를 바라보며 말했다.

"당신들, 어서 절을 하도록 하세요. 그렇지 않으면 초가 다 타 버릴 거예요."

그들은 서로를 바라보며 기분 좋은 미소를 지었고, 손을 깍지 껴서 잡았다. 그들이 내 앞에서 어깨를 나란히 하고 무릎을 꿇자 나는 눈물을 머금은 채 조용히 말하였다.

"첫 번째로 천지를 향해 절하시오."

학식이 높은 지기 온정야를 알게 되어서 참으로 다행이다. 비록 앞으로 함께할 수는 없으나, 이렇게 미소 지으니 지금까지의 원한이 사라지는구나.

"두 번째로 부모에게 절하시오."

목숨조차 아끼지 않고 나를 보호해 준 혁빙, 비록 앞으로 가야 할 길은 다르나 마지막에 이렇게 다시 만날 수 있어서 참으로 다행이다.

"세 번째로 부부간에 맞절하시오."

이 연인의 주례가 되어, 다시는 가질 수 없을 이 순결하고 아름다운 사랑의 증인이 될 수 있어 참으로 다행이다.

나는 그들이 매우 부러웠다. 비록 검은 머리가 흰머리가 될 때까지 함께할 수는 없으나 생과 사를 함께할 수 있으며, 세상 사람들의 시선을 함께 견뎌 낼 수 있지 않은가. 비록 고된 운명의 한 쌍이지만 그들은 뛰어난 재기의 한 쌍이지 않은가. 언제쯤 이 복아도 저들처럼 맑고 순수한 사랑을 할 수 있을까? 아마도 이 생에서 내게 그런 기회는 없을 듯하다.

혁빙이 바닥에 놓인 황주를 두 손으로 쥐며 내게 말하였다.

"공주마마, 감사합니다."

그는 호쾌하게 술을 마셨다.

나는 알고 있었다. 그의 이 짧은 한마디에 얼마나 많은 마음이 담겨 있는지……, 나는 잘 알고 있었다.

온정야도 그에게서 술병을 받아 들고는 한 입 들이켰다. 그러나 주량이 세지 않은지 계속해서 기침을 했다. 혁빙이 안타까운 듯 그녀의 등을 천천히 쓰다듬어 주었다.

"천천히……."

나는 그녀의 손에서 술병을 받아 들고는, 그들을 바라보며 축하의 말을 전했다.

"정말 축하합니다. 두 사람은 이제 부부의 연으로 이어졌습니다."

나는 맹렬한 기세로 술을 들이켰다. 술이 나의 아래턱으로 흘러내려 옷소매를 적셔도 멈추지 않았다.

혁빙이 내 손에서 술병을 가져가 바닥에 깨뜨리며 낮은 목소리로 말하였다.

"오늘 정야와 부부의 연을 맺고, 평안히 지내시는 공주님까지 뵈었으니 이제 저는 이생에 여한이 없습니다. 그러니……, 공주마마, 제가 이 순간의 아름다운 기억을 영원히 가슴속에 담아 둘 수 있도록 해 주십시오."

그가 몸을 숙여 날카로운 파편을 집어 들었다. 나는 그가 다음 순간 무엇을 할 것인지 알고 있었다. 그러나 나도 온정야도 그를 막지 않았다. 이것이야말로 가장 편안하고 좋은 결말이라는 것을 우리는 알고 있었기 때문이다.

혁빙이 매서운 기세로 손목을 그어 내리자 피가 샘물처럼 솟아올랐다.

마음이 서늘해질 만큼 검붉은 색이었다.

이 정경……, 참으로 익숙하구나. 누구였던가? 누가 옥에서 손목을 그었던가?

온정야는 점점 힘을 잃어 가는 혁빙을 끌어안고 있었으나 눈물은 흘리지 않았다. 그저 창백해져 가는 그의 얼굴을 어루만지며 흐리게 웃을 뿐이었다.

"혁빙, 온정야는 이생에서 당신과 부부의 연을 맺을 수 있어서 참으로 행복합니다. 저는 당신과 생사를 함께하겠어요."

혁빙이 편안한 미소를 지으며 두 눈을 감자 그녀의 두 손도 힘을 잃었다. 그러고는 이내 차갑고 어두운 옥 안의 벽을 향해 힘껏 달려갔다. 그녀는 조금의 주저도, 공포도 없이 매섭게 벽을 들이받았다.

쿵!

둔탁한 소리와 함께 주먹만 한 크기의 혈흔이 벽에 남았다. 그 혈흔에서 몇 방울의 피가 벽을 타고 아래로 곧게 흘러내렸다. 벽을 울린 소리가 밖을 지키고 있던 시위들의 이목을 집중시킨 듯, 시위들이 달려오는 발소리가 휑한 옥 안에 유난히 크게 울려 퍼졌다.

나의 시선은 눈물로 흐려졌다. 멀쩡하던 두 사람이 한순간에 내 눈앞에서 죽어 버린 것이다. 정말 이렇게 떠나 버린 것인가?

나는 천천히 허리를 숙여 혁빙의 손에 쥐어 있는 파편을 집어 들고 그것으로 내 왼쪽 손목을 그어 새하얀 손목 위에 깊지도 옅지도 않은 상처를 남겼다.

나의 미소는 눈물과 함께 사라져 갔고, 나의 눈은 바닥에 누워 더 이상 숨을 쉬지 않는 온정야와 혁빙을 멍하니 바라보았다. 만약 그럴 수만 있다면 나도 그들의 뒤를 따르고 싶었다.

나의 자살 시도는 꼬박 두 달 동안 나를 보러 오지 않던 기우를 소봉궁으로 이끌었다. 그가 왔을 때 나는 이미 고비를 넘겼으나 과도한 출혈로 인해 휴식이 필요한 상태였다. 얇은 천으로 왼쪽 손목을 몇 번이나 단단히 감았으나 손을 움직일 때마다 식은땀이 줄줄 흐를 만큼 고통스러웠다.

나는 침상에 누워 내 침상 곁에 가만히 서 있는 기우를 바라보았다.

오랫동안 보지 못했으나 그는 여전히 늠름한 제왕의 자태와 기품을 풍기고 있었다. 엄숙한 얼굴에는 결코 저항할 수 없는 위엄이 서려 있었다.

그가 바로 기나라의 제왕이다. 결코 그 누구에게도, 무슨 일에도 통제받지 않고, 일 처리는 신속하고 단호하며, 그 누구도 그의 결정을 막을 수 없다.

마침내 그가 나를 보러 와 주었다. 힘없이 눈을 깜빡이자 눈물이 흘러나와 베개와 이불을 적셨다.

"폐하……, 신첩은 폐하께서 다시는 신첩을 보러 오지 않으실 줄 알았습니다."

눈물로 두 눈이 흐려져 바로 옆에 있는 그의 모습조차 제대로 보이지 않았다. 마치 그가 멀고 먼 곳에 있는 것만 같았다. 기우가 침상 끝에 가만히 앉아 조심스럽게 나를 안아 주었다.

"어찌 이리도 어리석은 것이오?"

"신첩은 그들이……, 그렇게 죽어 가는 것을 보니 그들을 따라가고 싶은 마음을……, 참을 수 없었습니다."

나는 오열하며 그의 품에 바짝 기대었다. 나의 머리카락을 다정하게 쓰다듬는 기우의 목소리는 낮게 가라앉아 있었다.

"짐 때문에?"

울음소리는 잦아들었으나 나는 여전히 훌쩍거리며 말하였다.

"대혼식 날, 결코 신첩을 버리지 않겠다고 폐하께서 약속하신 것을 잊으셨습니까? 폐하께서 식언을 하셨는데……, 신첩이 살아 있는 게 무슨 의미가 있겠습니까?"

순간 그의 몸이 경직되는 것이 느껴졌다. 그의 침묵으로 인해 공기가 무겁게 가라앉았다. 나는 여전히 그의 품에 안긴 채, 그의 허리를 어루만지고 있던 손에 힘을 더했다. 상처 입은 왼쪽 손으로 주먹을 단단히 쥐자 고통이 점차 번져 갔다. 나는 천천히 두 눈을 감고 그의 말을 기다렸다.

얼마나 시간이 흘렀는지 모르나 드디어 그가 입을 열었다.

"아니오……. 짐은 결코 두 번 다시 그대를 버리지 않을 것이오."

원하던 대답을 들은 나는 미소 지었다.

언제부터 나는 기우에게 이런 수단을 쓰기 시작한 것일까? 세상에 변하지 않는 것은 없는 것인가?

그날 밤 기우는 잠시도 눈을 붙이지도, 자리를 뜨지도 않고 내 침상 곁을 지키다가 조회 시간이 되어서야 단장을 하고 자리를 떴다. 떠나기 전 그는 심완과 완미에게 나를 잘 보살피라고 당부하며, 만약 무슨 일이 있을 경우에는 그녀들에게 죄를 물을 것이라고 말했다.

그날 이후, 나는 더 이상 총애를 잃은 체 황비가 아니었다.

희미하게 옛 기억이 떠올랐다. 나는 언제부터 그에게 그토록 깊은 감정을 느끼게 되었던가? 그를 처음 본 순간부터였던가, 나를 위해 황위를 포기하겠다고 했을 때부터였던가?

그러나, 그것들은 더 이상 중요하지 않게 되었다. 정말로, 조금도 중요하지 않았다.

수개월 동안 발걸음하지 않던 양용계와 소사운이 소봉궁으로 찾아와 나에게 살갑게 대하였다. 나 역시 미소를 지으며 그녀들을 대했고, 마치 예전처럼 그녀들과 즐겁게 이야기를 나누었다. 그녀들이 떠나고 얼마 지나지 않았을 무렵, 서궁의 비빈들도 끝없이 찾아와 내게 문안 인사를 올렸는데 열 명 남짓한 이들은 진귀한 보약까지 가져와 병문안을 하였다.

소봉궁은 하루아침에 문전성시를 이루었고, 밝은 빛을 발하며 다시 서궁에서 가장 붐비는 곳이 되었다.

나는 그녀들에게 흑심이 있는지 없는지 따위는 개의치 않았고, 총애를 잃은 기간 동안 나에게 냉랭하게 대했던 것은 더더욱 개의치 않았다. 후궁의 사람들이 권력을 따르는 것은 당연한 일, 진실한 마음은 논할 가치도 없었다. 나는 이 잔혹한 후궁에서 결코 찾을 수 없을 진실함 따위는 두 번 다시 구하지 않을 것이다.

이것이야말로 온몸 가득 피를 흘리던 봉황이 불바다로 뛰어들어 자신을 희생한 후 새로운 육체로 부활하는 것이 아니겠는가.[19]

---

19 전설에 의하면 봉황은 오백 년마다 인류의 미움과 슬픔을 제거하기 위해 스스로 불바다 속으로 뛰어들어 자신의 생명을 희생함으로써 인류가 평화를 얻을 수 있도록 한다고 한다. 이러한 고통스러운 과정을 겪은 후 봉황은 새로운 육체를 갖고 부활하게 된다.

인연은 끝이 나고

연못은 얕고, 정원은 고요했다. 미풍이 봄의 끝자락에 떨어지는 낙화를 조용히 말아 올렸다. 느슨하게 머리를 올리고 옅은 화장을 하고서 나는 바람을 맞으며 정원의 연못가에 서 있었다. 버들솜이 나의 옷에 떨어졌다.

오늘은 윤정이 부인으로 책봉되는 날이었지만, 궁 안에는 육 소의의 회임 소식이 빠르게 퍼져 있었다. 그 때문에 오늘 밤 황제가 어느 침소에 들지를 두고 궁 안의 궁녀들은 쉴 새 없이 속삭이고 있었다. 그러나 나에게 그런 것을 생각할 마음의 여유 따위는 남아 있지 않았다. 나와 기우와의 관계를 생각하는 것만으로도 내 머릿속은 꽉 차 있었다.

그는 연이어 이틀간 소봉궁으로 찾아와 내 침상을 지켰고, 우리의 관계는 마치 대혼식 그날로 돌아간 듯했다. 달라진 것은 그가 자신을 '짐'이라고 칭하는 것과 나 역시 나 자신을 '신첩'이라고 부른다는 것뿐이었다. 나는 알고 있었다. 그와의 사이에 생긴 그 틈을 다시는 메울 수 없다는 것을, 결코 예전으로 돌아갈 수 없다는 것을.

나는 물속에 비친 그림자를 바라보았다. 얼굴색이 창백한 것이 병색이 완연했다. 내 몸 상태가 예전 같지 않은 것은 나 스스로 똑똑히 느끼고 있었다.

영수의에 의해 얼굴을 잃고 회복되는 데만 일 년이 걸렸었다. 몇 개월 전 서역의 독에 중독된 후부터는 기침이 멈추지 않았다. 게다가 수일 전 손목을 그어 상당한 양의 피를 흘린 탓에 몸이 더욱 허약해졌다. 그런 상태로 나는 심완이 매일같이 나를 위해 끓여 주는 사향이 든 매화차, 그것을 매일 남김없이 마셨다. 그러지 않으면 내 계획은 순식간에 물거품이 되어 버릴 테니까.

"완미야, 봉서파에서 연을 날리던 날, 왜 갑자기 연을 날리자고 한 게냐?"

나는 버드나무 가지에서 녹색 잎을 하나 따서 손가락 끝으로 만지작거리며 물었다.

완미는 잠시 기억을 더듬는 듯하더니 입을 열었다.

"심완 때문이었습니다. 심완이 요새 황비마마의 기분이 별로 좋지 않으신 것 같다며 제게 연을 날리러 가자고 말씀드려 보라고 했습니다."

고개를 끄덕이고 나는 구름이 떠다니는 파란 하늘을 기러기들이 열을 맞추어 날고 있는 모습을 바라보았다.

"완미야, 이 소봉궁에서 내가 신뢰할 수 있는 사람은 오직 너 하나뿐이란다. 너는 나를 위해 네 목숨을 내놓을 수 있겠느냐?"

순식간에 몸이 딱딱하게 굳은 그녀가 창백해진 얼굴로 나를 응시했다. 그리고 새빨간 입술을 희미하게 떨며 한참 동안 아무 말도 하지 못했다. 나는 그녀를 몰아세우지 않고 그녀가 고민하는 동안 가만히 기다렸다.

"할 수……, 있습니다."

이윽고 떨리는 목소리로 그녀가 대답하자 나는 옅은 미소를 지었다.

"좀 더 고민해 보고 다시 대답해 다오."

내 말에 그녀는 아랫입술을 꼭 깨물고, 눈빛에 당황한 기색을 드러냈다. 잠시 후 그녀가 고개를 끄덕이고 결연하게 말했다.

"황비마마! 이 목숨을 황비마마께 바치겠습니다."

내가 손에 들고 있던 버드나무 잎사귀를 떨어뜨리자 연못 위에 동그란 물결이 일었다.

"안심해라. 네 목숨을 내놓을 필요는 없다. 그저 작은 도움만 주면 된다."

무거운 한숨을 몰아쉰 완미가 긴장을 풀었다.

"정말 깜짝 놀랐습니다."

그녀의 표정을 보고 나는 살짝 미소를 지었다.

조금 전 나의 질문은 그녀를 시험한 것이었다. 만약 그녀가 첩자라면 그렇게 당황하거나 고민하지는 않았을 것이며, 눈빛을 반짝이며 그런 단호한 결정도 내릴 수 없었을 것이다.

　"오늘 밤 승헌전에서, 폐하께서 윤 소원을 부인으로 책봉하실 것이다. 나뿐만 아니라 초청왕도 분명 그곳에 자리할 것이다. 그때 너는 초청왕에게 몇 마디만 전해 주면 된다. 명심해라. 그 누구에게도 발각되어서는 안 된다!"

　나는 그녀에게 신신당부를 하였다. 그녀가 조심성이 부족하여 누구에게 발각되기라도 하면 나의 계획은 모두 엉망이 될 것이기 때문이었다.

　완미는 이해할 수 없는 듯했으나 선뜻 고개를 끄덕이며 말하였다.

　"황비마마, 안심하셔요. 반드시 실수 없이 해내겠습니다."

　문무백관은 승헌전의 오른쪽에 자리했고, 정삼품 이상의 비빈들은 왼쪽에 자리했다. 품계에 따라 앉도록 되어 있었으므로 나의 자리는 당연히 왼쪽의 상석이었고, 나의 윗자리에는 몇 발짝 떨어진 봉황 의자에 앉아 있는 두완뿐이었다. 그녀는 미소를 지은 채, 윤정의 손을 잡고 그녀를 '화예 부인花蕊夫人'으로 봉하고 있는 기우를 바라보고 있었다. 그 칭호를 듣자 가슴이 알싸하게 아파 왔다. 그러나 나는 미소를 짓고 있을 수밖에 없었다.

　'화예 부인'은 후촉後蜀의 주군이었던 맹창孟昶의 비로서, 뛰어난 외모를 지녔을 뿐만 아니라 재색을 겸비하였으며 학식 또한 남자들보다 뛰어난 여인이었다. 윤정에게 '화예'라는 두 글자를 하사한 기우의 뜻은 분명했다. 그는 윤정의 학식과 미모를 진심으로 높이 평가하고 있는 것이다.

나는 무의식중에 탁자 위에 놓인 술잔을 들고 한입에 모두 들이켰다. 그리고 다섯 마리 봉황 문양의 금빛 옷을 겹겹이 입고 밝은 촛불 아래 두 눈을 반짝이고 있는 윤정의 모습을 냉담한 시선으로 바라보았다. 달콤하게 웃고 있는 그녀는 정말 행복해 보였다. 마치 예전의 나처럼, 결코 빠져 나올 수 없는 환상 속에서 헤어나오지 못하고 있었다.

옛말에 사랑은 독주라고 했다. 독이 들어 있는 것을 뻔히 알면서도 아랑곳하지 않고 그 술을 들이켠다. 바로 이런 것을 가리켜 불 속으로 뛰어드는 나방이라고 하는 건가?

어느새 책봉식이 끝나자 기우는 윤정의 허리를 감싸 안고 먼저 승헌전을 떠났고, 대전 안에는 수많은 관원들과 비빈들만 남아 있었다. 맞은편의 관원들은 삼삼오오 모여 즐겁게 술을 마시고 이야기를 나누었지만 비빈들은 가끔씩 간식을 먹으며 매우 냉담한 모습으로 입을 굳게 다문 채 자리를 지키고 있었다.

등 부인과 육 소의가 시끄러운 소리를 참을 수 없다는 듯 자리를 떴다. 그리고 그때, 계속 침묵을 지키고 있던 기운도 몸을 일으켰다. 나는 내 옆에 서 있는 완미에게 급히 눈짓을 보냈고, 그녀는 그 뜻을 알아채고는 얼른 그의 뒤를 쫓아갔다.

내가 다시 술 주전자를 기울여 술을 따라 마시려던 찰나, 두완의 목소리가 들려왔다.

"체 황비는 기분이 좋지 않은가 보오, 계속 술을 마시는 것을 보니?"

나는 그녀의 말에 답하지 않고 술잔을 천천히 기울였다. 술이 한 방울 한 방울 입속으로 흘러 들어갔다.

두완이 나를 향해 조롱이 담긴 미소를 지어 보였다.

"오늘의 예식과 황비의 책봉식을 비교해 보면 넘치는 것은 있어도 모자란 것은 없으니 황비의 마음에 원망이 생기는 것도 어쩔 수 없지."

나는 쥐고 있던 술잔을 천천히 내려놓으며 가볍게 웃었다.

"무슨 말씀이신지요? 마음속의 원망이라니요. 오히려 황후마마의 기분에 더 적절한 말씀이 아닌지요?"

나의 말을 들은 그녀가 차갑게 웃었다.

"황후인 내가 마음속에 원망을 품을 것이 뭐가 있겠나?"

나는 고개를 끄덕이며 말했다.

"하긴 그렇습니다. 황후마마의 부친께서는 조정의 권력을 손아귀에 쥐고 계시고 심지어 폐하께서도 어느 정도 양보를 하실 정도이니, 황후마마께서는 원하시는 것은 무엇이든 다 얻으실 수 있으시겠지요. 그런데 어찌 화예 부인의 책봉 정도에 원망이 생기겠습니까? 신첩이 말실수를 하였습니다."

두완은 나의 말에 만족한 듯 웃고는 더 이상 나를 귀찮게 하지 않았다.

나는 몸을 일으켜 그녀에게 인사를 올렸다.

"신첩, 몸이 좋지 않아 먼저 궁으로 돌아가겠습니다."

나는 조용히 승헌전을 떠났다.

만약 내가 두완이라면 요즘 조정에서 매우 위태로운 두씨 집안의 위치를 깨달았을 테고, 부친에게 조심히 행동하고 칼끝을 거두라 권했을 것이다. 또한 스스로 솔선수범하여 후궁의 모범이 되어 황제가 자신을 다시 보도록 하고 조정의 일에는 간섭하지 않았을 것이다. 그래야만 두씨 집안이 무너진다 하여도 자신의 몸만이라도 지킬 수 있을 테니 말이다. 그러나 두완은 이러한 위기를 조금도 깨닫지 못하고 있었다. 기우가 황위에 오를 수 있도록 도왔던 공만 믿고, 몸을 낮춰야 한다는 생각은 전혀 하지 못한 채 온 힘을 다해 자신의 당파를 만들고 있었다. 그 어떠한 군주도 이러한 일은 결코 용인하지 않을 텐데 말이다.

승헌전을 나선 후 눈을 들어 먼 곳을 바라보니 한명이 병째로 술을 마시고 있었다. 그는 언제부터 이토록 비탄에 빠져 있었던 것일까? 나는 그에게 다가가 몇 마디 말이라도 나누려다가 며칠 전 태후가 했던 말이 떠올라 몸을 돌려 다른 방향으로 발걸음을 옮겼다.

"황비!"

나를 부르는 한명의 목소리에 나는 발걸음을 멈추었다. 그를 등지고 선 채 나는 고개를 돌리지 않고 그의 말을 기다렸다.

"지난번의 자살, 일부러 그런 것입니까?"

그가 낮은 목소리로 물었다. 나는 혹여 누군가 듣기라도 할까 두려워 황급히 사방을 살펴보았다. 다행히 모두들 대전에서 술을 마시느라 이곳에는 아무도 없었다.

나는 몸을 돌려 그를 향해 걸어갔다.

"그렇다면요?"

한명은 나를 멍하니 바라보았고, 그 눈빛에는 혼란스러운 기색이 역력했다.

"후회할 만한 일은 하지 마십시오."

"후회?"

코웃음을 친 나는 그의 시선을 피하며 말하였다.

"말씀해 주세요. 당신은 그 매화차에 사향이 들어 있다는 것을 알고 계셨지요? 그래서 그날, 제가 그 차를 마시는 것을 보고 놀라셨던 거지요?"

그는 씁쓸한 미소를 지었고, 아무 말도 하지 않았다. 묵인이었다.

나는 실망으로 쓴웃음을 지었다.

"황제……인가요?"

"그렇습니다."

나는 처량하게 웃음 지었다.

"됐어요!"

한명의 말이라면 틀림없을 것이다.

정말로 기우였다! 씁쓸한 마음이 점점 옅어졌다. 그는 도대체 왜 그런 일을 한 것일까? 그는 여인에게 있어 아기의 존재가 얼마나 중요한지 진정 모르는 것인가? 게다가 내가 얼마나 아기를 원해 왔던가!

두 손으로 주먹을 단단히 쥐자 손톱이 손바닥으로 파고들 었다.

"한명, 앞으로는 저의 일에 간섭하지 마세요!"

분노한 나는 몸을 돌려 그곳을 떠났다.

나는 소봉궁으로 돌아가지 않고 중궁의 벽옥호로 향했다.

살짝 불어오는 바람이 이슬을 머금은 나뭇잎을 스쳤고, 버들솜과 수양버들이 하늘하늘 흩날리고 있었다. 나는 발걸음을 늦추었다. 이곳에서 기성과 함께 춤을 추듯 반딧불이를 잡던 기억이 여전히 생생했다. 비록 그때 그가 나를 이용하려는 마음을 품고 있었다 해도 그 나날들은 참으로 즐거웠다.

나는 수풀 안으로 걸어 들어가 밝은 달이 걸려 있는 깜깜한 하늘을 바라보았다. 하늘과 물이 맞닿아 있는 듯하고, 마치 두 개의 달이 떠 있는 것 같은 정경은 매우 아름다웠다. 시선을 돌리자 달빛 아래 푸른 옷을 입은 남자가 나를 등진 채 바람을 맞으며 서 있는 것이 보였다. 달빛이 그의 몸에 흩뿌려져 반짝반짝 빛이 나고 있었다. 나는 그의 곁으로 다가가 낮은 목소리로 그를 불렀다.

"초청왕."

기운은 고개를 돌리지 않고 계속 하늘 위의 밝은 달을 바라보며 말했다.

"황비, 저를 이곳까지 부르신 이유가 무엇인지요?"

"저는 왕야와 거래를 하고 싶습니다."

나는 그와 어깨를 나란히 하고 그와 함께 밝은 달을 바라보았다. 기운의 입에서 가벼운 웃음소리가 터져 나오자 호수 면이 흔들렸다.

"무슨 근거로 제가 황비와 거래를 할 거라고 생각하십니까?"

"왕야께서 이곳에 나오셨잖습니까."

"그것이 무엇을 증명할 수 있단 말입니까?"

나는 한참을 생각한 후 다시 입을 열었다.

"그날, 왕야께서 양심전 밖에서 정신을 잃은 저를 소봉궁까지 데려다 주신 것이 근거입니다."

나의 말이 그의 시선을 붙잡았다. 기운의 표정은 여전히 담담하였으나 쓸쓸함이 배어 있었고, 두 눈에는 감탄의 기색이 드러나 있었다.

"평범하기 그지없는 그대를 황제가 어찌 그토록 총애하는지 이제야 알겠습니다."

그는 나에게서 시선을 거두고 다시 밝은 달을 바라보았다.

"말씀해 보십시오. 무슨 거래입니까?"

신시 일각, 소봉궁 안은 등불이 환히 밝혀져 있었고, 궁녀들이 뜨거운 물이 든 대야를 들고 바쁘게 오가고 있었다. 나는 침대에 누운 채 기침을 해 대고 있었고, 완미가 들고 있는 손수건은 붉은 피로 새빨갛게 물들어 있었다. 홍실로 나의 맥을 짚던 어의가 고개를 가로저으며 한숨을 내쉬었다.

"황비마마, 놀래지 마셔요!"

완미는 눈물을 참으며 들고 있는 손수건으로 쉴 새 없이 내 입가의 피를 닦아 주었다.

바람같이 달려온 기우가 어의가 예의를 갖추기도 전에 그의 옷깃을 틀어쥐고 고함을 질렀다.

"황비가 왜 이러느냐? 도대체 왜 이러느냐?"

그의 기세에 숨조차 제대로 쉬지 못하던 어의가 새빨갛게 달아오른 얼굴로 말하였다.

"폐하……, 화를 거두시옵소서."

화를 가라앉힌 기우가 손에 힘을 풀고는 차갑게 물었다.

"황비의 병세를 한 글자도 빠짐없이 짐에게 고하라!"

어의가 소매로 이마의 식은땀을 닦아 내며 말하였다.

"황비마마께서는 체질이 몹시 허약하시고 혈기도 부족하십니다. 체내에 미처 제거되지 않은 독이 남아 있는 데다가 지병이 재발하시어 기침을 하시고 가래에 피가 섞여 나오고 있습니다."

감정이 다시 격해진 듯 기우의 목소리가 높아졌다.

"그래서, 치료할 수 있느냐?"

"그것이……, 치료할 수는 있사오나 황비마마께는 마음의 병이 있으십니다. 그 마음의 응어리를 풀지 않으면 아마도……, 오래 사시지 못하실 듯합니다."

어의는 기우가 대로할까 두려워 전전긍긍하며 대답하였다.

"꺼져라……. 이 쓸모없는 폐물들, 모두 꺼져 버려라!"

기우의 고함소리가 온 침궁을 뒤흔들었고, 사람들은 도망치듯 침궁을 빠져나갔다. 순식간에 찾아온 침묵 속에 내 기침소리만 요란하게 들렸다. 기우가 침상 앞에 한쪽 무릎을 꿇고 앉아 내 손을 단단히 붙잡았다.

"복아, 아무 일도 일어나지 않을 것이오. 반드시 이겨 내야만 하오! 이런 고통에 무너져서는 안 되오! 다 내 잘못이오, 내 잘못⋯⋯. 그대는 반드시 좋아질 것이오."

비통해하는 그의 표정을 보니 씁쓸한 웃음을 금할 길이 없었다. 온 힘을 다해 기침을 참은 나는 입안 가득한 피비린내를 힘겹게 삼키며 그의 손을 꼭 붙잡고 말했다.

"폐하, 신첩 부탁드리고 싶은 일이 있습니다."

"말하시오⋯⋯."

"신첩은 고향이 그립습니다⋯⋯. 부황이 그립고, 모후가 그립습니다⋯⋯."

나의 목소리는 허공을 떠나녔고, 그의 몸은 딱딱하게 굳었다. 나는 담담한 어조로 말을 이었다.

"신첩은 두렵습니다. 만약 이번에 돌아가 부모님을 뵙지 못하면 아마도 영원히⋯⋯, 기회는 오지 않을 것이옵니다."

"그대에게 무슨 일이 있을 리 없소! 그대에게 무슨 일이 생기는 것을 내가 허락하지 않을 것이오!"

그가 나의 손을 잡고 있던 그의 손에 더욱 힘을 주었다, 마치 손을 놓치면 내가 떠나가 버리기라도 한다는 듯이.

기우의 눈을 그윽하게 바라보자 마음이 흔들렸다. 하지만 견뎌 내야만 했다.

"폐하, 신첩의 마지막 소원입니다. 허락해 주십시오."

그는 고개를 숙여 나의 시선을 피한 채 한참 동안 깊은 생각에 빠져 있었다. 결국 기우가 고개를 끄덕이며 말하였다.

"허락하겠소. 그대가 원하는 것이라면 뭐든지 허락하겠소! 그대가 낫기만 한다면……, 그대가 나아지기만 한다면……."

기우는 밤새 내 곁을 지켰다. 회임한 육 소의와 대혼식을 치른 윤정을 버려둔 채.

"반드시 좋아질 것이오."

그는 잠시도 눈을 붙이지 않고 이 말을 내 귓가에 반복하고 있었다. 눈물이 끊임없이 눈가로 흘러내렸다. 예전이었다면 나는 진심으로 그에게 감동했을 것이다.

나는 나를 향한 그의 사랑을 단 한 번도 의심하지 않았다. 그러나……, 그의 사랑에는 처음부터 너무나 많은 음모와 계산이 뒤섞여 있었다! 나는 그를……, 증오하고 있었다. 우리의 사랑을 이용한 그를 증오하고 있었다.

그는 왜 제왕이 되려 하였는가? 그는 왜 나를 이 궁중 암투의 희생양으로 만들었는가?

만약 우리가 처음 만났을 때처럼 그가 황제가 아니고 내가 그의 비가 아니라면, 어쩌면 우리는 재기 넘치는 한 쌍이 되어 세상살이에 연연하지 않고 즐겁게 지낼 수도 있었을 것이다. 그러나 운명은 그를 제왕으로 만들었다. 나도 알고 있다. 제왕에게는 제왕으로서의 부득이함이 있다는 것을. 그는 사사로운 정 때문에 황위를 포기하지 않을 테고, 나는 우리의 사랑을 배반한 그를 용서할 수 없었다.

나는 덜컹거리는 마차 안에서 바람결에 흩날리고 있는 봄비를 바라보고 있었다. 마차 안에는 완미와 심완이 함께였고, 바깥에서 마차를 몰고 있는 이들은 도광과 검영이었다. 행운과 유수는 마차의 뒤를 지키고 있었고, 앞에서 우리를 이끌고 있는 것은 한명과 수십 명의 시위들이었다. 이는 크다고 할 수는 없으나 작다고도 할 수 없는 무리였기에 우리는 길을 가는 내내 사람들의 시선을 끌었다.

수일 전, 기우는 나와 함께 동행하려던 계획을 여러 이유로 포기할 수밖에 없었다. 가장 중요한 이유는 두 승상을 견제하기 위해서였다. 기우가 조정을 떠나게 되면 두 승상은 조정을 틀어쥐고 통제하려 할 것이 분명했기 때문이다. 결국 기우는 도박을 포기하고 자신의 심복들을 보내어 나를 경호하도록 하였다. 그는 그래도 안심할 수 없었는지 이토록 많은 사람들을 보내어 나를 지키도록 하였다.

그는 내가 도망칠까 봐 두려운 걸까?

나는 마차의 휘장을 걷어 마차 앞쪽에 앉아 있는 한명을 향해 말하였다.

"한명, 우리 이 객잔에서 묵고 가도록 해요."

그가 말고삐를 당기자 마차가 멈춰 섰다.

완미도 몸을 내밀었다.

"어르신, 주인님의 안색이 좋지 않으시고 날도 어두워지고 있으니 이만 쉬어야 할 것 같습니다."

신분을 감추기 위해 완미는 칭호를 바꾸어 부르고 있었다.

한명은 크지도 작지도 않은, 길가에 위치한 객잔을 바라보고는 고개를 끄덕였다.

나는 완미와 심완의 부축을 받으며 마차에서 내려 객잔 안으로 들어갔다. 객잔의 외관은 평범한 객잔과 그다지 다를 바 없어 보였는데 그 안은 텅 비어 있었다. 손님은 없고 오직 주인과 점원만이 탁자 위에 엎드려 졸고 있었다.

"여보게, 방 몇 개를 준비해 주게."

도광이 들고 있던 칼집으로 탁자를 세게 내리치자 달콤한 잠에 빠져 있던 두 사람이 놀라 잠에서 깨어났다. 점원은 두 눈을 비비며 하품을 하고는 허리를 쭉 폈다.

"손님, 어느 어르신께서 이 객잔 전체를 빌리셨습니다. 그러니 다른 곳을 알아보십시오."

"날이 어두워지고 있고 주변 수십 리는 모두 황폐한 초원인데, 다른 객잔이 어디에 있단 말인가!"

심완의 노기 어린 말에 주인장이 미소를 지으며 허리 숙여 말하였다.

"하나, 참말로 한 어르신께서 모두 빌리셨습니다."

한명이 천 냥짜리 은표를 꺼내어 주인에게 건네며 말하였다.

"우리가 두 배의 가격을 지불하겠네."

"손님, 저를 난처하게 하지 마십시오."

돈도 마다한단 말인가? 설마 이 객잔 전체를 빌린 이가 이보다 많은 은냥을 내기라도 한 것인가?

나와 한명은 깜짝 놀라 서로를 마주보았다. 나는 그가 이 일을 어떻게 해결할 생각인지 알고 싶었으나 그는 오히려 내게 의견을 구하는 눈빛이었다.

이때, 농염한 향기가 코끝을 찔러 나는 이층을 올려다보았다. 그곳에는 새하얀 옷을 입은 날씬한 아가씨가 서 있었다. 나긋나긋한 자태, 가는 허리, 이 세상의 것이 아닌 듯한 우아함과 사람들의 시선을 잡아 끄는 매력을 지닌 그녀의 얼굴에서는 고아하고 청아한 분위기가 느껴졌다.

그녀가 그 고운 눈으로 우리 모두를 훑어보며 말하였다.

"주인장, 주인님께서 방 몇 개를 준비해서 저들에게 내주라고 하시네."

그녀의 목소리는 낭랑하였으나 얼음장 같은 차가움을 담고 있었다. 너무나 차가워 한기가 뼛속까지 파고드는 듯했다.

나는 담담한 어조로 말하였다.

"저 대신 그대의 주인에게 감사를 전해 주십시오."

안도의 한숨을 내쉰 나는 고개를 돌려 미소 지으며 한명을 바라보았다. 그런데 그의 표정이 유난히 엄숙하였다.

나는 가벼운 기침을 몇 번 터뜨렸다. 이곳까지 오는 동안 나의 병세는 많이 호전되어 더 이상 피가 나오지는 않았지만 계속해서 마른기침이 터져 나왔다.

이층으로 들어설 때는 어둠이 깔리고 있었다. 나는 동쪽 별

채의 가장 안쪽 방에 머물게 되었다. 방 뒤쪽의 창문을 열자 어둠 속에서 향긋한 풀 냄새를 머금은 바람이 불어왔다. 참으로 상쾌했다.

심완과 완미는 잠시도 내 곁을 떠나지 않고 시중을 들었고, 바깥에는 네 명의 시위들이 문밖을 지키고 있었다.

고운 미소를 지으며 나를 향해 걸어오는 심완의 손에는 매화차가 들려 있었다.

"주인님, 차를 드셔요."

나는 손을 뻗어 그것을 받아 들었다.

"네 마음이 갸륵하구나. 바깥에 있어도 잊지 않고 나를 위해 이렇게 좋은 차를 준비해 주다니……."

그녀는 여전히 태연한 표정으로, 조금도 이상한 기색 없이 공손하게 말하였다.

"응당 해야 할 일이옵니다."

숨을 들이쉬자 찻잔 안의 향기가 콧속에 퍼졌다. 나는 구역질이 나오는 것을 꾹 참고 찻잔을 입술에 대고 마시기 시작했다.

이 차를 마시는 건 이번이 마지막이 될 것이다.

"아이고!"

완미가 갑자기 배를 움켜잡았다.

"주인님, 저는 뒷간 좀 다녀오겠습니다."

나는 터져 나오는 웃음을 참지 못하였다.

"어서 다녀오너라."

완미가 나간 지 얼마 되지 않았을 때, 점원이 방으로 찾아와 식사가 준비되었으니 내려와서 식사를 하라고 전했다. 나와 심완 그리고 네 명의 시위들이 함께 아래층으로 내려가 보니 한 명이 벌써 내려와서 나를 기다리고 있었다.

자리에 앉은 나는 상 위에 놓인 수많은 음식들을 바라보았다. 황량한 교외에서 이런 산해진미를 맛볼 수 있으리라고는 생각지도 못했다. 참으로 놀라운 일이었다.

나는 여전히 내 곁에 서 있는 한명을 바라보며 말하였다.

"앉으세요."

그는 잠시 주저하였으나 이내 자리에 앉았고, 심완이 그릇과 젓가락을 들고 먼저 시식하기 시작했다.

그때, 나무 계단 쪽에서 발소리가 들려와 바라보니 새하얀 치아에 빨간 입술을 지닌, 천성적으로 자유분방하고 그 무엇에도 구속받지 않을 듯한 흰옷을 입은 남자가 보였다. 스물넷 정도로 보이는 그는 한 번 보면 결코 잊을 수 없을 만큼 출중한 용모를 지니고 있었다.

그러나 더욱 놀라운 것은 그의 뒤를 따르고 있는 빼어난 미모의 일곱 명의 미녀들이었다. 이들은 서시와 비교될 만큼 가냘프고 아름다운 몸매를 갖고 있었는데 절세의 미인이라는 말로도 부족할 지경이었다. 세상 사람들을 놀라게 할 정도의 일곱 여인들의 미모에 나는 숨을 멈춘 채 그들의 고운 얼굴을 바라보았다.

흰옷 입은 남자의 가장 가까운 곳에 서 있는 이는 조금 전의 바로 그 여인이었다. 두 사람은 주인과 하인의 관계인가? 어찌 내 눈에는 부부로 보이는 것일까? 저 남자는 대단한 복을 누리고 있구나. 매일같이 일곱 명이나 되는 미녀가 곁을 지키고 있으니, 참으로 보는 이들을 부럽게 하였다.

그때, 음식을 시식하고 있던 심완이 신음 소리를 내며 들고 있던 젓가락을 떨어뜨렸고, 도자기 그릇이 바닥에 떨어져 깨어졌다. 그녀의 안색은 창백하였다.

한명이 재빨리 몸을 일으키며 말하였다.

"음식 안에 독이 들어 있다!"

네 명의 시위들이 모두 칼을 뽑아 들고 내 앞을 막아선 채 경계하며 온 객잔 안을 살펴보기 시작했다. 결국 모든 이들의 시선이 약속이나 한 듯 이미 아래층으로 내려온 흰옷 입은 남자에게 고정되었다.

흰옷 입은 남자가 미간을 살짝 찌푸리고는 비웃음의 기색을 드러내며 말하였다.

"여러분께서는 설마 제가 음식에 독을 넣었다고 생각하시는 건 아니겠지요?"

"우리는 그렇게 말한 적 없소. 그대가 시인한 것이지!"

도광이 차갑게 코웃음 치며 쥐고 있던 칼로 그를 가리켰다.

"주인님, 저 말이 통하지 않는 이들과 계속 이야기를 나누시다가는 주인님의 체통만 잃을 뿐입니다."

흰옷 입은 여인이 도도한 표정을 지으며 우리를 하찮다는 듯 바라보았다.

그동안에도 심완의 입에서는 붉은 피가 뿜어져 나왔고, 계속해서 경련을 일으켰다.

"심완의 상태가 심각해 보이니 일단 그녀부터 구하도록 해요."

나는 긴장하며 한명을 바라보았다.

한명은 곧바로 심완을 안고 위층으로 뛰어 올라갔고, 나 역시 총총걸음으로 그의 뒤를 따랐다. 그러나 흰옷 입은 남자와 어깨를 스치며 지나는 순간, 나의 발걸음이 멈추었다. 나는 그를 천천히 훑어보았고, 그 역시 흥미로워하며 나를 바라보았다. 도대체 어디서 보았기에 보면 볼수록 낯이 익을까?

나는 불현듯 나의 실수를 깨닫고, 곧바로 시선을 거두고 위층을 향해 뛰어 올라갔다. 등뒤로 나를 바라보고 있는 시선이 느껴졌고 나의 등에서 식은땀이 흘러내렸다.

내가 방으로 들어섰을 때는 한명이 이미 심완에게 해독약을 먹인 후였다. 뒷간에 간다며 나가서 지금껏 돌아오지 않던 완미가 그제야 나타났다. 그녀는 긴장하며 심완을 바라보았다.

"어찌 된 일인가요?"

한명은 이미 의식을 잃은 심완을 침대에 눕히고는 이불을 덮어 주었다.

"다행히 독의 양이 얼마 되지 않았습니다. 만약 그렇지 않았다면 그녀를 구할 수 없었을 겁니다."

행운이 확신에 찬 목소리로 말하였다.

"분명히 그 흰옷 입은 남자의 짓입니다. 그와 객잔 주인의 관계가 매우 각별해 보였습니다."

시선을 나와 완미에게 고정한 한명이 우리 곁을 천천히 스쳐 지나가며 말하였다.

"주인님, 어서 방으로 돌아가서 쉬시지요. 도광, 검영, 행운, 유수는 오늘 밤 나와 함께 객잔을 살펴야겠다."

"예!"

촛불이 켜지지 않은 방은 칠흑같이 어두웠고, 오직 희미한 달빛만이 비추고 있었다. 침대에 누운 나는 잠들지 않은 채 조용히 자연의 소리를 귀 기울여 듣고 있었다. 완미는 문에 귀를 대고 바깥의 동정을 살피고 있었다. 한참 후, 그녀가 내 침대 앞에 무릎을 꿇고 작은 목소리로 말하였다.

"주인님, 밖에 아무도 없습니다."

재빨리 침대에서 일어난 나는 조심스레 뒤편의 창문을 열고 이층에서 지면까지의 높이를 대충 가늠해 보았다. 상당히 높아 보였다. 바로 뛰어내렸다가는 불구가 될 것이 분명했다.

"가서 이불을 묶어 밧줄처럼 만들어라."

밖에 있는 누군가가 들을까 봐 나는 완미의 귓가에 대고 작은 목소리로 말하였다. 완미는 두 눈을 반짝이며 곧바로 행동에 들어갔다.

그렇다. 지금까지의 내 모든 행동은 오늘을 위해서였다.

기우와 윤정의 대혼식 날, 나는 일부러 소량의 독약을 먹고 기침이 나게 했고, 어의 역시 미리 매수하였다. 예상대로 나의 병에 마음이 약해진 기우는 부황과 모후의 제사를 지낼 수 있도록 나를 하나라로 보내 주었다.

그렇다. 조금 전 뒷간에 간다고 나갔던 완미는 부엌으로 가서 음식에 몰래 독을 넣었다. 내 곁에서 잠시도 떠나지 않는 심완을 떨어뜨리기 위함이었다. 이와 동시에 독약을 넣은 혐의가 자연스레 흰옷 입은 남자에게로 향하게 되자 한명과 네 명의 시위들은 그들을 경계하고 주목하느라 나를 세심하게 신경 쓸 여력이 없게 되었다.

수많은 매듭으로 만들어진 밧줄이 완성되자 완미는 자신의 허리춤에 밧줄을 단단히 매고 창문 앞으로 걸어가 있는 힘을 다해 창틀을 붙잡았다.

"주인님, 빨리 가셔요!"

나는 지면까지 이어진 밧줄을 바라보며 잠시 망설였으나 곧 작고 여린 완미의 몸을 안고 그녀의 귓가에 속삭였다.

"고맙다."

그녀는 과분한 대우에 어쩔 줄 모르며 말하였다.

"주인님, 그런 말씀 마셔요. 응당 해야 할 일을 한 것뿐입니다."

"너의 은혜, 내 결코 잊지 않으마."

나는 조심스레 뒤쪽 창문을 넘었고, 밧줄을 단단히 붙잡고 아래로 내려갔다.

힘겹게 밧줄을 타고 내려오는 동안 손에는 마찰로 인한 상처가 생겨났다. 마침내 안전하게 지면에 닿은 나는 고개를 들어 완미를 바라보았다. 그리고 창 앞에서 여전히 미소를 짓고 있는 그녀를 향해 손을 흔들었다.

그녀도 아쉬운 듯 나를 향해 손을 흔들며 소리 없이 입 모양으로 말하였다.

"몸조심하셔요."

고개를 힘껏 끄덕이고 나는 이를 악물고 몸을 돌려 새까만 어둠 속의 수풀을 향해 달리기 시작했다. 내 머리 위에 걸려 있는 상현달이 내가 가야 할 길을 밝게 비추고 있었다.

차가운 바람에 한기가 스며들고, 바람결에 움직이는 새싹들이 바스락 소리를 내고 있었다. 저녁의 차가운 바람이 불어오자 푸른 풀이 만든 물결이 사방으로 너울거렸다.

도주에 성공했다고 여기고 안심하고 있을 때, 갑자기 한명이 유령처럼 모습을 드러내어 나의 길을 막아섰다. 심장이 차갑게 얼어붙었다.

그는 마치 나를 꿰뚫어 보듯이 똑바로 바라보았다.

"어디 가시는 겁니까?"

나는 절망하며 잠시 눈을 감았다 떴다.

"떠나려고요. 황제를, 후궁을, 기나라를 떠나려고 해요."

"아무 미련 없이, 그 사랑을 버리고 떠날 수 있겠습니까?"

"그래요."

나는 조금도 주저하지 않고 고개를 끄덕였다.

그가 갑자기 웃기 시작했다. 마치 해탈이라도 한 듯한 웃음이었다.

"그럼 가시오. 가서 그대의 꿈을 찾으시오. 청록빛의 맑은 물과 계곡 앞에서 길게 울부짖는 백마의 모습을 바라보며, 세상으로부터 떨어져 지내기를 원하던 그대의 오랜 염원을 이루시오."

나는 놀라 한명을 바라보았다. 한 마디 한 마디가 얼마나 아름다운가. 청록빛의 맑은 물과 계곡 앞에서 길게 울부짖는 백마의 모습을 바라보며, 세상으로부터 떨어져 지내는 삶……. 그렇다. 그것이 내 오랜 바람이었다. 그러나 그것은 내 마음 깊은 곳에 묻힌 채 영원히 이룰 수 없는 꿈이 되어 있었다.

나는 심호흡을 한 후 여유로운 미소를 지으며 말하였다.

"도와줘서 고마워요."

바람이 불자 이마 아래로 흘러내린 술 장식 때문에 시선이 가려졌다. 나와 한명의 어깨가 스친 그 순간, 그가 내게 말하였다.

"미안하오."

나는 발걸음을 멈추고, 고개를 돌려 그에게 물었다.

"제게 미안할 만한 일이라도 하셨나요?"

"아니요. 나는 그저 그대가 더욱 행복하고 즐겁기를 바랄 뿐이오. 가서 그대의 삶을 찾으시오. 멀리 갈 수 있는 한 최대한 멀리 떠나시오. 그리고 다시는 돌아오지 마시오."

어쩔 수 없다는 듯 웃고 있는 한명의 얼굴에는 수많은 감정이 얽혀 있었으나 나는 그것을 읽어 낼 수 없었다.

나는 더 이상 캐묻지 않았다. 그가 내게 미안할 만한 일을 했다 한들 그는 나의 은인이고, 나를 수없이 도와주었다. 나는 결코 그를 탓하지 않을 것이다.

나는 다시 발걸음을 옮겼고, 잡초를 밟으며 앞으로 나아갔다.

나는 다시는 사랑을 위해 모든 것을 감내하는, 그런 어리석은 계집이 되지 않을 것이다. 이제는 나의 책임을 완수하리라.

기나라, 나는 반드시 다시 돌아올 것이다.

아득함으로 아무것도 보이지 않고

황제의 서재, 화로에서 피어오른 연기가 진한 향냄새와 함께 서재의 구석구석까지 퍼져 가고 있었다.

기우는 미처 다 읽지 못한 상소문을 단단히 움켜쥐었다. 차가운 눈으로 바닥에 무릎을 꿇고 앉아 있는 한명을 노려보던 그가 입을 열어 숨막힐 듯한 분위기를 깨뜨렸다.

"그녀에게 모두 말하였느냐?"

기우의 차가운 목소리가 허공을 떠다녔다.

"예."

한명은 여전히 고개를 숙인 채 투명한 유리 바닥을 응시하고 있었다.

"그녀를 보내 준 것도 그대이고?"

기우의 냉정한 목소리에 한기가 더해져 있었다.

"예."

한명의 말이 떨어지자마자 기우는 손에 들고 있던 상소문을 그를 향해 힘껏 집어 던졌다. 상소문은 무정하게도 한명의 오른쪽 뺨을 때린 후 바닥으로 떨어졌다.

"짐이 그대를 죽이지 못할 것이라고 생각하느냐?"

기우가 책상을 힘껏 내리치자 커다란 소리가 대전 곳곳으로 퍼져 나갔다.

"폐하께서는 당연히 저를 죽이실 수 있으십니다."

한명이 돌연 고개를 들고 분노를 숨기고 있는 기우의 얼굴을 바라보았다.

"부황과 모후를 시해하고, 형제에게 죄를 뒤집어씌우고, 심지어 자신의 여인까지 이용하시는 폐하께서 하지 못하실 일이 무엇이 있겠습니까?"

그의 말에 날카로운 통증을 느끼며 기우가 단단히 쥐고 있던 주먹을 풀었다. 그는 두 눈을 감은 채 의자에 기대어 깊은 생각에 빠졌다. 머릿속에 옛일들이 또렷하게 떠올랐다.

그해, 그는 겨우 여덟 살이었다. 여덟 살의 아이라면 당연히 어머니의 사랑을 받으며 자라야 하지 않는가? 그는 도대체 왜 모친의 사랑을 받을 수 없었던 걸까? 심지어 모후는 단 한 번 그를 안아 주지조차 않았다. 그러나 그의 형 납란기호는 매일같이 어머니 품에 기대어 응석을 부렸고, 모후는 언제나 그를 한없이 소중하게 여겼다.

얼마나 모후가 자신을 안아 주기를 바랐던가? 아니, 단 한 번의 미소나 관심이 담긴 말 한마디만으로도 그는 만족했을 것이다. 그런데 모후는 어째서 그에게는 조금의 사랑도 나누어 주지 않았을까? 그는 늘 자문했었다. 자신이 무슨 잘못을 한 걸까? 자신의 무엇이 모후를 화나게 한 것일까?

모후가 자신을 좋아해 줄까 싶어 그는 스승의 수업을 더 열심히 들었고, 매일 밤 늦게까지 공부하다가 눈꺼풀이 내려앉아 더 이상 공부를 할 수 없을 때가 되어서야 책상에 엎드려 잠이 들곤 했다. 몇 년 사이에 그는 학업이 일취월장하여 모든 황자들 가운데 가장 뛰어났고, 그의 스승 역시 매번 그를 칭찬하며 반드시 큰 재목이 될 것이라 말하였다. 그의 스승은 그의 글을 종종 부황에게 보여 주었고, 부황 역시 매우 기뻐하며 직접 미천궁으로 찾아와 그의 학식을 시험해 보기도 했다. 그리고 부황은 그에게 한마디 말을 해 주었다.

"기우야, 짐의 아들들 중 네가 가장 짐을 많이 닮았구나."

순식간에 그는 모든 황자들 가운데 가장 뛰어난 이가 되어 있었다. 그는 기쁜 마음을 가득 안고 태자전으로 달려갔다. 부황이 그에게 했던 말을 모후에게 전하면 모후가 그를 다시 보게 될 것이라고 생각했기 때문이었다. 그러나 그의 말을 들은 모후는 그의 따귀를 때리고, 대로하여 그를 향해 손가락질하며 말했다.

"네가 폐하와 닮았다고 한들 어찌할 것이냐! 태자는 단 한 명, 바로 기호뿐이다! 네가 그의 자리를 대신하겠다는 생각은 꿈에도 하지 마라. 지금 당장 이 태자전에서 꺼져라!"

모후의 말을 멍하니 듣고 있던 그는 놀랍게도 눈물을 흘리지 않았다.

그는 드디어 깨달았다. 모후는 자신을 싫어하는 것도 아니었고, 그가 무엇을 잘못했던 것도 아니었다는 것을. 그는 그저 태자가 아닐 뿐이었다. 태자이기 때문에 모후는 자신의 모든 사랑을 형에게 준 것이었다. 그런 것이었다.

그날 이후 그는 다시는 스승 앞에서 자신의 재기를 드러내지 않았고, 공부에도 점점 열의를 잃어 갔다. 그를 향한 스승의 기대는 나날이 작아지다가 결국은 실망으로 변하였다.

대신 그는 자신의 감정을 숨기는 법을 배웠다. 언제 어디서나 옅은 미소를 지으며 최대한 자신의 칼끝을 숨겼다. 그렇게 꼬박 세 해가 흐르자 그는 세상을 등진 채 침묵하는 이가 되어 있었다. 이제는 그 누구도 그를 주목하지 않았다.

그가 열다섯 살이 되던 해, 부황이 돌연 미천궁으로 찾아와 그에게 물었다.

"기우야, 수년 전 그 재기와 책략이 뛰어나고, 언변이 남다르며, 단호함까지 갖추고 있던 너는 어디로 간 것이냐?"

그는 그저 웃으며 대답하였다.

"아무리 글을 잘 쓰고, 아무리 원대한 꿈을 꾼다 한들 무슨 소용이 있겠습니까? 소자는 그저 칠황자일 뿐입니다."

황제는 놀라고 복잡한 눈빛으로 그를 한참 동안 바라보았다.

"그렇다면 이 부황이 내일 바로 너를 왕으로 봉하는 성지를 내리겠다."

부황의 말을 듣고도 그는 담담히 미소만 지을 뿐, 조금도 즐거워하는 기색을 보이지 않았다. 그리고 천천히 입을 열었다.

"소자, 태자가 되고 싶습니다."

놀랍게도 황제는 그의 말을 듣고 대로하는 대신 고개를 젖히고 크게 웃었다.

"패기가 있구나! 이래야 짐의 아들이지! 좋다. 만약 네가 태자를 넘어뜨릴 수 있다면 태자의 자리는 네 것이 될 것이다. 짐이 윤허하겠다."

부황의 말이 떨어지자마자 그의 가슴속에 불꽃이 타올랐다. 그 순간, 그는 인생의 목표를 찾은 것 같았다.

그렇다. 태자의 자리! 만약 그가 이 자리를 갖게 된다면 모후는 그에게 주목할 것이다. 그는 모후에게 증명하고 싶었다. 납란기우가 결코 납란기호에게 뒤지지 않는다는 것을.

열여덟 살이 되던 해, 그는 부황의 명을 받들어 하나라의 새 제왕과 담판을 지으러 가고 있었다. 그런데 하나라와 기나라의 변경에서 한 아가씨를 구하게 되었다. 바로 하나라의 복아 공주였다. 그러나 그보다 중요한 것은 그녀가 원 부인과 똑같은 얼굴을 가지고 있다는 점이었다.

그는 부황이 원 부인의 초상화를 보여 주며 그에게 했던 말을 떠올렸다. 부황은 모후가 원 부인을 죽였으나 증거를 찾지 못해 그녀에게 죄를 물을 수 없었다고 말했다. 그 순간, 그는 모후가 했던 행동에 대해 혐오감을 느꼈다.

그는 복아 공주와 거래를 했다.

"그대의 목숨을 내게 준다면 내가 그대 대신 나라를 되찾아 주겠소."

그녀는 흐릿한 눈빛으로 그의 눈을 깊이 응시하더니 이내 고개를 끄덕였다.

이렇게 단호할 수가! 그는 복아 공주에게 감탄했다. 그녀는 기회를 붙잡을 줄 알았고, 놀라울 정도로 침착함을 유지하고 있었다.

만약 그녀를 후궁으로 데려가 부황이 그녀를 총애하게 된다면 모후는 분명 크게 당황하여 그녀를 해하려고 안달할 것이 분명했다. 그렇게 되면 모후의 약점을 잡고 그 죄를 물을 수 있게 될 터였다.

그는 이미 움직일 수 없을 만큼 기력이 쇠한 복아 공주의 허리를 감싸 안았다. 가벼웠다. 마치 상처 입은 기러기같이 아름다운 그 모습이 그의 마음을 흔들었다.

그 순간, 그는 이해하게 되었다. 부황이 어째서 이미 세상을 떠난 원 부인을 한순간도 잊지 못하고 여전히 변치 않는 사랑을 하고 있는지를.

일 년 후, 그는 황궁에서 복아 공주를 다시 만났다. 간택을 위해 입궁한 반옥으로서였다. 여전히 세상의 것이 아닌 듯한 청초한 얼굴을 하고, 그녀는 나라와 가족을 잃었음에도 세속적인 감정에 조금도 물들지 않은 것 같았다. 그는 이해할 수 없었다. 그녀는 복수를 하고 싶지 않은 것인가? 그렇다면 도대체 왜 그와 거래를 했던 것일까?

그녀가 입궁한 후, 그는 잠시도 걱정을 하지 않을 수 없었다. 운주에게 들으니, 그녀는 자수 문제의 답을 얻기 위해 장생전으로 향했으나 다행스럽게도 부황이 아닌 기운과 마주쳤다고 했다. 그것은 그가 지금까지 부황에게 복아에 대한 일을 알리지 않았기 때문이었다. 왜 그랬을까? 그 역시 알 수 없었다. 어쩌면 그녀의 천진난만함이 이 황궁의 속됨에 물들까 봐 두려웠기 때문일지도 모른다. 그는 그녀를 남자들 사이의 쟁투에 끌어들이고 싶지 않았다.

복아가 소주로 향하는 배 안에서 갑자기 실종되었다는 것을 알았을 때는 가슴이 찢어질 듯 아파 왔다. 자신의 계획에 차질이 생길까 봐 걱정이 되어서가 아니었다. 그것은 마치 누군가 칼로 그의 가슴을 찌르는 듯한 고통이었고, 그 고통으로 그는 질식할 것만 같았다. 그 순간, 그에게 떠오른 생각은 오직 하나뿐이었다. 반드시 그녀가 무사해야 한다는 것이었다.

그때가 되어서야 그는 그녀를 향한 자신의 감정과 마주할 수 있었다. 어느새 그녀로 인해 모든 것이 변해 있었다. 그의 마음속에 이 감정은 도대체 언제부터 이토록 깊게 자리한 것일까?

먼 곳까지 떠나갔던 생각을 조금씩 거두어 들이고 천천히 눈을 뜨자 눈언저리에 은근한 고통이 느껴졌다. 여전히 바닥에 무릎을 꿇고 앉아 있는 한명을 바라보며 기우가 목멘 소리로 말하였다.

"물러가거라."

한명은 놀란 눈빛으로 황제를 바라보았다. 황제의 비를 놓아준 죄를 용서받으리라고는 생각조차 하지 못했기 때문이다. 게다가 황제의 슬프고 상처받은 눈빛이 똑똑히 말하고 있었다, 그가 여전히 반옥을 깊이 사랑하고 있다고. 한명은 이해할 수 없었다. 그토록 깊이 사랑하면서, 그토록 포기할 수 없으면서, 그는 왜 그녀를 이용한 것인가? 황제는 설마 그의 선택이 그들의 사랑을 죽일 수도 있다는 것을 몰랐단 말인가?

"성은이 망극하옵니다."

몸을 일으킨 한명은 천천히 황제의 서재를 나서며 어둠이 짙게 깔린 칠흑 같은 밤을 바라보았다. 밝은 달은 아름다웠고, 어두운 밤은 끝없이 이어져 있었다. 옅은 한기가 느껴졌다.

그녀는 어디로 떠난 걸까? 세상을 멀리하고 지낼 수 있는 평화로운 곳을 찾았겠지?

품 안에서 피가 묻어 있는 오래된 상소문을 꺼낸 한명은 그것을 조심스레 펼쳐 보았다. 종이는 이미 누렇게 변해 있었고, 안에는 그가 수천 번은 봐 왔던 눈부신 글자가 쓰여 있었다.

'반옥은 소자가 마음 깊이 사랑하는 사람입니다.'

그는 이 상소문이 그녀에게 얼마나 소중한 물건인지 잘 알고 있었다. 그러나 그의 사심이 이것을 숨기게 했다.

그때의 그는 이 물건이 그녀의 삶에서 사라지고 시간이 흐르면 그녀의 사랑도 점차 옅어질 것이라고 생각했었다. 심지어 그는 영월과 혼례를 치르고도, 모든 사람들의 반대에도 불구하고 자신의 누이에게 그녀를 자신의 첩으로 맞게 해 달라고 부탁했었다. 그리고 그의 누이는 그의 강경한 태도에 못 이겨 결국 허락했었다.

그가 기쁜 마음으로 도원桃園으로 돌아와 그녀에게 소식을 전하려 하였을 때, 그녀는 이미 종적을 감춘 후였다. 주변의 아이들을 통해 그녀가 궁녀로 붙잡혀 갔다는 이야기를 듣고서야 그는 깨달았다. 이 상소문이 사라진다 해도 그녀는 결코 기우를 포기할 수 없으리라는 것을.

여러 번, 그는 이 상소문을 그녀에게 돌려주려 했지만 적당한 기회를 잡을 수 없었다. 결국 지금까지 그가 상소문을 가지고 있게 된 것이다. 아마도 그녀에게 이것을 돌려줄 기회는 영영 없으리라.

저녁 바람의 한기에 생각에서 벗어나자 처량함을 띤 쓸쓸한 미소가 터져 나왔다.

황제는 더 이상 그를 신뢰하지 않을 것이다. 그것도 나쁘지 않았다. 그렇게 되면 그 역시 이 피비린내가 진동하는 황궁을 떠날 수 있을 테고, 다시는 황제를 위해 내키지 않는 일을 하지 않아도 될 테니 말이다. 그러나 누이가 마음에 걸렸다. 그녀는 황제의 친어머니가 아니다. 만약 누이가 무슨 잘못이라도 저지르게 된다면 도대체 누가 그녀를 지켜준단 말인가?

황궁의 깊숙한 곳, 모든 이들이 안위에 위협을 느끼고 있었다. 제왕의 곁을 지키는 것은 호랑이의 곁에 있는 것과 같으니, 이는 천고에 변하지 않는 이치였다.

윤정이 인삼제비집탕을 들고 황제의 서재로 향했다. 그녀를 본 서 환관이 다급히 달려와 그녀를 반겼다.

"화예 부인마마께 문안 올리옵니다. 폐하를 뵈러 오셨는지요? 폐하께서는 서재에서 나흘째 나오지 않으시며, 저희가 안으로 들어가는 것도 불허하고 계십니다. 계속 이렇게 지내시다가 폐하의 옥체가 견디지 못하실까 너무 걱정스럽습니다. 부인께서 제발 폐하를 설득해 주십시오."

체 황비의 실종은 갖가지 억측을 불러일으켰고, 이 일로 후궁은 떠들썩했다. 또한 황제는 나흘이 넘도록 서재에서만 지낼 뿐 조회에도 참석하지 않고 있었다.

윤정은 탄식을 금할 길이 없었다. 체 황비를 향한 폐하의 사랑이 이 정도였단 말인가? 체 황비는 평범하기 그지없는 얼굴로 폐하를 어찌 이토록 미혹했단 말인가?

서 환관은 한참 동안 몰래 탄식하며 체 황비보다 훨씬 아름다운 눈앞의 화예 부인을 바라보았다. 그녀의 얼굴에는 슬픔이 드러나 있었다. 그녀는 한숨을 내쉰 후 서재를 향해 걸어가 붉은 문을 조심스럽게 두드렸다.

"폐하, 문을 열어 주십시오……. 신첩 윤정입니다. 어서 나오셔서 신첩을 만나 주셔요."

안에서 그 어떤 반응도 보이지 않자 그녀는 또다시 한참 동안 문을 두드렸다. 그러나 여전히 문은 열리지 않았다.

윤정과 서 환관은 서로를 바라보다가 결국 눈을 떨구고 아무 말도 하지 못했다.

눈썰미 좋은 서 환관은 그녀의 눈가에 눈물이 맺히는 것을 보고, 그녀의 곁으로 다가가 조용히 그녀를 불렀다.

"부인마마……."

"내가 틀렸다. 나는 지금껏 폐하의 마음속에서 설 언니의 자리를 넘어선 적이 없었다. 단 한 번도……."

미세하게 떨리는 그녀의 목소리가 사라짐과 동시에 인삼제비집탕이 바닥으로 떨어지며 귓가를 자극하는 소리를 냈다. 그녀는 재빨리 몸을 돌려 회랑을 향해 달리기 시작했다. 맺혀 있던 눈물이 그녀의 뺨 위로 흘러내려 화장을 번지게 했다.

서 환관이 그녀의 뒷모습을 바라보며 탄식했다.

"또 한 명의 어리석은 아가씨로군."

그는 황제가 칠황자였던 시절부터 그의 시중을 들며 그의 곁을 스쳐 간 수많은 여인들을 봐 왔다. 황제가 그녀들을 아무리 총애한다 해도 그것은 삼 할의 열정, 칠 할의 계산 때문이었다. 오직 체 황비만이 특별한 경우이리라.

서재 안의 기우는 여전히 의자에 기대앉은 채 슬프고 괴로운 얼굴을 하고 있었다.

책상 위의 붉은 초는 거의 다 타 버렸고, 아주 조금의 붉은 눈물만이 남아 있었다. 반 정도 열려 있는 작은 창문으로 봄바람이 불어오자 책상 위의 종이들이 흩날리며 춤을 추기 시작했다. 종이들에는 '복아'라는 두 글자가 쓰여 있었다. 한 필, 한 획마다 마치 그의 감정이 고스란히 담겨 있는 것만 같았다.

갑자기 밖에서 들려온 무언가가 깨지는 소리에 그의 정신이 되돌아왔다. 그는 손을 뻗어 공중에서 쉬지 않고 춤을 추고 있는 흰 종이를 잡아 종이 위에 쓰여 있는 '복아'라는 두 글자를 멍하니 바라보았다. 따스한 마음이 되살아났다.

"복아, 왜 떠난 거요? 진실을 알고도 어찌 내게 묻지도, 탓하지도 않은 것이오? 어찌 가슴속에만 묻어 두고 한마디도 남기지 않은 채 떠나 버린 것이오? 나의 행동이 정말 그토록 용서받지 못할 것이었소?"

그는 이 말을 읊조리고는 쓸쓸한 미소를 지었다.

그는 여전히 작년 추석을 기억하고 있었다.

기성은 그에게 쪽지 하나를 건네주며 운주의 곁에 있는 궁녀 설해가 그에게 전해 주길 부탁하였다고 말했다. 그 쪽지에는 '낙화의 행복한 향기 멀리 퍼져 갔으나 흔적 없이 사라졌고, 아름다운 그대가 미천전으로 돌아오길 꿈에서도 그리노라.'라고 쓰여 있었다.

그 구절을 본 순간, 그는 숨을 쉴 수가 없었다. 그러나 그는 그 마음을 얼굴에 드러낼 수 없었다. 기성에게 빈틈을 보여서는 안 되었기에 아무렇지도 않은 듯 그 쪽지를 탁자 위에 내려놓았다.

"짐은 오늘 밤을 정 부인과 함께 보낼 것이다."

평소와 다르지 않던 기성이 정색을 하며 진지하게 말하였다.

"폐하께서도 아시는지 모르겠으나 그녀의 뒷모습이 반옥과 많이 닮았습니다."

그는 그저 우습다는 듯이 기성을 바라보며 말했다.

"지금 짐에게 반옥과 외모가 천지차이인 그 궁녀가 반옥이라고 말하는 건 아니겠지?"

기성은 공손하게 웃음 지으며 말하였다.

"신은 제가 느낀 바를 말했을 뿐입니다."

그는 이 말을 하고 떠났으나 기우의 마음은 평온해지지 않았다. 쪽지의 글귀가 계속 떠올랐다.

저것은 '복아' 두 글자가 아닌가. 설마……?

몇 번이나 주저하다가 그는 결국 참지 못하고 미천궁으로 향하였다.

그의 눈에 처음으로 들어온 것은 오늘따라 유난히 곱게 단장한 운주가 아니라 의기소침한 모습으로 돌계단 위에 앉아 있는 여인이었다. 그녀가 입을 열어 말을 하자 그는 더욱 경악할 수밖에 없었다. 복아의 목소리와 어찌 이리도 닮았단 말인가!

그녀가 열어 준 문 안에 반딧불이가 가득한 것을 보고, 그는 믿을 수 없는 사실을 받아들일 수밖에 없었다. 눈앞에 서 있는, 복아와는 전혀 다른 모습의 여인, 그녀가 바로 복아였다!

그는 충동을 참아 냈다.

안 된다……. 그녀를 알아본 것을 드러내서는 안 된다. 기성이 그녀에게 시선을 고정한 채 그녀를 이용해 자신을 무너뜨리려 하고 있었다.

그날 밤, 운주가 그의 승은을 입지 못했다는 것은 아무도 알지 못했다. 그는 그저 운주와 탁자 앞에 앉아 밤새도록 옛일을 이야기했다.

그 이후, 그는 복아에게 자신을 드러내고 싶은 충동을 힘겹게 참아 냈다. 그는 기다려야만 했다. 그녀의 정체를 알고 있는 모든 이들을 제거할 때까지 기다려야 했다. 그렇지 않으면 복아가 매우 위험해질 터였다.

기성을 제거하고, 명 태비를 제거하고, 모후까지 살해했다. 세 사람 모두 그의 가족이었다.

그의 명령에 따라 그의 모후가 냉궁에서 비참한 죽음을 맞이한 그날 한명이 물었다.

"이렇게까지 하실 필요가 있으십니까?"

그라고 어찌 그렇게까지 하고 싶었겠는가?

그러나 그는 기성을 놓아줄 수 없었다. 기성은 그의 목을 조여 오며 그의 황위를 넘보고 있었다. 그가 원치 않는다 해도 독한 마음을 먹고 그를 제거할 수밖에 없었다.

모후……, 반드시 복수해 주겠다고 했던 운주와의 약속을 그는 똑똑히 기억하고 있었다. 모후의 악행들은 수천 번 그녀를 죽음으로 내몰기에 충분했다. 그렇게까지 하고 싶지 않아도 천하를 견고히 하기 위해 그는 마음을 굳게 먹고 결단을 내려야만 했다.

그리고 그날, 두문림 승상은 조정의 다섯 중신과 결탁하여 황제의 위엄은 조금도 신경 쓰지 않은 채 공개적으로 그에게 반박하였다. 그때 그는 깨달았다. 더 이상 두 승상을 두고만 볼 수는 없다는 사실을. 그러나 지금의 그는 부황의 재위 시절과 마찬가지로 너무나도 강성한 동궁의 세력을 제거하기에 역부족이었다.

그는 조정의 승상 일당이 동궁의 황후가 그의 아기를 갖기만을 바라고 있다는 것을 알고 있었다. 그리하여 그 아기가 태자로 봉해지기를 말이다. 그렇게만 되면 그들은 거침없이 그 세력을 더욱 뻗어 나갈 것이 분명했다. 제왕으로서 그런 일은 절대로 용납할 수 없었다.

원래 그는 온정야와 혁빙을 이용하여 그들의 세력을 분열시키려 하였다. 그러나 결코 용서할 수 없는 죄를 알아 버리고 말았다. 언제부터인지는 그 둘은 함께하였고, 온정야의 아이는 그들 사이의 사생아였다. 그들은 기우를 버렸을 뿐만 아니라 그가 그동안 힘들게 준비해 온 계획을 망쳐 버리고 말았다.

결국 그는 결정을 내렸다. 복아를 이용하여 그들을 제거한 후, 공을 세웠다는 명분으로 그녀에게 더욱 큰 권력을 안겨 주어 그녀가 후궁에서 더욱 견고한 자리를 차지할 수 있게 할 계획이었다. 더욱 중요한 것은 복아가 운주의 죽음을 항상 마음에 두고 있다는 것이었다. 그렇다면 이것은 그녀가 운주의 복수를 할 수 있도록 도와주는 셈도 되었다.

그러나 그녀는 온정야에게 온정을 베풀어 사생아만을 제거하였다.

그때에야 그는 깨달았다. 복아의 마음속에는 여전히 순진함과 선량함이 남아 있었다. 그녀는 독하지 못했다.

그는 주저했다. 정말 그녀의 그 순수함을 말살해 버려야 할까? 그가 그녀를 사랑하게 된 것은 바로 그 순수함 때문이 아니었던가? 그가 어찌 그녀를 끝도 보이지 않는 심연 속으로 밀어 넣을 수 있단 말인가? 그는 복아를 자신처럼 다시는 돌아올 수 없는 길로 들어서게 할 수는 없었다.

게다가 황릉에서 중독된 서역의 독으로 인해 그녀의 몸은 이미 많이 상해 있었다. 그녀에게는 몸을 조리할 만한 시간이 필요했다.

그는 하루라도 빨리 두씨 집안 일당을 조정에서 뿌리 뽑아 그녀와의 약속을 지키고 싶었다. 그는 그녀를 자신의 아내로 맞이하기를 바랐다. 그녀가 천하의 어머니가 되어 영원히 자신의 곁에서 함께하기를 바랐다.

그러나 그녀를 이 암투 속에서 벗어나게 하기 위해서는 그녀를 총애해서는 안 되었다. 그녀를 냉담하게 대해야만 했다. 그래야만 그녀를 보호할 수 있었다.

그런데 그녀는 왜 떠나 버린 것인가? 왜 또다시 그를 떠나 버린 것인가? 그가 너무 심했던 것인가?

기우는 손에 꼭 쥐고 있던 종이를 내려놓으며 소리 없이 탄식했다. 그리고 드디어 나흘 동안 앉아 있던 의자에서 몸을 일으켜 서재를 나섰다. 흐리멍덩하던 머릿속이 상쾌한 공기로 맑아졌다.

서 환관은 황제가 걸어 나오는 것을 보고 다급히 달려가 그를 맞이했다.

"폐하, 드디어 나오셨군요."

기우는 살짝 아픈 이마를 문지르며 그를 힐끔 바라보았다.

"짐은 혼자 걷고 싶구나."

흰 버들솜과 붉은 꽃은 천천히 떨어지고, 푸른 버들가지는 늘어져 있었으며, 공중에 걸려 있는 휘영청 밝은 달은 황궁을 더욱 처량하게 비추고 있었다. 기우는 홀로 길고 긴 회랑을, 수많은 모퉁이를 돌며 오랫동안 걸었다.

결국 혼자인 것인가? 제왕은 영원히 고독한 사람이어야 하는가?

두완과 혼례식을 올린 날, 그는 제왕이 되기를 포기하기로 마음먹었다. 그때 그는 그 어떤 대가를 치르더라도 부황이 복아를 부인으로 봉하는 것을 막겠다고 결심했다. 그러나 그녀는 부황이 일으킨 큰 화재로 죽고 말았다. 만약 그때, 죽은 이가 복아가 아니었다는 것을 알았다면 그는 이 세상 끝까지라도 가서 그녀를 찾아냈을 것이며 자신의 것이 아닌 이 황위도 결코 빼앗지 않았을 것이다.

그는 자신이 무정하고, 사랑조차 포기할 수 있을 줄 알았다. 그랬기에 그는 언제나 고독한 자리인 황위에 오르기로 마음먹었던 것이다. 그러나 복아가 다시 그의 앞에 나타나 그의 계획을 흐트러뜨렸고, 이미 얼음같이 얼어 버렸던 그의 마음을 뒤

흔들었다.

예전이었다면 그는 결코 그들의 사랑에 음모와 계산이 끼어들게 하지 않았을 것이다. 그도 알고 있었다. 복아는 단 한 번도 이 암투와 쟁투 속에 발을 들여놓길 원한 적이 없었다!

그러나 지금의 그는 더 이상 예전의 한성왕이 아니었다. 그는 제왕이었다. 천하를 다스려야 하는 제왕은 원하는 것만을 좇으며 살 수 없었다. 높은 곳에 있는 이에게는 벗이 있을 수 없고, 그 누구도 제왕의 비애를 알지 못한다. 자신을 이용했던 부황을 그는 이제 이해할 수 있었다. 제왕으로서 고려해야 할 것들이 그에게는 너무 많았다. 그러나 자신이 사랑하는 여인조차 지켜 줄 수 없다면 황위가 도대체 무슨 의미가 있단 말인가?

홀연 노랫소리가 들려왔다. 부드러우나 질리지 않는 목소리는 가늘고 낭랑하였다. 감정을 억제하지 못하고, 그가 발걸음을 멈추고 노랫소리가 들려온 쪽을 응시하였다.

설매의 나뭇가지 끝자락에 옥처럼 투명한 매화 피었고, 두 마리 푸른 새 매화나무에서 함께 쉬고 있다.

타향을 떠돌 때 그녀의 아름다운 자태 보았으니, 울타리 위로 비스듬히 비치는 석양 아래의 고운 이처럼, 묵묵히 가느다란 푸른 참대에 기대어 있구나.

왕소군王昭君[20]이 흉노匈奴에게 시집가듯 북방의 황량함은 낯설기만 하니,

---

20 한나라 원제 때 흉노에 시집 간 궁녀. 서시, 초선, 양귀비와 함께 중국 사대미녀로 불린다.

그저 몰래 장강長江 남북의 수려한 풍경을 그리워할 수밖에.

달밤에 돌아오는 것을 떠올리니, 옥 장식이 가볍게 소리를 내기 시작한다. 이는 분명 고요하고 쓸쓸한 매화의 혼령이리라.

수양궁壽陽宮의 옛일을 기억하노니, 꿈을 꾸는 수양 공주의 미간에 떨어지던 매화 꽃잎.[21]

무정한 봄바람을 닮지 말자. 매화 향기 향기롭다 한들 비바람 맞도록 하지 않는가. 어서 새 거처를 준비해 그녀를 아내로 맞이하리라.[22]

풍만한 몸매와 청초한 눈썹이 아름다웠다. 눈빛은 물결처럼 흔들렸고, 입을 열자 새하얀 치아가 보였다. 맑은 고음의 노랫소리는 당대의 그 누구보다도 빼어났다.

돌연 기우의 얼굴에 다정함이 배어 나오는가 싶더니 눈빛이 반짝였다.

"복아!"

그는 떨리는 목소리로 외치고는 작은 소리로 노래를 흥얼거리던 여인을 품 안에 단단히 끌어안았다. 깜짝 놀란 여인은 눈을 동그랗게 뜬 채 그 자리에 굳어 있었다.

기우는 그녀의 머리카락 사이에 머리를 파묻으며 목멘 소리

---

21 남송 무제(武帝)의 딸인 수양 공주(壽陽公主)는 매화가 만개할 때가 되면 함장전(含章殿)의 처마 아래에서 낮잠을 즐겼다고 한다. 그때마다 흩날리던 매화가 공주의 얼굴 위로 떨어졌고, 잠에서 깨어난 공주가 매화의 향과 꽃잎으로 매우 아름다워 보였다고 한다.

22 남송의 문인 강기(姜夔)의 소영〈疏 影〉

로 말하였다.

"돌아왔구려. 그대가 나를 홀로 남겨 두지 않으리라는 것을 알고 있었소."

그녀는 차가운 눈물 방울이 자신의 목으로 흘러내리는 것을 느꼈다. 그녀가 가볍게 떨며 말하였다.

"폐하……, 저는 힐방원의 소 첩여, 소사운입니다."

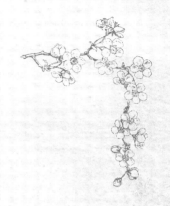

부드러운 힘으로
황궁을
뒤흔들다

무연산장에서의 거래

    속눈썹이 살짝 떨리며 천천히 눈이 떠졌다. 어두컴컴한 방을 살펴보려고 고개를 돌리니 목 주위에 통증이 느껴졌다. 나는 벌떡 일어나 격조 있는 작은 방을 멍하니 훑어보았다. 방 안에는 침향나무 톱밥이 들어가 있는 붉은 초가 밝혀져 있었는데 이따금씩 풍기는 은은한 향기가 나의 생각을 자극하고 있었다.

    머릿속에 그날의 장면이 떠오르기 시작했다.

    객잔에서 어렵게 도망쳐 나왔고 도중에 한명과 마주쳤다. 그러나 그는 내가 떠날 수 있게 해 주었다. 그 후……, 뒤쪽에서 들리는 희미한 발소리에 몸을 돌려 확인하려는데 무엇엔가 찔리는 느낌이 전해졌다. 날카로운 통증이 온몸으로 퍼졌고, 그 이후로는 아무것도 기억나지 않았다!

    여기는 어디일까? 누가 나를 이곳으로 데려온 것일까? 나를 데려온 목적은 무엇일까? 위태로운 처지에서 겨우 벗어났나 했는데 또다시 늑대굴에 빠지다니, 나의 운명은 왜 이리도 굴곡진 것일까! 하늘은 또다시 나에게 어떤 장난을 치려는 것일까? 이번에는 어떠한 어려움과 마주치게 될 것이며 어떠한 재난과 맞닥뜨리게 될 것인가?

나는 옷매무시를 대충 가다듬은 후 수가 놓인 신발을 신고 문을 향해 걸어갔다. 그리고 단단히 닫혀 있는 붉은 자단목 문을 열었다.

문밖을 지키고 있던 두 여인이 나를 보고 살짝 고개를 숙이며 말했다.

"아가씨, 깨셨군요."

미간을 찌푸린 채 그녀들을 바라보는 내 머릿속에는 수많은 생각이 교차하고 있었다. 내가 물었다.

"여기는 어디입니까?"

"무연산장蕪然山莊입니다."

그녀들이 이구동성으로 말했다.

나는 몹시 놀랐다. 궁 안에서만 지낸 나도 '무연산장'에 대해서는 자주 들어 알고 있었다.

무연산장은 겨우 십 년 만에 강호를 장악하고, 천하를 뒤흔들며, 세 나라 사이에서 신비롭게 그 존재를 드러냈다. 그들은 암살 조직으로서 세 나라를 오가며 돈으로 목숨을 사는 일을 하고 있었지만 삼국의 황궁과는 관계를 맺지 않기 때문에 미궁과도 같은 존재였다. 무연산장은 경비가 삼엄하고, 자객의 무공은 그 깊이를 가늠할 수가 없을 정도여서 그들에게 불가능한 것은 없다고 했다. 그렇기에 그 누구도 그들과 적이 되기를 원치 않았다.

나는 이해가 되지 않았다. 그런 무연산장이 도대체 왜 나를 납치한단 말인가? 나와 그들 사이에는 그 어떤 관련도 없지 않은가?

내가 여전히 의혹에 싸여 있는데, 한 시녀가 다시 말을 이었다.

"주인님께서, 아가씨께서 깨시면 아가씨를 주인님께 모셔 오라고 분부하셨습니다."

나는 의혹을 가득 품은 채 그녀들의 뒤를 따르며 계속해서 곁눈질로 사방을 둘러보았다.

밤이슬은 나뭇잎 위에 맺혀 있고, 밝은 달은 서리처럼 차가웠으며, 어두운 창은 밤이 깊었음을 드러내고 있었다. 꽃과 풀, 맑은 물이 모두 있는데도, 나는 춥지도 않은데 한기를 느꼈다. 음산함 때문이었다.

이곳이 바로 그 유명한 무연산장인가?

그녀들은 흑목문 앞에서 발걸음을 멈추고 허리를 숙여 나를 안으로 청했다. 나는 문을 열고 그 안으로 들어섰다.

커다란 황금 사자 모양의 향로에서 피어오른 연기와 함께 그 향기가 코를 찔렀다. 고개를 돌려 주위를 둘러보던 나는 두 눈을 동그랗게 떴다. 한 남자가 거대한 온천탕에서 걸어 나와 내 앞에 멈춰 섰던 것이다. 바로 객잔에서 만난, 흰옷을 입은 신비로운 남자였다. 시녀들이 자연스럽게 마른 수건으로 그의 몸의 물기를 닦아 내 주었다.

나는 여전히 침착한 모습의 그를 말문이 막혀 바라보다가 문득 눈앞에 있는 남자가……, 실오라기 하나 걸치고 있지 않다는 것을 깨달았다!

나는 급히 몸을 돌려 그를 등지고 섰으나 뜨겁게 달아오른 양 뺨이 이글이글 타는 것만 같았다. 심지어 손을 어디에 두어야 할지도 알 수 없었다.

뻔뻔하고 부끄러움을 모르는 남자였다. 이렇게 많은 여인들 앞에서 실오라기 하나 걸치지 않다니! 만약 그가 목욕을 하고 있는 것을 알았다면 나는 결코 이곳에 들어오지 않았을 것이며, 이런 황당한 광경을 보지 않아도 되었을 것이다.

"깼군."

뒤쪽에서 차가운 목소리가 들려왔다.

"그래요. 당신……, 당신은 빨리 옷이나 입으세요."

고동치는 심장은 좀처럼 잠잠해지지 않았다.

바스락거리는 옷 입는 소리가 유난히 고요한 방 안에서 더욱 또렷하게 들려왔다. 나는 조금 전의 장면을 머릿속에서 지우려고 머리를 흔들었다.

눈보다 더 하얀 옷을 입은 그는 품위가 넘치는 말쑥한 모습이었다. 어깨까지 내려온 헝클어진 젖은 머리카락이 그의 기이한 매력을 더욱 돋보이게 하고 있었다.

나는 고개를 들어 어슴푸레하나 기묘한 그의 두 눈을 마주보았다. 그의 표정에는 사악한 기운이 담겨 있었고, 보는 이를 미혹시켜 마치 빨아들일 것만 같았다. 그 순간, 나는 그에게 하려던 말을 잊어버리고 말았다.

그는 나를 차갑게 바라보고 있었고, 온천에서 솟아오른 수증기가 우리 사이를 맴돌고 있었다.

나는 정신을 차리고 어색하게 목을 가다듬고 말했다.

"나를 납치한 목적이 뭐죠?"

그의 눈동자에 기이한 빛이 스쳐 지나갔다.

"그대가 원하는 것을 주고, 내가 원하는 것을 찾기 위함이오."

나는 침착하지만 결연한 눈빛으로 그를 바라보며 물었다.

"내가 무엇을 원하는데요?"

"그대의 얼굴, 참으로 잘 만들었군."

갑작스러운 그의 말에 나는 깜짝 놀랐다. 조금도 티가 나지 않는 이 얼굴의 수술 자국을 그가 꿰뚫어 보았기 때문이다. 나는 문득 눈앞의 남자에게 두려움을 느꼈다.

"어찌 알았나요?"

그가 몸을 돌리고 방 안을 여유롭게 거닐면서 말했다.

"그대에게 새 얼굴을 준 이가 바로 나의 스승님이시오. 천하제일의 신의시지."

그가 천하제일이라는 신의의 제자란 말인가? 나는 의아하게 생각하면서도 겉으로 드러내지 않고 평소와 다르지 않은 모습으로 물었다.

"그래서요?"

"그대에게 원래의 얼굴을 돌려주겠소."

나는 숨을 들이켰다. 그가 방금 뭐라고 한 거지?

"그대의 스승조차 하지 못한 일을 그대가 할 수 있단 말입니까?"

자신만만하고 오만함으로 가득한 그의 얼굴은 마치 이 세상에 그가 할 수 없는 일은 없다는 듯했다.

"체 황비, 청출어람이라는 말을 들어보지 못했소?"

그가 '체 황비'라고 부르는 소리에 나는 제대로 서 있을 수조차 없었다. 그는 내가 누구인지 알고 있었다!

"내가 누구인지 어찌 알았지요?"

그가 차갑게 웃으며 말했다.

"명의후가 그렇게 복종하는 사람이라면 당연히 보통 사람이 아니겠지. 조금 알아보니, 그대는 기나라 황제가 가장 총애하는 후궁이더군."

잠시 후 내가 그에게 물으려는데 그가 먼저 모든 것을 알고 있다는 듯 나의 말을 자르고 말했다.

"기나라 후궁에는 나의 사람이 있소."

그랬구나! 후궁의……, 누구일까?

그날, 나는 그의 제의에 답하지 않고 방으로 돌아와 사흘을 보냈다. 나의 시중을 드는 시녀를 통해 나는 그 흰옷 입은 남자가 바로 무연산장의 장주인 희曦라는 것을 알게 되었다. 그래서 그의 곁에 그렇게 많은 미녀들이 가득했던 것이다. 세상을 떠들썩하게 한 무연의 장주가 그토록 젊고 빼어난 용모의 남자일 거라고는 생각지도 못했다.

병풍에는 황금빛 사자가 그려져 있고, 난간과 창문도 화려하게 장식되어 있었다. 나는 자단목 탁자 앞에 앉아 꽃병에 꽂혀 있는 꽃의 꽃잎을 뜯어 한 잎씩 탁자 위로 떨어뜨렸다. 어느새 탁자 위에는 꽃잎이 수북했다.

내 원래의 얼굴을 돌려준다?

나는 망설이고 있었다. 내가 이 평범한 얼굴을 선택했던 이유는 두 번 다시 피비린내 나는 쟁투에 휘말리지 않고 평범한 삶을 살고 싶었기 때문이었다. 그러나 지금은 상황이 달라졌다. 나는 나라 수복을 선택했고, 나를 다치게 한 모든 이들에게 복수하기로 결심했다. 나는 이제 나의 얼굴을 되찾고 싶었다. 그렇게 해야 하나라가 멸망하게 되었을 때 나에게도 정당한 명분이 생길 것이기 때문이다. 게다가 하나라의 공주라는 나의 신분이 기우의 황권에 영향을 미칠까 봐 걱정할 일도 더 이상 없었다.

그러나 원래의 얼굴을 되찾기 위해서 나는 어떤 대가를 치러야 할까? 희는 내가 그를 위해서 무슨 일을 해 주길 바라는 것일까? 나의 어깨에는 기운과의 거래도 남아 있지 않은가!

마지막 꽃잎까지 뜯어냈을 때, 나는 손안의 꽃잎들을 움켜쥔 채 돌연 몸을 일으켜 밖으로 달려나갔다. 두 명의 시녀들이 뒤에서 나를 부르는 것도 개의치 않고, 며칠 전의 기억에 의지하여 다시 희의 방문 밖에 도착했다. 그러나 문밖을 지키고 있던 두 시녀들에게 제지당하고 말았다.

"너희의 장주를 만나러 왔다."

안에 있는 사람도 들을 수 있도록 나는 일부러 목소리를 크게 높였다. 얼마 후, 안에서 나른한 목소리가 들려왔다.

"들여보내라!"

그의 담담한 어조는 마치 내가 올 것을 예상하고 있었던 듯했다.

문을 밀고 들어가자 또다시 향기가 풍겨 왔고, 희는 여전히 온천탕 안에서 목욕을 하고 있었다. 왜 내가 찾아올 때마다 그는 실오라기 하나 걸치고 있지 않은 것인가! 그나마 이번에는 다행히 그가 물속에 앉아 있었기에 지난번처럼 난처한 상황은 아니었다. 그는 매우 편안하게 온천 안의 벽에 기대어 있었고, 객잔에서 보았던 흰옷 입은 도도한 여인이 고운 두 손으로 그의 어깨를 주물러 주고 있었다.

"결정했소?"

희의 목소리가 가볍게 울려 퍼졌다. 그가 등을 지고 앉아 있어서 나는 그의 표정을 확인할 수 없었다.

그의 구릿빛 등을 바라보며 나는 차분하게 물었다.

"내가 무엇을 하면 되나요?"

"내가 묻는 몇 가지 질문에 대한 답을 들은 후 나를 위해 무엇을 해야 할지 알려 주겠소."

나는 멍해졌다. 그는 내가 그를 위해 무슨 일을 해야 할지도 생각하고 있지 않았단 말인가?

마음이 편안해진 나의 입가에 옅은 미소가 떠올랐다.

"물어보세요!"

"납란기우에게서 왜 도망친 것이오?"

얼음같이 차가운 그의 말에 나는 두 손을 주먹 쥐고 굳은 말투로 말했다.

"미워하니까요!"

나의 매서운 말투에 나 자신도 깜짝 놀랐다.

희가 차갑게 웃었다.

"남자가 삼처사첩을 두는 건 일반적인 일인데, 하물며 그는 한 나라의 군주가 아니오."

희는 내가 수많은 후궁들에 대한 시기와 질투로 기우를 미워한다고 오해하고 있었다. 하지만 나는 굳이 해명하지 않고 침묵했다.

나를 등지고 있던 희가 몸을 돌려 나를 응시했다. 팔짱을 낀 그의 온몸을 수증기가 가득 덮고 있었다.

"도망친 후에는 어디로 가려 했소?"

그의 시선을 마주하고 나는 담담하게 말했다.

"욱나라."

무표정한 그의 얼굴에 일말의 변화가 드러났다.

"욱나라에 가서 무엇을 하려 했소?"

나는 두 눈을 천천히 감은 후 차가운 숨을 내뱉었다. 그리고 다시 눈을 뜨고 차분히 대답했다.

"연성."

희의 눈빛이 순식간에 엄숙하고 거칠게 변하는가 싶더니 그는 더 이상 아무 말을 하지 않았다. 무엇인가를 깊이 생각하는 듯하더니 한참 후에야 그가 다시 입을 열었다.

"그대와 연성은 아는 사이요?"

나는 고개를 끄덕이며 그의 표정이 왜 갑자기 변했는지 의아하게 생각했다. 그와 연성 사이에 무슨 일이 있었던 걸까? 아니면 무슨 원한이라도 있는 걸까?

희는 손을 물속으로 집어넣어 손바닥 가득 물을 담았다가 손가락 사이로 흘려 보냈다. 그의 얼굴은 어느새 원래의 차가운 표정으로 되돌아와 있었다.

"그대가 나를 위해 무엇을 해야 할지 알았소!"

깊은 밤 장생전을 찾다

이번 여정에 희는 그의 부하들을 데려오지 않고 나와 단둘이 길을 나섰다. 사람이 많아지면 그만큼 위험도 커지기 때문이었다. 이번 여정의 목적지는 기나라 황궁의 장생전이었다.

나는 그곳에 다시 가고 싶지 않았다. 만약 누군가에게 발각되기라도 하면 모든 것이 수포로 돌아가고 말 것이기 때문이었다. 그러나 어쩔 수 없었다.

희는 내 얼굴을 원래대로 되돌리기 위해서는 반드시 내 원래 얼굴을 봐야만 한다고 했다. 나는 기억에 의지해 내 원래의 얼굴을 그림으로 그려 내려고 했으나, 붓을 들자 도대체 어디서부터 어떻게 그려야 할지 알 수가 없었다. 내 본모습을 나 역시 이미 잊어버린 것이다.

나는 장생전의 원 부인 초상화를 생각해 냈다. 그래도 위험을 무릅쓰고 이곳으로 향하고 싶지는 않았지만 무연산장 안에서 황궁 안의 지리를 손바닥 보듯 훤히 알고 있는 사람은 나밖에 없었다. 오랜 망설임 끝에 결국 나는 희와 함께 원 부인의 초상화를 훔쳐 오기로 결심했다.

희의 손이 나의 왼쪽 뺨을 스치자 뺨에 주먹만 한 모반母斑이 생겨났는데 여러 번 물로 닦아 내도 지워지지 않았다. 참으로 대단하고 놀라운 기술이었다. 어쩌면 그에게는 정말로 나의 얼굴을 되찾아 줄 수 있는 능력이 있는지도 모른다.

태양이 빛을 잃고 하늘이 컴컴해지자 호랑이가 포효하고 원숭이가 서글프게 울었다. 나와 희가 각각 백마를 타고 질주하는 소리에 새들이 놀라 울음을 터뜨렸다.

엿새를 내리 급히 달리느라 나는 먼지투성이가 되었고 피로감은 극도에 달해 있었다. 그러나 희는 평소와 다름없이 정신과 체력이 모두 충만해 보였고, 한 시진도 쉬지 못했는데 어서 출발하자며 나를 재촉했다. 나는 당장이라도 바닥에 쓰러지고 싶은 심정이었으나 차마 조금 더 쉬자는 말을 하지 못하고 그와 함께 다시 길을 나섰다.

희는 쓸데없는 말은 단 한 마디도 하지 않았고, 나 역시 그에게 할 말이 없었기에 아무 말 없이 그저 그의 뒤를 따랐다. 그가 하라는 대로 고분고분 따를 뿐 무슨 말을 더 하지도, 더 묻지도 않았다. 그러나 머릿속으로는 의아해하고 있었다.

그날, 그는 나에게 욱나라의 태후, 즉 연성의 모친을 죽여 주길 바란다고 말했다. 그러나 나에게는 태후를 암살할 만한 능력이 없다. 게다가 그의 수하에는 무공이 뛰어난 이들이 수두룩한데 도대체 왜 하필이면 나에게 그 일을 하라는 것일까? 도대체 그와 태후 사이에 어떤 원한이 있는 것일까?

나는 희가 했던 말을 떠올렸다.

"만약 암살이 실패한다면 그 책임은 그대가 홀로 져야 하오."

나는 이렇게 답했다.

"욱나라에서 내 목적이 달성된다면 모든 책임은 내가 홀로 질 거예요."

희는 더 이상 아무 말도 하지 않았다. 그저 믿는다는 듯 고개를 끄덕일 뿐이었다.

그는 내가 약속을 지키지 않을까 걱정되지도 않는 것일까? 강호에서는 온몸에 서서히 퍼지는 독약을 먹인 뒤 임무를 완성할 때까지 해독약을 조금씩 주는 방법으로 사람들을 통제한다고 들었다. 그런데 이 장주는 어찌 이토록 인심이 후하단 말인가?

이레째 되는 날, 우리는 드디어 금릉성에 도착했다. 번화하고 시끌벅적한 길, 수많은 인파, 물건을 사라며 사방에는 큰 소리로 소리치는 장사꾼과 장난치며 놀고 있는 아이들로 가득한 금릉성은 생기가 넘쳤다. 한 가지는 확실했다. 지금 기나라는, 백성들은 즐겁고 편안하며 나라는 부유하고 백성은 강성했다. 분명 기나라의 훌륭한 군주 덕분일 것이다.

몇 개의 작은 골목을 지나는 동안 담장 곳곳에 십만 냥의 황금이 현상금으로 걸려 있는 나의 초상화가 붙어 있었다. 나는 실소를 금할 수 없었다. 내 몸값이 그렇게 비싸단 말인가?

다시 주위를 둘러보니 수많은 관병들이 한 손에는 칼을, 또 다른 손에는 초상화를 들고 사방을 샅샅이 뒤지고 있었다. 몇몇 관병들이 우리 곁을 지나갔으나 그저 나를 힐끔 보고 지나갈 뿐이었다. 희의 의술은 이미 가짜와 진짜를 구별할 수 없는 경지에 이른 듯했다.

우리는 금릉성 안에 있는 가장 호화로운 객잔에서 머물기로 하고, 사람들의 이목을 끌지 않을 만한 방을 골라 들어갔다.

술시[23] 일각, 우리는 야행복으로 갈아입고 검은 천으로 얼굴을 가린 후 창문을 넘어 밖으로 나왔다. 길을 가는 내내 희는 나의 팔을 단단히 붙잡은 채 내 몸에 계속 내공을 불어넣어 주었다. 그리고 나를 이끌고 빠른 걸음으로 나는 듯이 뛰어오른 후 앞으로 나아갔다. 눈앞의 광경조차 제대로 볼 수 없을 정도로 빠른 속도였다. 그의 경공은 지금까지 내가 본 이들 중 가장 뛰어났다.

황궁의 봉각문鳳恚門 담장을 뛰어넘은 우리는 오가는 금위군을 피해 조심스럽게 승천문承天門을 지났고, 마침내 후궁에 도착했다. 우리는 장생전 밖의 가시나무 수풀에 숨어 황량한 그곳을 바라보았다.

"여기가 틀림없소?"

목소리를 낮춘 희의 물음에 나는 고개를 끄덕였고, 고개를

---

23 밤 9시~11시.

들어 현판 위의 '장생전'이라는 세 글자를 바라보았다. 나의 눈빛에 슬픔이 드리워지며 한 가닥 망설임이 찾아왔다.

"우리……, 그냥 돌아가요."

"원래의 얼굴을 되찾고 싶지 않소?"

나를 바라보는 그의 눈빛에 희미한 노기가 드러났다. 나는 손가락으로 바닥의 진흙을 만지작거렸다.

"다른 방법을 생각해 봐요."

희가 나의 오른쪽 어깨를 내리치는 바람에 엄청난 고통이 느껴졌다.

그가 차갑게 말했다.

"이제 와서 물러설 수 없소."

그가 나의 어깨를 감싸고 아무도 없는 장생전으로 들어섰다.

하늘의 총총한 별이 금강석같이 밝게 반짝이며 우리의 길을 밝혀 주고 있었다. 여름 곤충들은 큰 소리로 쉬지 않고 울었고, 푸른 나뭇가지에는 붉은 꽃송이가 매달려 있었으며, 나무는 바람에 나뭇가지를 흔들며 벽을 울리고 있었다.

우리는 쉽게 장생전의 침궁 안으로 들어설 수 있었다. 침궁의 문을 여는 순간 옅은 매화 향기가 풍겨 와 나는 무척 놀랐다. 설마 이 황량한 장생전에 누군가 찾아와 청소를 하고 있단 말인가?

희는 문을 닫은 후 창문을 열어 달빛이 들어오도록 했다. 나는 밝은 달빛을 통해 거의 백 점에 달하는 초상화를 바라보았다. 그림 속에는 모두 같은 여인이 그려져 있었다. 바로 절세의 아름다움과 우아함을 간직한 원 부인이었다.

나는 숨을 멈추고 손을 바들바들 떨며 그림 하나하나를 어루만졌다.

정말로……, 닮았다! 그렇기에 나를 본 선황의 눈가에 눈물이 맺혔던 것이리라. 그렇기에 기운이 나를 보고 자신의 감정을 제어하지 못했던 것이리라. 나와 원 부인은 이렇게나 닮아 있었다. 아니, 원 부인의 우아함과 청아함은 나보다도 뛰어났다.

그동안 수많은 미녀들을 보아 왔던 희 역시 넋이 나간 듯했고, 놀라워하며 탄식을 내뱉었다.

"하늘의 선녀로군."

감탄의 말을 마친 그가 돌연 고개를 돌려 나를 보며 말했다.

"그림 안에 있는 이가 그대요?"

나는 고개를 가로저었다가 곧 고개를 끄덕였고, 또다시 고개를 가로저었다. 도대체 어디에서부터 이야기를 시작해야 할지 알 수가 없었다. 초조해하며 그림 하나를 떼어 잘 만 뒤 나는 침착하게 말했다.

"가요."

"누가 있소!"

희가 경계하며 굳게 닫힌 문을 잠시 바라보더니 나의 손목을 잡은 채 침궁 모퉁이의 휘장 뒤로 몸을 숨겼다.

한참 뒤에야 희미한 발소리가 들리더니 누군가 침궁의 문을 열었다. 심장이 점점 더 빠르게 뛰었다. 나는 안쪽으로 몸을 더 숨기며 희 역시 안쪽으로 더 끌어당겼다. 얼마 지나지 않아 환한 불빛이 온 침궁을 밝혔다.

"폐하, 저를 깜짝 놀라게 해 주시겠다더니 바로 이곳으로 신첩을 데려오시는 것이었습니까?"

애교 넘치는 목소리가 궁 안의 침묵을 깨뜨렸다.

"그렇다. 이곳은 원 부인의 침궁이란다."

귀에 익은 목소리에 나는 나도 모르게 휘장 한쪽을 살짝 걷어 내고 바깥쪽을 몰래 바라보았다.

기우와 소사운이었다. 얼마 전까지만 해도 출중한 지혜와 우아한 매력을 지닌 윤정이 그의 곁에 있었는데, 이토록 빨리 바뀐 것인가? 그는 설마 또다시 사람을 바꾸어 두완을 상대하려는 것인가? 제왕의 마음은 참으로 이해할 수가 없었다.

소사운의 날렵하고 고운 눈이 영문을 알 수 없다는 듯 그를 바라보고 있었다. 기우는 그녀의 손을 단단히 잡은 채 원 부인의 초상화가 가득 걸려 있는 벽을 향해 걸어갔다.

"짐이 장생전을 너에게 주면 어떻겠느냐?"

그녀는 얼이 빠진 듯하였으나 이내 미소 짓는 얼굴로 그의 품으로 달려들었다.

"폐하, 정말 이 궁을 신첩에게 주시는 것입니까?"

그는 미소를 지으며 고개를 끄덕였고, 눈빛은 다정함을 띠고 있었다.

저 눈빛은 오직 나만을 위한 것이었는데……. 아니다, 그저 내가 그 눈빛이 오직 나를 위한 것이라고 여겼던 것뿐이다. 그러나 다른 사람도 그것을 가질 수 있으리라고는 생각지 못했었다.

그가 온정야를 총애했던 것은 나와 닮았기 때문이었고, 윤정을 총애했던 것은 그녀의 뛰어난 지혜를 이용하기 위함이었다. 그렇다면 소사운은? 그녀는 나를 닮지도, 그렇다고 총명하지도 않았다.

나는 차갑게 웃으며 휘장을 내려놓았다. 장생전을 그녀에게 하사하는 의미는 분명했다. 그것은 선황과 원 부인 사이의 사랑을 의미할 뿐만 아니라 양귀비와 당 현종의 아름다운 사랑의 증명이었다.

나는 깨달았다. 모두 깨달았다. 내가 그를 떠난 것이 그에게 어떠한 영향도 미치지 않았다는 것을! 오히려 그는 이제 다른 여인을 품에 안을 수 있게 된 것이다. 그는 제왕이다. 어찌 일생에 오직 단 한 명의 여인만을 사랑하겠는가?

"아프오."

희가 내 귓가에 대고 내뱉은 말을 듣고서야 나는 정신을 차렸다. 내가 지금껏 그의 손을 아플 정도로 세게 잡고 있었던 탓에 손톱에 깊게 파인 그의 손등에 핏자국이 나 있었다. 나는 곧바로 그의 손을 놓아주었다.

"저는……."

"폐하, 여기에 그림 하나가 부족한 것 같습니다."

소사운의 놀라움이 담긴 소리에 나와 희는 눈을 마주쳤고,

약속이나 한 듯 내 손에 꼭 쥐여 있는 그림을 바라보았다.

소사운이 다시 말을 이었다.

"그리고 창문은 왜 열려 있는 걸까요? 누가 왔다 간 걸까요?"

"나와라!"

기우의 매서운 목소리에 나는 깜짝 놀랐으나 희는 안색 하나 변하지 않고 휘장을 걷고 걸어나갔다. 나는 그의 뒤를 바짝 쫓았다. 다행인 것은 내가 복면으로 얼굴을 가리고 있다는 것이었다. 그렇지 않았다면 나는 그를 어떻게 마주해야 할지 알 수 없었을 것이다.

희와 기우는 한참 동안 서로를 마주보고 서 있었으나 그 누구도 먼저 말을 꺼내지 않았다. 한편 몹시 놀란 소사운은 몸을 움츠리고 기우의 뒤에 숨은 채 얼굴만 살짝 내밀어 밖을 향해 소리쳤다.

"여봐라! 여기 자객이 있다!"

마음속으로 큰일이 났다는 생각이 들었다. 희의 무공이 아무리 뛰어나다 한들 혼자서 많은 사람을 당해 낼 수는 없을 터였다. 게다가 그는 나까지 데리고 있지 않은가.

희가 돌연 온 힘을 모아 눈 깜짝할 사이에 기우의 정수리를 노리고 돌진했다. 희의 선제공격에 기우가 재빨리 공격을 피하자 희가 순식간에 방향을 틀어 소사운의 목을 졸랐다. 처음부터 그의 목표는 기우가 아닌 소사운이었던 것이다.

그때, 밖을 지키고 있던 수많은 시위들이 문을 박차고 들어와 우리를 향해 칼을 뽑아 들었다. 희는 여전히 냉정한 모습으로 차갑게 경고했다. 그는 나의 손을 단단히 붙잡은 채 내 앞에 서서 나를 보호해 주고 있었다.

"움직이지 마라. 움직이면 이 여자는 처참한 죽음을 맞이하게 될 것이다!"

기우는 자리에서 꼼짝도 하지 않았고 침착하게 명하였다.

"그들을 보내 주어라."

수많은 시위들이 우리가 침궁을 떠날 수 있게 길을 터 주었다. 그러나 우리가 겨우 침궁의 문턱을 넘었을 때 수천 명의 금위군이 또다시 도착했다. 어떤 이들은 검을 들고 있었고, 어떤 이들은 우리를 향해 활을 겨누고 있었다. 마치 둘째 숙부가 궁으로 쳐들어 왔을 때 같았다.

귀신같이 날아온 검은 그림자가 우리의 목을 향해 반짝이는 은빛 검을 휘둘렀다. 상황이 불리하다고 생각한 희가 소사운을 밀쳐 내고 나를 안으며 치명적인 검을 피하더니 가늘고 얇은 검을 뽑아 기우를 향해 찔렀다. 그러는 동안에도 희는 여전히 나의 손을 단단히 붙잡은 채 나를 보호해 주고 있었다.

희의 검이 기우를 향해 다가가는 것을 바라보며 나의 심장 박동도 점차 빨라졌다. 그는……, 정말 희의 검 아래 죽게 되는 것인가?

그 순간, 소사운이 도대체 어디에서 달려 나온 것인지 기우의 앞을 막아섰고, 희의 검을 자신의 몸으로 막아 냈다. 나는 경악했다!

일촉즉발의 순간, 한명이 앞으로 날아오르며 희의 검을 막은 후 우리 앞에 꼿꼿하게 섰다. 나는 한명을 스쳐 빗방울을 머금은 배꽃처럼 울고 있는, 눈물로 화장이 엉망이 된 소사운을 바라보았다.

소사운이 울먹이며 말했다.

"폐하⋯⋯, 신첩은 두렵습니다⋯⋯. 폐하께 무슨 일이라도 생길까 봐 너무나도 두렵습니다."

기우는 그녀의 양어깨를 다독거리며 그녀를 위로했다.

"두려워 마라. 짐은 너를 떠나지 않을 것이다. 아무 일도 없을 것이다!"

소사운이 자신의 목숨을 걸고 기우를 보호하려 하다니? 대체 그들의 감정은 언제부터 저렇게 깊어진 것인가?

한명이 검으로 우리 둘을 가리키며 차갑게 물었다.

"너희들은 누구냐?"

검은 복면 아래로 희의 냉소가 전해지는가 싶더니 그가 한명을 향해 바람같이 빠르게 검을 휘둘렀다. 한명은 그 검을 뛰어 넘고는 그 역시 희를 향해 검을 날렸다. 순식간에 검이 부딪히며 맑은 소리가 울려 퍼졌다. 희는 내가 한명의 검에 부상당하지 않게 보호하며 한명과 맞서야 했다. 그 때문에 그는 점점 열세에 몰리고 있었다.

한명의 검이 여러 번 나의 목숨을 위협했으나 희는 그때마다 그 검을 모두 막아 주었다. 문득 나는 기우가 한 금위병에게서 활을 받은 후 활시위를 당겨 희를 조준하는 모습을 보게 되었다. 힘을 잔뜩 준 그의 손은 새하얗게 변해 있었고, 날카로운 화살촉은 달빛 아래 섬뜩한 빛을 발하고 있었다.

"조심해요!"

내가 입을 열어 경고한 순간 기우가 손을 놓았고, 화살이 빠른 속도로 희의 가슴을 향해 날아왔다. 그러나 여전히 한명과 맞서고 있는 그는 갑자기 날아오는 화살을 막을 방법이 없었다. 마음이 급해진 나는 몸을 날려 그 화살을 막아 냈다.

화살이 나의 왼쪽 어깨를 관통하는 순간, 고통에 식은땀이 솟았다. 그때 검이 나의 아랫배를 찔렀다. 나는 한명을 바라보았다. 그는 그 자리에 얼어붙었고, 여전히 나의 아랫배를 찌른 검의 손잡이를 붙잡고 있었다. 그 순간 살기를 띠고 있던 그의 눈동자가 변하며 나의 두 눈을 자세히 바라보았다. 복잡함과 놀라움이 그의 눈빛 사이로 스쳤다.

"그대……."

그가 무슨 말인가 하려고 하였으나 그는 한 마디도 하지 못했다. 희가 기세를 몰아 나의 허리를 감싸 안고 날아 올랐던 것이다. 시위들이 우리를 쫓으려 하는 것을 한명이 "궁구막추窮寇莫追!"[24]라는 말로 멈추게 하였다.

우리는 황궁을 탈출했으나 내게서 흘러나온 피가 팔뚝을 타고 흘러내려 족자 위로 떨어지고 있었다. 나는 힘없이 희의 품

---

24 더 이상 피할 곳 없는 적을 무리하게 쫓지 말라는 뜻으로, 막다른 골목에 다다른 이를 너무 모질게 대할 경우 오히려 해를 입을 수 있음을 의미함.

에 기댄 채 의식을 붙잡기 위해 애써 노력하며 말했다.

"초, 초청왕……부로 가요."

희가 나를 데리고 초청왕부에 도착할 때까지도 나의 의식은 여전히 또렷했다. 내 머릿속의 음성이 내게 결코 잠들어서는 안 된다고, 잠이 들면 다시는 깨어날 수 없다고 말하고 있었기 때문이다.

내가 품 안의 '봉혈옥'을 꺼내어 왕부의 시위에게 건네자 그는 봉혈옥을 받아 들고 왕부 안으로 급히 달려가 초청왕에게 이를 알렸다. 봉혈옥은 또다시 내게 돌아와 있었다.

그날 밤 나와 기운은 거래를 했었다.

"초청왕, 왕야가 황위를 원한다는 것을 알고 있습니다. 아니, 그 황위는 원래 왕야의 것이었지요."

"황비는 마치 모든 것을 알고 있는 것 같구려."

"그러니 감히 당신과 이 거래를 할 수 있는 것이지요."

"그렇다면 그대는 나를 위해 무엇을 할 수 있소?"

"지금의 왕야에게는 실권이 없으니 아무리 훌륭한 조건을 갖추어도 기우를 황위에서 끌어내리실 수는 없으실 겁니다. 그러나 제가 왕야를 위해 욱나라의 황제를 만날 수 있습니다. 저를 믿으십시오. 초청왕과 욱나라 황제 사이에는 분명 공통의 목표가 있으니……."

나의 말을 들은 기운은 소매에서 봉혈옥을 꺼내어 내게 건네주었다. 그는 미소를 짓고 있었으나 그의 눈에는 야심이 빛나고 있었다.

"일이 성공하기만 한다면 내 어떤 일이든 그대가 원하는 것을 들어주겠소. '봉혈옥'이 그 증표요."

기운은 직접 왕부 앞까지 나와 우리를 밀실로 안내해 주었다. 희가 얇은 천과 약재 그리고 뜨거운 물을 가져오라 하는 사이에도 나는 여전히 그림을 손에 꼭 쥔 채 내려놓지 않고 있었다.

기운이 내 손에서 그림을 빼내어 펼쳐 보더니 얼굴을 굳혔다.

"그대들은 왜 이 그림을 훔쳤소?"

태연하게 내 아랫배 부근의 옷을 찢은 후 지혈을 하는 희의 이마에서는 식은땀이 떨어지고 있었다.

"그림에 있는 사람이 그녀입니다."

기운은 손을 살짝 떨 뿐 한참 동안 입을 꼭 다물고 있었다.

희는 내 상처에 금창약을 발라 주고, 끝없이 흘러내리는 피를 지혈해 주고, 마지막으로 얇은 천으로 나의 상처를 한 겹, 또 한 겹 단단히 감싸 주었다.

"상처가 그리 깊지 않아서 다행이오. 왕야, 그녀를 붙잡아 주십시오. 어깨에 있는 화살을 뽑아야겠습니다."

희가 한숨을 내쉰 후 천천히 이마의 땀을 닦아 내며 내게 물었다.

"참을 수 있겠소?"

내 의식은 점차 희미해지고 있었고 깊은 잠에 빠져들고 싶었으나 나는 힘을 내어 고개를 끄덕였다.

희가 나를 위해 화살을 뽑아 내는 순간, 기운이 돌연 무거운 목소리로 말했다.

"그대는 복아 공주로군."

그 순간 화살이 내 어깨에서 뽑혔고 격렬한 고통이 내 의식을 잠식해 버리기 전에 나는 희의 눈빛에 스쳐 지나간 알 수 없는 빛을 보았다.

봉혈옥의 약조

내가 왕부에서 몸을 추스른 지도 보름이 지났다. 그사이 기운은 한 번도 내 방에 발을 들이지 않았다.

그는 한 점의 그림과 한마디의 말만으로 나의 정체를 알아냈다. 선황이 그에게 모든 비밀을 알려 주었기 때문일 것이다. 선황과 기운 사이에는 다른 이들이 알지 못하는 비밀이 얼마나 더 남아 있는 것일까? 선황, 그는 참으로 두려운 사람이다.

지금의 나는 사람들이 내 정체를 알게 되는 것이 두렵지 않았다. 비록 눈앞에 수많은 위험이 있지만 이제 나에게 남은 것은 오직 나 하나뿐이기 때문이다. 마음에 걸리는 것이 아무것도 없는데 두려울 것이 뭐가 있겠는가?

왕부에서 요양하는 동안 나는 기운의 왕비를 만났다. 선황이 '재능이 뛰어나니, 앞으로 반드시 큰일을 할 이로다.'라며 감탄을 금치 못했다던 다라군주 납란민이었다. 우아한 품행과 곱고 아름다운 외모를 갖춘 그녀는 해맑고 소박한 모습에 재기와 재능을 겸비하고 있었다.

그녀는 나를 세심하게 돌봐 주고 사소한 부분까지 꼼꼼하게 챙겨 주었다. 또한 그녀는 상대방의 의중을 잘 헤아렸다. 그녀는 종종 나와 한담을 나누었는데 언행은 우아하고, 문예의 재기도 뛰어났다. 선황이 그녀를 높이 평가한 것이 이해가 되었다.

이제 보니 그들의 혼인 역시 선황이 미리 계획한 일인 듯했다. 선황은 기운을 위해 총명하고 지혜로운 여인을 준비해 놓고 그녀가 작은 힘이나마 보태어 기운이 정치적으로 도움을 받을 수 있도록 한 것이다.

나는 시녀들의 부축을 받고 힘겹게 문턱을 넘어 정원의 작은 의자에 앉았다. 나는 초여름의 따뜻한 바람에 흩날리는 버들솜이 머리카락 사이를 스치고 지나가는 것을 그대로 내버려 두었다. 두 눈을 감고 따뜻한 햇빛을 즐기고 있으니 머릿속이 점점 많아졌다.

희미한 발소리에 눈을 뜨고 고개를 드니 기운이 보였다. 그가 드디어 나를 보러 온 것이다.

나는 알고 있었다. 지금까지 그가 나를 피해 왔다는 것을, 내가 복아 공주라는 사실로부터 도망치고 있었다는 것을 말이다.

그가 옅은 미소를 지어 보이더니 나와 어깨를 나란히 하고 돌의자에 앉았다. 손을 뻗어 버들솜 조각을 잡은 그가 하늘을 향해 그 버들솜을 날려 보내며 말했다.

"부황께서 내게 말씀하셨소, 반옥이 바로 하나라의 복아 공주라고. 그리고 그대와 기우는 나라를 되찾아 주는 거래를 했다고."

나는 고개를 끄덕였다.

"선황의 말씀이 맞습니다."

그가 소매에서 '봉혈옥'을 꺼내어 내밀었다. 그가 이것을 내게 건네는 것은 이번이 세 번째였다.

"봉혈옥은 어마마마를 향한 아바마마의 사랑이오. 이는 변치 않는 약속을 의미하는 것이니 그대가 잘 보관해 주시오."

그가 나의 손을 단단히 붙잡고 봉혈옥을 내 손에 꼭 쥐어 주었다. 내가 거절하려 하자 그가 처연한 미소를 지으며 말했다.

"거절하지 마시오. 이 옥은 내가 그대에게 하는 약속이오. 만약 내가 황위에 오르게 된다면 반드시 그대를 위해 하나라를 되찾아 주겠소."

나의 입에서 웃음소리가 흘러나왔다.

우스웠다. 그는 내게 나라를 되찾아 주겠다고 약속한 세 번째 사람이었다. 그러나 나는 알고 있다, 나라는 내 힘으로 되찾아야 한다는 사실을. 예전처럼 기우가 자신의 일을 모두 마무리한 후에 나라를 되찾아 주기만을 넋 놓고 기다릴 수는 없었다. 더 이상은 그 누구에게도 기댈 수 없었다. 반드시 내 두 손으로 해내야만 했다.

나는 시선을 돌리다가 비탄에 빠진 창백한 얼굴을 발견했다. 납란민이었다.

　"왕비!"

　기운 역시 나의 시선을 따라가다가 납란민을 발견했다. 나는 재빨리 그의 손에서 내 손을 빼냈다. 나는 그녀가 오해하고 있음을 눈치챘다.

　납란민은 우리를 천천히 훑어본 후 우아하게 몸을 돌려 떠났다. 비록 그녀의 뒷모습은 고아하고 도도했으나 그녀의 무거운 발걸음이 그녀의 마음을 드러내고 있었다.

　기운은 급히 몸을 일으켜 그녀를 뒤쫓으려다가 몇 발짝을 채 떼지 않고 다시 되돌아와 나를 바라보았다. 그는 몹시 혼란스러워 보였다.

　나는 그 자리에 선 채 망설이고 머뭇거리는 그에게 미소를 지어 보였다.

　"그토록 마음이 쓰이시면서 왜 쫓아가지 않으세요?"

　깜짝 놀란 듯 당황한 표정이 기운의 얼굴에 고스란히 드러났다.

　"하지만……."

　"저와 왕비 중에 누가 당신과 환난을 나누고, 생과 사를 함께하며, 언제나 왕야와 함께할까요? 왕야의 마음은 이미 그 답을 알고 있으실 겁니다. 미련 때문에 지금의 사랑을 포기하지 마십시오. 어떤 일은 일단 잘못하면 다시는 되돌릴 수 없는 법입니다."

나는 차분하지만 또렷한 목소리로 말하며, 그의 마음을 일깨울 수 있기를 바랐다.

어쩔 줄 모르던 그의 표정이 점점 밝아지더니 그가 나를 향해 진심이 담긴 미소를 지어 보였다. 그 모습이 참으로 말쑥하고 우아했다. 그는 쏜살같이 그녀의 뒤를 쫓기 시작했다. 조금의 주저함도 없었다.

오늘, 나는 기운의 마음속에 남아 있던 응어리를 풀어 주었다. 그가 내게 연연한 것은 내게서 원 부인의 그림자를 보고 있었기 때문이었다. 나는 납란민이 어머니의 사랑을 갈망하는 그를 이해해 주고, 그녀의 사랑으로 그의 상처를 어루만져 주기를 바랐다.

아무런 기척도 없이 나타난 희가 어느새 내 곁에 서 있었다.

"이렇게 밖으로 나와 움직이는 걸 보니 회복이 꽤 된 것 같소."

나는 깜짝 놀라 그를 바라보았다. 그는 꽤 한참 전부터 있었던 듯했다. 그는 나와 기운의 대화를 어디부터 들은 것일까?

나는 옅은 웃음을 지으며 그에게 앉기를 청했다. 푸른 나뭇잎이 바람에 바스락거리는 소리를 내고, 고운 꽃봉오리는 화려했으며, 먼 곳에서 불어오는 바람은 참으로 시원했다.

"화살과 검을 맞고도 아프다는 소리 한 번 내지 않다니, 진심으로 탄복하였소."

감탄의 기색을 드러내며 그가 옅은 미소를 지었다. 처음 보는 그의 웃는 모습이 매우 신선했다.

"나라를 빼앗기고, 부모님은 돌아가시고, 얼굴이 망가지고, 독에 중독되고, 음모에 이용되고, 무정하게 배반당하였는데도 저는 지금까지 이렇게 버텨 왔습니다. 그런데 검과 화살을 두려워하겠습니까?"

나는 지금까지 내게 벌어졌던 일들을 하나하나 나열했다. 입 밖으로 내어 말하자 오히려 담담한 마음이 들었다.

"어렸을 때, 점쟁이가 그러더군요. 제 삶에 굴곡이 많다고요. 그때는 믿지 않았는데, 지금은 그 말을 믿을 수밖에 없네요."

희는 나의 말에는 어떤 반응도 보이지 않고 물었다.

"왜 나를 대신해 화살을 맞은 것이오?"

나는 고개를 가로저으며 말했다.

"그 순간에는 오직 한 가지 생각밖에 할 수 없었습니다. 당신이 부상을 당하면 우리 둘 다 옥에 갇히게 될 것이지만 내가 그 화살을 맞으면 한 가닥 희망이라도 있을 테니까요."

"그대는 용감할 뿐만 아니라 매우 지혜롭군."

희의 얼굴에서 미소가 사라지더니 쓸쓸함이 그의 얼굴을 덮었다.

"그대가 정말 하나라의 복아 공주요? 연성의 약혼녀인?"

"그래요."

나는 무심하게 고개를 끄덕였다. 이제 와서 그에게 내 정체를 숨긴다 한들 무슨 의미가 있겠는가? 그런데 그는 연성과 관련된 일에 특히 관심을 기울이는 것 같았다.

"그렇다면 그대에게 내 이야기를 들려주겠소."

이십오 년 전, 변나라에는 이수李秀라는 이름의 여인이 있었소. 그녀는 기루 최고의 가기歌妓[25]였지. 그녀는 악기와 바둑, 서화에 능하였고, 재기와 미모를 겸비하여 모든 여인들 가운데 가장 빼어났소. 수많은 제후들과 고관들, 강호의 협객들이 그 명성을 듣고 찾아왔지. 오직 그녀의 아름다운 모습을 보고, 그녀의 노래를 듣기 위해서 말이오. 많은 이들이 엄청난 돈을 들고 와 그녀와의 하룻밤을 원했으나 그녀는 언제나 도도한 태도로 그들을 거들떠보지도 않았소. 그러던 어느 날, 고상하고 호방한 남자가 나타났고, 그의 뛰어난 재기에 반한 그녀는 그에게 마음을 열었소. 그날 밤, 그녀는 자신의 소중한 첫날밤을 그에게 바쳤지.

그날의 풍류가 비극을 초래했소.

그녀는 임신을 하였고, 그는 그녀를 첩으로 들이려고 했소. 이 일은 변나라 전체를 떠들썩하게 만들었고, 모든 사람이 이 사실을 알게 되었지. 그 남자가 바로 변나라의 승상인 연벽連璧이었기 때문이오.

그에게는 이미 아내가 있었고, 그의 부모 역시 기녀였던 여인을 그의 첩으로 받아들이는 것을 완강하게 반대했지. 이 일은 일 년을 끌다가 결국 사내아이가 태어난 후에야 승상의 가

---

25 노래하는 기녀

족들도 어쩔 수 없이 그녀를 집안에 들이는 것에 동의했소. 그리고 그녀를 외지고 황량한 곳에 머무르게 했지. 그녀는 시녀 하나 없이 모든 일을 자신의 손으로 직접 해야 했소.

사내아이가 태어났을 때가 아침 햇살이 쏟아지던 순간이어서 그의 부친은 그의 이름을 연희連曦라고 지었소.

시간은 쏜살같이 흘렀고, 아이는 일곱 살이 되었소. 그는 어머니의 곱고 부드럽던 손이 수년간의 빨래로 거칠어지고, 두꺼운 굳은살이 생긴 것을 보았지. 속세의 음식은 먹을 것 같지도 않던 고운 얼굴은 오랜 피로로 세상의 풍파를 드러내게 되었소. 그녀는 승상부에서 시녀 한 명 부리지 못하고 끝없는 서러움을 당해야만 했지. 그러나 그녀는 참아 냈다오. 자신이 사랑하는 사람을 위해 그 모든 것을 견뎌 냈소. 그나마 그녀를 위로한 것은 연벽이 그녀에게 잘 대해 준다는 것이었소. 많은 시간을 그녀와 함께 보냈고, 심지어 자신의 아내를 냉대하기까지 하였지.

그에게는 두 명의 형이 있었소. 둘 다 정실의 아이들로서 한 명은 연성, 또 한 명은 연윤이라 하였지. 그러나 그는 그들을 형이라 부를 수 없었소. 그의 부친을 제외하고는 승상부 내의 모든 이들이 그와 모친을 업신여기고 있다는 것을 알고 있었기 때문이오. 가끔 그는 부친을 몹시 증오했소. 승상이라는 사람이 어찌 그리 나약한 것인지, 자신이 사랑하는 여인을 위해 어째서 단 한 마디도 해 줄 수 없는지, 왜 사랑하는 여인이 그런 서러운 대접을 받게 하는지 말이오.

그러나 그의 모친은 단 한 번도 그의 부친을 원망하지 않았소. 그의 부친을 사랑했기 때문이지. 사랑을 위해 기꺼이 모욕을 받아들이고, 사랑을 위해 기꺼이 자존심을 버렸소. 사랑을 위해 기꺼이 그녀에게 너무나도 불공평한 운명을 받아들였소. 그 역시 그의 모친이 당하는 고통을 바라보기만 할 뿐 아무것도 할 수 없었소. 승상부의 밥을 먹으면서 무슨 자격으로 그들을 탓할 수 있었겠소?

그러던 어느 날, 연윤이 모친에게 달려와 욕을 퍼부었소. 모친에게 천한 계집이라는 둥 여우 같은 수단을 써서 부친의 마음을 호렸다는 둥 승상부를 망쳐 버렸다는 둥의 말을 했소. 모친은 가만히 그곳에 서서 그가 하는 말을 듣고만 있었지.

모친이 수모를 당하는 모습을 보고 그는 가슴속 깊이 숨겨 두었던 분노가 머리끝까지 솟구쳐 연윤을 바닥으로 내팽개치며 말했소.

"우리 어머니를 욕보이지 마십시오."

약한 모습을 드러내고 싶지 않았던 연윤은 바닥에서 기어 일어났고, 그와 엉켜 싸우기 시작했지. 모친은 그들을 말렸으나 그들을 멈추기에는 역부족이었소. 그들은 두 눈이 시뻘겋게 달아올라 있었지. 그때, 온화하나 위엄이 담긴 목소리가 들려왔소.

"어서 멈추지 못하겠느냐!"

그들은 동작을 멈추고 고개를 돌려 그들의 큰형, 연성을 바라보았소. 연윤은 연성의 앞으로 달려가 그를 손가락질하며 고

자질하였소.

"형님, 이 잡종 놈이 저를 때렸습니다."

연성은 그 말을 듣자마자 연윤의 따귀를 때렸소.

"누가 잡종 놈이란 말이냐! 그 역시 아버님의 아들이고 우리의 형제다."

바로 이 말 때문에 연희의 마음속에 서글픈 마음이 솟구치기 시작했소. 그는 누군가 자신의 편을 들어 줄 것이라고는 생각조차 해 본 적이 없었소. 그런데 심지어 그를 '형제'라고 불러 준 것이오. 참으로 사치스러운 그 두 글자, 그것이 연성의 입에서 나올 줄은 그는 생각지도 못했소.

그 후, 연성은 그의 처소에 자주 놀러 왔고 그들 모자에게 맛있는 떡이나 과일을 가져다 주었소.

"이곳에서 우리는 한가족입니다."

연성은 심지어 그런 말까지 했다오. 그는 가슴이 벅차올랐고, 언변에 능하지 않아 지금껏 아무 말도 못했던 연성에게 처음으로 말했소.

"감사합니다. 형님!"

그가 열 살이 되던 해, 부친이 황제의 명을 받들어 그와 모친을 승상부에 남겨 두고 출정하셨지. 불길한 예감이 들었소. 역시나 부친이 출정한 지 사흘째 되던 밤, 정실인 목형여穆馨如가 하인들을 데리고 모친의 방으로 쳐들어와서 한창 꿈나라를 헤매던 모친을 끌어냈지. 그리고 모친을 우물에 처넣으라고 했소. 쉴 새 없이 모친을 여우 요괴라고 욕하면서 승상부 전체를 해하려고 한다고 말하였지.

그는 방에 숨은 채 이 모든 광경을 엿보고 있었소. 그는 밖으로 뛰쳐나가 모친을 놓아 달라고 빌며 모친은 여우 요괴가 아니라고 말하고 싶었소. 그러나 창문을 넘어 들어온 형님이 말했지.

"희야, 너는 도망가야 한다. 내 어머니는 결코 너를 놓아주지 않을 것이다."

그렇게 큰형에게 이끌려 창문을 넘어 그곳을 떠나던 순간, 그의 눈에 하인들에 의해 우물로 떨어지는 모친의 모습이 들어왔소. 목형여의 얼굴에는 통쾌함이 담긴 미소가 번져 갔고, 그는 그 모습을 영원히 잊지 못하게 되었지.

희의 얼굴에 슬픈 기색은 없었다. 마치 그 일과 자신은 아무 관련도 없는 듯했다. 그러나 이따금씩 드러나는 씁쓸한 미소가 그의 감정을 드러내 주었다.

희, 그가 연성의 동생이라니 전혀 생각지 못한 일이었다. 그래서 그를 처음 만났을 때 어디서 본 듯한 느낌이 들었던 거구나! 그는 연성과 많이 닮았다. 아니, 언행과 온몸에서 풍겨 나오는 분위기는 연성과 다를 바가 없었다.

"그 후 당신은 천하제일 신의를 만나 그의 제자가 되었군요. 그렇지요?"

나는 뒷이야기를 추측해 말했다.

그가 고개를 끄덕였다.

"지난 몇 년 동안, 나는 목형여를 암살할 계획을 세웠소. 그러나……, 나를 살려 주신 후 형님께서는 그의 모친을 용서해 달라고 간절하게 부탁하셨지. 그래서 나는 지난 몇 년 동안 독한 마음을 먹지 못했던 것이오."

나는 슬프게 탄식했다.

"그렇다고 모친이 살해당한 원한을 잊을 수는 없었겠지요. 당신은 연성이 이 일과 당신이 관련 있다는 것을 알게 되기를 원치 않기에, 당신과는 아무 관련이 없으나 연성을 아는 여인을 찾아내어 이 암살을 완성하려는 거군요."

그는 침묵으로 인정했고, 나는 다시 말을 이었다.

"내가 그대의 계획을 연성에게 털어놓을까 봐 걱정되지 않나요?"

"내 사람 보는 눈은 정확하다오."

"거절할 수는 없겠군요."

그의 차가운 시선이 나의 얼굴에 고정되었다.

"그대의 상처도 큰 문제가 없어 보이니 이제 그대의 얼굴을 되찾아 주겠소."

한 달 후.

나의 얼굴에 얇은 천이 두껍게 감겨 있은 지도 꼬박 한 달이 되었다. 그동안 희는 사흘마다 내 방에 찾아와 약을 바꿔 주었다. 나는 감히 눈을 뜨고 내 얼굴을 바라볼 엄두가 나지 않았다. 두려웠기 때문이다. 아니, 그것은 오히려 공포에 가까웠다. 나조차도 내가 왜 이러는지 알 수 없었다. 희는 나의 긴장을 읽어 낸 듯, 언제나 낮은 목소리로 내게 말했다

"두려워 마시오."

그리고 오늘은 정식으로 얼굴을 감싸고 있는 천을 풀어 내는 날이었다.

희, 기운, 납란민이 내 곁에 서 있었다. 화장대 앞에 앉은 나는 두 손을 맞잡은 채 살짝 떨고 있었다.

납란민이 내 손을 꼭 붙잡으며, 따뜻한 손으로 내 마음의 공포를 어루만져 주었다.

"시작하죠."

내가 천천히 눈을 감자 싹둑거리는 소리가 들려왔다. 희가 천의 매듭을 잘라 낼수록 한 겹 한 겹 흰 천이 풀렸고 내 머릿속에는 수천 가지 생각이 스치고 지나갔다.

'너의 얼굴이 이렇게 망가져도 연성은 여전히 너를 사랑할까?'

'거울을 가져와 지금 네 몰골을 네게 보여 주고 싶구나. 얼마나 역겁고 공포스러운지 말이다.'

영수의가 날카로운 칼로 나의 얼굴을 한 획 한 획 그어 내리고……, 피비린내가 또다시 내 코끝을 찌르는 것만 같았다.

나는 눈을 뜨고 구리거울 안의 내 모습을 바라보았다. 달콤하고 부드러운 표정과 가늘고 긴 눈썹, 눈같이 하얀 피부, 우아한 자태와 수줍어하는 얼굴……, 나, 복아의 얼굴이었다!

나는 믿을 수가 없어서 손을 내밀어 내 뺨을 어루만져 보

았다.

진짜다!

나의 얼굴은 완벽하게 돌아왔다. 흉터는 조금도 찾아볼 수 없었다. 희, 그는 도대체 어떻게 나의 얼굴을 되찾아 준 것일까? 그의 의술은 어느 경지에 이르렀단 말인가!

납란민이 미소를 지어 보였다.

"이제 보니 복아 공주께서는 절세의 미모를 지니고 계셨군요."

기운은 나의 얼굴을 한참 동안 바라본 후 아무 말 없이 방을 떠났다. 납란민은 난처한 듯 웃으며 뒤쫓아 나갔고, 방 안에는 나와 희만이 남았다. 희는 마치 깊은 생각에 빠진 듯 고개를 기울이고 나를 바라보았다.

나는 이상하게 여기며 그에게 물었다.

"왜 그러십니까?"

그가 들고 있던 얇은 천을 내려놓으며 말했다.

"그 평범한 얼굴은 그대의 뛰어난 풍격에 전혀 어울리지 않는 것이었소."

"저를 칭찬하는 건가요, 깎아내리는 건가요?"

희는 아무 말도 하지 않고 탁자 쪽으로 성큼성큼 걸어간 후, 차 한 잔을 따라 마치 맛을 음미하듯 한 모금을 마셨다.

"그대가 원하는 것을 주었으니 이제 그대의 약속만이 남았소."

"안심하세요. 약속한 것은 반드시 지킵니다. 그저 시간 문제일 뿐입니다.”

나는 고개를 돌려 그의 옆모습을 바라보았다.

“이제 저는 욱나라로 가야겠습니다.”

그는 손에 들고 있던 용이 새겨진 옥 찻잔을 손가락으로 돌려 감상하며 말했다.

“의심을 피해야 하니 이번에는 그대들이 먼저 욱나라로 떠나시오. 나는 며칠 후에 뒤따라가겠소.”

나는 의혹이 담긴 눈빛으로 그를 바라보며 물었다.

“그대들? 저와 누구를 말하는 건가요?”

“그대와 납란민이오.”

희가 용이 새겨진 옥 찻잔을 탁자 위에 힘껏 내려놓자 물이 넘쳐 쏟아졌다.

“연성과 거래를 하려면 반드시 상당한 신분의, 믿을 수 있는 사람이 그대와 함께 욱나라로 가야 하오. 지난 며칠간 나와 초청왕은 상의를 하였소. 초청왕이 금릉을 떠난다면 사람들의 의심을 사게 될 것이오. 이래저래 고민해 본 결과 납란민이 가장 합당하다고 결정하였소.”

나의 얼굴에서 미소가 점점 사라져 갔다. 나는 탁자 위의 옥 빗을 들어 머리카락을 빗어 내리기 시작했다.

“정치에 관심이 많은 듯하군요.”

“내 인생에 가장 중요한 세 사람이 있소. 첫 번째는 모친, 두 번째는 부친, 세 번째는 형님이오. 모친과 부친께서는 이미 세상을 떠나셨으니, 유일하게 형님만이 남았소. 그러니 나는 내가 할 수 있는 모든 힘을 다해 형님을 도울 것이오."

나는 그제야 연희가 연성을 진심으로 존경하고 있다는 것을 깨달았다. 연성을 향한 그의 감정은 순수한 형제간의 우애였다. 나는 그동안 잊고 있었다. 오랫동안 이토록 순수한 동기간의 정을 보지 못했기 때문이다.

납란가에서 형제간에 서로를 잔혹하게 해하는 모습을 너무 많이 보았기 때문일까?

"이토록 오랜 시간 동안, 연성과 계속 연락을 했나요?"

"그렇소. 계속 서신 왕래를 했소. 그대가 복아 공주라는 것을 알았을 때, 나는 진심으로 놀랐다오. 형님께서 편지에 그대를 수차례 언급하셨기 때문이오. 나 역시 그대를 늘 만나 보고 싶었으나 기회가 없었소. 그런데 지금, 이렇게 만나고 보니 형님께서 그대를 여전히 마음에 두고 계신 이유를 알 것 같소. 나는 그대가 형님의 원대한 계획에 큰 도움이 되리라 믿고 있소."

희가 잠시 말을 멈춘 후 다시 말을 이었다.

"그러나, 만약 그대가 형님에게 또다시 상처를 준다면 나는 그대를 결코 용서하지 않을 것이오."

하루 아침에 간택녀가 되다

열흘 전의 깊은 밤, 나와 납란민은 몰래 성을 빠져나와 비밀리에 욱나라로 향했다. 나와 마차 안에 마주앉아 있는 납란민의 눈가에는 망설임, 그리고 옅은 근심이 담겨 있었다.

나는 조금 전 길가의 행상에게서 산 신선한 배 하나를 그녀에게 건네었다.

"기운과의 이별이 아쉬우세요?"

그녀는 미소를 지으며 배를 받아 손으로 닦아 내고는 한 입 베어 물었다. 그러나 여전히 아무 말도 하지 않았다. 그저 천천히 씹기만 할 뿐이었다.

"그가 미우십니까? 자신의 야심을 위해 왕비님을 위험한 욱나라로 보냈잖아요."

그녀에게 작은 목소리로 던진 물음은 나의 아픈 부분이기도 했다. 기우 역시 나를 그렇게 대하지 않았던가.

"그와 혼례를 치르던 날부터 저는 알고 있었습니다. 그를 위해 제가 모든 것을 희생하길 선황께서는 바라신다는 걸요. 그리고 지금은 좋은 기회지요. 아닌가요?"

그녀는 다시 배를 베어 물었다.

"그는 단 한 번도 황위를 원한 적이 없었습니다. 그러나 지금의 황제는 그가 사랑하던 부황을 시해했고, 그는 그것을 용서할 수 없었지요. 그래서 그는 부황을 위해 복수를 맹세하게 된 것입니다."

나는 차가운 웃음을 터뜨렸다. 처량한 웃음이었다.

"그렇다고 꼭 여인을 희생시켜야 하는 것입니까?"

"그를 위해서 저는 기꺼이 그렇게 할 수 있습니다."

천천히 고개를 숙인 납란민이 손에 든 배를 한참 동안 바라보다가 말을 이었다.

"기운이 제게 말했습니다. 그는 당신을 보는 게 두렵다고요. 당신과 그의 모비가 많이 닮았기 때문이지요. 저는 알고 있습니다. 그가 당신을 만나는 걸 두려워하는 것은 자신을 제어하지 못하고 당신을 사랑하게 될까 봐, 그리고 제게 미안해서라는 것을요."

나는 탄식하였다.

"기운은 오직 당신만을 사랑하고 있습니다. 그렇지 않다면 그날 저를 버리고 당신을 쫓지 않았겠지요. 그의 마음속에서 저는 그저 그의 모친의 그림자에 불과합니다. 불이 꺼지고, 달이 사라지고, 해가 지고 나면 그림자도 그의 마음속에서 사라지게 될 것입니다. 당신이야말로 그의 마음속에서 가장 소중한 사랑입니다."

고개를 들어 나를 바라보는 납란민의 눈에는 흐릿한 눈물이 어려 있었다. 그 슬픈 모습이 보는 이의 마음을 더욱 흔들리게 했다. 그녀는 살짝 미소 지으며 말했다.

"고맙습니다."

나는 아무 말도 하지 않고 한 손으로 창문 휘장의 끝자락을 걷어 내고 바깥 풍경을 바라보았다. 그때 갑자기 떠오른 생각에 나는 입을 열어 물었다.

"혼례를 치른 지도 이미 몇 년이나 지났는데 왜 아기가 없습니까?"

납란민의 안색이 어두워졌다.

"그는 지금은 아기를 가질 수 없다고 합니다. 아기가 생기면 그의 마음이 분산될 것이고, 안심하고 그의 계획을 진행할 수 없기 때문이지요. 더욱 걱정되는 것은, 만약 계획이 실패했을 경우 아이까지 연루된다는 것이지요. 저는 그를 이해합니다. 그래서 반대하지 않았지요. 저는 기다릴 수 있습니다. 제가 그를 위해 아기를 낳을 수 있는 그날을 말입니다. 그러나 만약 그날이 오지 않는다면, 저는 그와 함께 황천길로 떠날 것입니다."

그녀의 말을 듣자 마음이 흔들렸다.

그렇다면 기우는 왜 내가 아기를 갖지 못하게 한 걸까? 그는 내가 아기를 영원히 갖지 못하게 할 정도로 독한 마음을 품었다. 내가 그의 황위에 영향을 주게 될 것이 두려웠던 것일까? 아니면 처음부터 나와는 아기를 갖고 싶지 않았던 것일까? 나 역시 납란민처럼 기우와 생사를 함께할 수 있었다. 그러나 그는 내게 기회를 주지 않았고 내게 상처만을 안겨 주었다.

"만약 약속을 지키지 않는다면 이 생에서 그대를 더 이상 마주하지 않겠어요."

나는 내가 한 말을 똑똑히 기억하고 있었다. 그러나 그는 내게 기회를 주지 않았고, 심지어 우리의 사랑을 짓밟아 버렸다. 우리의 사랑이 변해 버린 지금, 굳이 힘들게 당초의 서약을 지킬 필요가 있겠는가?

"공주님, 희가 말하길 지금 욱나라에서는 삼 년마다 한 번 있는 간택이 진행 중이라고 합니다. 태감총관 백복白福을 찾아가 상당한 양의 재물을 바치면 간택녀가 될 수 있을 거라고 하더군요. 단지 걱정되는 것은 만약 황제를 뵙고 저희가 이곳에 온 이유를 밝혔을 때, 그가 저희를 첩자로 알고 붙잡아 두지 않을까 하는 것입니다……."

납란민은 걱정스러운 듯 눈썹을 찌푸렸다.

나는 곧바로 그녀를 위로하며 말했다.

"왕비님, 안심하세요. 확신이 없었다면 저 역시 이런 위험을 감수하지 않았을 것입니다."

그녀의 걱정도 이해가 갔다. 저 먼 곳에서 사랑하는 남자가 그녀가 돌아오기만을 기다리고 있지 않은가. 그녀는 나와는 달랐다. 내게는 아무것도 남아 있지 않았기에 나는 얼마든지 이런 도박을 할 수 있었다. 설령 나의 목숨으로 그 대가를 치른다 해도 아깝지 않았다.

유시[26] 무렵, 우리는 안전하게 변경에 도착했다. 듣자 하니, 간택녀를 뽑는다는 소식에 온 변경이 떠들썩했고, 간택녀가 되기 위해 수많은 평민 여인들이 어떻게든 돈을 모아 백복에게 뇌물을 주고 있다고 했다. 그녀들이 이렇게 큰 희망을 품는 이유는 연성의 후궁 자리가 텅텅 비어 있기 때문이었다. 황후를 제외하고는 사비四妃로는 아무도 봉해지지 않았고, 구빈九嬪의 자리도 오직 두 명의 여인만이 봉해져 있을 뿐이었다. 게다가 황제에게는 아직 자식이 없었다. 그렇기에 이토록 많은 여인들이 입궁을 하고 싶어 하는 것이다. 하루 아침에 봉황이 되려는 꿈을 꾸고 있는 것이다.

그러나 그녀들은 화려함만을 볼 뿐, 그 화려함 뒤에 숨겨져 있는 피비린내, 잔혹함, 처량함은 생각지도 못하고 있었다. 아무리 젊고 아름다운 후궁도 총애를 잃은 선례가 역사상 수두룩하지 않은가? 게다가 천하의 미인들이 모두 모인 후궁에서 그녀들은 어찌 자신만이 돋보일 수 있다고 장담한단 말인가?

나와 납란민은 제독관아에 도착했다. 간택녀를 뽑는 기간에는 백복 환관이 이곳에 머무는데, 매일같이 이 문턱을 넘는 수많은 이들로 인해 문턱이 닳아 없어질 지경이었다. 그리고 지

---

26 오후 5시~7시.

금도 이곳을 찾은 수많은 이들이 끝없이 긴 줄을 서 있었다.

나는 통보를 전담하는 관아의 심부름꾼에게 금괴 하나를 건네주었고, 그는 재빨리 우리를 안으로 들여보내 주었다.

우리는 우아한 작은 방에서 백복과 만났다. 방 안에는 옅은 연지 향기가 풍겼고 불이 밝혀져 있지 않았다. 오직 밝은 달빛이 방 안을 비추고 있을 뿐이었다. 납란민이 진귀한 보석으로 가득한 큰 상자를 꺼내어 탁자 위에 올려놓자 처음에는 냉담하던 백복의 눈빛이 반짝반짝 빛을 발하였다. 그가 어두운 방 안에서 반짝이며 빛을 발하고 있는 보석을 손끝으로 어루만지며 조용히 물었다.

"두 분 아가씨, 이것은……?"

"그저 간택녀 목록에 두 이름만 더해 주시면 됩니다."

나는 소매에서 종이 한 장을 꺼내어 그에게 건네었다. 그 안에는 '복아'와 '다라'라는 두 이름이 쓰여 있었다.

"태감께는 아주 간단한 일이겠지요. 그렇지 않습니까?"

그는 탐욕스럽게 보석을 훑어보며 연신 고개를 끄덕이며 "예."라는 말을 연이었다. 나와 납란민은 서로 눈을 마주보며 만족스러운 미소를 지었다. 입궁하기가 이토록 간단하리라고는 생각지도 못했다. 연성은 어찌 이리도 탐욕스러운 소인배를 태감총관으로 두고 있단 말인가?

궁궐은 높고 웅장했다. 바닥에는 낙화가 가득했고, 공기 중에는 버들솜이 흩날리고 있었으며, 수많은 꽃들이 특유의 아름다움을 뽐내고 있었다.

수많은 간택녀들은 황제의 곁에서 시중을 드는 대시녀大侍女 난란과 유초에게 이끌려 저수궁儲秀宮에 머물게 되었다. 수년 만에 두 사람을 다시 보니, 처음 그녀들을 만났을 때 그녀들의 눈 안에 가득하던 순진함과 천진함은 더 이상 찾아볼 수 없었다. 아마도 이 궁궐이 그녀들의 천진무구함을 앗아 갔으리라.

난란은 작은 족자를 들고 간택녀들의 이름과 그들이 머물 곳을 읽다가 '다라, 복아'라는 부분에서 미간을 찌푸렸다. 그녀는 다시 한 번 그 이름을 읽었다.

"복아."

나와 납란민이 얼마 남지 않은 간택녀들 가운데에서 일어났다.

"저희들입니다."

유초가 갑자기 손을 뻗어, 두려워하며 나를 가리켰다.

"당……, 당신……."

"저는 이번에 간택을 위해 입궁한 복아, 그리고 이쪽은 저의 언니 다라입니다."

나는 급히 그녀의 말을 막고, 눈빛으로 곁에 수많은 이들이 있음을 알렸다. 유초는 도저히 믿을 수 없다는 듯 나를 위아래로 훑어보았다.

그녀에 비해 난란은 훨씬 냉정한 모습이었다. 그녀가 침착하게 말했다.

"너희 둘은 이곳에 묵어라."

우리는 방 안으로 함께 들어왔고, 문을 다 닫지 않고 작은 틈을 남겨 두었다. 한 잔차의 시간도 지나지 않아 난란과 유초가 조심스레 들어왔다. 그녀들은 나를 보자마자 한걸음에 달려와 나를 꼭 껴안으며 말했다.

"아씨, 돌아오셨군요!"

나는 그녀들의 갑작스러운 환영에 어쩔 줄 몰라 했고, 곁에 있던 납란민은 처음에는 당황한 듯했으나 이내 입을 가리고 가볍게 웃었다.

나를 유난히 힘껏 안은 유초가 말했다.

"저는 다시는 아씨를 뵙지 못할 줄 알았답니다."

난란 역시 계속해서 고개를 끄덕이며 말했다.

"아씨, 도대체 왜 도망치셨어요?"

"연성이 약속을 지키지 않고 나를 책봉하려 하였기 때문이다."

그녀 둘은 서로 마주보며 동시에 입을 열었다.

"폐하께서는 단 한 번도 아씨를 책봉하시겠다고 말씀하신 적이 없으셨습니다!"

나는 그 자리에 얼어붙었다.

아니라고? 그럼 영수의가……?

알고 보니 내가 속았던 것이다. 자조 섞인 웃음이 터져 나왔다.

오해였을 거라고는 생각지도 못했다. 이 오해로 인해 나는 참으로 끔찍한 일을 겪어야 했다. 만약 이 오해만 없었다면 나는 여전히 소양궁에 머물고 있을 테고, 얼굴이 망가지지도 않았을 것이며, 운주의 끔찍한 죽음을 목격하지도 않을 수 있었을 것이다. 또한 기성을 해하지도 않았을 것이고, 무엇보다……, 가장 사랑하는 이에게 이용당하지도 않았을 것이다. 이 모든 것이 전부 영수의로 인해 벌어진 일이었다!

"아씨, 욱나라에 오신 것은 폐하를 뵙기 위해서이지요? 제가 지금 당장 폐하께 알리겠습니다. 폐하께서는 분명……."

유초가 곧바로 밖으로 달려나가려는 것을 내가 급히 불러 세웠다.

"기다려라! 연성을 만나기 전에 너희들이 한 가지 일을 도와줘야겠다."

술시, 세상은 고요했고 먹구름이 달을 가리고 있었다.

어두컴컴하던 황후전 안에 밝은 빛이 비침과 동시에 날카로운 소리가 울려 퍼졌다.

나는 황후전 밖으로 달려나오며 큰 소리로 웃었다. 조금 전, 나를 보았을 때의 영수의의 표정을 떠올리니 통쾌하기 그지없었다.

나는 난란과 유초에게 황후전 밖을 지키는 시위와 궁녀들을 유인하게 하고, 몰래 영수의의 침궁 안으로 들어가 깊이 잠이 들어 있는 그녀의 귓가에 대고 원한이 가득 담긴 목소리로 말했다.

"영수의, 내 목숨을 돌려 다오."

놀란 그녀는 곧바로 잠에서 깨어났고, 나를 본 후 비명 한 번 지르지 못하고 그 자리에서 혼절하고 말았다. 그 순간, 나는 칼을 들어 그녀의 목숨을 빼앗고 싶은 마음이 간절하였다. 그러나 내 이성이 말하고 있었다. 충동적으로 행동하면 안 된다고.

내가 욱나라에 온 목적은 영수의를 죽이는 것이 아니라 나라 수복이었다. 게다가 영수의를 제거할 수 있는 기회는 앞으로도 언제든지 있었다. 내가 연성의 귓가에 대고 연윤과 그녀의 간통 사실을 넌지시 알리기만 하면 그녀는 끝장나게 될 것이다.

나는 숨을 몰아쉬며 황후전 밖에 있는 작은 호숫가로 다가갔다. 수면에 비친 닭 피로 그린 얼굴의 혈흔을 보자 나 자신조차 크게 놀라고 말았다. 영수의가 놀라 혼절해 버린 것이 이해가 되었다.

나는 맑은 물로 혈흔을 닦아 내기 시작했다. 그렇게 여러 번을 세수하여 얼굴에서 피의 흔적이 모두 사라진 후에야 안심하고 몸을 일으켰다.

고개를 돌리자 검은 그림자가 눈에 들어왔다. 나는 깜짝 놀라 몇 발짝을 뒷걸음질 치다 그만 발을 헛디뎌 호수에 빠지고 말았다. 풍덩 하는 소리와 함께 물보라가 일었고, 나는 발버둥 치며 꽤 많은 양의 물을 마신 후에야 몸을 제대로 고정할 수 있었다.

내가 미처 정신을 제대로 차리지 못하고 있는데 아까의 그림자가 물속으로 뛰어 들어왔고, 다시 커다란 물보라가 일었다. 그는 나의 몸을 단단히 붙잡고 나를 안아 올렸다.

나는 억지웃음을 터뜨리며 나처럼 물에 빠져 생쥐 꼴이 된 연성을 바라보았다.

"저도 수영할 수 있어요."

나의 말에 연성은 웃지도 울지도 못하는 표정을 지었다. 그의 아름다운 눈은 무겁게 가라앉아 있었다.

"기나라에서는 그대를 찾기 위해 사방천지를 샅샅이 뒤지고 있다고 하던데, 그대가 욱나라에 와 있을 줄은 생각지도 못했소."

나는 일부러 편안한 미소를 지어 보이며 얼굴 위의 물방울을 대충 닦아 낼 뿐 아무 말도 하지 않았다. 연성은 더 이상 아무 말도 하지 않고, 그저 나를 이끌고 호수 밖으로 올라왔다. 흠뻑 젖은 우리의 몸에서 물방울이 뚝뚝 떨어지고 있었다. 참으로 우스운 모습이었다.

나뭇가지 끝의 붉은 살구꽃은 바람과 이슬 속에서 꽃을 피웠으나 버드나무는 이미 말라 시들어 있었다. 광활한 호수와 푸른 하늘은 맑았고, 여러 빛깔의 꽃구름은 호수 가운데 반짝였다.

연성이 나와 함께 쓸쓸한 오솔길을 천천히 걸으며 물었다.

"황후전에 여자 귀신이 나타났다고 하던데 그 귀신이 그대였소?"

가벼운 웃음이 나의 입가에서 흘러나왔다.

"당신만큼 저를 잘 아는 사람은 없군요."

"그대가 원래의 모습을 되찾을 수 있을 줄은 생각지도 못했소. 그대의 얼굴을 되찾아 준 이는 분명 대단한 의술 실력을 갖고 있겠군."

그가 낙엽을 밟자 바스락거리는 소리가 들려왔다.

"그와 싸운 것이오?"

그의 말은 조금도 우습지 않았다. 차라리 그의 말대로 싸운 것이라면 간단할 것이다.

"어디서부터 이야기를 시작해야 할지 모르겠어요."

연성은 더 이상 캐묻지 않았다. 그저 버드나무를 지날 때, 손에 닿는 대로 버들잎을 꺾은 후 손가락 끝으로 만지작거릴 뿐이었다.

"욱나라에는 무슨 목적으로 온 것이오?"

"당신에게 소개시켜 줄 사람이 있어요. 납란기운의 왕비예요."

그는 묵묵히 나의 말을 기다리고 있었다. 그래서 나는 말을 이었다.

"기나라의 황좌는 원래 그의 것이었어요. 그리고 지금 그에게는 그를 뒷받침해 줄 세력이 필요하지요. 그는 당신과 협력하길 바라고 있어요."

"지금 자신이 무슨 말을 하고 있는지 알고 있소?"

연성의 목소리는 여전히 평소와 다를 바 없었다.

"그대는 나에게 납란기운과 연합하여 납란기우를 황위에서 끌어내라 하고 있소. 나는 그대가 그를 사랑한다고 생각했소.”

나의 발걸음이 순간 멈추었으나 이내 그의 걸음을 뒤쫓았다.

“저는 당신들 사이의 원한에는 간섭하고 싶지 않아요. 저는 오직 나라를 되찾기를 바랄 뿐이에요. 아무리 큰 대가를 치러야 한다 해도요.”

“나라를 되찾고 싶다면 납란기우에게도 그 힘이 있잖소? 게다가 그대가 입을 열기만 하면 나 역시 지금이라도 당장 하나라로 병사들을 보낼 것이오. 승리하든 패배하든 아쉬울 것이 없소.”

다시 한 번 제자리에 멈춘 나는 더 이상 앞으로 나아갈 수 없었다.

“욱나라와 하나라는 이미 기나라에 속해 있어요. 만약 당신이 무턱대고 하나라로 군대를 보낸다면 당신의 야심을 공공연히 드러내는 것과 다름없어요. 기나라는 절대 당신이 하나라를 삼키는 것을 보고만 있지 않을 거예요. 음산 전투 때처럼 병사들을 보내어 하나라를 도울 거예요. 그러니 하나라를 멸하기 위해서는 먼저 납란기우부터 제거해야 해요. 그 이치를 당신이 모르지 않으리라 생각해요.”

연성의 발걸음 역시 멈추었다. 그의 얼굴에는 여전히 아름다운 미소가 걸려 있었다.

“그대와 납란기우 사이에 무슨 일이 있었는지는 알 수 없으나 더 이상 묻지 않겠소. 그대가 욱나라에 온 이상 나는 그대를 보호할 것이오.”

그의 듣기 좋은 목소리가 내 귓가로 전해졌다.

"이번에는 그대를 내 곁에 두고, 절대로 보내지 않겠소."

나는 계속 그의 옆얼굴을 바라보았으나 그의 시선은 먼 곳을 향하고 있었다. 그의 마음을 헤아릴 수 없어서 나는 오랫동안 침묵하였다.

세상에 오직 바람 소리와 나뭇잎이 스치는 소리만이 남았을 때, 나는 마침내 결심했다.

"좋아요."

연성은 여전히 나를 바라보지 않았다.

"정말 곰곰이 생각한 것이오? 평생이오."

나는 확신하며 고개를 끄덕였다.

"그래요. 평생."

그의 입가에 한 가닥 미소가 걸렸고, 그 미소는 참으로 매혹적이었다. 그러나 그 미소 뒤에는 쓸쓸함이 숨겨져 있었다.

나는 연성에게 가책을 느끼고 있었다. 그가 내게 네 해 만에 나라를 되찾아 주겠다고 했던 그 순간부터 나는 그에게 빚을 지고 있었다.

해와 달과 별의 진비

봉황 문양이 새겨진 커다란 청동 향로에서 피어오른 옅은 연기가 궁 안을 가득 채우고 있었다. 황금빛 비단 휘장이 황금 고리에 걸려 있었고, 상서로운 용과 봉황의 비단 이불이 침대 위에 깔려 있었다. 나는 넋을 놓은 채 바닥의 금빛 벽돌만 가만히 바라보고 있었다.

사흘 전의 간택일, 원래는 황제와 황후가 함께 자리해야 했으나 수일 전에 귀신을 본 황후는 너무 놀라 앓아 누운 뒤 며칠 내내 침상에 누워만 있었다. 결국 황후는 자리에 참석하지 못했다.

나는 속으로 쾌재를 불렀다. 만약 그녀가 참석하여 나를 본다면 또 어떤 소동이 일어날지 알 수 없었기 때문이다.

그날 연성은 나를 비로 봉하였고, '진辰' 자를 하사했다. 나는 당시 대전 안에 있던 수많은 이들이 놀라 숨을 들이켜는 소리를 들을 수 있었다. '진' 자는 해와 달과 별을 의미하였고, 하늘과 나란히 그 이름을 올릴 수 있는 글자였으며, 황제와 한곳에 있음을 뜻하고 있었기 때문이다.

그는 또한 두 명의 빈嬪을 책봉하였으며, 수십 명의 답응答應[27]을 세웠다. 약 천 명에 가까운 간택녀 가운데 그는 스무 명도 되지 않는 이들을 후궁으로 맞아들였다. 이는 제왕으로서는 매우 흔치 않은 일이었다.

납란민도 답응 가운데 한 명이었다. 나는 연성의 속내를 알 수 있었다. 그는 납란민을 이곳에 남겨 기운을 견제하려는 것이었다. 기운이 그의 도움으로 황위에 오른 후에 생각을 바꿔 욱나라를 공격하지 못하도록 말이다.

기운 역시 예상하고 있었으리라. 그럼에도 불구하고 그는 자신의 계획을 위해 사랑하는 여인을 인질로 내어 준 것이다. 그는 혹시라도 납란민이 다치게 되는 것이 두렵지 않았을까? 원한과 권력욕은 사람의 두 눈을 멀게 하여, 사랑하는 이를 이용하는 것조차 서슴지 않게 하는구나.

내가 냉소를 금치 못하자 유초와 난란의 시선이 내게로 향했다.

"마마, 웃으시는 모습이……, 이상하십니다."

---

27 중국 황실의 후궁 가운데 가장 낮은 지위로서. 그 인원수 역시 제한되어 있지 않았다. 답응이 황제의 총애를 받기는 무척 어려웠다.

나는 그녀들의 말에 답하지도, 그녀들을 바라보지도 않은 채 여전히 바닥의 문양을 응시하고 있었다.

연성은 그녀들을 다시 나의 시녀로 보내 주었고, 삼 년 동안 비어 있던 소양궁을 다시 나에게 하사하여 침궁으로 쓰도록 해 주었다.

그리고 오늘 밤은, 황제와의 첫날밤이었다.

봉황 탁자 위에는 비상하는 용 모양의 초와 날아오르는 봉황 모양의 초가 놓여 있었는데 그 촛불이 흔들리는 것이 마치 흐르는 구름과 같은 모습이었다. 나는 멍하니 그 모습을 바라보고 있었다.

"무슨 생각을 하고 있소?"

연성의 나지막한 목소리를 들은 후에야 나는 정신을 차렸다.

난란과 유초는 보이지 않고, 침궁의 붉은 문은 굳게 닫혀 있었다. 그리고 담황색의 용포를 입은 연성이 내 곁에 앉아 나의 손을 잡고 있었다.

"복아, 참으로 오랜 시간 동안 기다려 왔소. 드디어 그대가 나의 아내가 되었구려."

나는 고개를 숙인 채 내 손을 잡고 있는 그의 손만 바라볼 뿐 아무 말도 하지 않았다.

"만약 그날, 하나라의 정변이 없었다면 그대는 벌써 나의 아내가 되었을 것이오. 나 역시 황명을 받들어 영수의를 아내로 맞이하지 않았을 것이며, 이 황위 역시 빼앗지 않았을 것이오. 또한 그대 역시 그토록 많은 고생을 하지 않아도 되었을 것이오."

　담담하게 지난 몇 년간의 일을 몇 마디 말로 담아 내는 그의 목소리에는 그의 마음이 사무쳐 있었다. 나는 고개를 들고 그와 눈을 마주하며 말했다.

　"또한 제가 납란기우의 황비가 되지도 않았겠지요."

　그는 순간 멍해졌고, 복잡한 표정을 지었다. 나의 미소는 양 보조개로 점차 번져 갔다.

　"저는 그의 여인입니다."

　갑자기 나를 끌어안은 연성이 단단한 두 팔로 나의 가는 허리를 감싸 안고 내 귓가에 조용히 말했다.

　"상관없소, 그대가 내 곁에 있기만 하다면."

　그의 목소리는 메어 있었고, 그의 입술이 나의 귓불을 살포시 물었다. 그의 농염한 호흡이 나의 뺨에 느껴졌다.

　촘촘한 입맞춤이 내 입술 위로 떨어졌고, 빈틈 없이 포개진 그의 입술이 나의 호흡을 앗아 가며 소유의 낙인을 찍었다. 연성의 손이 조심스럽게 나의 옷을 한 겹 한 겹 벗겨 나갔다. 내 나체가 그의 앞에 드러나자 그의 눈빛은 뜨겁게 변하였고, 호흡은 점점 무겁고 거칠어졌다. 나는 고개를 살짝 돌려 그의 이글거리는 눈빛을 피했다.

　연성이 나를 침대 위에 내려놓자 차갑지만 부드러운 비단이 피부에 닿아 닭살이 돋았다. 그의 뜨거운 입술이 나의 온몸을 훑었고, 입맞춤이 점점 깊어질수록 우리의 혀는 점차 뒤엉켰으며, 나의 머리카락은 베개 위로 흩어졌다. 나는 침대 휘장을 응시한 채 그가 나의 몸을 탐색하도록 내버려 두었다.

그가 언제 용포를 벗었는지 그의 타오르는 알몸이 나와 뒤엉키기 시작했다. 그의 손끝이 나의 아랫배를 어루만지더니 점차 아래쪽으로 향했다. 낯선 정욕에 나는 두 눈을 감고 그를 보지 않았다. 그의 하반신의 강렬한 변화가 느껴졌다. 그는 낮은 목소리로 나를 부르고 있었다.

"복아……."

이 순간, 나의 머릿속에 또렷한 기억이 떠올랐다.

'황위를 차지하려면 반드시 그대와 맞바꾸어야 하오. 그런 황위, 나는 필요 없소.'

'죽는 날까지 그대를 사랑할 것이오. 이번 생은 물론이고 다음 생에서도 그대와 함께함을 결코 후회하지 않을 것이오.'

'나 납란기우, 절대 그대의 사랑을 배신하지 않겠소!'

한 마디 한 마디가 마치 내 귓가에서 울리는 듯 생생했다.

연성이 내 몸 위에서 움직임을 멈추고 손가락 끝으로 내 뺨을 어루만졌다. 나는 그제야 내가 눈물을 흘리고 있다는 것을 깨달았다. 나는 감히 눈을 뜨고 연성을 볼 수 없었다.

내 몸 위에서 무게감이 순식간에 사라지고, 연성이 옷을 입는 바스락거리는 소리가 또렷하게 들려왔다. 한참이 지나고, 그의 목소리가 내 귓가로 전해져 왔다.

"나는 그대에게 강요하지 않을 것이오. 기다릴 수 있소. 그대가 나를 받아들일 그날까지 기다리겠소."

그의 말이 끝나고 발소리가 점차 멀어져 갔다. 문이 열리고 닫히는 소리가 나의 마음을 호되게 때렸다.

　나는 왜 눈물을 흘리고 있을까? 연성에게 모든 것을 줄 준비가 되어 있었는데, 그래야만 더 이상 기우를 생각하지 않을 수 있을 텐데 설마 지금도 나는 그를 포기하지 못하고 있는 걸까?

　나는 침상 위의 얇은 비단 이불을 끌어와 내 벌거벗은 몸을 단단히 둘렀다. 나는 밤새도록 잠을 이룰 수 없었다.

　다음 날, 나는 관례대로 황후전에 가서 인사를 올려야 했다. 지난 며칠 동안은 가능한 한 영수의를 피해 왔으나 영원히 피할 수는 없었다. 나는 황후전으로 향할 모든 준비를 마쳤다. 영수의의 병은 호전되어 이미 예전과 같은 국모로서의 풍모를 회복했다고 했다.

　"신첩, 황후마마께 인사 올립니다."

　내가 예를 갖춰 인사를 올리자 영수의의 온화한 목소리가 들려왔다.

　"진비는 그렇게까지 예의를 차릴 필요 없네. 일어나게."

　"성은이 망극하옵니다, 황후마마."

　나는 고개를 들고 미소 지으며 영수의를 바라보았다. 단정하고 부드럽던 그녀의 미소가 나를 본 순간 창백하게 변했고, 혈색도 순식간에 사라졌다. 나는 그녀의 달라진 모습을 못 본 척하며 향긋한 철관음鐵觀音을 들어 그녀에게 공손히 바쳤다.

　"마마, 차를 드시지요."

“너⋯⋯.”

온몸을 부들부들 떨고 있는 그녀의 이마에서는 식은땀이 배어 나오고 있었다.

“너희들은 모두 물러가거라.”

간신히 제정신을 찾은 영수의가 그곳에 있는 궁녀와 환관들을 모두 밖으로 내보냈다. 두 손으로 찻잔을 들고서 나는 십여 명이 내 곁을 지나 밖으로 나가는 모습을 바라보았다.

영수의는 그들이 바쁘게 물러가는 모습을 바라보며, 참지 못하고 소리를 질렀다.

“죽지 않았구나!”

나는 영수의에게 바쳤던 차를 탁자 위에 올려놓았다.

“황후마마 덕분에 신첩 이렇게 잘 살아 있습니다.”

그녀는 여전히 믿지 못하겠다는 듯 나를 위아래로 훑어보았다.

“어떻게⋯⋯, 내가 분명 너의 얼굴을⋯⋯. 도대체 어떻게⋯⋯?”

그녀는 계속해서 같은 말을 중얼거렸고, 곧 무언가를 깨달은 듯 말하였다.

“그날 밤, 황후전의 귀신이 너였구나! 배짱도 좋구나, 감히 귀신으로 변장하여 나를 놀라게 하다니!”

“황후께서 부끄러운 짓을 하지 않으셨다면 어찌 신첩 때문에 그렇게 놀라셨겠는지요.”

나는 여유로운 모습으로 의자에 앉아 찻잔을 들어 한 모금을 들이켰다. 그리고 점점 굳어 가는 그녀의 얼굴을 만족스러운 얼굴로 바라보았다.

"황후마마, 잘 알아 두십시오. 당신과 연윤의 목숨이 바로 제 손안에 있습니다. 당신들이 분수에 맞게 조용히 지낸다면 저는 결코 당신들을 곤란하게 하지 않을 것이며, 저의 얼굴에 상처를 낸 일 역시 추궁하지 않을 것입니다."

영수의의 눈빛이 차가워졌다.

"지금 나를 협박하는 것이냐?"

나는 미소 지으며 입을 열었다.

"그럴지도요! 그렇다면 제 협박을 받아들이시겠습니까?"

그녀의 눈빛에 살기가 번져 갔다.

"나는 언제든지 너를 죽일 수 있다!"

나는 조금도 두려워하지 않고 그녀의 눈빛을 똑바로 마주보며 말했다.

"총명하신 황후께서 그렇게 어리석은 행동을 하실 리 없지요."

그 말에 생각에 빠진 듯 영수의의 얼굴 위에서 살기가 점점 사라져 갔다. 이윽고 평소의 모습을 되찾은 그녀가 아름다운 눈을 굴렸다.

"네 말이 맞다. 그런 어리석은 짓, 나는 하지 않을 것이다."

내가 욱나라에 온 지도 어느새 넉 달이 되었고, 궁 안에는 나에 대한 말들이 오가고 있었다. 어떤 이들은 내가 황제의 총애를 받고 있다고 했다. 연성이 매일 소양궁으로 나를 찾아오기 때문이었다. 그러나 어떤 이들은 내가 황제의 관심조차 얻지 못하고 있다고 했다. 연성이 단 한 번도 소양궁에서 침소에든 적이 없기 때문이었다.

나는 담담하게 모든 이들의 비판과 관찰을 받아들였다. 후궁이란 곳이 원래 그렇지 않은가. 그들의 의견이 분분하지 않은 게 오히려 더 이상한 것이리라.

나는 더 이상 황후를 찾지 않았고, 그녀도 더 이상 나를 괴롭히지 않았다.

문제는 태후였다. 나를 본 그녀의 얼굴은 순식간에 얼어붙었고, 많은 비빈들과 궁녀들 앞에서 나의 차를 받지 않은 채분노에 찬 모습으로 나가 버렸다. 그날 이후 연성은 앞으로 태후에게 인사를 올리지 않아도 된다고 말했다. 편안히 소양궁에 거하고 있으면 그 누구도 나를 괴롭히지 않을 것이라고도했다.

요 근래, 나는 수차례 납란민을 찾아갔다. 그녀는 무료한 시간을 보내며 하루 종일 종이 연을 만들거나 자수를 놓고 있었다. 그녀를 찾아갈 때마다 나는 그곳에서 긴 시간을 보내다가왔다. 사람의 마음을 잘 헤아리는 그녀와 이야기를 나누면 마음이 편안해졌기 때문이다.

나는 연성에게 부탁하여 그녀의 처소를 소양궁으로 옮겨 나와 함께 머물 수 있게 해 달라고 하고 싶었으나, 나 역시 그것이 규범에 어긋난다는 것을 잘 알고 있었다. 일개 답응은 소양궁에 머물 자격이 없었다. 그러나 납란민은 그것을 마음에 두지 않고, 오히려 후궁 안의 소문을 피하기 위해서라도 자신이 머무는 곳에 너무 자주 찾아오지 말라고 당부했다.

소양궁의 편원에는 이연호離緣湖라는 작은 호수가 있었다. 그곳은 지난 두 달간 내가 가장 자주 찾은 곳으로, 한 번 그곳으로 향하면 반나절은 앉아 있었다. 그곳에서 나는 고요함을 즐기며 호수가 출렁이는 소리와 온갖 새들이 지저귀는 소리를 듣고, 가을 낙엽이 흩날리는 정경을 바라보았다.

난란이 말했다.

"주인님, 저녁 식사를 하실 시간입니다."

나는 흔들리고 있는 호수 면과 그 위에 비친 아름다운 노을을 바라보고 있었다. 저녁노을이 하늘을 덮자 눈이 부셨다.

"어느새 가을이 깊었구나."

또다시 부황과 모후의 기일이 다가오고 있었다.

다시 침묵이 깔렸고, 나는 자리에서 꼼짝도 하지 않았다. 그때였다.

"폐하를 알현하옵니다."

정신을 차린 나는 연성을 바라보았으나 그에게 예를 갖춰 인사를 올리지는 않았다. 나는 그의 이름을 부르고 그의 앞에서 방자하게 행동하는 것에 익숙해져 있었다.

연성이 내 곁에 앉아 나와 함께 푸른 호수를 바라보았다. 노을이 넘실거리고 있었다.

"가족들이 그리운 거요?"

바람을 타고 날아온 그의 목소리에 내 표정이 어두워졌다. 내가 아무 말도 하지 않는 것을 보고 그가 말을 이었다.

"사흘 후 가을 사냥을 하는데, 나는 그대를 데려갈 생각이오."

"정말이에요?"

나는 반짝이는 눈으로 그의 진지한 표정을 바라보았다. 그가 살짝 미소 지었다.

"그래야 그대가 즐거울 테니 말이오."

내 눈에서 광채가 점점 사라져 갔다.

"연성, 제게 너무 잘해 주지 마세요. 저는 앞으로 그 누구도 다시 사랑할 수 없어요."

그가 말했다.

"지난 두 달 동안 그대는 한 번도 웃은 적이 없소. 나는 그저 그대가 즐겁기만 바랄 뿐이오."

즐거움이 뭐더라? 나는 잊어버렸다. 나의 마음은 사람들에게 받은 상처로 인해 피로 얼룩져 있었고 상처투성이었다. 만약 나라를 되찾아야 한다는 생각이 나를 지탱해 주지 않았다면 나는 벌써 쓰러졌을 것이다. 혁빙과 온정야가 내 앞에서 쓰러졌을 때 나 역시 그들을 따라가고 싶었다. 연성이 나에게 잘해 줄수록 나는 그에게 상처를 주고 싶지 않았다. 사랑하는 이로부터 받는 상처가 어떤 것인지 누구보다 잘 알고 있기 때문이었다.

연성이 갑자기 화제를 바꾸었다.

"날이 어두워지고 있으니, 우리 공명등孔明燈[28]을 날리러 갑시다."

나는 영문을 알 수 없어 그를 바라보았다.

"공명등?"

그가 나의 손을 잡고 끌었다.

"공명등을 날리며 소원을 비는 거라오. 그대의 부황과 모후께서도 하늘에서 보실 수 있을 것이오."

그에게 이끌려 자리에서 일어난 나는 난란과 유초가 공명등을 준비하는 모습을 바라보았다. 한 시진도 지나지 않아 솜씨 좋은 그녀들에 의해 공명등이 완성되었고, 그녀들은 그것을 우리 앞에 가져다주었다. 날은 점점 어두워지고 있었고, 하늘에 가득한 별이 금강석처럼 반짝이자 나의 눈도 함께 반짝였다.

연성이 내게 붓 하나를 건네며 말했다.

"그대의 소원을 적으시오."

나는 붓을 받아 들었으나 손을 움직이지는 않았다. 연성이 들릴 듯 말 듯 한숨을 내쉬더니 붓 하나를 집어 들고 글씨를 써 내려가기 시작했다. 그 모습을 보자 나도 마음이 동하여 이윽고 글을 써 내려가기 시작했다.

부황, 모후! 복아가 어서 나라를 되찾을 수 있도록 도와

---

28 제갈공명이 발명해 낸 등으로, 더운 공기가 위로 올라가는 원리를 이용하여 만든 것이다. 보통 종이로 등갓을 만들며, 하늘로 띄워 보낸다.

주셔요.

　이 글을 쓰고 나자 머릿속을 스치는 생각이 있어 나는 또다시 붓을 들고 다음 행을 써 내려갔다.

**　연성이 하루 빨리 진심으로 사랑하는 여인을 찾길 바랍니다.**

　나는 한숨을 내쉬며 난란에게 붓을 건네주었다.
　"다 썼다."
　유초와 난란은 나의 글을 보고 순식간에 안색이 변했다.
　"주인님……."
　연성도 내 곁으로 걸어와 내가 쓴 글을 바라보았다. 그러나 그는 오히려 옅은 미소를 지었다.
　"그대는 진심으로 나를 생각해 주는군."
　나는 미소 지으며 그의 곁으로 다가가 그의 글을 읽어 보았다.

**　복아가 행복하기를.**

　"행복……."
　어머니조차 될 수 없는 내가 과연 행복해질 수 있을까? 여기에 생각이 미치자 가슴이 아파 왔다.

연성이 횃불을 받아 들고 불을 붙이자 소원을 담은 공명등이 천천히 날아올랐다.

　　나와 연성은 어깨를 나란히 하고 하늘 위로 천천히 날아오르는 공명등을 바라보았다. 깜빡이는 불꽃이 등을 이끌며 흩날리고 있었다. 눈물이 눈가를 흐릿하게 하여 나의 시선을 어지럽혔다.

가을바람을 가르는 백마

늦가을의 푸른 하늘은 높고, 따뜻한 햇빛은 희미한 자색 광선 안으로 스며들고 있었다. 눈을 들어 험준한 산을 바라보니 수목은 울창하고, 녹음은 우거져 있으며, 들판은 황금빛 물결로 물들어 있었다.

연성은 이번 가을 사냥에 나를 데리고 나섰다. 또한 그는 활쏘기에 능한 수백 명의 사냥꾼들을 이끌고 있었다. '백기百騎'라고 불리는 사냥꾼들은 목적지에 도착하자 장막을 치기 시작했는데, 황제의 주 장막을 가운데에 두고 백기들의 장막이 그 주위를 겹겹이 둘러싼 형태였다.

길고 긴 무리 가운데에서 나는 희를 발견했다. 그는 연성과 어깨를 나란히 하고 백마를 타고 있었다. 그 모습이 마치 판박이처럼 닮아서, 눈썰미가 좋은 사람은 그들의 관계를 한눈에 추측해 낼 수 있을 정도였다.

연윤 역시 이번 사냥에 동행했다. 나를 본 순간부터 그의 눈에는 은근한 살의가 가득했기에 나는 연성의 곁에서 한시도 떨어지지 않았다. 그 모습을 보고 희가 무거운 입을 열었다.

"진비와 폐하께서는 잠시도 떨어지지 않으시니, 그 깊은 정이 보는 이들을 부럽게 하는군요."

나는 억지웃음을 지을 수밖에 없었다.

그래, 다른 사람들의 눈에는 분명 나와 연성의 금슬이 좋아 보이겠지. 그 속에 감춰진 관계를 그들이 어떻게 알겠는가? 그저 우리만이 알고 있을 뿐이었다.

백기들이 장막을 다 치고 나니 어느덧 밤이 되어 있었다. 대부분의 이들은 저녁 식사를 마친 후 지쳐 잠이 들었다. 나와 연성은 같은 장막에 머물렀으나 그는 나와 한 침대를 쓰지 않았다. 그는 내게 침대를 양보하고, 자신은 곁 장막에서 촛불을 켜고 책을 보다가 책상에 기대어 잠이 들었다. 위풍당당한 황제가 자신의 비와 침상을 같이 쓰지 않는다니, 그 누가 믿겠는가?

침상에 누워 있던 나는 엎치락뒤치락하며 잠을 이루지 못하였고, 홀로 곁 장막에 있는 연성이 춥지 않을까 걱정이 되었다. 나는 외투를 손에 쥐고 곁 장막으로 몰래 들어섰다. 안에서는 촛불이 흔들리고 있었고, 연성은 책상에 기대어 잠이 들어 있었다.

나는 그의 어깨 위에 외투를 조심스레 덮어 주고는 그가 손에 쥐고 있는 책을 빼내어 책상 위에 올려놓았다.

"왜 이렇게 제게 잘해 주시는 거예요? 제가 보답하지 못할까 봐 겁이 나요."

나는 그를 향해 조용히 말하며 들릴 듯 말 듯한 탄식을 내뱉었다. 그의 곁에 머물면 머물수록 그를 향한 미안함이 더욱 커져만 갔다.

나는 홑겹의 얇은 비단옷만을 입은 채 장막을 걸어 나왔다. 소리 없이 불어오는 산바람에 오동잎이 하나둘 떨어지고 있었다. 나는 상쾌한 산의 공기를 호흡하며 높은 산의 낭떠러지에 서서 또렷하게 보이는 천지를 내려다보다가 고개를 들어 밝은 달을 바라보았다. 그러자 복잡했던 마음이 점차 편안해졌다. 내가 꿈에서 그려 오던 정경이었다. 영원히 이곳에서 지내며 여생을 보내고 싶었다.

"진비마마!"

차갑고 음험한 목소리가 광활한 평지 위에 울려 퍼지며 나의 자유로운 상상을 멈추게 했다. 고개를 돌려 보니 사악한 미소를 짓고 있는 연윤이 보였다. 심장이 빠르게 뛰기 시작했다.

"당신······."

"이 연윤은 참으로 탄복하였습니다. 귀신같은 재주로 살아남아 또다시 입궁하여 형님의 비가 되다니요."

그가 나를 향해 한 걸음 한 걸음 다가올 때마다 달빛 아래 섬뜩한 빛이 번쩍였다. 칼끝에서 비치는 빛이었다.

"모두 당신 덕분이지요."

나도 모르게 조금씩 뒷걸음질을 치다가 고개를 돌려보니 뒤쪽은 낭떠러지였다.

　불길하다! 설마 나를 해치려는 걸까?

　"연윤!"

　희의 목소리에 연윤이 발걸음을 멈추었다. 그는 곧바로 소매 속으로 칼을 숨겼고, 우리는 동시에 고개를 돌려 희를 바라보았다.

　"이렇게 늦은 시간에 진비와 이야기를 나누고 계신 겁니까? 재미있군요."

　천천히 내 곁으로 걸어오는 희의 몸에서는 차가운 기운이 뿜어져 나오고 있었다. 연윤은 껄껄 웃으며 나를 힐끔 바라본 후 다시 희를 바라보았다.

　"늦었군. 나는 먼저 장막으로 돌아갈 테니, 그럼 이야기 나누시지."

　그가 노기를 띤 채 발걸음을 옮기자 나는 그제야 가슴을 쓸어내렸다.

　제때 나타나 준 희에게 감사의 마음이 솟았다. 만약 그가 아니었다면 나는 또다시 화를 당하고 말았을 것이다. 나는 연윤이 이토록 대담하게 행동할 줄은 미처 생각지 못했다.

　멀어져 가는 그의 뒷모습을 바라보던 희가 물었다.

　"그와 아는 사이요?"

　나는 가볍게 웃었다.

　"내 얼굴을 상하게 하는 데 그 역시 한몫하였지요."

"왜 형님에게 말하지 않은 것이오? 설마 이렇게 묻을 생각이오?"

"저를 해하였던 사람들에게는 갑절로 그 빚을 받아 낼 것입니다. 하지만 지금은 때가 아닙니다."

희는 한참 동안 침묵하다가 몸을 웅크려 바닥에 떨어진 나뭇가지를 집어 들더니 정면의 산골짜기를 향해 던지며 말했다.

"지난 반년 동안 기나라에서 무슨 일이 있었는지 알고 싶지 않소?"

불어오는 바람을 맞으며 서 있던 터라 흐트러진 머리카락이 내 시야를 가렸다.

"알고 싶지 않아요."

"나는 그대가 기나라 황후의 폐위와 책봉에 대해 큰 관심이 있을 줄 알았는데?"

나는 깜짝 놀랐다.

"황후 폐위?"

반년이라는 짧은 시간 동안 기우는 두씨 집안 세력을 모두 축출해 낸 것인가?

희가 말을 이었다.

"기나라 황후 두완이 주술로 육 소의의 아기를 해치고 결국 유산하게 만든 사실이 밝혀졌지. 황제는 매우 노하여 그녀를 폐위시키고 냉궁에 가두었다오. 그러나 반년 후, 그녀를 다시 황후로 책봉하였소. 그 이유를 아시오?"

나는 한참 동안 곰곰이 생각해 보았다. 그러자 머릿속이 번뜩였다.

"두완이 주술로 육 소의의 아기를 해치다니, 당신은 그런 미신을 믿어요?"

희는 나의 말에 답하지 않고 오히려 반문하였다.

"만약 누군가 황후에게 죄를 뒤집어씌우려고 했다면 이런 방법을 쓰지는 않았을 것이오. 납란기우 같은 영명한 황제가 그런 요사한 말을 믿고 황후를 폐위했다고?"

나는 곧바로 그의 말을 이었다.

"오직 한 가지 이유밖에 없지요. 원래부터 황제의 계획이었던 거예요."

희가 고개를 끄덕이다가 곧바로 이해가 되지 않는 듯 말을 이었다.

"만약 황제의 계획이었다면, 왜 반년 후에 그녀를 다시 황후로 책봉한 것이오? 이는 모순적인 행동이 아니오?"

나는 시야를 가린 머리카락을 쓸어 넘겼다.

"그것이야말로 그의 영명함이 드러나는 대목이에요! 먼저 두완에게 죄를 뒤집어씌워 두씨 집안 일당의 마음을 조급하게 만들고 내부의 질서를 흐트러뜨린 후 적당한 때에 그들에게 하해와 같은 은혜를 베풀어 그들이 경계심을 풀도록 한 거예요. 두씨 집안 사람들이 오만 방자해져서 기우가 자신들을 절대로 건드릴 수 없으리라고 여기게끔 만들려는 거예요. 그들이 경계를 풀고 방심한 사이 기우가 두씨 집안을 축출하는 건 시간 문제이지요."

"정말 애쓰는군."

천천히 몸을 일으킨 희가 몇 발짝 뒤로 걸음을 옮긴 후 손을 탁탁 털었다.

"화예 부인만 불쌍하게 되었소."

"윤정? 그녀가 왜요?"

"황후에게 죄를 뒤집어씌운 이가 화예 부인이라는 사실이 드러났소. 납란기우는 자신의 여자를 도구로 이용한 거지. 참으로 대단, 대단, 대단하오!"

희는 세 번이나 대단하다는 말을 했다. 그가 납란기우에게 몹시 탄복하고 있음을 알 수 있었다. 나는 가볍게 웃었고, 그 소리가 계곡에 울려 퍼졌다.

"그게 바로 납란기우이지요."

우리 사이에 다시 길고 긴 침묵이 흘렀다. 이윽고 내가 다시 말하였다.

"당신은 정말 기나라 후궁의 일에 훤하군요."

"내가 말했잖소, 그의 후궁에 내 사람이 있다고."

다음 날 아침, 연성의 명령에 따라 백기들은 사방으로 흩어져 활을 들고 사냥하기 시작했고, 나는 들판에 서서 계곡물과 빽빽이 펼쳐진 푸른 벌판을 바라보며 매우 즐거워하고 있었다.

다시 하늘을 올려다보니 힘차고 용맹한 독수리가 날개를 펼치고 울부짖고 있었다. 나는 등에 메고 있던 활을 빼내어 하늘의 독수리를 조준했다. 화살이 순식간에 날아갔으나 절반 정도를 난 후 바닥으로 떨어지고 말았다.

　내 곁에 있던 연성의 웃음소리에 오기가 생긴 나는 다시 활시위를 잡아당겼다. 그러나 이번에도 절반 정도를 날아간 후 바닥으로 떨어지고 말았다. 연성의 웃음소리가 더욱 커지자 나는 멋쩍은 표정으로 그를 바라보았다.

　"웃지 마세요!"

　그가 화살 하나를 꺼내어 내 곁으로 걸어오더니 나의 양어깨를 감싸 안으며 내 귓가에 대고 조용히 말했다.

　"바른 자세로 서시오."

　그가 가까이 다가오자 어색해하던 나는 그의 의도를 알아채고는 경직되었던 몸을 풀었다. 그가 이끄는 대로 조심스레 활시위를 당기고 목표를 향해 조준했다. 그러자 활시위를 당기고 있는 오른손의 힘이 점점 커져 갔다.

　휙 소리와 함께 화살이 날아갔다. 나는 화살의 빠른 속도에 매우 놀랐다. 화살은 독수리의 아랫배에 명중하였고, 독수리는 하늘에서 떨어졌다.

　"대단한 궁술이군요!"

　나는 감탄을 터뜨리지 않을 수 없었다. 연성은 내 양팔을 감싸고 있던 두 팔을 거두고는 숨을 껄떡이고 있는 독수리를 향해 달려갔다. 그가 숨이 얼마 남아 있지 않은 독수리를 들어 올리는 모습을 바라보다가 나는 갑작스레 느껴지는 살기에 고개를 돌렸다.

　날카로운 화살 하나가 내 가슴을 향해 곧장 날아오고 있었다. 나는 멍하니 그 자리에 선 채 점점 가까워지고 있는 화살을 바라보고만 있었다. 그때, 사람 그림자 하나가 날아올라 나를 바닥에 쓰러뜨렸고, 바닥을 몇 바퀴 굴러 내 목숨을 겨누고 있던 공격으로부터 벗어나게 해 주었다.

"연윤, 지금 폐하의 앞에서 진비를 살해할 생각이오?"

나를 위험에서 구해 준 희가 차가운 눈으로 연윤을 쏘아보았다.

연성은 고개를 돌려 바닥에 쓰러져 있는 우리를 바라본 후 다시 연윤을 노려보았다. 점점 어두워지는 그의 눈빛에 살기가 번뜩였다.

연윤은 억울하다는 듯 어깨를 으쓱하고는 우리의 뒤편을 가리키며 말했다.

"저는 그저 저 은호銀狐를 잡고 싶었을 뿐, 진비를 해할 마음은 조금도 없었습니다."

우리는 일제히 고개를 돌려 연윤의 화살에 맞아 최후의 몸부림을 치고 있는 은호를 바라보았다.

연성의 눈빛에서 번뜩이던 살기가 점점 사라지고 평소의 모습으로 돌아왔다. 그는 바닥에 쓰러져 있는 나를 일으키고 내 몸에 묻어 있는 잡초와 먼지를 조심스레 털어 주었다.

희 역시 몸을 일으켰다. 나는 눈빛으로 그에게 감사의 마음을 전했다. 그는 이미 두 번이나 나를 구해 주었다. 조금 전, 연윤의 화살은 분명 나를 겨누고 있었고, 그 은호는 그저 나를 죽이지 못한 변명일 뿐이었다.

나는 연윤의 대담함에 탄복할 수밖에 없었다. 연성의 눈앞에서 그런 대역죄를 지으려 하다니!

앞으로는 연성과 한 발짝도 떨어져 있으면 안 될 듯했다. 그렇지 않으면 언제라도 연윤에게 목숨을 잃을 수 있었다.

연윤이 은호를 들어 올리며 말했다.

"진비, 이 아름다운 은호를 그대에게 드리겠습니다. 이것으로나마 진비를 놀라게 한 죄를 갚을 수 있기를 바랍니다."

나는 미소를 지으며 그것을 받아 들었다.

"그럼 감사히 받겠습니다."

입으로는 감사의 말을 하며 나는 마음속으로 그에게 증오의 말을 퍼붓고 있었다.

네 이놈, 연윤! 나를 수차례나 죽음으로 몰아넣으려 하다니! 네가 이토록 독한 마음을 품었으니, 앞으로 내가 너에게 온정을 베풀지 않는다고 탓할 생각은 마라.

이때, 연성과 연윤이 어깨를 나란히 하고 서서 하늘에 유일하게 남아 있는 독수리를 동시에 겨누었다. 나는 자연스레 두 사람을 응시하며 마음속으로 연성의 화살이 명중하여 연윤의 음험한 위엄을 무너뜨리길 기대했다.

내 곁으로 다가온 희가 목소리를 낮추어 조용히 말하였다.

"정말 궁금하군요. 도대체 그대가 무슨 비밀을 알고 있기에 연윤이 그토록 여러 번이나 그대를 죽이려 하는 것이오?"

"누가 알겠어요!"

나는 대답을 피하며 시선을 여전히 연성과 연윤에게 고정하고 있었다.

두 사람의 화살이 동시에 발사되어 독수리와의 거리를 좁히고 있었다. 그런데 갑자기 연성의 화살이 방향을 바꾸어 연윤의 화살을 치더니 곧바로 독수리의 목구멍에 꽂혔다. 그 정확한 궁술에 나는 박수를 치며 훌륭하다는 말을 연발했다. 또한 나도 모르게 바닥으로 떨어지고 있는 독수리를 향해 달려가서는, 바닥에 웅크려 그 모습을 자세히 살펴보았다.

"화살 하나로 목숨을 거두어 가다니, 폐하의 정확한 궁술은 그 누구도 이길 수 없을 듯합니다."

연윤은 얼굴 근육을 꿈틀거리고 있었으나 여전히 미소를 짓고 있었다.

"형님의 궁술은 실로 필적할 상대가 없군요. 그저 탄복스러울 따름입니다."

연성은 아무 말도 하지 않고 우아한 미소를 지으며 나를 바라보았다. 마치 나와 연윤 사이를 가득 채우고 있는 갈등을 꿰뚫어 보기라도 한 듯했다. 그는 말 한 마리를 이끌고 내게로 달려와 손을 내밀며 말했다.

"복아, 짐과 몇 바퀴 돌아봅시다."

나는 주저 없이 손을 내밀었다. 밉살스러운 연윤과 같이 있는 것보다는 말을 타고 초원을 달리며 큰 소리로 노래 부르는 것이 훨씬 즐거울 것이다.

산천은 아름답고 웅장하였으며, 가을의 쓸쓸한 정경 속에는 깊은 정감이 어려 있었다. 또한 하늘 끝자락에는 고독한 구름이 저 멀리 흐르고 있었다.

연성은 강하고 힘 있는 두 팔로 나를 안은 채 끝없이 펼쳐진 초원을 바람같이 가르며 달렸다. 연성이 큰 소리로 묻는 말이 들려왔다.

"그대와 연윤 사이에 무슨 일이 있었소?"

"나는 그가 싫어요. 너무 가식적이에요."

나는 연성에게 연윤과 영수의의 간통을 밝히고 싶은 마음이 굴뚝같았으나 그것은 결코 현명한 처사가 아니었다. 나에게는 증거가 없었다. 설령 연성이 믿어 준다 하여도 다른 사람들이 믿어 주겠는가?

연성이 다시 말했다.

"조금 전의 화살 때문에 아직 화가 나 있소?"

"그래요."

내가 어쩔 수 없이 인정하자 그가 잠시 가볍게 웃었다.

"그건 그저 사고일 뿐이었소. 둘째가 왜 그대를 일부러 해치겠소?"

나는 더 이상 아무 말도 하지 않고 그저 마음속으로 탄식했다. 연성은 자신의 동생에게 조금의 경계심도 없는 것 같았다. 연윤이 너무 잘 감추고 있는 걸까, 아니면 연성이 그를 과하게 믿고 있는 걸까?

얼마나 달렸는지 알 수 없으나 연성이 드디어 말을 세웠다. 우리는 키 큰 갈대밭 안에 자리를 잡고 앉아서 고개를 들고 푸른 하늘을 바라보았다. 수천 년간 하늘 위를 떠다닌 흰 구름이

유유히 흘러가고 있었고, 기러기는 흔적도 남기지 않고 하늘을 날고 있었다. 구름과 기러기는 이내 산 너머로 사라져 버렸다.

세상에서 가장 맑고 깨끗한 공기를 들이마시니 기분이 상쾌했다. 순간, 지금까지 마음속에 쌓여 있던 무거운 짐들이 한꺼번에 사라지는 것이 느껴졌다.

"그대의 표정이 밝은 걸 보니, 함께 사냥을 나오길 참으로 잘했구려."

연성은 미소를 지으며 갈대밭에 누웠다. 고개를 돌려 그의 모습을 바라보니 마음속에 감사의 마음이 고개를 들었다.

"정말 즐거워요. 제가 항상 바라던 그런 날들이에요."

나는 두 팔로 무릎을 끌어안고 바람에 흔들리고 있는 갈대를 바라보았다.

"저와 기우 사이에 무슨 일이 있었는지 왜 묻지 않으세요?"

"나는 그대의 상처를 들추고 싶지 않소. 그대가 먼저 내게 말해 주기를 기다리고 있는 것뿐이오."

그는 여전히 미소 짓고 있었다. 그 순간, 나는 그가 내 앞에 있을 때면 언제나 이 따뜻하고 사랑이 넘치는 미소를 짓고 있다는 것을 깨달았다. 오직 나만을 위한 미소였다.

침묵 속에 오직 바람 소리만이 남아 있었다. 한참이 지난 후 나는 드디어 입을 열어 내 마음속에 숨겨 둔 채, 반년 동안 들추기를 원치 않았던 상처를 토해 내기 시작했다.

"납란기우, 그가 우리의 사랑을 이용했어요. 제가 황릉에 기성을 추모하러 갔을 때, 그가 제 검에 독을 묻혀 놓았지요. 두 황후에게 죄를 뒤집어씌우기 위해서였어요. 그는 제 복수심을 불러일으켜 그를 도와 두씨 집안 세력을 제거하려 했어요. 해독약이 있었다지만 저는 제 신뢰를 이용한 그를 증오하게 됐지요. 하지만 저는 용서했어요. 그는 제왕이니까요. 그는 또다시 사람을 시켜 저를 황폐한 정원으로 이끌었고, 그곳에서 정 부인과 혁빙의 간통 장면을 목격하게 했어요. 저를 이용해 그들을 제거하려 한 거지요. 저에게 더 큰 총애를 줄 이유가 생기기 때문이기도 했고요. 그렇게 해서 그는 저를 거센 파도가 치는 바다로 떠밀어 권세를 거머쥐고 있는 두씨 집안 세력을 무너뜨리고 황권을 견고히 하려 했지요. 저는 이 일 역시 용서할 수 있었어요. 그는 제왕이니까요. 그러나 제가 매일 마시는 차에 사향을 넣어 제게서 어머니가 될 권리를 빼앗은 일은 결코 용서할 수 없었어요. 저는 그를 도저히 용서할 수 없었지요. 그는 저의 남편이고, 아이들의 아버지가 될 사람이었으니까요."

나는 이 이야기를 하면 내 감정이 몹시 격해질 거라고 생각했었다. 그러나 나는 이상할 정도로 차분함을 유지하고 있었다. 납란기우가 내게 했던 모든 행동을 이야기하면서도 나는 이토록 침착할 수 있었다.

연성은 단 한 마디도 하지 않은 채 깊은 침묵에 빠져 있었다.

나는 씁쓸하게 웃었다.

"제가 참 우습지요? 그렇지 않나요?"

똑바로 누워 있던 연성이 몸을 일으켜 나를 꼭 안아 주었다.

억센 힘에 몸을 맡기고 나는 그의 품에 안겼다.

그가 조용히 말했다.

"맹세하오. 나, 연성은 그대가 다시는 그런 고통을 겪지 않게 할 것이오!"

나는 멍하니 먼 곳을 바라보았다. 가슴속에 오랫동안 품어왔던 말을 쏟아 내니 마음이 편안해졌다.

"나는 그대가 꿈꾸는 평범한 생활을 줄 수는 없소. 그러나 그대와 함께 앉아, 아침 해가 떠오르고 햇살이 하늘 가득 퍼져 가는 것을 바라볼 수는 있소. 그대와 함께 누워, 천천히 떨어지는 해가 하늘을 붉게 물들이는 모습을 볼 수는 있소. 여유가 있을 때면 미복 차림으로 잠행을 나가 함께 산과 강을 둘러볼 수도 있고, 산골짜기의 아름다운 개울물을 바라보며 노래를 부를 수도 있소. 나는 이 모든 것을 그대에게 줄 수 있소."

연성의 목소리가 봄바람처럼 나의 마음속으로 불어왔다. 그것은 내가 꿈꾸던 삶이었다.

내가 정말 그것들을 가질 수 있을까?

그의 말대로, 어쩌면 나는 천하를 통치하는 그의 곁에서 안식처를 찾을 수도, 평생을 살아갈 수도 있을 것이다. 그러나 정말 내가 그럴 수 있을까? 나는 정말 기우를 향한 사랑과 증오를 모두 잊을 수 있을까?

그 후, 우리 두 사람은 아무 말도 하지 않았다. 그는 나를 단단히 끌어안고 있었고, 나는 그의 품에 기대어 힘차게 뛰고 있는 그의 심장 박동 소리를 듣고 있었다. 석양이 하늘을 붉게 물들이며 땅 아래로 가라앉고, 백기들이 다급히 우리를 찾으러 왔을 때에야 연성은 나를 놓아주었다.

희와 연윤의 묘한 눈빛에 나는 난처함을 느꼈다. 그러나 그들은 한 마디도 하지 않고 공손하게 우리를 주 장막으로 안내했다.

연성이 가장 앞에 섰고 나는 아무 말 없이 그의 뒤를 따랐다. 길을 가는 내내 그 누구도 입을 열지 않았고, 그 고요함은 기이하게 여겨질 지경이었다.

밤이 되자 백기들이 모닥불을 에워싸고 사냥해 온 양과 토끼를 굽고 신나게 군가를 부르는 소리에 분위기가 무척 떠들썩했다. 연성은 그들과 함께 앉아 음식을 나누어 먹었으나, 나는 아무것도 먹지 않고 혼자 장막 안에 누워 있었다.

칠흑 같은 어둠 속에서 나는 눈을 뜬 채 몇 시진 전의 장면을 떠올리고 있었다. 마음이 이상할 정도로 어지러웠다.

연성의 다정함에 빠져들어서는 안 된다. 나에게는 또다시 누군가를 사랑할 자격이 없다.

갑자기 발소리가 들려와 나는 곧바로 두 눈을 꼭 감고 깊은 잠에 빠진 척했다. 발소리는 점점 가까워지더니 침대 가에서 멈추었다. 나는 긴장하며 숨을 멈춘 채 그가 어서 이곳을 떠나기를 바랐다.

가벼운 웃음소리가 들려왔다.

"그렇게 오래 숨을 참고 있으면 괴롭지 않소?"

그 말에 참았던 숨을 몰아쉬며 나는 눈을 뜨고 비애에 젖어 있는 슬픈 두 눈을 바라보았다.

지금의 나는 연성을 마주했을 뿐인데도 이토록 긴장했다. 그와 오래 알고 지냈지만 단 한 번도 느껴 본 적 없는 긴장감을, 오늘 갑자기 느끼게 된 것이다.

나는 몸을 일으키며 어색하게 웃었다.

"밖은 저토록 흥겨운데, 더 이따가 오지 그러셨어요?"

"그대가 없으니 재미가 없소."

연성이 침대 끝자락에 앉았다.

"나를 피하고 있는 것이오?"

내 목소리가 돌연 높아졌다.

"제가 왜 당신을 피해요?"

"그대가 이럴수록 더욱 그렇게 보인다오."

그가 나의 머리카락을 가볍게 쓸어내렸다.

"부황과 모후가 그립지 않소?"

나의 눈빛이 순식간에 어두워졌다.

"당연히 그립지요."

"그럼 내가 그대를 데리고 하나라로 가겠소."

그의 말이 떨어지자마자 나는 바로 고개를 들고 놀란 눈으로 그를 바라보았다.

"무슨 말씀을 하시는 거예요? 저를 데리고 하나라에 가겠다고요?"

연성이 고개를 끄덕이는 것을 보고 나는 곧바로 고개를 가로저었다.

"안 돼요! 당신은 욱나라의 황제세요."

"백기를 벗어나 몰래 군 장막을 떠나면 하나라의 주의를 끌지 않을 거요."

나는 망설였다. 연성이 다시 말을 이었다.

"그대가 부황과 모후를 많이 그리워한다는 것을 알고 있소. 이번 가을 사냥은 핑계일 뿐이었소. 계산해 보니, 그대는 벌써 육 년째 하나라에 가 보지 못했더군."

나는 혼란스러웠다. 만약 누군가 우리를 알아보기라도 한다면 너무 위험하지 않은가. 만약에……, 연희!

나는 곧 입을 열었다.

"우리가 역용술易容術[29]을 알면 좋을 텐데요."

연성이 미소를 지으며 나의 머리카락을 쓰다듬었다.

"희가 역용술의 대가라오. 불안하다면 그를 함께 데려갑시다."

나는 매우 놀란 척하며 물었다.

"그가 얼굴을 바꿀 수 있다고요? 그렇다면 안심하고 하나라로 갈 수 있겠군요."

나와 연성은 장막 안에서 하나라로 향할 계획을 세웠다.

밤이 깊어, 밖에는 순찰을 도는 몇몇 병사만이 남아 있을 뿐

---

29 사람의 외모를 전혀 다른 모습으로 바꾸는 기술로, 중국 고대를 배경으로 하는 소설에 자주 등장하는 신비로운 능력 중 하나이다.

이었다. 우리는 몰래 장막을 빠져나와 연희와 만났고, 말을 타고 어두운 밤을 내달리기 시작했다. 하늘의 별은 눈부시게 반짝이고 있었고, 나는 연성에게 단단히 끌어안긴 채 그와 같은 말을 타고 있었다.

그의 품에 기댄 채 나는 내가 안심하고 있다는 것을 깨달았다. 그가 나에게 마음을 쓰는 만큼 나 역시 그것을 가슴에 새기고 있었다. 감동하지 않았다면 분명 거짓이었다. 그러나……, 그것은 그저 감동일 뿐이었다. 그저……, 감동일 뿐이었다.

핏빛으로 얼룩진 관계

하나라.

나와 연성은 연희의 정성 어린 손길에 의해 마흔 남짓의 중년 부부가 되어 있었고, 연희는 우리의 '못생긴 아들'이 되어있었다. 길을 가는 내내 나는 진짜 어머니처럼 그를 '희야'라고 익살스럽게 불렀다. 연성은 폭소했으나 연희는 얼굴을 찌푸렸다. 나는 개의치 않고 여전히 그를 '희야'라고 불렀고, 그는 이제 나를 아예 무시하고 있었다.

연일 바쁘게 달려왔는데도 그들 둘은 전혀 지치지 않은 듯했다. 그러나 나는 지칠 대로 지쳐서 온몸의 뼈가 모두 부서질 것만 같았다. 연성이 내가 힘들어하는 것을 보고 객잔의 방 두 개를 빌려 내가 잠시 쉴 수 있도록 해 주었다.

밤이 되자 하나라의 거리는 매우 시끌벅적했다. 널찍한 대로가 수많은 인파 탓에 비좁게 느껴질 정도였다. 나는 떠들썩한 곳으로 가 보자고 연성을 졸랐고, 그는 사랑이 넘치는 모습으로 내 손을 잡고 객잔을 나섰다. 꼭 잡은 그의 손을 통해 따뜻한 온기가 전해졌다. 처음에는 다소 어색하였으나 지금 우리의 역할이 부부라는 걸 떠올리니 마음이 편안해졌다.

익숙한 길을 걸으니 오래 전 오라버니와 몰래 황궁을 빠져나왔다가 부황에게 붙잡혀 돌아갔던 일이 떠올랐다. 이제는 나도 알고 있다. 그때 부황이 나와 오라버니에게 무슨 일이 벌어졌을까 봐 얼마나 걱정하셨을지. 그 당시의 우리는 세상 물정 모르는 어린아이들이었다.

지금은 더 이상 부황의 훈계도, 모후의 사랑도 없다. 오라버니는……, 아마도 둘째 숙부에 의해 끔찍한 최후를 맞았을 것이다.

대로 양쪽에 걸려 있는 붉은 등이 거리를 밝혀 주고 있었고, 나는 연성을 이끌고 수많은 사람들이 둘러싸고 있는 곳으로 향했다. 그곳에는 남녀노소 할 것 없이 수많은 이들이 머리를 괴고 등롱 수수께끼[30]를 풀고 있었다. 등롱 수수께끼를 맞춘 이에게 상을 준다는 말을 듣고 흥미가 동한 나는 연성과 함께 등롱 수수께끼를 풀기로 했다.

등롱을 손에 든 주인장이 문제를 내기 시작했다.

"첫 번째 문제! '해가 지고 별이 나타나며 달 위에 머리가 있

---

30 등롱 위에 수수께끼를 적어 맞추는 놀이

음'을 나타내는 단어는?"

곧바로 답이 떠올랐으나 내가 입을 열기도 전에 낭랑한 목소리의 여인이 먼저 답했다.

"별[星]에서 태양[日]을 빼고, 머리가 있는 달[月]이니, 생초生肖[31]지요."

모든 이들이 듣자마자 바로 고개를 끄덕였다.

"훌륭합니다. 두 번째 문제! '핏빛같이 붉은 석양', 이를 나타내는 화초는 무엇일까요?"

내가 다시 입을 열려 했으나 이번에도 조금 전의 그 아가씨가 한 박자 더 빨랐다.

"만래홍晚來紅."[32]

"아가씨께서 또다시 답을 맞히셨습니다. 세 번째 문제! '한눈에 반하다'를 뜻하는 다섯 글자의 당시唐詩는?"

나는 급한 마음에 제대로 생각도 하지 않고 입을 열었다.

"상간양불염相看兩不厭!"[33]

이번에는 그 여인과 내가 동시에 답을 말하였고, 두 목소리가 함께 어우러져 유난히 크고 맑게 울렸다.

모든 이들이 박수를 치며 훌륭하다 외치는 동안 나는 고개

---

31 사람의 띠.

32 여위로(呂渭老)의 송사(宋詞) 〈악금차(握金釵)〉에 나오는 구절. 여위로는 북송 선화연간(1119~1125)에 시로 이름을 날렸다.

33 이백(李白)의 오언절구 시 〈독좌경정산(獨坐敬亭山)〉의 한 부분으로, '아무리 바라보아도 질리지 않는다'는 뜻이다.

를 들어 그 아가씨를 응시했다. 그리고 깜짝 놀라 얼굴이 창백해졌고, 하마터면 넘어질 뻔했다. 그녀는……, 소사운이었다! 그녀가 어찌 이곳에 있단 말인가? 그녀가 여기에 있다면, 그럼 기우는……!

나와 연성이 급히 떠나려는데 그녀가 우리 앞을 막아섰다.

"아주머니, 아주머니의 재기에 놀랐습니다. 역시 진정한 실력자는 쉽게 자신을 드러내지 않는군요."

나는 목소리를 최대한 낮추어 답했다.

"아가씨께서 그리 과찬을 하시니 송구스럽습니다."

"운아."

차분한 목소리가 우리 사이를 파고들자 나는 손을 살짝 떨었다. 연성이 내 손을 힘껏 잡아 내가 그를 마주할 수 있도록 용기를 주었다. 그러나 나는 시선을 내린 후 몇 발짝 뒷걸음질 쳤고, 줄곧 나의 자수 신발만 바라보며 아무 말도 하지 못했다.

연성이 조용히 말했다.

"갑시다."

"두 분, 안녕히 가십시오. 여기, 여러분께서 수수께끼를 맞히셔서 드리는 상품입니다."

주인장이 종이로 만든 원앙 등롱을 나와 소사운에게 건네주었다.

"두 분과 부군들께서 백년해로하시길 바랍니다."

"고맙소."

연성이 그것을 받아 들고는 감사의 뜻을 전했다.

소사운은 등롱을 손바닥 위에 올려놓고 달콤하게 웃었다.

"우, 예쁘죠?"

기우가 고개를 끄덕였다.

"예쁘오. 갑시다."

그들이 떠난 후에야 나는 고개를 들고 그들의 뒷모습을 바라보았다. 그들은 손을 단단히 깍지 껴 잡은 채 서로에게 바짝 붙어 있었다. 비록 두 사람의 표정을 볼 수는 없었으나 나는 알고 있었다. 그들이 달콤하게 미소 짓고 있으리라는 것을.

나의 마음속에 쓸쓸함이 번졌고, 치유되고 있던 마음이 다시 갈가리 찢기는 듯했다. 죽을 만큼 고통스러웠다.

연성이 무겁게 입을 열었다.

"어쩌면 그가 하나라에 온 것은 그대를 찾기 위해서일지도 모르오."

그들의 뒷모습이 점점 사라져 가는 모습을 바라보며 나는 자조 섞인 웃음을 지었다.

"스스로도 믿지 못할 말은 하지 마세요."

나는 연성의 손에 들려 있던 종이 등롱을 받아 들고, 그 위에 그려진 원앙 문양을 자세히 바라보며 조용히 읊조렸다.

"퉁소 불며 자색 구름 향해 날아간 이 누구던가? 일찍이 춤을 배워 꽃다운 나이 보낸 여인이어라. 비목어比目魚[34]를 얻을

---

34 눈이 나란히 몰려있어 둘이 붙어있어야만 헤엄을 칠 수 있다는 전설의 물고기로 남녀의 두터운 사랑을 의미한다.

수 있다면 죽음인들 마다하리오. 원앙새 될 수만 있다면 신선
도 부럽지 않으리."[35]

연성이 꼭 쥐고 있던 내 손을 살짝 놓으며 말했다.

"여전히 그를 지우지 못하고 있군."

내가 아무 말도 하지 않자 그가 희미한 미소를 지었다.

"만약 후회하고 있다면 지금이라도 그를 쫓아가서 복아가
바로 여기에 있다고 그에게 말하시오."

바닥으로 떨어진 등롱이 몇 바퀴를 돈 후에야 멈추었다.

"아니에요. 그를 포기할 수 없는 게 아니에요……. 돌아가
요. 하나라에 온 것은 부황과 모후의 제사를 지내기 위해서잖
아요."

다음 날 이른 아침, 우리는 하나라의 황릉을 향해 출발했다.
그러나 부황과 모후는 황릉이 아닌 황릉 밖에 묻혀 계셨다. 둘
째 숙부는 참으로 악독했다. 부황과 모후를 시해한 것으로도
모자라 그들의 시신이 황릉 안에 들지도 못하게 하다니, 정말
그는 부황의 친형제가 맞는 것일까?

나는 눈앞의 무성한 풀과 그 누구도 신경 쓰지 않는 묘비를
바라보다가 맨손으로 가시덤불을 뽑아 내기 시작했다. 손이 긁
혀도 아픔은 조금도 느껴지지 않았고, 흘러나오는 눈물은 더
이상 제어할 수가 없었다.

---

35 당나라 노조린(盧照隣)의 시 〈장안고의(長安古意)〉 중 일부분.

처음으로 나는 부황과 모후 앞에서 목 놓아 울었다. 이제는 다른 세상에 떨어져 있음이 안타까울 뿐이었다. 연성이 급히 다가와 나의 미친 듯한 행동을 막았고 나는 힘없이 묘비 앞에 꿇어앉을 수밖에 없었다.

"복아, 너무 슬퍼 마오."

연성이 손수건을 꺼내어 눈물을 닦아 주자 나는 목멘 소리로 말했다.

"저는 정말 불효녀입니다. 사랑을 위해 나라를 되찾는 걸 그리 쉽게 포기하다니! 그는 제게 깊은 상처를 줄 뿐이었는데……. 정말 후회스러워요. 왜 납란헌운의 제안을 받아들이지 않았던 걸까요? 만약 그의 여인이 되었다면 지금의 하나라는 이미 멸하고 없었을 거예요. 연성, 당신 역시 음산에서의 치욕을 겪지 않아도 되었을 테고요. 만약 오 년 전으로 돌아가 다시 한 번 선택할 수 있다면, 저는 결코 그 음모로 뒤엉킨 사랑을 선택하지 않을 거예요."

손에서 흐른 피가 진흙 위에 점점이 떨어졌다.

그때, 희의 무거운 목소리가 울렸다.

"어서 가시지요. 살기가 느껴집니다."

나와 연성이 동시에 고개를 돌려 희를 바라보았다. 장검을 들고 높은 곳에서 뛰어내린 이십여 명의 검은 복면을 한 자객들이 한 마디 말도 없이 우리를 향해 달려오고 있었다. 연희가 먼저 검을 뽑은 후 큰 소리로 외쳤다.

"형님, 어서 황비를 데리고 떠나십시오! 이곳은 제가 맡겠습니다!"

연성이 나를 이끌고 고삐를 묶어 둔 말을 향해 달리기 시작하자, 저 멀리에서 자객들의 소리가 희미하게 들려왔다.

"저 여자가 절대 도망가지 못하도록 해야 한다!"

나는 깜짝 놀랐다. 설마 둘째 숙부가 나를 죽이러 온 것인가? 아니다. 둘째 숙부에게 아무리 뛰어난 능력이 있다 한들 내가 이곳에 온 것을 어찌 알겠는가? 그렇게 단순한 상황이 아니었다.

연성과 나는 말에 올라탄 후 수풀이 우거진 곳을 향해 질주했다. 그는 내가 숨을 쉴 수 없을 정도로 나를 자신의 품 안에 단단히 껴안고 보호하며 내 귓가에 대고 말했다.

"눈을 감으시오."

나는 그의 말대로 고분고분 눈을 감았고, 귓가를 스치는 바람 소리를 유심히 들으며 연성의 팔을 꼭 붙잡았다. 괜찮을 것이다. 연성과 나⋯⋯, 우리에게는 아무 일도 일어나지 않을 것이다!

얼마나 지났는지 알 수 없으나 말의 속도가 느려졌고 연성의 몸이 휘청거렸다. 이상함을 느낀 내가 조용히 물었다.

"왜 그래요?"

"아무 일도 아니오. 곧 안전해질 것이오."

그러나 그의 호흡은 점점 거칠어졌고, 숨소리는 점점 희미해졌다. 나는 깜짝 놀라 급히 눈을 뜨고 고개를 돌려 여전히 고삐를 단단히 잡고 있는 연성을 바라보았다. 그의 얼굴은 잿빛

같이 어두웠고, 눈빛은 흐려져 있었다. 나는 그를 멍하니 바라보며 웅얼거리듯 말했다.

"연⋯⋯, 연⋯⋯."

말이 채 끝나기도 전에 그가 말 위에서 떨어져 초원에 쓰러졌고, 나는 그의 등에 꽂혀 있는 두 개의 날카로운 단도를 똑똑히 볼 수 있었다. 나는 곧바로 말에서 내려 이미 정신이 혼미해지고 있는 그를 안았다.

"연성, 정신 차려요. 연성⋯⋯."

그가 손을 내밀어 바람결에 엉망이 된 내 머리카락을 쓰다듬으며 미소 지었다.

"복아가 무사하다면, 나는 안심이오."

그의 두 눈이 무겁게 감겼다. 나는 떨리는 손으로 그가 아직 숨을 쉬고 있는 것을 확인하고 겨우 마음을 놓았다. 갑자기 가슴이 격렬하게 아프고 슬픔에 목이 메어 왔다. 만약 그가 온몸으로 나를 지켜 주지 않았다면 그 두 개의 단도는 분명 내 몸에 꽂혀 있었을 것이다.

"연성, 무사해야 해요⋯⋯."

고개를 들어 보니 광활한 초원에 거센 바람이 먼지를 일으키고 있었다. 그리고 대략 반 리 밖에 작은 집이 보였다. 희망이 샘솟았다. 나는 온몸의 힘을 모아 연성을 들쳐 업고 한 걸음 한 걸음 앞을 향해 나아갔다.

"연성, 우리는 무사할 거예요. 반드시⋯⋯, 이겨 내야 해요."

땀이 한 방울 한 방울 이마를 타고 흘러내렸다. 한참을 걷고 나서야 우리는 겨우 작은 집 앞에 도착할 수 있었다. 나는 도착하자마자 큰 소리로 사람을 불렀다.

"누구 없어요? 이 사람을 좀 구해 주세요!"

몇 번을 소리쳐도 안에서는 아무런 대답도 들리지 않았다. 기대는 곧 절망으로 변했다. 나는 눈물을 머금고 황폐한 작은 집을 바라보았다. 머리는 어지러웠고 두 다리는 후들거렸다. 결국 나는 연성과 함께 흙바닥에 쓰러지고 말았다.

나는 부들부들 떨며 그의 이마를 어루만졌다.

"다 저 때문이에요. 만약 제가 하나라에 오려고 하지만 않았어도 당신이 이런 일을 당하지는 않았을 텐데……. 다 제 잘못이에요……."

"아주머니, 무슨 일이세요?"

뒤편에서 낭랑한 목소리가 들려오자 다시 희망의 불꽃이 타올랐다. 나는 재빨리 몸을 돌려 뒤쪽의 여인을 바라보았고, 몹시 놀라고 말았다.

그들은……, 태자비 소요와 태자 납란기호였다! 게다가 소요는 세 살 남짓한 아이를 안고 있었다. 그들은 하나라에서 숨어 지내고 있었던 것인가?

나는 곧바로 그들 앞에 무릎을 꿇었다.

"아가씨, 우리 남편을 좀 구해 주시오! 심각한 도상刀傷을 입었다오."

기호가 몸을 숙여 정신을 잃은 연성을 부축하고 잠시 그의 상처를 살펴보았다. 그러고는 소요에게 말했다.

"가서 뜨거운 물과 얇은 천을 챙겨 오시오. 참, 지혈을 할 약초도⋯⋯."

그의 말을 듣고 나는 울음을 멈추었다. 나는 미소를 지으며 얼굴 위의 눈물을 정신 없이 닦아 낸 후 기호를 도와 연성을 방 안으로 옮겼다.

그 후 기호가 밖에서 기다리라고 하여 나는 방 밖에서 초조해하며 이리저리 서성거렸다.

소요가 나를 위로하며 말했다.

"너무 걱정 마셔요. 괜찮으실 겁니다."

차분한 미소를 짓고 있는 소요를 보자 나의 마음도 조금씩 편안해졌다. 나는 천천히 고개를 끄덕이며 물었다.

"아가씨, 어찌 이토록 황량하고 거친 곳에서 지내게 되시었소?"

소요가 웃음을 지으며 아이의 뒷머리를 쓰다듬었다.

"고요함을 위해서지요."

"무료하지는 않습니까? 가족들은 그립지 않고요?"

"진정으로 사랑하는 이와 함께 있는데 어찌 무료할 수가 있겠습니까? 가족은⋯⋯."

그녀는 조용히 '가족'이라는 두 글자를 반복하여 읊조리더니 말했다.

"원하는 모든 것을 다 가질 수는 없지요. 얻는 것이 있으면 잃는 것도 있는 법이니까요."

나는 소요의 말에 감탄하며 고개를 끄덕였다.

"아가씨의 평정심은 정말 놀랍군요."

간택일에 그녀를 보았을 때부터 나는 그녀가 평범한 여인들과는 비교할 수 없는 사람이라는 것을 알아챘다. 태자가 그녀에게 마음을 빼앗긴 것도 당연한 일이었다.

그때, 작은 나무문이 삐걱거리는 소리를 내며 열리더니 피로한 얼굴의 기호가 걸어 나왔다.

"몸에 꽂혀 있던 두 개의 단검을 빼내고 지혈을 위해 약초도 발라 놓았으니 분명 괜찮으실 것입니다."

"감사합니다. 감사합니다……."

나는 안심하며 연성을 보기 위해 재빨리 방 안으로 달려 들어갔다. 그는 나무 침대 위에 엎드려 있었는데 몸에 감겨 있는 얇은 천이 벌써 붉게 물들어 있었다. 여전히 정신을 차리지 못하고 있는 그의 모습을 보자 온갖 감정이 교차하여, 나는 둥근 탁자 앞에 앉아 희에 의해 늙고 평범하게 변한 그의 얼굴을 바라보며 소리 내어 웃었다.

그때, 갑자기 바깥에서 무엇인가 깨지는 소리가 들려왔다. 곧바로 뛰어나가 무슨 일인지 확인해 보려던 나의 발걸음은 어두운 나무문 앞에서 굳어 버리고 말았다. 나는 문 옆에 숨어 작은 창문을 통해 바깥을 바라보며 귀를 쫑긋 세웠다.

"형님, 형수님."

기우가 공손하나 차가운 목소리로 그들을 불렀다.

"네가 이곳은 어찌 알고 온 것이냐?"

기호가 그를 경계하며 바라보았다.

"부황께서 형님을 황궁에서 쫓아내셨을 때 사람을 시켜 형님을 몰래 뒤따르게 했었습니다."

기호와 소요는 눈빛을 나누었고, 한참 동안 침묵을 지켰다.

"이곳에 온 목적은 무엇이냐?"

"모후께서 돌아가신 것을 알고 계십니까?"

기우는 답하지 않고 오히려 되물었다. 기우의 말을 들은 기호의 안색이 순식간에 변하더니 곧바로 기우의 양어깨를 단단히 붙잡고 흔들며 격한 목소리로 물었다.

"뭐라고 했느냐? 모후께서 어찌……?"

"제가 그랬습니다. 기성에게 죄를 뒤집어씌우기 위해, 제가 사람을 보내어…… ."

기우는 조금도 숨기지 않고 대답하였고, 그의 말이 채 끝나기도 전에 기호의 손이 그의 뺨을 매섭게 때렸다.

기호가 분노하며 소리쳤다.

"짐승 같은 놈!"

소사운은 입을 가리고 짧은 비명을 질렀고, 걱정스러워하며 기우를 바라보았다.

"폐하…… ."

그러나 기우는 여전히 담담히 말을 이었다.

"제가 이번에 온 것은, 형님 내외분을 금릉으로 모시기 위해서입니다."

기호는 실소를 금치 못했고, 그 웃음에는 씁쓸한 아픔이 담겨 있었다.

"모후께서 너를 얼마나 사랑하셨는지 아느냐? 나는 가끔씩 너와 나를 다르게 대하시는 모후를 미워하기까지 했었다. 도대체 왜 나를 태자로 삼으셔서, 도대체 왜……."

"무슨 말을 하시는 겁니까?"

드디어 기우의 얼굴에도 변화가 나타났다. 냉정하던 표정 위로 놀람과 당황스러움이 스쳐 지나갔다.

"모후께서 원 부인을 해하신 후, 모후는 부황께서 자신을 죽이려 하신다는 것을 깨달으셨지. 모후는 자신을 지키기 위해 나를 권력 투쟁의 한가운데로 밀어 넣으셨다. 또한 너를 지키기 위해 마음을 숨기고 너를 냉담하게 대하셨지. 내가 얼마나 많이……, 모후의 보호를 받는 너를 부러워했는지 아느냐? 그저 네가 태자가 아니라는 이유로 말이다!"

기호의 웃음이 광분에 찬 웃음으로 바뀌고 있었다.

"너는 몰랐겠지. 너도 참으로 불쌍하구나, 참으로 불쌍해……."

그 자리에 선 채 기우가 그를 멍하니 바라보았다. 그의 눈에 눈물이 핑 도는 것을 나는 똑똑히 보았다. 그는 아마 믿을 수 없으리라.

"저는 믿지 않습니다!"

소요가 한숨을 내쉬었다.

"기호의 말은 전부 사실이에요. 우리가 폐하를 속일 이유가 없지 않습니까?"

마치 시간이 정지해 버린 것 같았다. 모든 이들이 자리에 멍하니 서서 자신들의 생각에 빠져 있었다.

그런데 하필 이때 희가 이곳을 향해 급히 달려왔고, 모든 이들이 칠 할의 경계와 삼 할의 살기를 띤 채 그를 주시했다.

나 역시 무척 놀랐다. 조금 일찍 혹은 조금 늦게 올 것이지 하필이면 바로 이 순간에 오다니, 정말 살고 싶지 않은 것인가!

나는 이를 악물고 밖으로 뛰쳐나가 희를 품에 끌어안았다. 그리고 목소리를 짜내어 울먹이며 말했다.

"희야, 네가 무사하니 얼마나 다행인지 모르겠구나. 이 어미는 네가 걱정되어서 죽는 줄 알았단다."

희는 매우 어색하게 내 등을 토닥이며 말했다.

"저는 괜찮습니다……, 어머니."

희가 나를 '어머니'라고 부르자 하마터면 웃음이 터져 나올 뻔했지만 나는 그의 품에 얼굴을 파묻고 소리 없이 몰래 웃었다. 나의 어깨가 들썩이는 것을 보고 내가 울고 있다고 생각한 소요가 급히 달려와 나를 위로하며 말했다.

"아주머니, 슬퍼하지 마셔요. 이렇게 아주머니의 아드님이 돌아왔잖아요."

나는 눈가의 눈물을 닦아 내는 척하며 고개를 끄덕였다.

희가 걱정스러워하며 물었다.

"형……, 아버지는요? 무사하시지요?"

"안에 계시단다. 가자. 이 어미가 뵙게 해 주마."

나는 그의 팔을 잡고 방으로 이끌었다.

처음부터 끝까지 기우와는 한 번도 눈을 마주치지 않았으나 나는 그의 시선이 줄곧 내게 고정되어 있음을 알 수 있었다.

나는 문을 단단히 닫았고, 희는 연성을 바라보며 미간을 찌푸렸다.

"그 자객들은 그대를 죽이러 온 것이었소."

나는 고개를 끄덕였다.

"우리는 변장을 하고 하나라에 왔으니, 그리 쉽게 정체가 발각되었을 리 없어요. 분명……, 누군가 우리 뒤를 계속 쫓고 있었던 거예요."

희 역시 고개를 끄덕이며 동의했다.

"맞소. 내부인의 짓이오."

나와 그는 시선을 마주하며 동시에 같은 이름을 내뱉었다.

"연윤!"

나는 주먹을 꼭 쥔 채 탁자를 내리치며 말하였다.

"연윤, 감히 네놈이 이토록 방자하게 굴다니!"

희가 말했다.

"그를 제거해야 하오."

"하지만 나 혼자만의 힘으로는 그를 제거할 수 없어요. 당신이 입궁하여 나를 도와주지 않겠어요?"

그는 고민하는 듯 잠시 침묵하였으나 결국 고개를 끄덕였다.

"좋소. 형님의 천하를 위해, 그대를 도와 비열한 연윤 놈을 제거하도록 하겠소."

"고마워요."

나는 감격하여 그를 바라보았다. 그러나 이내 지금 우리의 처지가 떠올라 걱정스러운 마음을 금할 수가 없었다.

"기우가 지금 이곳에 있어요. 우린 지금 매우 위험해요."

희가 말했다.

"이곳으로 오는 동안 수많은 고수들이 사방에 숨어 있었소. 기우는 그대를 찾으러 온 것이오?"

"말도 안 돼요. 기우는 자신의 형을 만나러 온 거예요."

나는 자조하며 연성에게 시선을 고정했다.

"그대는 의술이 매우 뛰어나잖아요. 연성을 최대한 빨리 회복시켜 욱나라로 돌아갈 수 있을까요?"

희가 고개를 끄덕이는 것을 보고, 나는 다시 창밖으로 시선을 고정했다.

불어오는 바람 속에 소사운과 기우가 어깨를 나란히 하고 서 있었다. 소사운은 그의 손을 꼭 쥔 채 무슨 말을 하고 있었고 기우는 그저 멍하니 서 있었다. 지금 그의 곁에서 그를 위로해 주는 이는 내가 아닌 소사운이었다. 그녀의 따뜻한 미소는 사람의 마음속까지 파고들 수 있을 듯하였고, 그녀의 맑은 목소리는 그의 마음의 상처를 어루만져 줄 수 있을 듯했다. 어쩌면 기우의 곁에는 나보다 소사운이 더 어울릴지도 모른다.

진실을 알게 된 지금 그는 자신이 자신의 친어머니를 해한 것을 얼마나 후회하고 있을까?

예전에 나는 사실을 알고도 그에게 진실을 알리지 않았다. 그가 견뎌 내지 못할까 봐 두려웠기 때문이다. 그러나 그는 무정한 제왕이다. 아무리 슬픈 일이라도 금세 털어 버리고 다시 기운을 차려 나랏일과 천하의 일에 집중해야만 한다. 나는 그 어떤 일도 그를 무너뜨릴 수 없을 거라고 믿고 있다.

이틀 동안 나는 매우 긴장하며 지냈고, 어떤 일을 하더라도 무척 조심스럽게 행동했다. 조금이라도 방심했다가 기우가 나를 알아볼까 봐 걱정스러웠기 때문이다.

그동안 나는 그의 말투를 통해 알아차릴 수 있었다. 그는 의기소침해 있었고, 눈빛은 다소 풀려 있었다. 모후의 일로 여전히 먹구름에 사로잡혀 있는 것이다. 그리고 그는 기호를 금릉으로 데려가겠다는 다짐을 더욱 굳히고 있었다.

그가 어떤 목적으로 그들을 데려가려 하는지는 알 수 없으나, 그가 외로워한다는 것만큼은 분명했다. 지금 그의 곁에 가족이라고는 단 한 명도 없었다. 오직 형 하나뿐이었다. 비록 예전에는 적이었으나 피는 물보다 진한 법, 그 누구도 이 사실을 부인할 수는 없다.

연성이 드디어 혼수상태에서 깨어났으나 그의 얼굴빛은 여전히 창백했다. 그럼에도 불구하고 그는 시종 미소를 짓고 있었다. 그 모습을 보고 있자니 나는 가슴이 더욱 아파 왔다. 그토록 깊은 상처를 입고도 웃을 마음이 남아 있다니!

나는 검은 약이 가득 담긴 그릇을 그에게 건네며 말했다.

"어서 드셔요. 지금 당신은 조금도 황제 같지 않으세요."

그가 약을 받으려 하였으나 나는 이내 내밀었던 손을 거두었다.

"아니에요. 그냥 제가 먹여 드릴게요. 당신, 지금 약그릇도 제대로 못 드실 것 같아 보여요."

연성이 어쩔 수 없다는 듯 몸을 움직였다.

"그대, 말이 많아진 것 같소."

나는 그의 말에 답하지 않고, 뜨거운 김이 나는 약을 호호 불어 식힌 후 한 숟가락을 그의 입에 넣어 주었다.

"어서 빨리 기운을 차리셔야 궁으로 돌아가죠."

그는 고분고분 약을 삼켰으나 맛이 쓴지 미간을 찌푸렸다.

"게다가 사나워졌소."

나는 그를 노려보며 다시 약을 한 숟가락 떴다.

"쓸데없는 말씀을 참 많이도 하시네요."

연성이 나의 손을 꼭 붙잡는 바람에 우리의 손 위로 숟가락의 약이 쏟아지고 말았다.

"왜 그러오? 나 때문에 화났소?"

나는 그 자리에 얼어붙은 채 약그릇 안의 시커먼 약만 바라보았다.

"연성, 당신 등에 꽂혀 있는 두 개의 단도를 보았을 때……, 당신이 다시는 깨어나지 못하실까 봐 얼마나 걱정했는지 몰라요. 내가 당신을 해친 거예요. 지금도 당신에게 빚진 것이 너무 많은데, 당신이 저 때문에 목숨까지 잃게 되는 건 원치 않아요!"

그가 나를 격하게 잡아당긴 탓에 내 손에 들려 있던 약그릇이 바닥에 떨어져 깨지고 말았다. 연성이 신음 소리를 흘렸다. 나도 모르게 그의 상처를 건드린 모양이었다. 내가 그의 품에

서 벗어나려 할수록 그는 나를 더욱 강하게 끌어안았다.

"미안하오."

나는 그의 품에 가만히 안겨 있을 수밖에 없었다. 그의 상처를 건드릴까 봐 걱정되었기 때문이다.

"뭐가 미안하세요? 처음부터 끝까지 미안한 사람은 저예요."

"정말로 계속 이렇게 아팠으면 좋겠소."

그가 나의 머리를 볼로 누르며 자신의 가슴에 밀착시켰다.

"그대가 화낼 때의 표정을 보는 게 좋소. 그대의 사나운 모습을 보는 것도 좋소."

그때 갑자기 문이 열렸고, 우리는 동시에 급히 들어온 희를 바라보았다.

"오늘 밤 떠납니다. 제 부하들이 이리로 오고 있습니다."

"이렇게 급히?"

연성은 영문을 알 수 없어 했다. 희가 담담히 말했다.

"빨리 떠나지 않으면 또다시 자객을 만나게 될지도 모릅니다. 게다가……, 여기에서는 오래 묵을 수 없습니다."

연성이 무엇인가를 깨달은 듯 무거운 표정으로 물었다.

"이곳에 누가 있느냐?"

내가 딱딱하게 굳은 채 '기우'라는 두 글자를 겨우 토해 내자 연성이 미소를 지으며 말했다.

"그대와 그의 인연이 이토록 깊을 줄은 정말 몰랐소. 심지어 하나라에서까지 만나게 되다니……."

나는 차갑게 그의 말을 외면하며 말했다.

"떠나더라도 기호 부부에게는 꼭 감사의 말을 전하고 가야 해요."

말을 마친 나는 급히 문을 나섰다.

나는 기우를 마주한 채 매우 침착하게 소요와 기호에게 감사와 작별의 뜻을 전했고, 기우와는 처음부터 끝까지 단 한 번도 시선을 나누지 않았다. 눈을 보면 마음을 꿰뚫어 볼 수 있음을 알고 있기 때문이었다.

나의 침착함 덕분인지 혹은 희의 실로 놀라운 역용술 덕분인지 나는 기우의 눈에서 벗어날 수 있었다. 그게 아니라면 혹시⋯⋯, 지금 그의 눈에는 소사운밖에 보이지 않는 것일까?

급히 작별을 한 후 나는 연성, 희와 함께 마차를 타고 그 집을 떠났다.

나는 휘장을 걷고 점점 멀어지는 작은 집을 바라보았다. 지금 이렇게 이별하면 언제 또 그를 만날 수 있을까? 어쩌면 전쟁이 일어난 후일지도⋯⋯.

비단 휘장을 살짝 내려놓은 후, 나는 나의 얼굴에서 시선을 떼지 않고 있는 연성을 바라보았다. 나는 슬며시 시선을 거두어들였다.

안 된다. 그는 연성이다. 외롭다고 기대어서는 안 되는 사람이다.

욱나라로 돌아오는 길에 우리는 연이어 두 번이나 자객을 만났다. 그런데 그들은 나뿐만이 아니라 연성의 목숨까지 노리고 있었다. 도저히 믿을 수가 없었다. 연윤은 자신의 친형마저 죽이려 하는 것인가? 그 정도로 마음이 급한 것인가?

상처가 완전히 치유되지 않은 몸으로 자객들과 맞서 싸우느라 겨우 아문 상처가 다시 터져 연성의 등은 피로 얼룩지고 말았다. 다행히 희의 부하들이 제때 나타나지 않았다면 우리는 무사히 그곳을 벗어날 수 없었을 것이다. 모든 자객들이 제거된 후, 연성은 그 자리에서 바닥에 쓰러져 정신을 잃었다.

우리는 감히 한자리에 멈춰 있을 수가 없었기에, 정신을 잃은 연성을 데리고 늦은 밤에도 쉬지 않고 욱나라로 향했다. 드디어 나흘째 되는 날, 황궁에 도착했다. 소식을 들은 태후는 곧바로 수십 명의 어의들을 불러 연성을 진료하게 했고, 나는 차갑게 대하였다. 심지어 봉궐전에는 발도 들이지 못하게 했다. 나는 태후가 내가 연성을 해한 것이라고 생각하고 있으며, 더욱이 다시는 나를 보고 싶어 하지 않는다는 것을 알고 있었다.

나는 근심을 품은 채 저수궁의 납란민을 만나러 갔다. 그녀의 얼굴에는 슬픔이 가득했고, 쉬지 않고 기침을 하는 것이 병색이 완연했다. 내가 들어서자 그녀는 이내 미소를 지으며 자리를 권했다.

그녀가 종이연을 오리며 내게 물었다.

"폐하께서 중상을 입으셨다고 하던데요?"

고개를 끄덕이는 내 마음속에 걱정이 끝없이 번져 가고 있었다.

"다 제 잘못이에요."

다시 기침을 몇 번 내뱉은 납란민이 미소를 지으며 말했다.

"그 누구의 잘못도 아니에요. 그저 두 분께서 너무 충동적이셨던 것뿐이에요."

그녀가 멈추지 않고 기침을 하는 모습을 보고 나는 그녀에게 급히 다가가 등을 어루만지며 말했다.

"언니, 괜찮으세요? 어의를 부를까요?"

납란민이 손을 내저었다.

"아니에요. 그냥 고질병이에요. 날씨가 조금 추워지면 기침이 멈추지 않는답니다. 습관이 되어서 괜찮아요."

그녀가 다 오린 원앙연을 내게 건네주었다. 나는 실소를 금할 수 없었다.

"언니, 왜 제게 원앙을 주시는 거예요?"

그녀가 가위를 내려놓으며 미소를 지었다.

"저수궁에 들어올 때부터 동생의 얼굴에 근심이 가득했어요."

나는 정교한 솜씨로 만들어진 원앙을 살며시 어루만지며 말했다.

"맞아요. 연성이 의식을 잃고 있는데 제가 어떻게 걱정하지 않을 수 있겠어요?"

그녀가 말했다.

"그렇다면 왜 걱정을 하고 있는 건가요?"

나는 여전히 미소를 거두지 않고 말했다.

"그것은 그가……."

나는 돌연 말을 멈추고 한참을 생각한 후에야 말을 이었다.

"그것은 그가 저의 벗이기 때문이에요."

"동생도 알고 있지요? 그런 걱정은 오직 사랑하는 사람들 사이에만 존재하는 거예요. 저는 그를 향한 동생의 감정이 그 저 우정이라고 생각되지 않아요."

그녀가 이해한다는 듯 미소를 지었다.

"그래서, 이 한 쌍의 원앙은 동생과 그가 백년해로하기를 바라는 마음을 담고 있답니다."

나는 손에 들고 있던 원앙을 어색하게 내려놓았다.

"언니, 농담하지 마세요. 저는 다른 사람을 또다시 사랑할 수 없어요."

"왜 자신의 마음을 닫으려 하나요? 가슴을 열고 다른 사람에게도, 그리고 자신에게도 기회를 줘 보세요."

"제 안식처는 연성이 아니에요. 연성이 사랑하는 여인이 제 가 되어서는 안 돼요."

나는 연성을 받아들일 수 없다. 기우가 내게 준 상처를 잊을 수 없기 때문이다. 만약……, 기우가 나에게 준 상처들을 잊을 수 있다면, 그때는 마음을 열고 연성을 받아들일 수 있을지도 모른다. 그러나……, 과연 그런 날이 정말 올까?

"도대체 무슨 걱정이 그리 많아요? 두 사람이 즐겁게 지내는 것이 가장 중요한 것이지요. 그렇지 않나요? 또한 여인은 평생 동안 한 남자만 사랑해야 한다는 규정은 도대체 누가 정한 건가요? 그건 예교일 뿐이에요. 소위 '삼종사덕三從四德'이라는 것을 저는 가장 경멸한답니다."

납란민이 미소를 지으며 내 팔을 툭툭 치자 나는 마음이 따뜻해졌다.

일이 이 지경에 이르렀는데도 그녀는 여전히 나를 지극히 보살펴 주고 진심으로 내게 깨달음을 주려 하고 있었다. 여인들 사이에도 이처럼 진실한 우정이 있을 수 있구나. 심지어 그녀는 기운이 가장 사랑하는 여인이 혹시 내가 아닐까 근심하고 있음에도 불구하고 말이다.

"동생, 저를 따라오세요."

그녀가 내 손을 단단히 붙잡고 문턱을 넘어섰다. 우리는 함께 어두운 밤 속으로 들어섰다. 가냘픈 그녀가 차가운 밤기운을 견딜 수 있을지 걱정스러웠다.

저수궁 후원의 풀과 꽃은 이미 다 시들어 버렸고, 차가운 추위에 떨어진 마른 나뭇잎들만 바닥에 가득 깔려 있었다. 그러나 나를 가장 놀라게 한 것은 마치 눈처럼 바닥을 가득 덮고 있는 우담화였다. 그녀는 우담화를 보여 주기 위해 나를 이곳으로 이끈 것일까?

납란민이 점점 시들어 가는 몇 송이의 우담화를 가리키며 말했다.

"우담화는 아름답지만 그 생명은 극도로 짧지요. 꽃이 피는 순간 시들어 버리는, 바로 그 짧은 생명 때문에 사람들은 저 꽃을 귀하게 여겨요."

눈부실 만큼 아름답게 핀 우담화 앞에 쪼그려 앉아 나는 꽃잎에 손을 가져갔다. 내 손이 닿자마자 천천히 시들기 시작한 우담화는 금세 말라 버리고 말았다. 가슴이 아팠다. 아픔보다 깊은 안타까움이 번졌다. 이토록 아름다운 꽃의 생명이 이렇게나 짧다니!

"제가 동생을 이곳으로 이끈 것은 마음이 흔들리는 것을 깨달았을 때, 조금만 늦어도 사라져 버리는 그 기회를 놓치지 말라고 말해 주고 싶었기 때문이에요. 사라지고 난 후에야 그것의 소중함을 깨닫는 일이 없도록 말이에요. 그 기회를 놓치면, 다시는 되돌릴 수 없는 평생의 아쉬움이 될 테니까요."

그녀는 막 피기 시작한 우담화를 꺾어 내 손 위에 놓으며 따뜻한 미소를 지었다.

"보세요. 적절한 때에 꺾으니 동생의 손 위에서도 이 우담화는 여전히 아름다운 모습을 뽐내고 있잖아요."

손 위의 우담화를 바라보고 있자니 갑자기 마음속에서 혼란스러운 감정이 번져 갔다.

아니다. 연성에 대한 감정은 그저 고마움일 뿐이다.

여기에 생각이 미치자 나는 곧바로 손 위의 우담화를 버리고 빠른 걸음으로 그곳을 떠났다. 납란민을 홀로 우담화 앞에 버려둔 채로…….

작은 정원의 주렴은 겨울을 맞이하고, 꽃향기가 차가운 바람을 타고 콧가를 맴돌았으며, 얼음같이 차가운 바람은 비단옷을 파고들고 있었다.

저수궁을 뛰쳐나온 내 머릿속은 납란민의 몇 마디 말 때문에 뒤죽박죽이 되어 있었고, 나의 마음은 거세게 흔들리고 있었다.

아니, 불가능하다. 내가 어떻게 기우가 아닌 다른 사람을 좋아할 수 있단 말인가? 한 손으로 이마를 어루만진 후에야 나는 내 이마에 땀이 가득하다는 것을 깨달았다.

이때, 환관 하나가 나를 향해 급하게 달려왔다.

"진비마마, 태후마마께서 뵙기를 청하십니다."

온갖 생각이 교차하여 나는 놀라고 의아해하며 그를 바라보았다.

태후가 나를 보자 한 것은 분명 큰일이었으나, 그를 따라 태후전으로 들어서는 나의 마음속에는 연성의 상태에 대한 근심으로 가득했다.

멀리 태후가 우아한 모습으로 봉황 의자에 기대어 앉아 있는 모습이 보였다.

"무릎을 꿇어라!"

그녀의 목소리에서 노기가 전해졌다. 나는 주저 없이 대전 중앙에 무릎을 꿇었다. 나는 두 손을 바닥에 대고, 시선을 바닥에 고정한 채 폭풍우의 도래를 기다렸다.

"진비, 네가 감히 폐하를 미혹하여 너와 단둘이 하나라에 가시게 하다니, 도대체 네가 무슨 생각을 하고 있는지 알 수가 없구나! 폐하께서 그런 중상을 입으시도록 하다니!"

그녀가 꽉 쥔 주먹으로 탁자를 내리쳤다. 그녀의 고함소리가 휑한 대전 안에 메아리쳤다.

"신첩의 잘못입니다."

나는 침착하게 그녀의 분노에 답한 후 걱정하며 물었다.

"폐하……의 상태는 어떠신지요?"

"하늘의 도우심으로 큰일은 없으실 것이다."

태후는 천천히 한숨을 몰아쉬고 이내 엄숙하고 차가운 표정으로 되돌아왔다.

"진비, 네가 어떤 벌을 받아야겠느냐?"

연성이 괜찮다는 말을 듣자 나는 천 근 같던 마음의 짐을 드디어 내려놓을 수 있었다.

"신첩, 태후마마께서 내리시는 어떤 벌이든 달게 받겠습니다."

태후는 짙은 자색과 진홍색이 어우러진 봉황 치마의 매무새를 가다듬고 꼿꼿한 모습을 드러내며 말했다.

"너는 길하지 못하고 음험하며 폐하의 위엄을 해했다. 오늘 밤 이후, 너는 소양궁의 법당에서 매일 관음보살을 마주보고 불경을 세 번씩 읽어 네 몸의 불결한 기운을 씻어 내도록 해라. 내 허락이 없는 한, 너는 절대로 폐하를 만나서는 안 된다."

그녀의 말이 끝났지만 나는 그 어떤 반응도 보이지 않았다. 그녀가 다시 말하였다.

"나는 아직 잊지 않고 있다. 몇 년 전, 한 소년이 기나라 군영으로 향하여 내 아들을 구해 낸 일을 말이다. 나는 그 소년에게 몇 번이나 감사의 뜻을 전하고 싶었다. 후에 들으니 그 소년이 그동안 연성이 감추고 있던 바로 그 여인이라고 하더구나.

그때 나는 너를 다시 보게 되었다. 너처럼 담력과 식견을 가진 여인이라면 분명 성격이 강직하고 선량한 마음을 가졌을 거라고 생각했지. 그래서 연성이 너를 진비로 봉하겠다고 했을 때도 반대하지 않았다. 그러나 연성이 너를 위해 목숨을 잃을 뻔 했으니, 나는 너를 결코 용서할 수가 없구나."

"신첩, 알겠습니다. 태후마마의 말씀은 신첩이 소양궁에서 조용히 머물며 다시는 폐하와 지나친 만남을 가지지 말라는 말씀이 아니신지요? 신첩, 태후마마의 명에 따르겠습니다."

나는 깊이 고개를 숙인 후 몸을 일으켜 태후전을 나섰다. 대전 밖에는 깊은 어둠이 깔려 있었다.

어쩌면 나는 이 시간 동안 내 마음을 차분히 가라앉힐 수 있을 것이다. 동시에 영수의와 연윤의 경계심을 늦출 수도 있으리라.

총애를 업고 후궁을 거머쥐니

일 년 후.

또다시 한 해의 마지막 달이 되었다. 소양궁 안은 처량하고 쓸쓸했다. 그 누구도 정원 안에 떨어진 낙엽을 쓸지 않았고, 바람에 흩날리는 먼지가 온 방 안을 채우고 있었다. 궁 안의 궁녀와 환관들은 나에게 쫓겨나거나 스스로 새로운 주인을 찾아 떠나고 오직 난란과 유초만이 남아 있었다. 그들은 내가 아무리 내쫓아도 나를 떠나지 않고 내 곁을 지키고 있었다. 커다란 궁은 마치 빈 성처럼 현실감이 없을 만큼 고요했다.

일 년 전, 소양궁을 떠나지 않기로 마음먹은 이후 나는 연성을 만나지 않았다. 난란에게 들으니 그는 여러 번 찾아왔으나 매번 궁문을 들어서기 전에 되돌아갔다고 했다. 나는 그가 태후의 명령을 어길 수 없으리라는 것을 알고 있다. 게다가 나 역시 그를 어찌 대해야 할지 알 수 없었다.

"마마, 또 잘못 읽으셨습니다."

유초가 불경을 든 채 탄식했다.

"첫 번째 부분과 세 번째 부분을 섞어 읽으셨어요."

목탁을 두드리던 손을 멈추고, 나는 꼭 감고 있던 눈을 떴다. 거의 다 타 버린 붉은 촛불을 보고서야 나는 내가 불당에 하루 종일 꿇어앉아 있었다는 것을 깨달았다.

사람들은 불경을 읽으면 마음이 샘물같이 평온해지고 잔잔해진다고 하던데, 수개월 동안 불경을 읽은 나의 마음은 오히려 더 혼란스러웠다. 머릿속에서는 몇 개월 전, 어의로 분한 희가 내게 했던 말이 스쳐 가고 있었다.

"진비, 내게 좋은 소식인지 아닌지 모를 소식이 있는데 듣고 싶소?"

"솔직히 당신이 전해 주는 소식은 들을 엄두가 안 나요. 그래도 듣고 싶어요."

"하루아침에 기나라 사십여 명의 관원들이 두 승상 지지 세력들의 죄목을 공동으로 폭로하고 삼십여 종의 죄목을 정리하여 황제에게 건네었다고 하오."

나는 소리 내어 하하 웃었다.

"겨우 두 해가 흘렀을 뿐인데 참 빠르기도 하네요."

내가 기나라를 떠나기 전, 두씨 일가의 세력은 하늘 높은 줄 모르고 뻗어 나가고 있었다. 도대체 기우는 어떤 방법으로 이 짧은 시간 안에 그 큰 우환을 제거한 것일까?

"황후를 폐한 그날 그는 바로 새로운 황후를 책봉하였소."

희의 목소리가 잠시 멈추었다.

"소 황후."

소 황후? 나는 숨을 멈춘 후 곧 웃음을 터뜨렸다.

"황후를 책봉하는 것은 좋은 일이지요. 좋은 일이에요."

"아직도 잊지 못하고 있소?"

나는 담담히 고개를 가로저었다.

"그저 우습다는 생각이 들어서요."

두씨 집안을 제거한 후 나를 황후로 봉하겠다고 했던 이가 누구였던가? 아니다. 아니다. 그것은 더 이상 중요하지 않다. 모든 사람에게는 사랑하는 이를 선택할 권리가 있다. 그러니 나는 그 누구에게도 나를 영원히 마음속에 담아 달라고 요구할 수 없다. 그것은 너무 이기적이지 않은가? 하물며 기우는 황제이다. 기나라를 떠나기로 마음먹은 그날부로 나는 기우와의 사랑을 버리기로 결심했다. 게다가 내가 기나라 황궁을 떠난 지도 벌써 두 해가 지났다. 기우를 향한 사랑 역시 버릴 때가 되었다.

정신을 차린 후, 나는 손에 들고 있던 염주를 내려놓고 방석에서 몸을 일으켰다. 두 다리가 저렸고 머리도 무거웠다. 그러나 마음은 홀가분했고 정신은 또렷했다. 나는 조용히 미소 지으며 딱딱하게 굳어 있던 몸을 쭉 폈다. 다시 바깥의 하늘을 바라보니 이미 자시[36]에 가까워져 있었다.

　침궁으로 돌아가 쉬려는데 난란의 낮은 소리가 들려왔다.

　"눈이 내려요!"

　'눈'이라는 소리를 듣자 나는 후원에 가득 피어 있을 매화가 떠올랐고, 조금씩 흩날리는 눈꽃의 정경이 마음을 흔들었다. 충동을 이기지 못하고 나는 뒤쪽의 창문을 향해 달려가 굳게 닫혀 있는 자단목 창문을 밀어 열었다. 차가운 기운이 느껴졌고, 저 멀리 매화 숲을 바라보니 매화 가지 위에 눈꽃이 피어 매화의 고운 자태가 더욱 빛나고 있었다.

　눈을 돌리자 얇은 옷을 입고 눈밭 위에 쓸쓸히 서 있는 사람 하나가 나를 가만히 바라보고 있었다. 나는 그 자리에서 굳어 버리고 말았다.

　그의 몸에는 눈이 두껍게 쌓여 있었다. 눈 내리는 이 차가운 밤에 저렇게 얇은 옷을 입고 있다니 그는 춥지도 않단 말인가!

　정신이 번뜩 든 나는 창문을 넘어 매화 숲을 향해 나는 듯이 달려갔다. 그의 앞에서 발걸음을 멈추고 나는 그를 멍하니 바라보며 말했다.

　"당신……, 어떻게 오셨어요?"

　그의 서글픈 얼굴 위에 미소가 떠올랐다.

　"갑자기 오늘이 그대의 생일이라는 게 떠올랐다오. 그대가 보고 싶어 참을 수가 없었소. 그대가 잘 지내고 있는지……."

---

36 밤 11시~ 1시.

생일, 이 두 글자가 나의 마음을 뒤흔들었고, 그제야 나는 몇 년 전 승상부에서 그에게 했던 농담이 떠올랐다.

"한 해의 마지막 달, 매화가 만개하고 첫눈이 내리는 그날이 바로 제 생일이에요."

연성이 나의 농담을 잊지 않고 기억하고 있을 줄은 생각지도 못했다.

"여기까지 왔는데, 왜 들어오지 않으셨어요?"

"우리가 만나면 모후께서 그대에게 또 죄를 물으실까 염려되었소. 사실, 멀리서라도 그대를 볼 수 있으면 그것으로 족했소."

나는 소리 없이 웃었고, 눈물이 내 뺨을 타고 흘러내렸다. 눈꽃이 우리의 몸 위로 분분히 흩날리고 있었다.

내가 웃으면서 우는 모습을 보고 그가 어쩔 줄 몰라 했다.

"복아, 원치 않는다면 내 다시는 찾아오지 않겠소."

나는 소리 내어 웃으며 그의 품으로 달려가 그의 차가운 몸을 단단히 껴안았다. 눈물이 그치지 않고 흘러내려 그의 얇은 옷자락을 적시고 있었다. 이 사랑을 내가 어떻게 저버릴 수 있겠는가?

그날 이후, 연성은 나의 손을 붙잡고 태후전으로 향하였고, 태후에게 나의 금족령을 풀어 달라고 요구했다. 그의 어투는 매우 강경했고, 그의 엄숙하고 단호한 태도를 본 태후는 결국 고개를 끄덕였다. 그러나 이로 인해 나에 대한 태후의 불만은 한층 더 깊어졌으리라. 그녀는 나를 자신의 아들을 미혹하는 여우로 여기고 있을 것이 분명했다.

그 후 나는 진정으로 연성의 진비가 되었고, 진정으로 후궁을 관장하게 되었다. 그러나 나는 그가 오직 나만을 총애하지 않도록 했다. 제왕이 한곳에서만 침소에 드는 것이 금기임을 나는 잘 알고 있었다. 게다가 나는 아기를 가질 수 없는 몸이었다.

그는 매일 나를 찾아와 나와 함께 바둑을 두고 명문과 시화에 대해 이야기를 나누었으며, 천하를 통일하는 큰 꿈에 대해 대화를 나누었다. 그는 내 앞에서 자신의 야심을 조금도 숨김없이 드러냈고, 나는 그저 미소를 지은 채 그의 얘기를 들었다.

나는 이미 수많은 풍파를 경험하여 지쳐 있었고, 이제는 기댈 수 있는 어깨가 필요했다. 어쩌면 나는 이 제왕의 곁에서 내 안식처를, 내 귀착점을 찾을 수도 있을 것이다.

나는 창가에 기대어 매화 숲의 향설해가 조금씩 흩날리는 모습을 바라보고 있었다. 꽃잎이 천천히 땅으로 떨어지자 나의 마음속에서도 깊은 슬픔이 느껴졌다.

매화가 시들어 가는가? 겨울은 참 빨리도 지나가는구나.

갑자기 매화 숲에서 희미한 웃음소리가 들려왔다. 마치 샘물이 졸졸 흐르는 듯한, 듣기 좋은 소리였다. 매화 숲의 깊숙한 곳으로 시선을 돌려 보니 희고 푸른 사람 형상이 천천히 움직이는 것이 보였다. 매화를 감상하는 기쁨에 차 있는 듯했다.

"난란, 저들은 누구지?"

난란이 고개를 내밀어 한참 동안 매화 숲을 바라보다가 시선을 거두고 말했다.

"주인님께 아뢰옵니다. 난빈蘭嬪과 근빈瑾嬪입니다."

나는 고개를 끄덕였다.

"폐하께 몇 명의 빈이 있느냐?"

난란이 손가락으로 세었다.

"지금까지는 모두 네 명입니다. 난빈, 근빈, 원빈媛嬪, 향빈香嬪, 이 네 명의 빈 가운데 폐하께서는 오직 난빈의 침소에만 드셨습니다. 난빈은 원래 저희와 같은 궁녀였으나 눈치가 빠르고 아첨을 잘하여 태후마마의 비위를 잘 맞추었지요. 태후마마께서 그녀를 수양딸로 삼으시고 폐하께 첩으로 맞아들이라고 하셨습니다. 덕분에 난빈은 하루아침에 세력을 거머쥐게 되었고, 그 이후 거만하기가 이를 데 없답니다. 태후마마의 총애를 등에 업고 황후마마마저 우습게 보고 있습니다."

유초가 부러운 듯 말했다.

"사실, 이 몇 년 동안 폐하께서는 나랏일을 걱정하시느라 여색을 멀리하셨습니다. 그러나 저는 알고 있습니다. 폐하의 마음속에는 오직 주인님밖에 없기에 일부러 여색을 멀리하셨다는 것을요."

나는 매화 숲에서 담소를 나누는 난빈과 근빈의 모습이 점점 또렷해지는 것을 보고, 미소 지으며 말했다.

"사실 연성은 그럴 필요가……."

그러나 난빈과 근빈이 까치발을 딛고 매화 가지를 꺾는 모습을 보고는 나는 말을 멈추고 그들을 향해 달려갔다.

그녀들은 내가 다가가자 조금 전 꺾은 매화 가지를 손에 든 채 재빨리 예를 갖춰 인사를 올렸다.

"신첩, 마마께 인사……."

"감히 나의 소양궁에서 매화를 꺾다니!"

나는 차가운 목소리로 그녀들의 인사말을 자르며 그녀들 앞으로 걸어가 그녀들의 손에 들려 있는 매화 가지를 빼앗았다.

근빈이 곧바로 고개를 숙이고 목소리를 떨며 말했다.

"마마, 화를 거두시옵소서."

그러나 안색이 변한 난빈은 몹시 거슬리는 말투로 말했다.

"진비께서는 별것 아닌 일을 가지고 왜 이리 소란을 피우십니까? 고작 매화 가지 하나일 뿐인데요."

"고작 매화 가지 하나? 매화는 고결한 것이다. 어찌 속세의 사람이 이를 더럽힌단 말이냐? 게다가 이 소양궁의 매화는 내가 무척 아끼는 것으로, 자네들이 매화를 꺾은 것은 분명 잘못이야. 그런데 잘못을 저지르고도 뉘우치기는커녕 나에게 보란 듯이 말대답을 하다니, 신분의 높고 낮음을 모르는 것인가?"

"어머, 진비께서 하시는 말씀은 하나같이 이치에 들어맞으나, 저는 제가 도대체 무슨 잘못을 했는지 모르겠습니다. 그러니 태후마마를 찾아뵙고, 마마에게 이 일의 옳고 그름을 판단해 달라고 하는 게 어떨는지요?"

그녀의 오만방자한 모습을 보니 우습기 그지없었다.

"난빈과 태후마마의 관계는 후궁 안의 모든 사람이 알고 있는데, 나에게 그대와 함께 태후마마를 찾아가 시비를 가려 달라 하자고?"

난빈의 얼굴에 웃음기가 더 크게 번졌다.

"진비께서도 이미 알고 계시다면……."

나는 그녀의 말을 곧바로 잘라 버렸다.

"아니면 난빈이 나와 함께 폐하를 찾아가 시비를 가려 달라고 하는 건 어떤가?"

그녀의 발그레하던 얼굴이 순식간에 창백해졌고, 거만하던 미소가 차갑게 변했다.

"출신도 분명하지 않은 계집이 감히 주제 넘게 굴다니! 네가 정말 후궁을 관장하고 있다고 생각하는 것이냐? 진비, 네가 폐하의 총애를 받는 후궁이라 한들 뭐가 대수란 말이냐? 그저 구미호처럼 폐하를 꾀어냈을 뿐, 그 미모와 수단으로 얻은 총애가 얼마나 갈 수 있을……."

그녀의 말이 채 끝나기 전에 내가 그녀의 따귀를 호되게 내리쳤다. 맑은 따귀 소리가 고요한 매화 숲에 울려 퍼지자 유초와 난란은 차가운 숨을 들이켰다.

나는 난빈을 비스듬히 노려본 후 웃으며 말했다.

"비록 내 출신이 분명하지는 않으나 난빈의 신분이야말로 비천하지 않은가?"

난빈의 얼굴 위에 내 손바닥 자국이 붉게 남았다. 그녀는 연신 입술을 씰룩거리며 얼이 빠진 모습으로 나를 바라보고 있었다.

내가 매화 숲에서 난빈을 때린 일은 순식간에 태후의 귀에 들어갔고, 그녀는 나와 난빈을 태후전으로 불러들였다. 대전에 들어서서자마자 마치 중요한 재판이라도 벌어진 듯 태후가 가장 상석에 점잖게 앉아 있었고, 그다음 자리에 앉은 황후가 온화하게 나를 바라보며 옅은 미소를 짓고 있었다. 그리고 그들의 양쪽에는 세 명의 아름다운 여인들이 있었다.

난빈은 곧바로 태후를 향해 달려가 그녀의 앞에 무릎을 꿇고, 하염없이 훌쩍이며 하소연을 하기 시작했다.

"태후마마, 이 난이를 위해 시비를 가려 주세요. 진비가 다짜고짜 이 난이의 따귀를 때렸습니다."

그녀가 뺨 위에 남아 있는 붉은 손바닥 자국을 가리키자 태후는 가슴 아파하며 그녀의 뺨을 어루만지며 위로해 주었다. 그러고는 시선을 돌려 노기 가득한 눈빛으로 나를 노려보았다.

"진비, 난이가 도대체 무슨 잘못을 했기에 그녀를 이토록 호되게 때린 것이냐?"

나는 가볍게 웃으며 답했다.

"첫째로는 매화를 꺾은 것, 둘째로는 불손하게 말한 것입니다. 제가 때리지 말아야 했습니까?"

"고작 매화 가지 하나를 가지고!"

그녀가 미간을 찌푸리며 다시 물었다.

"난이가 무슨 불손한 말을 했느냐?"

내가 입을 열려는 순간, 난빈이 재빨리 나의 말을 가로챘다.

"저는 그저 진비마마를 일깨워 드리려 했을 뿐입니다. 지금까지 폐하께는 적자가 없으십니다. 진비마마께서 궁에 들어오신 지도 이미 한 해가 넘었고, 폐하께서 가장 자주 머무르시는 곳이 소양궁인데 진비마마께는 회임의 징조가 전혀 없지 않습니까? 그래서 저는 마마에게 너그러운 마음으로 폐하께서 더 많은 건강한 후궁들과 침소에 드실 수 있도록 하여 황실의 대를 잇고, 천하를 안정되게 해야 한다고 말씀드렸을 뿐입니다. 그런데 진비마마께서 제 말을 듣자마자 안색이 변하시더니…….”

아무 말 없이 그녀의 말을 듣고 있자니 우습기 그지없었다.

난빈, 참으로 연기를 잘하는구나. 그러니 태후께서 너를 그토록 아끼시겠지.

그녀의 말을 들은 태후는 안색이 순식간에 변하더니 분노에 차 탁자를 내리쳤다.

“진비! 네가 이토록 속이 좁은 여인인 줄은 몰랐구나. 난이가 네게 몇 마디 한 것을 가지고 사람을 때리다니! 너는 규범을 지키지 않아도 된단 말이냐?”

그녀의 비난에도 나는 고개를 숙인 채 아무 말도 하지 않았다. 내가 해명을 해도 결국 소용없을 것을 알고 있었기 때문이다. 처음부터 태후는 나를 적대시하고 있으니까.

태후가 다시 말을 이었다.

“날짜를 계산해 보니 폐하는 지난 반년 동안 수개월이나 너의 소양궁에서 머무르셨다. 그런데 너는 회임의 징후가 조금도 없구나. 진비, 네 배가 제구실을 못하니 너는 당연히 도량을 넓

혀야지. '후손이 없는 것'은 제왕에게 절대 있어서는 안 되는 일이다. 만약 이 일이 알려지기라도 하면 사람들의 웃음거리가 될 것이다.”

'배가 제구실을 못한다'는 말이 나의 가슴을 날카롭게 찌르는 것 같았다. 쓸쓸한 마음이 가슴 가득 퍼졌다. 나는 심호흡을 하며 침착함을 되찾으려 하였으나 다소 격한 목소리로 말을 이었다.

“그렇습니다. 신첩의 몸은 좋지 않습니다. 그러나 몸이 좋지 않은 것이 사람들에게 조롱을 받을 만한 일인지요? 한 사람의 여인으로서 아이를 가질 수 없는 것은 매우 비통한 일입니다. 그런데 태후마마께서는 이 일로 신첩을 계속 공격하고 계십니다. 태후마마의 마음은 칼로 만들어지신 것입니까?”

“진비, 대단한 기세로구나! 감히 나를 질책하다니!”

태후는 분노로 몸을 부들부들 떨었다.

“여봐라, 진비의 따귀를 때려라!”

“모후!”

사나운 고함 소리가 온 대전에 퍼져 나갔고, 모든 이들의 눈빛이 급히 들어서는 연성에게 집중되었다. 그는 맹렬한 기세로 이곳에 있는 이들을 훑어본 후 시선을 내게 고정시켰고, 미소를 지으며 내 손을 꼭 쥐었다.

“내가 있는 한 그 누구도 그대를 건드릴 수 없소.”

태후의 얼굴이 창백하게 변했다.

“폐하, 폐하는 진비가 어떤 대역죄를 저질렀는지 알고 계십니까?"

연성의 시선이 태후에게로 옮겨 갔다.

"소자는 진비의 말에 무슨 잘못이 있는지 모르겠습니다. 오히려 모후께서 지나치게 가혹하시다는 생각이 듭니다. 진비가 아이를 가질 수 없다 해도 그녀는 제 마음속의 유일한 아내입니다."

태후는 연이어 뒷걸음치며 믿을 수 없다는 듯이 연성을 바라보았다. 그 눈빛에는 비통함이 담겨 있었다.

"소자, 진비를 데리고 먼저 떠나겠습니다."

연성은 그 한마디를 남기고는 내 손을 잡고 태후전을 나왔다.

길을 가는 내내 그의 걸음은 몹시 빨랐고, 나 역시 그의 걸음에 맞춰 걸으며 조용히 물었다.

"다 들으셨어요?"

그는 고개를 끄덕였으나 걸음은 여전히 멈추지 않았다.

"응."

"사실, 저는 그저 순간의 충동을 이기지 못하고……."

그가 갑자기 걸음을 멈추고는 고개를 돌려 나를 응시했다.

"나는 모후의 말씀이 그대의 옛 상처를 떠올리게 했을까 걱정될 뿐이오."

나는 가만히 고개를 떨어뜨리고 옅은 미소를 지었다.

"옛일은 더 이상 꺼내지 않기로, 우리 약속하지 않았던가요?"

그의 그윽한 두 눈이 다소 어두워졌으나 그는 여전히 미소를 잃지 않고 있었다.

"응, 다시는 꺼내지 않겠소."

나는 슬픈 표정을 지우고, 미소를 띤 채 고개를 들었다.

"폐하, 아직 국사를 돌보셔야 하나요? 혹시 한가하시면 신첩과 함께 저녁노을을 보러 가지 않으시겠어요?"

연성은 순간 멍해진 듯하였으나 이내 웃으며 말했다.

"사랑하는 비의 명을 짐이 어찌 따르지 않을 수 있겠소?"

우리는 저녁놀이 사라질 때까지 소양궁의 이연호 언저리에 기대어 앉아 있다가 칠흑 같은 어둠이 찾아오자 그제야 궁으로 돌아가 저녁 식사를 하기 위해 몸을 일으켰다. 그때, 갑자기 반년 전 이곳에서 날려 보냈던 공명등이 떠올랐다. 마음이 동한 나는 난란과 유초에게 공명등 하나를 준비하게 했다.

연성이 근심하며 물었다.

"무엇을 하려고 하오? 또 내가 다른 사랑하는 여인을 찾기를 빌려는 것은 아니겠지?"

나는 대답하지 않고 붓을 들어 공명등 위에 반듯한 글자를 천천히 써 내려가기 시작했다.

연성이 하루 빨리 삼국 통일의 대업을 이루기를 바랍니다.

내가 글을 다 쓰자 연성이 등 위의 글자를 보며 가볍게 미소 지었다.

"삼국 통일, 이것이 그대의 염원이오?"

나는 횃불을 들어 등 안에 불을 붙인 후 등을 높이 날려 보냈다.

"저의 염원일 뿐만 아니라 당신의 꿈이기도 하지요. 아닌가요?"

나는 공명등을 바라보며 말했다.

"연성, 태후의 말씀이 옳아요. 저는 아기를 가질 수 없는 여자예요. 그러나 당신은 황제이니 반드시 적자가 있어야 해요."

그는 고개를 돌려 나를 한참 동안 바라보며 입을 꼭 닫은 채 아무 말도 하지 않았다.

나는 미소를 지은 채 그의 시선에 답하였다.

"제가 총애를 받음으로써 당신의 강산이 위협당하는 건 저도 원치 않아요."

연성은 한참이 지난 후에야 무겁게 입을 열었다.

"만약 어느 날 내가 납란기우와 전쟁을 한다면, 그대는 정말 냉담히 바라볼 수 있겠소?"

갑작스러운 화제 전환에 나는 멍하니 그를 바라보았다.

"내 생각에 그대는 기우를 도울 것 같소. 그대는 계속 그를 미워한다고 말하지만, 사랑이 없이 어찌 미움이 있을 수 있단 말이오?"

정신을 차린 나는 어색하게 웃음 지었다.

"그가 두완을 폐하고 기다렸다는 듯이 새로운 황후를 책봉했다는 소식을 들었을 때, 저는 마음을 정리했어요. 사실 옛일은 덧없는 연기와도 같아요. 저는 그저 나라를 되찾고, 당신과 여생을 보내고 싶을 뿐이에요."

나의 말을 들은 그의 눈 속에 내가 읽어 낼 수 없는 의혹의 빛이 스쳐 지나갔다. 그는 무슨 말을 하려는 듯했으나 결국 아무 말도 하지 않았다.

나는 그가 내 말을 믿지 않는다고 생각하고 급히 말을 이었다.

"제가 한 말은 모두 사실이에요."

연성이 웃으며, 내 귓가에 흘러내린 술 장식을 귀 뒤로 넘겨 준 후 내 뺨을 어루만졌다.

"나는 그대의 말을 의심해 본 적이 없소."

그가 고개를 숙이고 내 입술에 입을 맞추려 하자 나는 곧바로 손을 뻗어 그의 입술을 막았다.

"사람이 있어요!"

사방을 둘러보니 난란과 유초는 어느새 사라지고 없었다. 정말 재빨랐다.

연성이 내 손을 거두고 거친 입맞춤을 하기 시작했다. 나는 까치발을 하고 그의 입맞춤에 응했다. 그의 입맞춤은 온화한 그의 외모와는 달리 소나기와 같은 격정을 지니고 있었다. 우리의 호흡은 뒤엉켰고, 농염한 욕망은 점점 깊어져 갔다.

정월 대보름날, 영수의는 내게 황후전으로 와서 태후가 하사한 세 벌의 천잠天蠶[37] 비단옷 가운데 한 벌을 가져가라고 전했다. 황후전으로 들어서자마자 나는 영수의와 함께 있는 난빈을 발견하였다. 나를 본 그녀 역시 안색이 순식간에 차갑게 굳어 버렸다. 나는 마음속으로 이 상황을 정리해 보았다.

영수의가 신바람이 나서 내게 천잠 비단옷을 고르러 오라고 한 것은 나와 난빈 사이에 불씨를 붙이기 위함이었다. 그녀가 그토록 한판 극을 보고 싶어 한다면 내 그녀를 위해 제대로 연기해 보이리라.

궁녀들이 세 벌의 천잠 비단옷을 우리 앞에 내려놓자 난빈이 탄성을 내질렀다. 확실히 한눈에 보아도 아름답고 진귀한 물건이었으며, 그 반짝임은 눈이 부실 지경이었다. 이 한 벌의 비단옷으로 얼마나 많은 이들이 평생 먹고 입는 것을 걱정하지 않을 수 있을까?

"정말 아름다워요."

난빈이 세 벌의 비단옷에서 눈을 떼지 못하며 말했다.

영수의가 그것들을 가리키며 말했다.

"이 금색 옷은 고급스러움과 위엄을 갖추고 있고, 자색 옷은 어여쁘고 요염하며, 흰색 옷은 고아하고 속되지 않은 아름다움을 지니고 있지. 자, 마음에 드는 것으로 고르게."

나는 흰색 옷을 어루만져 보았다. 부드러운 질감이 손바닥

---

37 산누에나방과에 속하는 들누에로 한국과 일본 지역에 분포하고 있다. 매우 고운 상품(上品)의 실을 뽑아 낸다.

에 느껴졌다.

　영수의가 곧바로 미소 지으며 말했다.

　"진비에게는 이 흰 비단옷이 잘 어울리겠군. 청아하고 속되지 않은 아름다움이 있으니……."

　그녀가 말과 함께 옷을 내게 건네주었다. 그때, 난빈이 영수의의 손에서 그 옷을 재빨리 가로채며 말했다.

　"이 옷은 제가 먼저 봐둔 것입니다."

　나는 그저 웃을 뿐이었다.

　"저는 이 자색 옷이 더 마음에 듭니다. 황후마마께서는 이 자색 옷을 제게 주시지요."

　영수의가 미간을 찌푸렸다.

　"그래도 내 생각에는 흰색 옷이 진비에게 더 잘 어울릴 것 같네."

　나는 난빈을 힐끔 바라보았고, 그녀는 득의양양하여 말했다.

　"이 흰색 옷은 진비마마가 입으시는 것보다 제가 입는 것이 훨씬 아름다울 것 같습니다. 요염함으로 사람을 홀리는 사람들이나 자색을 좋아하지요."

　나의 얼굴에는 여전히 옅은 미소가 걸려 있었다.

　"그래, 자색은 사람을 홀리는 사람들이나 좋아하지. 나 역시 그리 생각하네."

　나는 잠시 말을 멈추었다가 다시 말을 이었다.

　"난빈이 흰색 옷을 입으면 분명 세속적이지 않은 아름다움을 뽐낼 수 있을 것이네. 그러나 흰색은 상복의 색깔이지."

그녀의 얼굴이 순식간에 차가워졌고, 창백하게 변했다.

나는 계속 말을 이었다.

"난빈의 가족들은 모두 세상을 떠났나 보군. 그래서 그토록 흰색을 좋아하는 거겠지?"

흰 비단옷이 그녀의 손에서 바닥으로 떨어지며 맑은 소리를 울렸다. 분노로 두 눈이 새빨갛게 변한 그녀가 표독스럽게 나를 노려보았다.

그러나 나는 미소를 지으면서 말했다.

"왜 그러는가? 내가 틀린 말이라도 했나?"

그녀가 갑자기 달려와 두 손으로 나를 거칠게 밀어 버렸다. 전혀 예상치 못한 행동에 나는 비틀비틀 몇 발짝 뒷걸음친 후……, 결국 금색 무늬의 기둥에 세게 부딪히고 말았다. 오직 난란의 비명 소리만이 들려오는 가운데 눈앞이 암흑으로 변하여 아무것도 보이지 않았다. 그저 피비린내와 내 입술을 따라 흘러내리는 뜨거운 액체만이 느껴질 뿐이었다.

또다시 피인가? 내 삶과 피는 참으로 깊은 인연을 맺고 있는 듯하구나……. 영수의, 이제 만족하느냐?

의식이 점점 흐려지고 있는데, 궁녀들이 우르르 달라붙어 나를 침대 위로 옮기는 것이 느껴졌다. 주위가 청아한 영수의의 향기로 가득한 걸로 보아 그들은 나를 그녀의 침상으로 옮긴 듯했다. 나는 주변 사람들의 시끄러운 소리만을 인식할 뿐 그들이 무슨 이야기를 하고 있는지는 알아들을 수 없었다. 그러나 나의 눈은 여전히 떠지지 않았고, 등과 이마의 고통은 온몸으로 퍼져 가고 있었으며, 가슴의 고통은 곧 폭발해 버릴 것만 같았다.

"어서 저희 주인님을 봐 주세요……. 주인님……, 괜찮으셔요?"

"반드시……, 주인님을 살려 주세요……. 주인님의 몸 상태는……?"

추측하지 않아도 이것이 난란과 유초의 고함 소리라는 걸 알 수 있었다. 이 황궁 안에서 오직 그녀 둘만이 진심으로 나를 걱정해 주고 있었다.

낮고 묵직한 목소리가 내 귓가에서 말했다.

"마마……, 안심하십시오."

그 목소리에 나는 단단히 쥐고 있던 두 손을 천천히 폈다. 이어서 차갑고 자극적인 냄새가 내 후각을 사로잡았고, 흐트러졌던 의식이 조금씩 되돌아왔다.

드디어 고통스러운 기운이 점차 사라지고 두 눈이 천천히 떠졌다.

제일 먼저 눈에 보인 것은 희였다. 어의의 복장을 한 그는 손에 작은 약병을 든 채 나를 바라보고 있었다. 곧이어 연성이 뛰어들어오는 것이 보였다. 얼굴 가득 안타까운 기색을 띤 그는 나를 바라보며 한참 동안 아무 말도 하지 못했다.

"폐하, 마마의 전신에 강렬한 충격이 가해져 피가 역류하였습니다. 그러나 다행히 제때 구할 수 있었기에……."

희는 나의 병세에 대해 연성에게 상세히 보고했다. 연성의 미간이 점점 찌푸려지더니 마침내 차가운 눈빛으로 영수의와 난빈을 바라보았다.

"도대체 무슨 일이 있었는지, 너희 가운데 누가 짐에게 고할 것이냐!"

위엄이 서린 그의 말에는 짙은 분노가 섞여 있었다.

난빈은 안색이 종잇장처럼 창백하게 변한 채 고개를 숙이고 양손을 깍지 끼고 있었다. 영수의가 고운 미소를 지으며 입을 열려는 것을 보고 내가 먼저 입을 열었다.

"황후마마, 도대체 제가 무슨 잘못을 했기에 그토록 화를 내신 것인지 모르겠습니다."

영수의의 미소가 굳어 버렸다.

"진비, 지금 무슨 말을 하는 것이냐!"

그러자 난란이 내 말에 맞장구를 쳤다.

"황후마마, 왜 저희 주인님을 밀치셨습니까? 저희 주인님의 몸 상태가 계속 좋지 않다는 걸 모르셨습니까? 그렇게나 무섭게 미시다니요."

이 말을 들은 난빈은 재빨리 고개를 들었고, 도저히 믿을 수 없다는 듯이 난란을 바라보았다. 그러고는 다시 아무 말도 하지 않고 있는 나를 바라보며 곧바로 고개를 끄덕였다.

"그렇습니다. 황후마마께서 진비를 밀치셨습니다."

유초 역시 말을 거들었다.

"주인님께서는 그저 마마와 똑같이 흰 비단옷을 좋아하셨던 것뿐인데, 그리 독하게 주인님을 대하실 필요가 있으셨습니까?"

갑자기 모든 이들의 지탄을 받게 되자 영수의는 당황하여 손가락으로 우리를 하나하나 가리키며 말했다.

"네 이것들, 내가 언제 진비를 밀쳤다는 것이냐! 분명히 난⋯⋯."

영수의가 자신의 이름을 부르려 하자 난빈이 다급히 그녀의 말을 끊었다.

"황후마마, 이곳의 모든 이들이 똑똑히 보았는데 무슨 말씀을 하시는 것입니까?"

그 자리에 있던 시녀들 가운데 황후전의 시녀들을 제외한 모든 이들이 계속해서 고개를 끄덕이고 있었다.

영수의는 이 광경을 바라보다 돌연 몸을 돌려 침대 위의 나를 노려보았다.

"진비, 이 천한 년! 네가 감히 나를 모욕하다니⋯⋯!"

그녀의 말이 채 끝나기도 전에 연성이 앞으로 한 걸음 나아가 그녀의 뺨을 내리쳤다. 영수의는 맞아서 머리가 어질어질한 듯 한참이 지난 후에야 정신을 차렸다. 영수의가 얼굴을 가리고 울며 말했다.

"지금 저를 때리셨습니까?"

연성은 그녀를 냉담하게 바라보았고, 목소리는 차갑기 그지없었다.

"영수의, 짐이 그대를 용인하는 데에도 한계가 있소. 지금 당장 꺼지시오. 짐은 두 번 다시 그대를 보고 싶지 않소!"

영수의는 한참 동안 그를 멍하니 바라보더니 부끄럽고 분한 얼굴로 침궁을 떠났다.

연성은 침상 곁으로 걸어와 소매로 내 이마 위의 식은땀을 닦아 주며 물었다.

"아직도 아프오?"

나는 힘없이 고개를 가로저었다.

"괜찮아요."

희의 표정이 갑자기 진지해지더니 한참을 망설인 후에 입을 열었다.

"진비마마의 몸은 더 이상 이런 중상을 견뎌 내실 수 없습니다. 왜인지는 알 수 없으나 마마의 몸은 무척 허약하십니다. 마치 아직 제거되지 않은 독이 몸에 남아 있는 듯합니다."

"독?"

연성의 목소리가 돌연 높아졌다.

"어찌 독이 있단 말이냐?"

나는 침착하게 해명했다.

"전에 잘못 복용한 것입니다."

만약 그 독을 복용하지 않았다면 나는 기우에게서 결코 하나라에 다녀오라는 윤허를 받지 못했을 것이다. 이것은 내 스스로 마신 독이었다.

연성이 마치 무언가를 깨달은 듯 급히 물었다.

"제거할 수 있느냐?"

희가 대답했다.

"앞으로 마마께서 전심전력으로 건강을 보살피신다면 분명 제거할 수 있을 것입니다."

"알았다. 앞으로 진비의 몸조리는 네가 책임지도록 해라. 짐은 하루라도 빨리 그 효과를 보고 싶구나."

깊은 밤, 남원에서의 비밀스러운 만남

그 후, 희는 매일 소양궁으로 찾아와 나의 맥을 짚어 주었다.

지난번 내가 영수의에게 죄를 뒤집어씌운 것은 복수를 하기 위해서가 아니었다. 그보다는 희가 소양궁을 드나들 수 있는 핑계를 만들기 위함이었다.

욱나라에서 나는 연성을 제외하고는 의지할 만한 사람이 없어서 무슨 일을 하려 해도 힘이 부족했다. 그런데 마침 내 병이 큰 도움을 준 것이다. 쓸쓸한 미소가 흘러나왔다. 나는 언제부터 내 병까지 이용하게 된 것일까?

나와 희는 백옥을 조각해 만든 작은 탁자 앞에 조용히 앉아 있었고, 향로에서 피어오른 향불 연기가 우리를 에워싸고 있었다. 사방은 고요하다 못해 바깥의 바람 소리와 우리의 숨소리만이 들려올 뿐이어서 현실감이 느껴지지 않았다. 나는 희가 나를 위해 특별히 제조한 '냉향빙화차冷香冰花茶'를 어루만지고 있었다. 그는 이 차가 내 몸 안에 있는 독을 제거해 줄 것이라고 말했다.

희가 편지 한 통을 내게 건네주었다.

"이것은 내 부하가 늦은 밤 연윤의 거처에 잠입하여 훔쳐 온 것이오."

나는 그것을 받아 봉투 안에 있는 편지를 꺼냈고, 그 위의 새까만 글자를 바라보며 물었다.

"이게 연윤의 필적인가요?"

"그의 서재에서 훔쳐 온 것이오."

그가 탁자 위에 손을 대충 올려놓으며 말했다.

"그대의 몸 상태가 얼마나 엉망인지 알고 있소?"

나는 웃음 지었다.

"알고 있어요."

"그대의 몸에 어찌 그렇게 많은 종류의 독이 있는 것이오? 많은 이들이 그대에게 독을 쓴 것이오?"

나는 그의 질문에 정색하며 답했다.

"묻지 마세요. 지금 제 관심은 오직 연윤과 영수의를 어떻게 제거할까뿐이에요. 지금 연윤이 죽이려는 사람은 저 하나만이 아니에요. 연성도 포함되어 있어요."

"두렵소?"

희가 갑자기 물었다.

나는 고개를 들어 그를 응시했다.

"뭐가 말이에요?"

"태후를 죽이는 것!"

나의 손이 가볍게 떨렸다. 지금까지 연성과 함께 지내면서 나는 이 일을 잊고 있었다.

연성의 모친을……, 죽인다? 나는 정말로 그녀를 죽여야 한다.

"왜? 두려워졌소?"

그의 입가에 미묘한 미소가 걸렸다. 나는 경직된 모습으로 고개를 가로저었다.

"지금 태후를 죽이는 일을 논하기에는 아직 일러요. 기나라 와 하나라를 멸한 후가 태후를 죽일 때예요."

옷소매를 휘날리며 창가로 걸어간 희가 난간 앞에 선 채 파 란 하늘을 올려다보았다. 정원에는 다채로운 빛깔의 풀과 꽃이 만개해 있었다. 그의 목소리가 여름 바람과 함께 천천히 전해 져 왔다.

"그대는 자신의 몸을 보호할 수 있는 무공을 배워야겠소. 첫 째로는 자신을 보호하기 위해서, 둘째로는 태후를 죽일 수 있 는 가능성을 높이기 위해서."

불어오는 바람이 내 몸을 때리고 이마 위의 술 장식을 흐트 러뜨렸다. 나는 주먹을 단단히 쥐었다가 풀었다.

희가 말을 이었다.

"기나라 쪽에서 움직임이 있었소. 납란기운은 비밀리에 자 신을 지지하는 수많은 관원들과 연합하였고, 적절한 시기가 되면 그들이 납란기운이 황위에 오를 수 있도록 돕기로 했다오."

나는 의아하여 물었다.

"그가 도대체 어떤 방법으로 관원들이 그를 지지하게 했나요?"

"납란기우가 빼어난 수단을 가지고 있다면 납란헌운은 신묘한 계책을 가지고 있었소. 납란헌운은 납란기우가 납란기운에게 황위를 순순히 넘기지 않을 걸 알고 있었지. 그래서 생전에 기운에게 유조遺詔[38]를 남겼다오. '황위는 오황자 납란기운이 계승한다'는 유조였소."

그가 잠시 말을 멈추었다.

"과연 그 아버지에 그 아들이지. 모두 뛰어난 계책을 지니고 있으니 말이오. 어쩌면 제왕 일가에서 태어난 자의 어쩔 수 없는 운명일지도 모르오. 부자 사이에 그토록 서로를 경계하다니……. 이런 옛말이 있지. 세상에서 가장 무정한 이들은 제왕의 가족들이다."

유조! 나는 몹시 놀라 온몸을 거세게 떨었으나 이내 평온함을 되찾고 억지웃음을 지어 보였다.

"확실히 납란헌운이 할 만한 행동이군요."

기우는 유조의 존재를 알고 있을까? 지금 기우는 무척 위험한 듯했다.

희가 몇 발짝 뒷걸음치더니 몸을 돌려 나를 바라보았다.

---

38 군주가 죽기 전에 남긴 유서

"연윤의 글씨체를 잘 모사해 보시오. 허점은 드러내지 말고."

고개를 들어 그의 차갑고 잘생긴 얼굴을 보며 나는 자신 있게 고개를 끄덕였다.

"글씨체 모사는 별거 아니에요. 제게 사흘의 시간만 주세요, 똑같이 모사해 낼 테니."

희는 고개를 끄덕이고는 밖을 향해 성큼성큼 걸어가다가 문턱을 넘기 전 갑자기 발걸음을 멈추었다. 그리고 고개를 돌려 내가 만지작거리고 있는 차를 가리켰다.

"잊지 마시오. 모두 마셔야 하오."

나는 가볍게 미소 지으며 놀리듯이 말했다.

"알고 있어요, 잔소리꾼."

희가 떠난 후 나는 곧바로 종이와 붓을 꺼내어 연윤의 글자를 모사하기 시작했다. 한 획, 한 획을 정성을 들여 썼다.

어릴 적부터 나에게는 취미가 하나 있었다. 바로 서체를 모사하는 것이었다. 나는 송 휘종徽宗의 서체를 모사하는 걸 가장 좋아했고, 부황께서는 매번 내가 모사한 글씨를 보신 후 칭찬을 해 주시곤 했다.

연윤의 글자는 특색 없이 평범했기에 모사하기 쉬웠다. 나는 그것보다는 영수의가 함정에 걸려들지 않을까 봐 걱정이었다. 요새 희는 영수의의 행동 하나하나를 주시하고 있었으나 그녀는 자신의 분수를 잘 지키며 지내는 듯했고, 연윤과는 더 이상 그 어떤 왕래도 하지 않는 것 같았다. 만약 정말 서신을 그녀에게 전한다면 무슨 내용을 써야 할까?

생각에 생각을 잇다 보니 어느새 나는 넋을 놓고 있었다. 연성이 나타날 때까지 내 붓은 조금 전 글씨를 쓰고 있던 종이 위에 닿아 있었고, 덕분에 종이 위에는 큼지막한 먹 자국이 찍혀 있었다.

연성은 아무 말 없이 내 옆에 놓여 있던 종이를 들어 한참 동안 바라본 후 물었다.

"이건 둘째 아우의 글씨체인데, 이것으로 무엇을 하려고 그러오?"

나는 진지한 연성의 표정을 바라보고, 그를 속일 수 없다는 것을 깨달았다.

"연성, 당신은 영수의가 왜 제 얼굴을 해하였는지 알고 계세요?"

연성은 종이를 탁자 위에 올려놓았다.

"질투 때문에."

"아니에요. 질투가 유일한 이유는 아니었어요."

그의 얼굴에 놀란 기색이 스쳐 가는가 싶더니 그가 큰 목소리로 물었다.

"그럼 무엇 때문이오?"

나는 미소 지으며 고개를 가로저었고, 그의 손을 붙잡으며 살짝 웃었다.

"만약 저를 믿으신다면 사흘만 기다려 주세요. 사흘 뒤에 당신에게 진실을 보여 드릴게요."

그의 눈에 한 줄기 묘한 기운이 스쳐 갔으나 그는 내 손을 꼭 잡으며 말했다.

"그대를 믿소."

신뢰로 가득 찬 그의 눈빛을 보니 가슴이 벅차 왔다. 나는 그가 더 이상 추궁하지 않는 것에 감사했다. 도대체 어떻게 이야기를 해야 할지 알 수 없었기 때문이다. 만약 말을 한다 해도 그는 분명 받아들일 수 없을 것이다. 직접 보고 들어야만 믿을 수 있을 것이다.

그는 탁자 앞의 의자에 앉아 나를 자신의 품으로 이끌고 나의 가녀린 허리를 부드럽게 감싸 안았다. 그가 내 목에 머리를 파묻자 그의 숨결이 목에 느껴졌다. 나는 그의 무릎 위에 앉아 온몸을 그에게 기대었다.

"기나라는 어때요?"

"모든 것이 순조롭소."

그의 목소리는 매우 나직하여 마치 허공을 떠다니는 것 같았다.

순조롭다……. 그 뜻은 기우의 황위 찬탈이 곧 밝혀진다는 의미이리라. 그렇다면 그는 황위를 지킬 수 없을 것이고, 나는 곧 나라를 되찾을 수 있을 것이다…….

"그가 걱정되오?"

연성의 목소리는 여전히 낮고 묵직했으나 말 속에는 차가움이 담겨 있었다.

"아니에요. 그저 나라를 되찾게 되면 당신이 저를 도와 하나라를 잘 다스려 주실 거라는 생각을 하고 있었어요. 당신은 저의 남편이니 앞으로 하나라는 당신 것이에요."

"우리 두 사람의 것이오."

그의 팔에 힘이 더해지고 그가 나를 더욱 꼭 감싸 안았다. 나는 더 이상 아무 말도 하지 않고 눈을 감은 채 그의 품에 기대어 이 순간의 고요함을 만끽했다.

나라를 되찾은 후, 저는 당신의 모후를 암살해야 해요. 그때, 당신은 제가 한 일을 용서해 주실까요? 분명 그러실 리 없겠지요. 그래도 그녀는 당신의 모친이니…… 그러나……, 저는 희에게 반드시 이 일을 해내겠다고 약속했어요. 그와의 약속을 어길 수는 없어요.

시간이 멈추어 버렸다고 생각했을 때, 연성이 목멘 소리로 내게 말했다.

"복아, 사랑하오. 이 강산과 그대를 바꾸라 하여도, 나는 결코 그대를 포기하지 않을 것이오. 그 누구도 내게서 당신을 데려갈 수 없소."

그의 말은 맹세와도 같이 진지하였고, 내 가슴속에 깊이 박혀 나는 숨조차 쉴 수 없었다.

"만약 언젠가 제가 당신에게 미안한 일을 한다면 당신은 저를 용서해 주실 수 있나요?"

"그러지 않을 거요."

연성의 대답에 나는 온몸이 경직되었다. 그때 그가 부드럽게 웃으며 하는 말이 들려왔다.

"만약 그대가 내게 정말 미안한 일을 한다면 분명 내가 그대에게 먼저 미안한 일을 했기 때문일 것이오. 그러니 그 말은 내가 그대에게 해야 할 말이라오."

나는 고개를 기울여 그의 눈처럼 희고 깨끗한 얼굴을 바라보고 그의 눈을 응시했다.

"앞으로도 계속 이렇게 지냈으면 좋겠어요. 저는 당신에게 너무나 많은 빚을 졌어요. 그 빚을 당신에게 모두 갚아 드리고 싶어요."

그는 조금의 망설임도 없이 고개를 끄덕였다.

"그대도 알겠지만 내가 원하는 것은 그대의 죄책감이 아니오."

나는 살짝 웃음 지은 후 그의 손을 붙잡고 고개를 끄덕였다.

남원嵐苑.

달빛이 비추는 오동나무로 가득한 화원은 드넓고 고요했으며, 차가운 밤의 이슬이 소매를 적시고 있었다.

나와 연성은 일찌감치 남원의 화려한 망루 위에 몸을 숨기고, 달빛을 빌려 정원 뒤편의 황무지를 살펴보고 있었다. 잡초가 무성한 그곳은 유난히 고요했다.

나는 영수의가 올 것이라고 굳게 믿고 있었다. 내가 종이 위에 쓴 것이 '진비 암살'이라는 네 글자였기 때문이다. 나는 그녀가 꿈속에서도 나를 죽이고 싶어 한다는 것을 알고 있었다. 게다가 수일 전, 나는 그녀에게 죄를 뒤집어씌워 노골적으로 그녀에게 싸움을 걸지 않았는가. 아마 그녀는 지난 며칠간 단 하루도 제대로 잠을 자지 못했을 것이다.

약 일 각 정도 더 기다리자 사람 그림자 하나가 천천히 움직였다. 나는 재빨리 연성을 이끌고 더욱 은밀한 곳으로 몸을 숨기고 바깥쪽을 몰래 지켜보았다.

사람의 그림자가 점점 더 가까워졌고, 아름다운 얼굴이 달빛 아래 그 모습을 드러냈다. 그녀의 얼굴은 창백하고 기묘하였으며 표정은 매우 차가웠다. 그녀의 눈빛은 경계하듯 사방으로 향하고 있었다. 그때, 또 다른 검은 그림자 하나가 걸어 나왔다. 밝은 그믐달에 비쳐, 어렴풋하지만 그가 연윤이라는 것을 알 수 있었다.

"다시는 만나지 말자고 하지 않았던가요?"

영수의가 차갑게 그를 바라보았다.

"왜? 내가 그립지 않았소?"

연윤이 차갑게 웃자 이 적막하고 황량한 곳이 더욱 음산하고 공포스럽게 느껴졌다.

"이렇게 늦은 시간에 왜 부른 거예요? 누구에게 발각되기라도 하면 끝장이에요."

그녀의 말투에는 걱정스러움이 묻어 있었다.

"이제는 더 이상 시간을 끌 수 없소. 진비가 우리의 일을 모두 알고 있으니 말이오. 그녀를 죽이지 않으면 우리 둘 다 살아남을 수 없소."

'진비'라는 두 글자를 듣자 영수의의 눈빛이 순식간에 악독하게 변했다.

"그 천한 계집의 명은 참 질기기도 하지요. 하나라로 그토록 많은 자객을 보냈는데도 살아남다니! 당신, 일 처리 능력이 부족한 거 아닌가요?"

나는 차가운 숨을 들이켤 수밖에 없었다. 정말로 그들이 보낸 자객이었다니! 이렇게 악독하다니! 연성을 죽음으로 몰아넣은 후 자신들이 조정을 장악하려 했던 것인가?

연성이 나의 손을 꼭 잡았다. 나 역시 그의 손을 살짝 잡으며 위로를 전했다. 그의 손에서는 다소 힘이 풀렸으나 그의 눈은 망루 아래의 모든 것을 똑똑히 주시하고 있었다. 그의 몸에서 살기가 발산되고 있었다.

"우리 그런 이야기는 그만합시다."

연윤이 영수의에게 더 가까이 다가간 후 손을 내밀어 그녀의 얼굴을 어루만졌다.

"오랫동안 그대를 만나지 못했더니, 그대가 정말 그리웠소."

영수의가 그의 손을 힘껏 뿌리쳤다.

"예의를 지키세요. 나는 황후입니다!"

연윤의 눈빛이 차가워졌다.

"영수의, 연기는 그만하시오. 내가 그대를 얼마나 자주 만졌소?"

"옛일은 꺼내지 말아요. 당신이 먼저 나를 유혹하지 않았다면 내가 어떻게 그런 일을 했겠어요? 그런 일이 없었다면 지금처럼 골치 아픈 일들도 없었을 테지요. 어서 진비, 그 천한 계집이나 제거해 버려요. 그렇지 않으면 우리가 두 번 다시 만날 일은 없을 테니……."

영수의가 갑자기 분노에 찬 말을 멈추고 휘둥그레진 눈으로 망루에서 내려와 자신에게 다가오는 연성의 모습을 바라보았다.

영수의가 몸을 떨며 손가락으로 연윤을 가리키며 말했다.

"폐하……, 그가……."

그녀의 목소리가 다시 굳어 버렸다. 그녀의 눈앞에 있는 이가 어찌 연윤이란 말인가? 그는 희였다.

희가 손에 들고 있던 인면피人面皮를 던져 버리고 말했다.

"신, 폐하를 알현하옵니다."

연성은 영수의 앞으로 걸어간 후 그녀를 한참 동안 바라보았다.

"수의, 짐은 복아의 얼굴을 해한 것이 그대의 짓이라는 것을 알고 있었소. 그런데도 그대를 벌하지 않은 것은 그대의 성이 '영'이기 때문이었소. 내 일찍이 그대 영씨 집안에 잘못을 했기 때문이었지. 그러나 그대가 짐의 아우와 함께하고 있을 줄은 생각지도 못했소. 게다가 또다시 복아를 암살하려 하다니……. 이번에는 짐이 결코 그대를 용서하지 않을 것이오."

영수의는 눈가에 눈물이 가득 맺힌 채 그 자리에 멍하니 서 있었다. 그녀는 아무런 해명도 하지 않았고, 용서를 구하지도 않았다. 그저 울먹이는 목소리로 말했다.

"연성, 당신 마음속에 제가 없다는 것은 알고 있었어요. 그러나 진심으로 당신을 대하다 보면 당신의 마음 역시 움직일 거라 생각했고, 저를 사랑하게 될 거라고 생각했어요. 저는 최선을 다하여 좋은 아내가 되었고, 공주로서의 오만함을 버리고 양보와 관용을 배워 당신을 따랐지요. 당신을 사랑하기 때문이었어요. 그런데 저 여자가 나타나는 바람에 제 꿈은 산산조각이 나 버렸지요!"

그녀의 매서운 눈빛이 내 몸에 고정되었다.

"저는 저 여자를 질투했어요. 저 여자가 뭔데 당신의 사랑을 독차지하는 거죠? 그날, 저는 분명 저 여자가 승상부를 떠날 수 있도록 도와주었고, 저 여자는 다시는 돌아오지 않겠다고 약속했어요. 그런데 약속을 지키지 않고 다시 당신 곁으로 돌아왔지요. 도대체 저 여자가 뭔데 우리 부부 사이에 끼어든 거죠?"

"그대야말로 우리 사이에 끼어든 제삼자요."

연성의 목소리가 떨어지자마자 영수의는 넋을 잃고 말았다. 그녀가 멍하니 물었다.

"제가요?"

"복아는 원래 나의 약혼녀였소. 그대가 그대의 오라버니에게 이 혼인을 성사시켜 달라고 고집만 부리지 않았다면 내가 어찌 그대를 아내로 맞았겠소? 누군가의 강요로 원치 않는 일을 억지로 하는 것이 나는 가장 싫소. 그대가 아무리 내게 잘한다 한들 나는 그대를 사랑하지 않았을 것이오."

연성의 목소리는 비록 나지막했으나 무정하기 짝이 없었다.

영수의는 비틀거리더니 이슬이 가득한 수풀 위에 털썩 주저앉고 말았다. 고개를 떨어뜨린 그녀의 얼굴에서 눈물이 그녀의 손등으로 떨어졌다.

"정말 제 잘못인가요? 아니에요……. 모두 저 여자 때문이에요! 저 여자가 없었다면 저는 결코 한때의 분노로 정신을 잃고 연윤과 그런 불경한 짓을 저지르지 않았을 거예요……."

"복아가 없었어도 나는 그대를 사랑하지 않았을 것이오."

연성의 이 한마디가 그녀의 마지막 기대마저 깨뜨려 버렸다. 영수의는 경악하며 고개를 들고 연성을 바라보았다. 심지어 자신이 울고 있었던 것조차 잊어버린 듯했다. 영수의의 처량한 모습을 보니 나는 갑자기 그녀 역시 불쌍한 사람이라는 생각이 들었다.

"폐하, 그녀를 어떻게 벌하시려는지요?"

희는 훌쩍이는 영수의의 모습에 조금도 동요하지 않고 차갑게 입을 열었다. 연성은 고민 없이 '폐위'라는 두 글자를 내뱉었다.

"폐하, 잊지 마십시오. 폐하께서는 그녀에게 목숨 하나를 빚지고 계십니다. 바로 그녀의 오라버니 말입니다."

나는 감정을 제어하지 못하고 목소리를 내고 말았다.

"하룻밤 부부라도 만리장성을 쌓는다고 했습니다. 그녀의 행동은 괘씸하나 측은한 면도 있습니다."

"거짓 선심으로 은혜를 베푸는 척하지 말아라. 이게 다 천한 너 때문이다. 모두 네가 해한 것이다!"

영수의는 미친 듯이 나를 향해 고함을 질러 댔고, 그 목소리가 끝없이 사방으로 퍼져 나갔다. 참으로 처절한 모습이었다.

"그래요. 저는 당신이 황후의 자리를 지키고 앉아 제게 빚을 졌다는 것을 영원토록 기억하게 하고 싶어요. 그렇게 당신이 한평생 안심하지 못하고 지내길 바라요."

나는 한 발짝 앞으로 걸어 나가 나를 갈기갈기 찢어 죽일 듯한 영수의의 눈빛과 마주했다.

"명심해요. 당신의 잘못은 '폐위' 정도로 끝날 수 있는 일이 아니에요. 당신은 한평생 양심의 가책을 느껴야 할 거예요."

그날 밤이 지나기 전에 연윤은 관직과 신분을 잃었고, 평생 황궁에는 한 발짝도 들일 수 없게 되었다. 영수의는 금인자수를 몰수당하고, 황후전에 유폐되어 다시는 후궁의 일에 간섭하지 못하게 되었다.

연성은 신속하고 단호하게 이 두 가지 일을 처리하였고, 덕분에 조정의 수많은 이들의 의혹과 반대를 야기했다. 그러나 연성은 그 이유를 밝히지 않았다. 이것은 집안일이었다. 결코 조정 대신들이 알아서는 안 되었다.

그날 밤, 황후의 금인자수는 백복 태감에 의해 소양궁으로 옮겨졌다. 황제의 명에 의해 오늘부터 후궁을 관장하는 황후의 역할은 내가 대리하게 되었고, 이 일은 태후를 소양궁으로 이끌었다.

태후는 내가 인사를 올리기도 전에 나의 따귀를 올려붙였다. 나는 피하지 않고 그녀의 매서운 손을 그대로 받아 냈다.

얼굴 반쪽이 얼얼하게 아파 왔다. 태후가 이토록 분노하는 것은 분명 연성이 영수의와 연윤의 일을 그녀에게 아직 밝히지 않았기 때문일 것이다.

"진비, 참으로 오만 방자하구나! 감히 황제를 꼬드겨 친동생과 조강지처에게 손을 쓰게 하다니!"

태후는 화가 머리끝까지 치민 듯 얼굴이 새빨갛게 달아오른 채 나를 질책했다. 그러나 나는 침착하게 답하였다.

"신첩, 그런 적 없습니다."

"오늘 밤, 폐하는 너와 계속 함께 계셨고, 조금 전 소양궁으로 두 개의 성지가 내려오지 않았느냐! 도대체 그들이 무슨 대역죄를 저질렀기에 그런 대접을 받는단 말이냐? 분명 네가 간교한 말로 폐하를 미혹하여 황후를 폐하고 너를 황후로 봉해달라고 했겠지. 그러나 내 너에게 분명히 말하겠다. 헛된 꿈은 꿈 생각도 말아라!"

태후의 목소리는 점점 높아져 갔고, 온몸은 부들부들 떨리고 있었다.

"폐하께서 마마께 말씀하지 않으셨습니까?"

나의 침착한 목소리가 그녀의 노한 목소리와 선명한 대비를 이루었다.

"무엇을 말이냐?"

나는 그녀에게 다가가 그녀의 귓가에 대고 오직 우리 두 사람만이 들을 수 있는 목소리로 말했다.

"시동생과 형수의 간통, 태후마마께서는 어떻게 생각하시는지요?"

　태후의 안색이 돌변하였다. 입술은 움직이고 있으나 태후의 입에서는 아무 말도 나오지 않았다. 그녀의 이마에서 몇 방울의 식은땀이 똑똑 떨어지는 것이 보였다.

돌연 붉은 눈물 흐르고

두 달이 지나자 영수의와 연윤의 일도 서서히 잊혀졌다. 그러나 연성은 여전히 마음을 정리하지 못한 듯했다. 그는 종종 황제의 서재에 틀어박혀 며칠이 지나도록 나오지 않았고, 나역시 그를 자주 만날 수 없었다. 나를 보러 왔다가도 잠깐 앉아있다가 읽어야 할 상소문이 많다며 금세 일어나고는 했다. 그가 연윤의 일에 여전히 심란해하고 있음을 나는 잘 알고 있었다. 그는 자신의 아우를 몹시 신뢰하고 있었기 때문이다.

제왕의 일가에 신뢰와 경계는 상호적인 것이다. 경계를 하면 형제간에 감정의 골이 생길 것이고 신뢰를 하면 무정한 배반만이 있을 뿐이다.

예전에 나는 부황께서 매일 이마를 괴시고 도대체 누구를 태자로 세워야 하나 고심하시는 모습을 보며 이상하게 생각했었다. 그저 태자를 봉하는 것뿐인데 그리 고심할 필요가 있을까 싶었다. 납란 일가의 황위 다툼을 경험하고 나서야 나는 당시 부황의 근심을 이해할 수 있었다.

천하를 다스리는 것은 천하를 얻는 것보다 어렵고, 그중에서도 후계자 책봉은 더욱 어려운 일이다. 동기간에 상잔이 일어나 참극이 벌어질까 걱정스럽기 때문이다. 모두가 제왕 일가를 부러워하나 그 누가 황자의 고통을 알겠는가?

나를 대하는 연성의 태도는 평소와 다름없었다. 그러나 그의 눈에서 때때로 흘러나오는 아픔은 감출 수 없었다. 그러나 나는 그에게 아무것도 묻지 않았다. 그것은 그의 상처를 다시 들추는 일이었기 때문이다.

지난 며칠 동안 나는 희 역시 자주 볼 수 없었는데 연성이 그를 서재로 자주 부른다고 했다. 그들은 매우 중요한 일을 상의하는 듯했다. 설마 기우를 쓰러뜨리는 일인가? 이렇게 빨리……?

이치를 따져 본다면 지금이야말로 기우를 쓰러뜨릴 적기였다. 기우가 조정에서 두 승상을 제거한 지 얼마 되지 않았으니 분명 그의 세력도 큰 타격을 입었을 것이기 때문이다. 그러나 정말 그렇게 쉬울까?

문득 오랫동안 납란민을 찾지 않았다는 것을 깨닫고 나는 저수궁을 찾았다. 일 년 전, 태후가 내게 금족령을 명한 이후 처음이었다.

문을 열고 방 안으로 들어가자 병색이 짙은 납란민이 침상에 누워 있는 모습이 보이고 그녀의 기침소리가 귓가를 자극했다.

나는 곧바로 그녀의 곁으로 달려가 그녀를 돌보고 있는 궁녀에게 엄하게 물었다.

"어찌 된 일이냐?"

"주인님께서는 몇 개월 전부터 심한 기침을 멈추지 않고 계십니다. 제가 어의를 모셔 오려 하였으나 승은을 입지 못하신 주인님을 업신여겨 치료해 주지 않았습니다. 그래서 진비 마마를 찾아가 도움을 청하려 하였으나 그때 마마께서는 금족령을 당하셨던 터라 마마를 뵐 수도 없었습니다. 수개월 전에 괜찮아지셨다가 오늘 재발하셨는데 증세가 예전보다 더심하십니다."

재빨리 무릎을 꿇은 그녀는 몸을 약하게 떨고 있었다.

"너는 지금 당장 어의를 찾아가거라. 가서 진비의 명령이니, 오지 않으면 목을 칠 것이라 전해라."

나는 이를 악물고 명하였다. 마음속에서는 납란민에 대한 걱정이 점점 커져 가고 있었다.

그녀에게 만약 무슨 일이라도 생기면 기운을 어찌 본단 말인가? 우리가 떠나기 전, 그는 내게 납란민을 잘 보살펴 달라고 신신당부했었다. 그러나 나는 그의 당부를 제대로 들어주지 못했다. 그녀가 병이 들어 이 지경에 이르렀으니 말이다!

나는 양손으로 그녀의 부드럽고 힘없는 손을 꼭 잡고 떨리는 목소리로 말했다.

"언니, 안심하셔요. 곧 집에 가실 수 있을 거예요. 기운에게
는 선황이 남겨 주신 유조가 있어요. 선황……, 참으로 영명하
시지요? 돌아가시기 전에 기우를 무너뜨릴 최후의 무기를 남
겨 두셨잖아요. 그러니 저희가 승리를 거둘 가능성이 매우 크
답니다. 조만간 언니는 그의 곁으로 돌아가 황후가 되시고 두
분의 아기를 가지실 수 있을 거예요."

나는 그녀가 계속 견뎌 낼 수 있도록 쉬지 않고 그녀에게 희
망과 기대를 안겨 주었다. 힘없이 웃는 그녀의 어두운 눈빛에
한 줄기 빛이 스쳐 지나갔다.

"황후……, 아기……."

그러나 그녀의 미소 뒤에 한 가닥 절망이 찾아왔다.

"아니에요. 제 몸은 그때까지 버틸 수 없어요."

"언니, 그런 말씀 마셔요. 금방 건강해지실 거예요."

나는 억지로 웃음을 지으며 그녀를 위로했다.

"제 몸은 제가 제일 잘 알아요. 만약 제가 정말 목숨을 잃
어……, 기운의 곁으로 돌아갈……."

눈물이 순식간에 그녀의 얼굴을 덮었고, 이불과 베개 역시
축축해졌다. 그녀의 그런 모습을 보니 가슴이 쥐어뜯기는 것
같았다.

"만약 가능하다면, 마지막으로 기운의 모습을 단 한 번만이
라도 보고 싶어요."

눈물로 눈가가 촉촉해진 나는 씁쓸히 웃으면서 말했다.

"언니의 병이 나으면 우리 기나라로 돌아가요. 어때요?"

그녀의 눈이 반짝였다.

"정말인가요? 정말 돌아갈 수 있나요?"

나는 힘껏 고개를 끄덕였다.

"마마, 어의께서 오셨습니다."

어의가 도착했다는 말을 듣자마자·나는 재빨리 침대 곁에서 몸을 일으켰다. 그런데 너무 급히 일어났기 때문인지 아니면 몸 상태가 좋지 않기 때문인지 갑자기 눈앞이 새까매지고 다리가 후들거려 제대로 서 있을 수가 없었다. 어의가 곧 넘어질 듯한 나를 급히 부축해 주었다.

"마마, 먼저 마마의 맥을 짚어 보겠습니다."

나는 고개를 가로저었다.

"먼저 다라 답응의 맥을 짚게나."

나는 작은 둥근 의자를 찾아 앉아, 한 손으로 약간 현기증이 나는 이마를 받친 채 어의가 홍실로 납란민의 맥을 짚고 있는 모습을 바라보았다.

한참 후, 실을 거둔 어의가 수염을 쓰다듬으며 말했다.

"오랫동안 치료를 받지 않아 병이 심해진 듯합니다. 게다가 천성적으로 말수가 적고 우울하여 마음의 병이 되었습니다. 먼저 마음의 병을 치유한 후 치료를 진행해야 합니다. 그러나……, 치료를 할 수 있을지 없을지는 장담할 수 없습니다."

여기까지 듣자 나의 마음은 더욱 조급해졌다.

"무엇이라 했느냐? 치료하기 힘들다고?"

갑자기 눈앞이 캄캄해지는 바람에 나는 하마터면 의자에서 넘어질 뻔했다. 어의가 곧바로 달려와 나를 부축하며 말했다.

"마마, 안색이 무척 창백하십니다. 먼저 마마의 맥을 짚고, 다라 답응의 병세에 대해 다시 이야기하겠습니다."

그가 홍실로 나의 손목의 맥을 짚기 시작했다. 근심스러운 얼굴로 한참 동안 맥을 짚던 어의의 얼굴 위로 미소가 번지는 가 싶더니 그가 매우 기뻐하며 크게 소리쳤다.

"마마, 감축드립니다. 마마께서는 회임을 하셨습니다. 마마께서 폐하의 첫 번째 아기를 회임하셨습니다. 감축드립니다!"

나의 얼굴이 딱딱하게 굳었다. 어의의 입술이 열렸다 닫혔다 하는 모습을 바라보는 내 머릿속은 그대로 멈추어 버린 듯했다.

내가 회임을 했다고? 말도……, 안 된다.

"불가능하다!"

나의 목소리가 살짝 떨려 나왔다. 어의는 나의 말에 놀라 한동안 말을 잇지 못했다.

"마마, 확실합니다. 마마께서는 회임하신 지 이미 한 달이 넘으셨습니다."

그러나 나는 여전히 쉬지 않고 고개를 가로저었다.

"내가 어찌 회임을 한단 말인가? 사향을 근 반년이나 먹었으니 이미 불임의 몸이 되었을 텐데……. 분명 오진을 한 걸세."

어의가 다시 홍실을 들고 맥을 짚었고, 나는 숨을 죽인 채 그의 표정을 읽으려 노력했다. 숨이 멎을 것만 같았다.

한참 후, 어의가 홍실을 거두고는 당황스러워하며 나를 바라보았다.

"마마, 마마의 몸 안에는 말씀하신 사향이 없는데, 어찌 불임을 말씀하시는지요?"

나는 의자에서 튀어 오르듯 일어섰다.

"헛소리!"

어의는 곧바로 무릎을 꿇었다.

"마마, 노기를 거두시옵소서. 제 말은 모두 사실이며 거짓은 전혀 없습니다. 마마께서 믿지 못하시겠다면 다른 어의를 불러 다시 맥을 짚어 보게 하시옵소서."

나는 연신 몇 발짝을 뒷걸음질 쳤다.

"말도 안 된다……."

두 다리에서 힘이 풀리고, 머릿속은 엉망진창이 되어 갔다. 방 안에 매우 불편한 기운이 감돌아 나조차 숨을 쉴 수가 없었다. 주먹을 꼭 쥐자 손톱이 손바닥을 파고들어 고통이 번져 갔다.

어의가 두려운 듯이 나를 불렀다.

"마마……."

한참 동안 침묵을 지키던 나는 천천히 심호흡을 했다.

"내가 회임한 일, 너희 중 그 누구도 입을 열어서는 안 된다."

"그건……. 마마, 마마의 회임은 나라의 경사입니다."

어의가 다급히 입을 열었으나 나는 매섭게 그 말을 잘라 냈다.

"나의 명대로 해라. 만약 이 사실이 조금이라도 알려진다면 너희에게 죄를 묻겠다."

성긴 구름이 떠 있는 하늘과 푸른 초원이 하나로 이어졌고, 천지는 봄의 정경으로 가득했다. 아침의 따뜻한 바람이 이슬을 스치고, 청록빛 소매는 비단옷을 돋보이게 하고 있었다.

나는 넋이 나간 채 소양궁으로 돌아왔다. 주변의 아름다운 정경도 내 눈에는 빛을 잃은 어두운 모습일 뿐이었다.

저 멀리서 내가 돌아오는 것을 본 유초가 나를 향해 달려오며 크게 소리쳤다.

"마마, 폐하께서 마마를 오랫동안 기다리셨습니다."

유초의 말을 듣자 나는 잠시 정신이 흐려졌고 멍하니 몇 발짝을 뒷걸음질 쳐 온 길을 다시 되돌아가려 했다.

"복아."

연성의 나지막한 목소리가 나의 발걸음을 붙잡았다. 나는 궁의 문턱 안에 서 있는 그를 바라보았다. 그의 눈빛은 무척 진지했다. 나는 그의 시선을 차갑게 피하며 그를 향해 천천히 걸어갔다.

"어찌 된 일이오? 안색이 매우 창백하오."

그가 걱정스러운 듯 나의 이마를 어루만졌다.

"유초야, 가서 희를 불러 오……."

"괜찮아요."

나는 급히 그의 말을 막았다. 그러자 근심스러운 기색 대신

의혹의 기색이 그의 얼굴에 깃들었다.

"도대체 어찌 된 일이오?"

"아무 일도 아니에요. 그저 좀 피곤할 뿐이에요. 좀 쉬고 나면 괜찮아질 거예요. 처리해야 할 일이 많지 않으세요? 저 때문에 나랏일을 미루지는 마세요."

나는 억지웃음을 지으며 그를 침궁 밖으로 밀어냈다.

"지난 며칠 동안 내가 그대에게 냉담했다고 나를 탓하는 것이오? 사실은……."

그가 급히 해명하려 하였으나 나는 웃으며 고개를 가로저었다.

"아니에요. 제가 어찌 당신을 탓하겠어요? 정말로 그저……, 피곤할 뿐이에요."

그가 침묵을 지켰다. 그는 마치 내 마음속을 꿰뚫어 보려는 듯 가만히 나를 응시했다.

나는 모르는 척하며 유초를 향해 웃으며 말했다.

"유초야, 폐하를 배웅해 드려라."

말을 마친 후 나는 성큼성큼 침궁 안으로 걸어 들어갔다. 뒤에 남은 연성은 여전히 침묵을 지키고 있었다. 그러나 나는 뒤돌아보지 않았다. 조용한 침궁 안에 내 발소리만이 메아리쳤다.

탁자 위의 희미한 촛불이 흔들리며 한 방울 한 방울 붉은 눈물을 떨어뜨리고 있었다. 나는 손을 뻗어 그 붉은 눈물을 받았다. 뜨거운 촛농이 피부 위로 떨어지자 쓰라린 고통이 번져 갔다. 나는 힘껏 아랫입술을 깨물어 울음을 참았다.

'그래. 황비가 말한 소위 매화차와 내가 당시 마시던 차의 향기가 똑같다.'

'말씀해 주세요. 당신은 그 매화차에 사향이 들어 있다는 것을 알고 계셨지요? 그래서 그날, 제가 그 차를 마시는 것을 보고 놀라셨던 거지요?'
'그렇소.'

'미안하오.'
'제게 미안해야 할 만한 일이라도 했나요?'
'아니요. 나는 그저 그대가 더욱 행복하고 즐겁기를 바랄 뿐이오. 가서 그대의 삶을 찾으시오. 멀리 갈 수 있는 한 최대한 멀리 떠나시오. 그리고 다시는 돌아오지 마시오.'

예전의 기억이 떠오르자 터져 나오는 웃음을 금할 수가 없었다.
한명이 나를 속인 것인가? 내가 기우를 오해한 것인가?
"주인님, 대체 무엇을 하고 계신 거예요?"
침궁 안으로 들어온 난란이 곧바로 내 곁으로 달려와 내 손안의 촛대를 빼앗고 내 손바닥에서 굳어 버린 촛농을 급히 떼어 내며 밖을 향해 소리쳤다.

"유초야, 빨리 차가운 물 좀 가져와."

그런 난란의 모습을 보면서도 나는 여전히 옅은 미소를 짓고 있었다.

"나는 괜찮으니 어서 가서 희 대인을 모셔 오너라."

난란은 순간 망설였으나 결국 내 손을 놓고 밖을 향해 달려 나갔다.

약 한 잔차의 시간이 지나자 희가 도착했다. 그는 나를 보자마자 맥을 짚어 보려 하였으나 나는 얼른 손을 옷소매 안으로 숨기며 말했다.

"희, 묻고 싶은 게 있어요. 제 몸의 독은 언제 전부 제거될까요?"

"내가 준비해 준 차를 매일 마시면 약 석 달 후일 것이오."

"그대의 의술은 정말 대단해요. 그렇다면, 제가 회임을 할 수 있는 가능성이 있나요?"

희가 이상하다는 듯 나를 바라보았다.

"당연히 가능하오."

"그래요? 그렇다면 저와 연성이 동침을 한 지 이미 반년이나 되었는데, 왜 저는 아기를 갖지 못한 거죠?"

"그대의 몸이 허약하기 때문이오. 그러나 그대의 몸 상태가 호전되면 분명 아기를 가질 수 있을 테니 너무 걱정하지 마시오."

그가 다정하게 나를 위로해 주었다.

나는 미소를 지으며 고개를 끄덕였다.

"참! 처음 제 맥을 짚었을 때, 제 몸 안에 쌓여 있던 독 가운데……, 사향이 있었나요?"

"없었소."

그가 단호하게 고개를 가로저었다.

"사향은 절대로 함부로 건드려서는 안 되오. 만약 잘못 복용했다가는 정말로 회임을 하지 못하게 되오."

"그래요?"

나는 차분하게 웃고 있었으나 소매 안에 감춘 손은 미세하게 떨리고 있었다.

"안색이 정말로 좋지 않소. 내 어디 좀 봐야겠소."

"괜찮아요, 희. 앞으로는 소양궁에 제 맥을 짚으러 오지 않아도 돼요."

여름 번개가 내리치고, 비가 낙화를 휩쓸어 갔으며, 정원에 가득한 비바람이 낙엽을 흐트러뜨렸다. 나는 회랑의 계단 앞에 홀로 서서 빗물이 진흙을 튕기는 모습을 바라보고 있었다. 빗소리가 내 가슴을 때렸다. 그러나 비는 멈출 것 같지 않았다.

빗방울이 튕기는 소리 가운데 누군가 높이 소리치는 소리가 들렸다.

"폐하께서 납십니다."

빽빽이 내리는 비 사이로 연성이 몇몇 환관과 궁녀들에게 둘러싸인 채 우산을 받치고 걸어 오는 모습이 보였다. 우산이 매우 컸지만 연성의 용포는 젖어 있었고, 그의 신발에는 진흙

이 잔뜩 묻어 있었다.

　잠시 후 그가 회랑 안으로 들어오자 나는 소매 안에서 손수건을 꺼내어 그의 이마에 묻어 있는 빗방울을 닦아 주었다.

　"비가 이렇게 많이 내리는데, 여기는 어찌 오셨어요?"

　"그대도 들었으리라 생각하오. 난빈이 내 아기를 가졌소."

　그는 내가 그의 머리카락을 닦아 주도록 내버려 두고 말했다.

　"네."

　나는 고개를 끄덕였다.

　"좋은 일이지요. 폐하께서도 기쁘시겠어요."

　그가 가볍게 웃음 지었다.

　"무척 기쁘다오."

　그의 얼굴은 웃고 있었으나 그의 눈은 조금도 웃고 있지 않았다. 나는 알고 있었다, 그가 우리 둘 사이의 아기를 원한다는 것을. 그러나 나는 아직 그에게 말할 수 없었다. 한 가지 일을 먼저 끝낸 후에야 그에게 말할 것이다.

　내가 침묵하는 것을 보고 그가 말했다.

　"상소문을 읽고 있었는데, 갑자기 그대가 직접 우린 우전차가 마시고 싶어졌다오."

　그의 머리카락 위의 빗방울을 모두 닦아 낸 후에야 나는 손수건을 거두었다.

　"단지 차 한 모금을 드시기 위해서요?"

　"단지 차 한 모금을 마시기 위해."

그가 미소 지으며 내 어깨를 끌어안았다.

"나를 위해 우전차를 끓여 줄 거요?"

나는 지친 듯이 그의 품에 기대어 두 눈을 감았다.

"당신을 위해서라면 몇 잔이라도 준비할 수 있어요. 그런데……, 당신에게 한 가지 부탁드리고 싶은 일이 있어요."

"말해 보시오."

그의 부드러운 음성이 내 귓가로 전해졌고, 따뜻한 숨소리가 내 얼굴 위를 스치자 간지러움이 느껴졌다.

"납란민이 병에 걸렸어요. 무척 위독해요. 저는 그녀를 기나라로 데려가 기운과 만나게 해 주고 싶어요."

나의 목소리는 매우 침착하였고, 그 어떤 감정의 동요도 드러내지 않았다. 그러나 연성은 몸을 굳히며 바로 말하였다.

"안 되오!"

눈을 뜨고 연성의 차갑고 근엄한 표정을 바라보자 긴장이 되었다.

"그녀에게 무슨 일이 생길까 봐 걱정돼요."

"안 되오."

여전히 같은 말뿐이었다. 나는 조용히 고개를 숙이고 발 아래에서 튀고 있는 흙탕물을 바라보며 아무 말도 하지 않았다.

우리 사이에 갑자기 침묵이 찾아왔다. 그렇게 한참이 지난후, 연성의 탄식 소리가 들려왔다.

"희와 함께 가시오."

나는 고개를 들고 그의 얼굴을 바라보았다. 어쩔 수 없다는 듯한 그의 표정 위로 한 가닥 사랑이 드러났다.

"허락하시는 거예요?"

"그럼 이제 나를 위해 우전차를 끓여 주겠소?"

그는 나의 손을 잡고 침궁 안으로 이끌었다. 그의 따뜻한 손이 느껴지자 가슴속에 미안한 마음이 솟아났다.

"납란민이 기나라로 갔다가 다시 돌아오지 않아서, 앞으로 기운이 황위에 올라도 그를 견제할 수 있는 무기를 잃게 될까봐 걱정되지 않으세요?"

"바보 같기는."

그는 질책과 사랑이 뒤섞인 한마디를 내뱉었다.

"나는 오히려 그대가 더 걱정이오. 내가 두려운 것은 그대가 돌아오지 않는 것이오."

"연성, 저는 반드시 돌아올 거예요. 약속해요."

나는 눈시울이 뜨거워졌다. 그것을 본 연성이 급히 말했다.

"그대를 믿소. 나는 그대가 돌아오기만을 기다리겠소."

나는 미소 지으며 차를 우리기 위해 탁자로 걸어갔다. 눈가에 맺혀 있던 눈물이 물에 떨어져 맑은 찻잔 안에 동그란 물결을 만들었다. 돌아가서 반드시 확인해야만 하는 일이 있다. 그렇지 않으면, 나는 한평생 평안치 못할 것이다.

매화차의 비밀

이따금씩 이어지는 여름비와 함께 천둥 번개가 쳤고, 우리가 탄 마차는 다시 기나라에 도착했다. 저 멀리 금릉을 바라보니, 놀랍게도 한 가닥 불안함이 찾아들었다. 두 해가 채 지나지 않았으나 그곳은 내게 익숙하면서도 낯설었다. 나는 이미 스물하고도 두 살이 되었다. 마치 꿈처럼 어느새 나라를 잃은 지 칠 년이라는 시간이 흘렀다.

참으로 빠르구나! 여전히 기우와 처음 만났던 때가 생생한데……. 생각을 이어가자 나도 모르게 씁쓸한 웃음이 터져 나왔다. 이제는 모두 지난 일이다!

길을 오는 내내 납란민은 기침을 멈추지 않았고 심할 때는 피까지 토하여 보는 이의 가슴을 서늘하게 했다. 희는 여정 내내 그녀의 병을 돌보기 위해 가고 서기를 반복하였고, 덕분에 열흘이 지난 후에야 우리는 기나라에 도착했다. 그리고 이 열흘 사이에 사경에 이른 듯했던 납란민의 병세는 점점 호전되어 어둡던 눈빛 속에 광채가 빛나고 있었다. 이것이 바로 사랑의 힘인가?

나는 매우 기뻐하며 마차에서 뛰어내려 희를 찾았다. 그러나 그는 아무 말 없이 비 내린 후 안개에 쌓인 시냇가를 향해 걸어갔고, 나는 그의 뒤를 따랐다.

"왜 그래요? 그녀의 병세가 대체 어떤가요? 호전되는 기색이 있나요?"

그는 여전히 아무 말도 하지 않고 맑은 계곡물이 흐르는 모습을 묵묵히 바라보고 있었다.

나는 다급히 그를 향해 한 발짝 나아갔다. 그의 침묵이 무엇을 의미하는지 나 역시 잘 알고 있었던 것이다.

"납란민의 기침이 멈추고, 혈색도 점점 좋아지고 있어요."

"그저 겉모습만으로 판단할 수는 없소."

담담한 한마디가 졸졸 흐르는 시냇물 소리를 더욱 맑고 또렷하게 부각시켜 주었다.

"그게 무슨 뜻이에요?"

말을 끝내자마자 구역질이 일어 나는 손으로 입을 급히 막고 헛구역질을 하였다.

희는 표정 변화 없이 고개를 기울여 나를 바라보았다. 그의 예리한 두 눈이 마치 모든 것을 꿰뚫어보는 듯했다. 잠시 후, 구역질의 충동이 가라앉자 나는 천천히 숨을 내쉬며 그를 향해 웃음 지었다.

"아마도 이곳의 기후와 풍토가 나와 안 맞나 봐요. 뭘 잘못 먹은 것 같아요."

그는 내 해명을 외면한 채 황량한 사방을 냉담히 돌아보았고, 작고 느린 목소리로 말하였다.

"나오너라."

순식간에 일곱 명의 아름다운 여인들이 공중에서 떨어져 내려오더니 그의 앞에 가지런히 무릎을 꿇고 한 목소리로 말하였다.

"주인님."

"남릉藍菱아, 너희가 계속 우리를 따라온 이유가 무엇이냐? 무슨 급한 일이라도 있는 것이냐?"

희의 차가운 시선이 맨 앞에 있는 청아한 여인에게 고정되었다.

나는 그녀를 알아보았다. 바로 그날, 객잔 안에 있던 흰옷 입은 여인이었다. 나는 멍하니 그녀들 일곱 명을 바라보았다. 강호의 사람들은 모두 이토록 신출귀몰한 것인가? 게다가 일곱 명의 빼어난 미녀들이라니! 만약 이들과 함께 금릉성에 들어선다면 사람들의 이목을 잡아 끌 것이 분명했다.

남릉이라고 불린 여인이 천천히 몸을 일으킨 후 손에 들고 있던 흰색 전서구傳書鳩[39]를 희에게 건넸다.

---

39 편지를 전하는 비둘기

"이것은 저희가 어젯밤에 붙잡은 전서구입니다. 주인님의 기분이 언짢아지실까 봐 지금까지 주인님을 만나 뵐 엄두를 내지 못하고 있었습니다."

희는 아무 대꾸 없이 전서구를 받아 들었고, 비둘기 발에 묶여 있는 종이를 푼 후 그 내용을 읽기 시작했다. 냉정하던 그의 얼굴에 한 가닥 의혹이 드러났다. 그 안에 무엇이 쓰여 있는지 궁금해하고 있는데 그가 쪽지를 내게 건네주었고, 나는 엉겁결에 그것을 받아 들었다. 쪽지에는 '진비, 복아 공주'라는 글자가 똑똑히 적혀 있었다.

"이것은 누구에게 보내는 전서구인가요? 어디로 날아가고 있었나요?"

불길한 예감이 온몸으로 퍼져 갔다.

"누가 보냈는지는 알지 못하나 비둘기가 날아가던 방향으로 보아 분명 금릉으로 향하고 있었을 겁니다."

남릉은 결코 나를 보지 않았고, 고개를 숙인 채 희를 향해 보고했다. 나를 대하는 그녀의 태도는 이상할 만큼 차가웠다.

"도대체 누가 제 신분을 알고 있을까요? 게다가 이 전서구가 기나라로 향하고 있었다니!"

나는 쪽지를 손에 움켜쥔 채 분석하기 시작했다.

이 전서구는 아마도 욱나라에서 출발한 것일 게다. 그러나 내 정체를 알고 있는 이는 연성, 희, 그리고 영수의뿐이다. 남원에서의 그날, 연성이 영수의에게 내가 바로 그의 약혼녀라고 직접 밝혔으니 영수의 역시 알게 되었을 터였다. 희는 지난 열흘간 나와 함께 있었으니 확실히 그는 아니다. 연성은 더욱이 이런 일을 할 만한 이유가 없다. 그렇다면 가장 유력한 사람은 영수의다. 그러나 그녀가 왜 그런 것일까? 나의 정체를 알려서 그녀에게 무슨 이득이 있단 말인가?

"됐다. 너희들은 물러가거라. 몇 리만 더 가면 금릉이다. 너희들이 계속 나를 따르면 사람들의 이목을 끌어 신분이 드러나고 말 것이다."

희는 더 이상 추궁하지 않고 손을 내저어 그녀들에게 물러가라는 뜻을 전했다. 순식간에 일곱 명의 여인들이 바람처럼 흔적도 없이 사라졌고, 오직 우리 둘만이 남아 서로를 마주하고 서 있었다. 희가 몸을 숙여 돌 하나를 고르더니 맑은 계곡을 향해 힘껏 던졌다.

"이 일을 어찌 보시오?"

나는 아무 말도 하지 않고 그의 말을 기다렸다. 그러나 그는 이 일에 대해서는 더 이상 아무 말도 하지 않고 몸을 일으킨 후 손에 묻은 흙을 털어 내며 말했다.

"갑시다. 납란 아가씨께서 오래 기다리셨으니⋯⋯."

나를 기다리지도 않고 희는 마차를 향해 홀로 걸어가기 시작했고, 나는 눈을 동그랗게 뜬 채 그의 뒷모습만 바라보았다. 나는 그가 거창한 이야기를 늘어놓을 거라고 생각했는데 홀로 걸어가 버릴 거라고는 꿈에도 생각지 못했다. 설마 이미 답을 알고 있는 것일까? 나와 같은 생각을 하고 있는 것일까?

이번에는 전서구를 붙잡아서 다행이었다. 만약 전서구가 정말로 기나라를 향해 날아갔다면 정말 큰일이 아닌가?

황혼 무렵, 우리는 금릉성에 도착하였고, 납란민은 좌불안
석이었다. 그녀의 눈빛은 반짝반짝 빛나 조금도 병이 있는 사
람 같지 않았다. 나는 그녀의 이 모습이 목숨이 다하기 직전에
상태가 잠깐 호전된다는 그것일까 싶어 너무나도 두려웠다. 나
는 그녀가 기운을 향한 사랑으로 절망을 털어 버리고 원기를
되찾을 수 있기를 바랐다. 어쩌면 사랑이란 정말 위대한 것일
지도 모른다.

"도착했다, 도착했어."

납란민은 마차 안에서 흥분하여 창밖의 번화한 거리를 바라
보고 있었다. 양손을 꼭 붙잡은 그녀의 눈빛에서 약간의 불안
감이 드러났다.

"오랫동안 만나지 못했는데, 요새 잘 지내고 계신지 모르겠
어요."

"언니, 안심하셔요. 저희가 벌써 사람을 보내어 오늘 도착할
거라고 왕야에게 알렸어요. 그러니 그는 분명 왕부에서 언니를
기다리고 계실 거예요. 댁으로 돌아가자마자 왕야를 만나실 수
있을 거예요."

나는 그녀의 손을 토닥이며 그녀를 위로했다.

약 반 시진이 지나자 하늘은 점점 어두워졌고, 우리는 초청
왕부에 도착했다. 우리는 조금 열려 있는 후문을 통해 안으로
들어갔다. 우리가 후문을 통해 들어올 것이라 예상하고, 일부

러 후문을 열어 놓은 듯했다.

서늘한 바람이 천천히 불어왔고, 달빛은 아득하고 흐릿하여 마치 나뭇가지의 고독한 그림자가 요동치는 듯이 보였다. 초청 왕부는 텅 빈 성처럼 단 한 사람의 그림자도 보이지 않았다. 버들솜은 바람에 흩날리고 있었고, 회랑에 걸려 있는 등롱에는 촛불이 밝혀져 있지 않았다. 고요하다 못해 수상할 정도였다.

"뭔가 이상하오."

희의 말이 떨어지자마자 발소리가 텅 빈 정원을 울리고 횃불이 칠흑 같던 정원을 대낮처럼 밝혔다. 수백 명의 관병이 우리 세 사람을 겹겹이 포위하자 희는 허리춤을 어루만졌다. 나는 그가 허리에 두르고 있는 연검을 꺼내어 온 힘을 다해 겨뤄 보려 한다는 것을 알 수 있었다.

이때, 두 관병에게 붙잡힌 채로 기운이 끌려 나왔다. 그의 온몸은 밧줄로 묶여 있었고, 두 개의 날카로운 검이 언제라도 내리칠 수 있도록 그의 목을 겨누고 있었다.

납란민이 낮게 소리쳤다.

"왕야!"

"참으로 오래 기다렸다."

딱딱하게 굳은 목소리에 피비린내 나는 살기가 섞여 있어 듣는 이를 몹시 두렵게 했다.

나는 깨달았다. 이번에도 또 지고 말았다!

관병들이 길을 트자 금빛 용포를 입은 기우가 한명의 호위를 받으며 걸어 나왔다. 그의 차가운 눈빛이 우리를 훑어보다가 마지막으로 내 얼굴에 고정되었다. 놀라워하는 기색이 그의 눈빛에 고스란히 드러났다. 그는 내가 오늘 밤에 이곳에 나타나리라고는 생각지도 못했을 것이다.

기우는 나를 한참 동안 응시하였으나 결국 그 시선을 차갑게 거두고 희를 향해 말했다.

"왜? 내가 너희들의 계획을 알게 된 것이 놀라운가?"

"온 마음을 기울여 공손히 듣겠습니다."

희가 차분하게 대답했다.

"짐은 이미 납란기운, 그의 손에 유조가 있다는 것을 알고 있었다. 그에게 반역의 흑심이 있다는 것 역시 잘 알고 있었지. 그런데도 짐이 그를 제거하지 않은 것은 그가 짐의 다섯째 형이기 때문이었다. 그에게 한 가닥 생로를 남겨 주고 싶었기 때문이었다. 그런데 그는 물러나기는커녕 감히 욱나라와 연합하여 짐의 천하를 빼앗으려 했다. 결코 용서할 수 없는 일이지."

그의 눈빛 속에 한 줄기 고통이 스쳐 갔으나 그보다는 천성적으로 갖고 있는 냉철함과 잔혹함이 더욱 분명하게 드러났다.

"너희들은 짐의 후궁 안에 첩자를 심어 놓을 줄만 알았지, 짐이 너희 욱나라에 첩자를 심어 놓았을 것이라고는 생각지 못한 것이냐?"

그의 눈빛이 기운을 떠나 희에게 고정되었다.

"짐은 정말 모르겠구나. 이렇게 위험한 시기에 감히 기나라로 돌아오다니······."

역시 욱나라에 첩자가 있었던 것이다. 그 전서구는 기우에게 보낸 것이었다. 우리에게 붙잡힌 것이 안타까울 따름이었다.

모든 것이 내 탓이다. 내가 급히 돌아와 한명의 해명을 들으려 하지 않았다면, 만약 납란민의 병세가 더 이상 치료가 불가능한 상태까지 이르지 않았다면 우리가 어찌 이러한 위험 속에 빠지게 되었겠는가? 우리는 기우를 이길 수 없다. 그는……, 분명 타고난 제왕이다.

이때 갑자기 검 하나가 뽑혔고, 검에 반사된 빛에 눈이 부셔서 나는 눈을 감았다. 잠시 후, 차가운 느낌이 내 목 주변에 느껴지자 나는 그제야 두 눈을 떴다. 희의 손에 들린 날카로운 검이 내 목을 겨누고 있었다. 그가 냉소를 지으며 기우를 바라보았다.

"그대 생각에 누가 이 놀이에서 이길 것 같은가?"

"무엇 하는 것이냐!"

기우가 엄하게 호통쳤다.

"납란기우, 이 여인이 누구인지 아는가?"

희가 검에 힘을 실으며 내 목을 더욱 거세게 조여 왔다.

"이 여인은 우리 욱나라의 진비이며, 뱃속에는 우리 형님의 핏줄이 있다."

기우가 나를 바라보았다. 그 눈빛 속에는 의혹이 담겨 있었다. 나는 그의 시선을 피하였고, 침묵으로 묵인했다. 나는 어의인 희가 여정 내내 입덧 증상을 보이던 나를 보면서도 아무것도 묻지 않아 이상하게 여기고 있었는데, 알고 보니 그는 그저 모르는 척했던 것뿐이었다.

"그녀가······, 진비이고 게다가 황제의 핏줄까지 배고 있다면서 지금 그대는 그녀를 이용하여 짐을 위협하는 것인가?"

그는 웃었으나 그 안에는 빈정거림이 담겨 있어 몹시 거슬렸다.

"그렇다. 이 여인은 분명 진비이나 그대의 체 황비이기도 하지. 아닌가?"

주먹을 단단히 쥔 기우가 차가운 눈빛으로 희를 노려보았다. 마치 당장이라도 그를 죽일 듯한 모습이었다.

"어찌할 셈이냐?"

희는 그의 눈 속에 번뜩이는 살기는 조금도 신경 쓰지 않는 듯 가벼운 웃음을 터뜨렸다.

"납란기운과 납란민을 놓아주고, 우리가 안전하게 떠날 수 있도록 해 주시오."

"목숨 하나와 그리 많은 목숨을 바꾸자고?"

희의 가벼운 웃음에 자극을 받기라도 했는지 놀랍게도 기우는 냉소를 내뱉었다.

"짐은 네가 감히 그녀를 죽일 수 있으리라고 생각지 않는다."

희가 손에 힘을 더하자 내 목에 통증이 느껴졌다. 칼끝을 따라 천천히 흘러내린 핏방울이 또렷한 붉은 피의 흔적을 은백색의 검에 남기고 있었다.

"그럼 어디 시험해 보시겠는가?"

나는 꼼짝도 하지 않았으나 고통으로 신음 소리가 터져 나왔다. 희는 내게 조금의 온정도 베풀지 않았다.

"좋다! 너희들은 가거라."

기우가 곧바로 우리에게 길을 내주라고 명령을 내렸다. 납란민은 앞으로 달려가 기운을 결박하고 있던 밧줄을 풀고 그를 부축하여 천천히 희의 뒤를 따랐다.

그의 뒤를 바짝 따르는 수많은 관병들을 대동한 기우의 시선은 시종 나에게서 떠나지 않고 있었다. 그의 눈빛에는 모순되고 복잡한 감정이 가득했다. 그러나 나는 기우의 뒤에 서 있는 한명을 노려보고 있었고, 그는 감히 나를 쳐다보지 못하고 시선을 피하고 있었다. 켕기는 것이 있는 것인가? 정말 그가 나를 속인 것이란 말인가?

"주인님."

희의 부하인 일곱 명의 미녀들이 제때 나타났다. 한순간, 양측이 대치하는 상황이 되었다.

"짐은 약속을 지킨다. 그러니 너도 그녀를 놓아주어라."

기우는 냉정한 시선으로 나를 놓아주지 않는 희를 노려보았다.

"안심하시오. 우리 황비를 욱나라로 안전하게 데려가겠소."

희는 사악한 미소를 지으며 나의 몸을 감싸 안고 민첩하게 공중으로 뛰어올랐다. 문득 고개를 돌려 점점 멀어지는 기우를 바라보자 가슴이 먹먹해졌다. 그는 언제나 안하무인이었고, 목적을 달성하기 위해 수단과 방법을 가리지 않았다. 그러나 이번에 그는 후환을 남겼다. 이것이 얼마나 심각한 결과를 불러일으킬지 그는 알고 있을 것이다. 내 뱃속에 연성의 아기가 있는데 그는 정말 희가 나를 죽일 거라고 생각한 것일까? 기우, 당신은 정말 알 수 없는 사람이군요. 아니면 저는 단 한 번도 당신을 진정으로 이해한 적이 없었던 걸까요?

희가 나를 데리고 얼마나 먼 길을 왔는지 알 수 없으나 우리는 광활한 숲에서 멈추었다. 기우의 관병들은 이미 종적을 감추었고, 잠시 후 기운과 납란민 역시 희의 부하들의 인도 아래 도착했다.

밝은 달이 하늘 위에 걸려 있었고, 숲의 은은한 향기가 옷소매에 스며들었다. 우리는 가만히 서 있었다. 서로의 호흡 소리가 뒤섞이고 있었다. 여전히 차가운 희의 얼굴을 한참 동안 바라보다가 나는 여러 번 망설인 끝에 겨우 입을 열었다.

"제가 회임한 것을 언제 알았나요?"

"그대가 사향에 관해 내게 물어본 날, 그대는 내가 맥을 짚지 못하게 하였지. 그래서 나는 그 일을 형님께 말씀드렸소. 형님의 긴 이야기를 들은 후, 나는 그대가 회임했을 것이라고 추측했소."

"연성도 제가 회임한 것을 알고 계신가요?"

"알고 계시오."

그가 잠시 말을 멈추었다.

"형님께서 그대를 기나라로 보내기로 결정하신 그날, 나는 몇 번이고 형님을 만류하였으나 형님은 그대가 반드시 돌아올 것이라며 황궁에서 그대와 아기를 기다리겠다고 하셨소."

희의 입술이 열리고 닫히는 모습을 보는 동안, 한 마디 한

마디가 내 귓속으로 전해졌다.

연성은 알고 있었다. 내가 기나라로 가려는 목적이 무엇인지, 그는 이미 알고 있었던 것이다. 그런데도 그는 나를 보내주었다. 나는 드디어 그의 말을 이해할 수 있었다.

"내가 두려운 것은 그대가 다시는 돌아오지 않는 것이오."

연성은 걱정하면서도 왜 나를 보내준 것일까?

"연희, 도대체 얼마나 많은 일을 제게 숨기고 있는 거죠?"

희는 나를 가만히 바라보기만 했다. 나는 어두운 그의 표정을 전혀 읽어 낼 수 없었다.

나는 차갑게 자조했고, 몇 발짝을 뒷걸음질 쳤다.

"저 스스로 그 해답을 찾겠어요."

"진비! 그대의 신분을 잊지 마시오. 그대의 뱃속에는 형님의 아기가 있소."

그는 분노한 듯 나의 팔을 잡아당겼다. 희가 화내는 모습을 보인 것은 처음이었다. 나는 그가 화를 내는 것이 무엇인지도 모르는 사람이라고 여기고 있었다.

"좋소. 그대가 알고 싶어 하는 모든 것을 말해 주겠소!"

그의 목소리가 숲 속으로 사라져 갔고, 여름 바람이 거세게 불자 음산한 느낌이 더해졌다. 그의 부하들은 안색이 변해 매우 당황하며 희를 바라보았다.

"내가 그대를 처음 만난 곳은 객잔이 아닌 기나라의 양심전이었소. 그대는 우리 앞에서 봉무구천을 추고 있었지. 그대는 모르겠지만, 나는 그날 형님의 부하로 변장하고 양심전으로 들어갔소. 그때 우리는 납란기우를 암살할 계획이었소. 그런데 형님이 말씀하셨지, 그대가 바로 복아 공주라고, 자신의 약혼녀라고. 그날의 암살을 위해 우리는 꼬박 한 해를 준비하였소. 그러나 그대의 출현으로 형님은 계획을 취소하셨지. 형님은 그대를 슬프게 하고 싶지 않다고 말씀하였소."

그는 계속 말을 이었다.

"반년 후, 나는 다시 그대와 만났소. 그대는 궁에서 도망친 황비였고, 나는 그대를 무연산장으로 붙잡아 갔소. 그리고 그대의 미모를 되돌려 주는 조건으로 태후 암살을 제의했지. 사실 태후 암살은 그저 핑계에 불과했소. 내가 어떻게 존경하는 형님의 모친을 죽이겠소? 형님께서 나를 구해 주셨을 때, 나는 이미 그녀를 용서했소. 내가 그대에게 그런 거짓말을 했던 것은 그저 그대를 형님 곁으로 돌려보내기 위함이었소. 그대가 형님을 진정으로 사랑하게 되면 그때 그대에게 이 사실을 모두 알려 줄 생각이었소."

그는 고개를 끄덕이고 다시 말했다.

"그렇소. 납란기우는 일 년 전 두씨 집안을 제거한 후 황후를 책봉하지 않았소. 그의 황후 자리는 지금껏 계속 비어 있지. 그는 계속 기다리고 있었소. 그대가 자신의 곁으로 돌아오기를 말이오. 그러나 나는 그대에게 알려 줄 수 없었소. 만약 그대가 이 일을 알게 된다면 분명히 형님을 떠날 테니 말이오. 그래서 나는 그런 터무니없는 거짓말을 했던 것이오."

그의 말을 듣고 있으려니 허탈한 웃음이 터져 나왔다.

"그대와 연성마저도 나를 속이다니……, 생각조차 못했어요."

"형님께서는 모르셨소. 그대로부터 기우가 황후를 책봉했다는 이야기를 들은 후에야 의심을 품으셨지. 나를 찾아와 물으시고 그제야 모든 진실을 알게 되셨소. 그러니 형님은 탓하지마시오. 이 모든 것은 나 홀로 한 짓이오."

나는 시종 나의 팔을 단단히 붙잡고 있던 그의 손을 힘껏 뿌리치고 그 자리를 떠났다. 희는 나를 막지 않았으나 괴팍하고 차갑게 입을 열었다.

"그대가 납란기우를 찾아간다면, 내 반드시 그대가 후회하도록 만들겠소."

"반드시 알아야만 할 일이 있어요."

나는 고개를 돌리지 않은 채 앞을 향해 걸어가며 말했다. 뒤쪽에서는 아무 소리도 들려오지 않았고, 내 머릿속에는 오직한 가지 생각뿐이었다.

한명을 만나야 한다! 그의 해명을 들어야 한다.

발길 가는 대로 걸어 나는 한명의 집까지 왔다. 그러나 문밖을 지키는 이는 그가 입궁하여 아직 돌아오지 않았다고 말했다. 나는 그의 집 앞 계단에 앉아 그를 기다렸다.

지금 그는 기우와 함께 어떻게 욱나라를 공격해야 할지 상의하고 있으리라. 모든 계획이 밝혀졌으니 연성은 지금 몹시위험한 상황에 처하게 되었고, 언제든지 전쟁이 일어날 가능성이 있었다. 지금의 연성에게는 그의 곁을 지켜 줄 누군가가 꼭필요했다. 한명의 일을 해결하고 난 후 나는 돌아갈 것이다.

나는 연성에게 약속했다. 꼭 돌아갈 것이라고.

한참을 기다려도 한명은 나타나지 않았고, 나는 두 팔로 무릎을 끌어안고 고개를 숙인 채 개미들이 열심히 식량을 찾는 모습을 바라보았다. 달빛 아래의 개미들은 유난히 부지런해 보였고, 나는 어느새 넋을 놓고 바라보고 있었다. 문득 검은 그림자가 내 눈앞에 드리워졌고, 음산한 분위기가 내 머리 위를 가득 에두르고 있음이 느껴졌다.

나는 고개를 들어 한명을 바라보았고, 그 역시 나를 가만히 내려다보았다. 달빛이 그의 몸을 비추어 그는 따스한 황금빛으로 빛이 났다. 일순간 시간이 멈춰 버린 듯 우리는 한참 동안 서로를 마주보고 있었고 누구도 먼저 입을 열지 않았다.

"어르신, 돌아오셨군요."

한 중년 남자가 무거운 대문을 밀어 열고는 한명의 곁으로 공손하게 다가와 그를 안으로 모시려 했다.

한명이 그를 힐끔 바라본 후 다시 나를 돌아보았다.

"들어가서 이야기합시다."

"그저 몇 마디 물어보러 온 것뿐입니다. 다 물어본 후에 바로 떠날 겁니다."

나는 돌계단에서 몸을 일으키고 그를 마주보고 섰다.

한명이 손을 내저어 중년 남자에게 물러가라는 뜻을 비추었다.

"물어보시오."

"매화차 안에 사향 같은 건 있지도 않았지요?"

"그렇소."

우스울 정도로 간단한 대답이었다.

"도대체 무슨 목적으로 그런 건가요?"

"그대가 육나라로 가서 연성의 비가 되리라고는 생각지 못했소."

그는 씁쓸하게 웃었으나 여전히 나의 눈빛을 피하고 있었다.

"나는 그대의 폐하에 대한 마음만 죽이면 그대가 조금도 주저하지 않고 자신의 꿈을 찾아 떠날 거라고 생각했었소. 그것이 그대에게 좋은 일이라고 생각했었소. 그런데 그것이 오히려 그대를 증오의 심연 속으로 밀어 넣게 될 줄은 생각지도 못했소."

나의 마음은 쓰라렸고, 오만 가지 생각이 뇌리를 스쳤다.

"그저 제가 기우를 떠나게 하기 위해서였나요?"

그의 얼굴 위로 밝은 달빛이 비치자 그의 안색이 유난히 창백해 보였다. 그제야 나는 깨달았다. 이 짧은 두 해라는 시간 동안 그의 얼굴에 세상 풍파의 흔적이 더 깊게 자리 잡은 것을. 그가 힘없이 웃자 그의 모습이 더욱 초췌하게 느껴졌다.

"알고 있소? 그대의 행복이야말로 나의 가장 큰 소망이오. 그러나 그대는 결코 행복하지 않았소. 나는 폐하가 그대를 어떻게 더 이용할지, 얼마나 더 깊은 상처를 줄지 알 수 없었소. 그래서 나의 누이와 함께 그런 뻔뻔한 거짓말을 했던 것이오."

그가 갑자기 옷섶 안으로 손을 넣어 피 묻은 짙은 황색의 상소문을 꺼내더니 내게 내밀었다.

"나는 그 거짓말로 그대가 자신의 행복을 좇을 수 있게 될 것이라 생각했었소. 그 거짓말이 그대가 폐하를 이토록 증오하게 만들 줄은 생각지도 못했다오. 나는 폐하를 향한 그대의 사랑을 너무 얕잡아 보았고, 어머니에게 있어 아기가 얼마나 중요한지도 간과하였소."

　나의 손발은 감각을 잃었고, 머릿속은 텅 비어 버렸다. 나는 부들부들 떨며 상소문을 받아 들었다. 이 상소문이 다시 내게 돌아오다니 생각조차 하지 못한 일이었다. 가슴이 답답해 숨을 쉬는 것조차 힘이 들었다. 다시 그 안의 글자들을 바라보자 머릿속에 옛일들이 스쳐 지나갔다. 여전히 이토록 선명하다니, 한순간도 잊혀지지 않았던 것이다.

　"이것을 그대에게 돌려줄 일은 없을 거라고 생각했었소. 반옥, 나의 이기심을 용서해 주시오."

　점점 커져 가는 말매미 소리가 하늘 끝까지 울리는 듯했고, 사방이 더욱 처량하게 느껴졌다. 대문 앞에 걸려 있는 등롱이 바람에 가볍게 흔들리자 우리 두 사람의 그림자가 길게 늘어났다.

　짧은 침묵 후 나는 천천히 입을 열었다.

　"눈밭에서 저를 업고 걷기 힘든 길을 걷던 그대를 잊을 수 없어요. 가장 비참했던 순간, 저를 보호해 주겠다고 말했던 그대를 잊을 수 없어요. 대혼식 날, 저를 꽃가마까지 업어 준 그대를 잊을 수 없어요. 더구나 제가 행복하기를 바라며 선의의 거짓말을 한 그대는 더욱 잊을 수 없어요."

시종 숙이고 있던 고개를 천천히 든 한명의 얼굴은 얼이 빠진 듯한 표정을 하고 있었다.

나는 계속 말을 이었다.

"기성을 해한 것은 제 평생 가장 후회스러운 일이에요. 그래서 저는 그대를 미워하지 않아요. 더구나 기성의 비극이 그대에게 벌어지는 것은 더욱 원치 않아요."

한명의 눈에 마치 옅은 안개를 비추듯 반짝이는 빛이 떠올랐다. 나는 손가락이 아플 정도로 두 손으로 상소문을 단단히 쥐었다. 나는 돌연 고개를 돌려 한명을 등지고 말했다.

"해답을 얻었으니 저는 이만 돌아가야겠어요."

"연성의 곁으로 돌아가오?"

"약속했어요. 반드시 돌아가겠다고요."

상소문을 품에 넣고 옅은 미소를 지은 후 막 떠나려는데 저만치 어두운 곳에 서 있는 검은 그림자가 눈에 들어왔다. 그의 얼굴을 자세히 볼 수는 없었으나 나는 그가 누구인지 알 수 있었다.

기우!

언제부터 서 있었던 것일까? 얼마나 많은 이야기를 들었을까?

만약 그가 사향의 일을 알게 된다면 한명은 주군을 속인 벌을 받게 될 것이다. 기우는 한명을 또 어떻게 처분할 것인가? 아니다. 지금처럼 안팎으로 어려운 시기에 강력한 병권을 손에 쥐고 있고 자신의 천하에 큰 영향력을 미치고 있는 한명을 공격하지는 않을 것이다.

생각이 이에 미치자 나는 마음이 편안해졌다. 나는 걱정을 접어 두고 앞을 향해 나아갔다.

암흑 속에서 여유롭게 걸어 나오는 기우의 얼굴은 엄숙했고, 그의 눈에는 은근한 살기가 담겨 있었다. 그 살기는 나를 향한 것인가, 아니면 한명을 향한 것인가?

"폐하!"

그제야 기우의 존재를 발견한 듯 외치는 한명의 목소리에는 근심과 두려움이 담겨 있었다.

기우의 발걸음이 점차 빨라지더니 곧바로 나를 향해 다가와 나의 손목을 붙잡고 이끌었다. 힘으로 그에게서 벗어날 수도 없을 테지만 나는 굳이 힘을 들여 그에게서 벗어나고 싶지도 않았다. 나는 반드시 해결해야 할 일이 있었다.

그는 어둠이 아득히 깔린 좁은 골목으로 나를 이끌었다. 그 음침한 골목에서는 찍찍거리는 쥐 소리가 쉬지 않고 들려왔고, 음식이 썩어 가는 고약한 냄새가 풍겼다. 나는 그의 뒤를 쫓고 있었으나, 그의 발이 너무 빨라 더 이상 쫓지 못할 것만 같았다. 숨이 차 왔고, 이마에서는 땀이 배어 나왔다.

드디어 그가 발을 멈추고 나의 손목을 풀어 주었으나 그는 여전히 나를 등지고 있었다. 나는 그에게 잡혀 시큰해진 손목을 어루만졌다.

한참을 기다려도 그는 아무 말도 하지 않았다. 여전히 나를 등진 채 그렇게 계속 서 있을 뿐이었다. 마치 얼음 조각처럼 그는 조금도 움직이지 않았다. 언제부터 우리는 서로를 마주하고도 아무 말도 하지 않게 되었을까?

나는 억지로 옅은 미소를 지으며 먼저 입을 열었다.

"당신 뒷모습을 보여 주시려고 저를 이곳까지 데리고 오신 건가요?"

"정말 연성의 곁으로 돌아갈 생각이오?"

그의 목소리는 다소 잠겨 있었다.

"기나라로 오기 전날, 저는 그에게 반드시 돌아오겠다고 약속했어요. 게다가 저는 그의 아이를 갖고 있어요."

나는 목소리에 비애가 배어 나오지 않도록 애쓰며 최대한 담담한 어조로 말했다.

"그의 아이까지 가졌으면서 여기에는 왜 온 것이오?"

나는 아무 말도 하지 않고 칠흑 같은 어둠의 끝자락으로 시선을 옮긴 채 홀로 고독하게 아파했다.

기우가 갑자기 고개를 돌리더니 나를 향해 다가오며 말했다.

"나를 포기할 수 없었기 때문이오. 그를 조금도 사랑하지 않기 때문이오."

그가 갑자기 다가오자 나는 지금껏 단 한 번도 느껴 보지 못한 공포심을 느꼈다. 나는 한 발짝씩 뒷걸음치다가 결국 벽에 닿았다. 더 이상 물러날 곳이 없었다.

"그는 제게 평온함을 줘요."

"주지 못하오!"

기우의 목소리가 돌연 높아졌다.

"얼마 후, 나는 육나라로 군대를 보낼 것이오. 그런데 그가 어떻게 그대에게 평온함을 줄 수 있단 말이오? 그가 어떻게 그대를 보호할 수 있단 말이오?"

"기우, 당신은 단 한 번도 저를 이해하신 적이 없어요. 제가 당신을 단 한 번도 이해하지 못했던 것처럼요."

나는 힘없이 벽에 기대었고, 드디어 기우의 눈동자를 똑바로 쳐다보았다.

"제가 원하는 것은 지위나 권세가 아니에요. 그저 연성과 함께 지내는 것뿐이에요. 그가 황제이기 때문도, 그가 제게 바라는 지위를 주었기 때문도 아니에요. 단지 그가 제게 사랑과 기쁨을 주었기 때문이에요. 비록 평범하고 단순하지만 그것이야말로 가장 감동적인 일이지요."

"저는 그와 함께 있으면 편안해요. 그는 자신의 기쁨과 분노를 저와 함께 나누지요. 무미건조해 보일지도 모르지만 저희는 편안하고 사이 좋게 지내고 있어요. 당신과 함께 있을 때처럼 가슴이 찢어지는 듯한 고통을 겪지 않아도 되고요."

"당신과 함께 있으면 저는 괴롭고 달콤하고 행복했어요. 그건 다채로운 색깔을 지닌 열렬한 사랑이었어요. 그러나 당신이 제게 주신 고통은 사랑보다 더 컸어요. 우리는 함께하기 전에 여러 번의 풍파를 겪었지요. 그래서 저는 그 사랑을 소중히 여기고, 이해하고, 보호해야 한다고 생각했어요. 그러나 당신은 제게 단 한 번도 신뢰를 주시지 않았어요."

"당신과 함께 있으면 저는 울적했어요. 당신이 제게 주신 마음은 닫혀 있었고, 항상 당신은 뒷모습만 보여 주실 뿐이었죠. 당신은 단 한 번도 저와 고민거리를 나누시지 않았고, 모든 일을 가슴에 품은 채 홀로 견뎌 내시려 했어요. 당신은 당신이 한 모든 행동이 모두 저를 위한 것이라고, 저에게 행복을 주기 위해서라고 생각하셨겠지요. 하지만 당신은 제가 그것을 원하는지 단 한 번도 묻지 않으셨어요."

나는 수년간 가슴속에 담아 놓았던 말을 단숨에 쏟아 냈다.

그는 한참 동안 내 얼굴을 가만히 쳐다보며 딱딱하게 굳어 있더니 갑자기 몸에서 힘이 빠진 듯했다. 그러나 그는 시종 아무 말도 하지 않았다. 나는 여름날의 차가운 공기를 한 모금 삼키고, 그의 곁을 지나 떠나려 했다. 그러나 거친 손길에 또다시 벽으로 돌아오고 말았다.

"앞으로 내 최선을 다해 그대에게 보상해 주겠소."

"전 돌아가야 해요!"

나의 목소리는 놀라울 만큼 단호했다.

"아이 때문이오?"

나는 대답하지 않고 가만히 서 있었다. 그 역시 아무 말도 하지 않았다. 그는 한 손으로 내 뒤쪽의 벽을 짚고 돌연 매우 무거운 한숨을 내쉬더니 부드러운 목소리로 말했다.

"떠나지 마시오. 이 아이, 나는……, 그대와 나의 친자식으로 여길 것이오."

그는 마치 매우 큰 결심이라도 한 듯 '그대와 나의 친자식'이라는 말을 특별히 강조하여 말했다. 천성적으로 차갑고 무정한 기우가 이런 말을 하다니, 나는 믿을 수가 없어 그의 눈을 바라보았다. 나를 붙잡는 그의 진지한 모습은 더 이상 진실할 수 없을 정도로 진실했다.

어쩌면 그는 정말로 큰 결심을 한 것일 수도, 혹은 그저 임시변통으로 한 말일 수도 있다. 그러나 어쨌든 이 아이는 나와 연성의 아이다.

나는 가볍게 고개를 가로저었다.

"안 돼요. 연성이 저를 기다리고 있어요."

그는 두 손으로 내 양어깨를 꽉 쥐었다.

"그대는 그를 조금도 사랑하지 않소!"

"당신은 저를 사랑하나요?"

나의 물음에 그는 아연실색했고, 그의 얼빠진 모습을 바라보며 나는 다시 입을 열었다.

"아니면 황위를 더 사랑하세요?"

나는 품속에서 한명이 내게 준 상소문을 천천히 꺼내어 그의 앞에 내보였다. 나는 마음속으로 스스로를 비웃으며 말했다.

"'반옥은 소자가 마음 깊이 사랑하는 사람입니다.' 이 말의 깊이를 저는 잘 알고 있어요. 그 순간, 저를 향한 당신의 사랑은 황위를 초월한 것이었지요. 당신은 우리의 사랑을 위해 황위를 포기하시려고 했어요. 그런데 그 후, 어째서 변해 버리신 건가요? 그저 당신이 황제라는 이유로 당신은 우리의 사랑을 죽이고 우리의 사랑에 권력과 음모의 그림자를 드리

우신 건가요?"

그는 어둡고 차가운 벽에서 손을 거두어 나의 손을 단단히 붙잡았고, 내 손안의 상소문을 바라보며 한참 동안 깊은 생각에 잠겼다. 기우의 따뜻하던 손바닥이 점차 차가워지는 것이 느껴졌다. 마치……, 그의 손은 늘 그랬던 것만 같았다. 영원히 온도라고는 없는 듯, 영원히 그렇게 차가울 것만 같았다.

"지금도 역시 그대는 내가 마음 깊이 사랑하는 사람이오."

그가 돌연 나를 자신의 품으로 이끌었고, 내가 숨을 쉴 수 없을 만큼 나를 꼭 안았다. 나의 이성은 내게 그를 밀쳐 내라 말하고 있으나 나의 마음은 그를 밀쳐 내고 싶지 않았다.

그의 품에 안기는 것은 이번이 마지막이다. 이 마지막 순간의 고요함을 느끼자. 그 순간, 그가 나에게 주었던 모든 상처가 사라지는 것 같았다. 결국, 나는 그에게 영원히 모진 마음을 먹을 수는 없는 듯했다.

"미안하오. 그대에게 했던 내 모든 행동에 대해 보상하고 싶소."

그의 목소리가 내 귓가로 전해졌고, 그의 숨소리가 내 뺨을 스쳐 지나갔다. 나는 그의 어깨에 얼굴을 기댄 채 한참을 생각했다.

"그럼 저를 그냥 보내 주세요. 앞으로 기나라와 욱나라가 전쟁을 해도, 누가 이기고 지고에 상관없이 저는 오늘의 결정을 후회하지 않을 거예요. 지금 당신의 숙원은 삼국을 통일하는 것이겠지요. 저도 삼국은 반드시 통일되어야 한다고 생각해요. 사분오열된 채 이어지는 긴 전쟁은 백성들의 몸과 마음을 지치게 하고 있어요. 반드시 훌륭한 주군이 통일하여 다스려야 해요."

그의 손바닥이 내 머리를 어루만지며 천천히 쓸어내리는 것이 느껴졌다.

"나는 그대를 결코 포기하지 않을 것이오."

그의 말이 떨어지자마자 목 주변에 고통이 전해졌고, 나는 제때 반응할 틈도 없이 그의 품으로 쓰러졌다. 의식이 점점 흐려져 가는 가운데 희미한 발소리가 들려왔고, 이어지는 소리가 쓸쓸한 골목 안을 채워 갔다.

부드러운 힘으로 황궁을 뒤흔들다

한명은 황제의 뒤를 따라 골목 안까지 들어섰으나 가서 말려야 할지 말아야 할지 알 수 없어 모퉁이에 서서 계속 배회하고 있었다. 그는 황제가 정말로 복아를 붙잡아 둘까 봐 걱정스러웠다. 이는 실로 엄청난 파장을 일으킬 것이기 때문이었다. 그는 결국 황제를 만류하기로 마음먹고 몸을 돌려 멀지 않은 곳에 있는 사람 형체를 향해 천천히 걸어갔으나 그 순간 그가 보게 된 것은 황제가 그녀를 기절시키는 모습이었다.

한명은 더 빠른 속도로 그들을 향해 다가갔다.

"폐하!"

기우는 자신의 품으로 쓰러진 복아의 허리를 받치며 안아 올렸고, 차가운 눈빛으로 한명을 노려보았다.

"궁으로 돌아간다."

"안 됩니다! 폐하, 그녀를 놓아주지 않으면 전쟁이 일어날 것입니다!"

한명은 기우의 발걸음을 저지하려 했다.

"짐은 전쟁을 일으키려는 것이다."

그는 한명을 힐끔 바라보았다. 기우의 표정에는 이전에는 없던 단호함과 절대로 거역을 허락하지 않겠다는 제왕의 기세가 드러나 있었다.

한명은 몹시 놀랐고, 이미 혼절해 있는 복아를 바라보았다.

"폐하께서는 그녀를 전쟁의 도화선으로 삼아 연성이 먼저 전쟁을 일으키게 하려는 것이군요. 그러나 그것은 그녀에게 너무 가혹하지 않습니까?"

"큰일을 하려는 사람은 원치 않는 희생도 감수해야 하는 법! 그게 바로 제왕이다."

그는 눈빛을 살짝 반짝이고, 복아의 손을 어루만지며 그녀의 손을 모아 주었다.

"게다가 나는 그녀를 결코 포기할 수 없다."

한명이 갑자기 한쪽 무릎을 꿇으며 말했다.

"폐하, 신이 관직에서 물러날 수 있도록 해 주십시오."

"지금 짐을 위협하는 것이냐?"

기우는 코웃음을 치고 옅은 미소를 지으며 말하였다.

"설마 네 누이를 보호하고 싶지 않은 것이냐? 그녀는 조정의 대신들과 내통하여 개인적인 거래를 하고 있지. 그렇게 불법적인 재산을 축적하고 있는 것을 짐이 모를 거라고 생각했느냐? 짐이 그것을 묵인한 것은 조정에서의 네 공 때문이었다. 만약 네가 조정을 떠난다면 네 누이의 말로 역시 상상할 수 있겠지?"

한명은 경악하였다. 마음속으로 여러 가지 복잡한 감정이 스쳐 지나갔다. 그 역시 누이의 일을 이미 알고 있었고, 몇 번이나 그녀를 만류했으나 그녀의 마음을 되돌릴 수는 없었다. 그가 황제의 곁에 남아 있었던 것은 오직 누이를 위해서, 그녀를 보호해 주기 위해서였다. 만약 그가 정말 관직을 그만둔다면 황제는 분명 가장 먼저 그의 누이를 처리할 것이다. 그는 누이를 그렇게 버릴 수는 없었다. 절대로 그럴 수는 없었다.

기우는 더 이상 한명을 바라보지 않고 그를 지나쳐 갔다. 그러나 몇 발짝을 걸은 후 다시 멈춰 서서 천천히 입을 열었다.

"너는 주군을 기만한 죄를 지었으니 공을 세워 속죄하라."

의미심장한 한마디를 남긴 채 그는 별이 총총한 하늘 아래로 걸어갔다.

차가운 바람이 스치자 한명의 머리카락이 흩날렸다. 그는 주먹을 쥔 채 어둠 속을 매섭게 노려보았다. 만약 누이만 아니었다면 그는 두 해 전 반옥을 데리고 이곳을 떠났을 것이다. 만약 그가 그렇게 신중하게 모든 것을 고려하지 않아도 되었다면 그는 굳이 그런 거짓말로 그녀를 속이지 않아도 되었을 것이다.

힘없이 몸을 일으킨 한명은 기우의 뒤를 천천히 따랐다. 밝게 비치는 달빛 아래 그의 안색은 눈처럼 창백했다. 마치 하루아침에 십 년은 늙어 버린 듯했다. 그는 기우의 뒷모습을 노려보며 소리 없이 탄식했다. 그는 끝없이 이어질 전쟁에 휩쓸리게 될 것이 두려웠다.

양심전.

따뜻한 바람이 불자 향긋한 풀의 기운이 가득했고, 비 온 뒤의 하늘은 맑고 깨끗했다. 붉은 물총새와 버드나무 잎사귀는 부끄러운 듯 서로를 마주하고 있었다.

소사운은 걱정스러운 마음으로 침궁 밖을 배회하며 기우가 돌아오기만을 초조하게 기다리고 있었다. 수시진 전, 기우가 수많은 금위군을 이끌고 급히 궁을 떠나던 모습을 그녀는 기억하고 있었다. 그녀의 마음은 한없이 불안했다. 무슨 일이 일어난 것은 아니겠지?

회랑 앞에서 얼마나 배회하였는지 알 수 없으나 드디어 기우가 돌아오는 모습이 보였다. 그녀는 그를 맞이하기 위해 빠른 속도로 걸어갔다.

"폐하……."

말이 채 끝나기도 전에 발걸음이 딱딱하게 굳어 버린 그녀는 그의 품에 조심스럽게 안겨 있는 여인을 멍하니 바라보았다. 흔들리는 등불에 그녀의 숨막히게 아름답고 창백한 얼굴이 희미하게 비치며 깜빡이고 있었다.

"그녀……는 누구인가요?"

기우가 한 걸음 한 걸음 다가왔으나 소사운의 미간은 펴지지 않았다.

기우는 그녀를 차갑게 힐끔 바라보기만 할 뿐 아무 말도 하지 않고 침궁을 향해 걸어갔다. 소사운의 손은 떨리고 있었고, 눈에는 보는 이의 가슴을 저리게 할 눈물이 반짝이고 있었다. 그것은 곧 눈물 방울로 맺혀 흘러내릴 것 같았다.

또다시 여자다. 왜 또 다른 여자란 말인가? 처음에는 체 황비, 그 후에는 화예 부인, 육 소의……, 그리고 저 여인은 또 누구란 말인가? 설마 이 깊은 밤에 출궁했던 이유가 저 여인이란 말인가?

그녀는 자기만큼은 특별하다고 여기고 있었다. 그런데 그는 왜 계속 다른 여인들을 총애할까? 그를 위해 그토록 많은 희생을 했건만 그의 마음은 왜 그녀 한 사람에게만 머무르지 않을까? 설마 그에게 있어 그녀의 모든 희생은 눈앞에서 흩어져 버리는 구름이나 연기 같은 것이었던 걸까? 그가 자신에게 했던 그 모든 말들은 전부 거짓이란 말인가?

단호한 태도로 침궁을 향해 걸어가는 그녀의 귀에 기우의 나지막한 목소리가 들려왔다.

"어서 어의를 불러 진찰하게 하여라."

비록 냉담한 말투였으나 그 안에는 한없는 다정함이 담겨 있었다.

소사운은 자신도 모르게 주먹을 불끈 쥐었고, 손톱이 그녀의 손바닥을 가차없이 파고들었다. 입술을 세게 깨물자 피비린내가 입 안에 번졌다.

결국 그녀는 몸을 돌려 재빨리 그곳을 떠났다. 옷자락이 바닥의 흙을 스치자 코를 찌르는 냄새가 풍겨 왔다.

　연희와 납란민, 그리고 기운은 숲 속에서 복아가 돌아오기를 기다리고 있었다. 꼬박 하룻밤이 지나는 동안 그 누구도 입을 열지 않았고, 각자 자리에 얼어붙은 채 깊은 생각에 빠져 있었다.

　동쪽에서 떠오른 태양이 점점 높아지자 희의 인내심도 조금씩 사라져 갔다.

　"갑시다."

　"조금만 더 기다려 봐요. 저는 동생이 분명 돌아올 거라고 믿어요."

　납란민이 희를 재빨리 막아섰다.

　"그녀에게는 폐하의 아기가 있어요. 그녀가 그렇게 이기적일 리는 없어요. 저는 그녀를 믿어요."

　"하룻밤이 지났습니다. 도대체 무슨 이야기를 하기에 하룻밤이 필요하단 말입니까?"

　연희는 조롱이 담긴 웃음을 지으며 납란민을 바라본 후 기운을 바라보았다.

　"초청왕, 무슨 계획이 있습니까?"

　기운이 웃음 지었다.

　"지금의 나는 의지할 데 없는 떠돌이가 되어 버렸소. 우리의 계획이 만천하에 드러난 마당에 내게 또 무슨 계획이 있을 수 있겠소? 그대는 어서 욱나라로 돌아가시오. 기우는 언제나 신속하고 단호하게 일을 처리하고, 자신을 배반한 이에게는 결코 온정을 베풀지 않소. 그의 다음 목표는 분명 욱나라일 것이오. 그러니 어서 돌아가 준비하시오. 큰 전쟁이 시작될 것이오."

"제가 가야 할 곳은 욱나라가 아닌 하나라입니다."

연희의 눈에 책략의 빛이 번뜩였다. 그러나 그의 깊은 생각을 알아낼 수는 없었다.

"괜찮으시다면 초청왕께서 저와 함께 하나라로 가셔서 한 가지 일을 확인해 주시지요."

기운은 납란민을 바라보며 주저했다. 연이은 무리한 여정으로 그녀는 이미 몸 상태가 좋지 않았다. 만약 그녀에게 무슨 일이라도 생긴다면 그는 평생 후회할 것이 분명했다.

"제 걱정은 하지 마셔요. 버틸 수 있습니다."

납란민이 한 걸음 앞으로 다가와 그의 손을 부드럽게 붙잡았다.

"제가 당신의 목을 잡게 되는 건 원치 않아요."

기운 역시 그녀의 손을 붙잡으며 가만히 희를 바라보았다. 그러고는 드디어 결심을 굳히고 말했다.

"좋소. 우리 지금 당장 하나라로 떠납시다."

희는 그의 어깨를 강하게 내리치며 탄복의 말을 내뱉었다

"좋습니다! 과연 큰일을 해내실 분입니다. 복아 공주, 내 분명 말하였소, 후회하게 만들겠다고."

납란민은 고개를 숙인 채 처연한 표정으로 애써 담담한 미소를 지었다. 자신의 몸 상태가 어떠한지 그녀는 똑똑히 알고

있었다. 그러나 생명의 마지막 순간, 그녀는 그의 곁에 머무르며 그와 함께 그의 숙원을 완성하기를 바랐다. 그렇게만 할 수 있다면 그녀는 안심하고 떠날 수 있으리라.

하나라.

연희는 한 손으로 비취옥 찻잔의 뚜껑을 만지작거리고 있었고 두 손을 탁자 위에 올려놓은 기운은 양 입술을 꼭 다물고 편안히 호흡을 하고 있었다. 웅장한 대전은 유난히 고요했다. 모두가 깊은 생각에 빠져 있는 듯했다.

하나라 황제인 원영元燚은 탁자 위의 찻잔을 들어 한 모금을 들이마셨다. 그는 눈을 감고 입 안 가득 퍼져 나가는 차의 향기를 한참 동안 음미한 후에야 찻잔을 내려놓았다.

"욱나라와 연합하여 기나리를 공격하자고? 짐이 잘못 들은 것은 아니겠지? 몇 년 전, 연성이 하나라를 공격하였을 때, 기나라가 병력을 원조해 주었기에 하나라가 큰 재난을 막을 수 있었다. 게다가 지금의 하나라에는 기나라를 공격할 만한 능력이 없으니 이만 돌아가거라."

연희가 찻잔의 뚜껑을 덮자 그 맑은 소리가 온 대전 안으로 퍼져 나갔다.

"기나라는 이미 욱나라를 공격할 준비를 마쳤으나 우리 욱나라에는 그들을 막아 낼 방법이 없습니다. 만약 욱나라가 멸망한다면 기나라는 곧이어 하나라를 삼키려 할 것입니다."

원영의 입꼬리가 올라갔다. 그의 마음은 조금도 흔들리지 않는 듯했다.

"그건 그대들이 걱정하지 않아도 되네."

연희가 몹시 오만하게 웃으며 말했다.

"위풍당당한 하나라의 주군이 이토록 고집불통이라니! 기나라의 야심은 욱나라와 하나라를 삼켜 천하를 통일하는 것인데, 어찌 이토록 수수방관하시는 것입니까! 게다가⋯⋯."

갑자기 말을 멈춘 그가 차가운 눈빛으로 자신만만해 하는 원영을 쏘아보았다.

"복아 공주를 기억하십니까?"

'복아 공주'라는 네 글자를 듣자 원영의 안색이 순식간에 변하였고 찻잔을 들고 있는 손이 떨렸다. 뜨거운 차가 손등으로 흐르고 있는데도 그는 고통을 느끼지 못하는 듯했다.

그가 급히 물었다.

"지금 복아 공주라고 했는가?"

"그렇습니다. 바로 납란기우가 가장 총애하는 체 황비지요. 아시다시피 베갯머리에서의 한마디면 하나라의 멸망은 그저 시간 문제입니다."

희는 매우 만족스러운 듯 사색이 된 원영의 얼굴을 바라보았다. 확실히 '복아 공주'는 지난 몇 년 동안 원영의 근심이었던 것이다.

"불가능하네. 짐은 체 황비를 만난 적이 있는데 그녀의 외모는 복아 공주와 전혀 달랐네."

"그녀가 복아 공주인지 아닌지는 초청왕께서 말씀해 주실 겁니다."

연희는 웃을 듯 말 듯한 미소를 지으며, 지금까지 계속 만지작거리기만 하던 차를 들어 한 모금 마셨다.

기운이 고개를 끄덕였다.

"그때는 그녀가 신분을 숨기기 위해 얼굴을 바꾸었기 때문입니다. 그러나 그녀는 언제나 부황과 모후의 복수만을 떠올리고 있었지요. 그래서 칠 년 전, 기우와 거래를 했던 것입니다. 나라를 되찾기 위해서 말입니다."

원영의 얼굴이 더욱 창백해졌다. 그의 얼굴에 불안이 점점 번져 가더니 그가 두 주먹을 불끈 쥐었다.

체 황비와 복아 공주가 같은 사람이었다니……, 그녀가 납란기우의 곁에 있다니! 감천궁에서의 피비린내 나는 살육 장면이 눈앞에 선명하게 떠올랐다. 화근을 모두 제거하려 하였건만 복아, 그 계집의 명이 그렇게 질길 줄은 생각지도 못했다. 당시 그는 참으로 이상하다고 생각했었다. 그렇게나 많은 자객을 보냈는데도 그 두 사람을 처리하지 못하다니! 그런데 알고 보니 납란기우가 그녀를 구한 것이었다.

원영이 참지 못하고 입을 열었다.

"하나라와 욱나라가 연합한다 해도 기나라를 무너뜨릴 수 있으리란 보장은 없네."

"저희가 원하는 것은 기나라를 무너뜨리는 것이 아니라 욱나라를 지키는 것입니다. 우리 두 나라가 연맹을 맺는다면 기나라도 우리를 어찌하지 못할 것입니다."

연희가 기운을 힐끔 바라보았다.

"초청왕은 어려서부터 기나라에서 자라셨기에 기나라 지형에 대해 잘 알고 계십니다. 우리에게 유리한 점이지요."

주먹을 쥔 원영의 손에서 식은땀이 배어 나왔다.

"생각을 좀 해 봐야겠네."

"일이 이 지경이 되었는데, 도대체 무슨 생각이 더 필요하신 겁니까? 만약 우리 두 나라가 연합하지 않는다면 하나라도 기나라에 먹혀 버리고 말 것입니다. 저를 믿으십시오. 납란기우의 야심은 지금의 형세에 국한된 것이 아닙니다. 그의 목표는 천하입니다."

연희가 손에 힘을 힘껏 주자 들고 있던 비취옥 찻잔이 산산조각 났고 깨어진 찻잔의 찻물과 연희의 손바닥에서 흘러나온 피가 뒤섞여 맑고 윤기 나는 백옥 탁자 위로 떨어졌다. 끔찍한 광경이었다.

원영은 식은땀을 줄줄 흘렸고, 초조함에 어쩔 줄 몰라 하며 그 자리에서 욱나라와의 연맹을 윤허했다. 그리고 자신의 딸인 상운 공주湘雲公主를 연희의 아내로 삼도록 했다. 마치 칠 년 전 복아 공주와 연성의 혼인이 결정되던 장면이 재현된 듯했다. 그저 사람이 달라졌고, 신분이 달라졌으며, 목적이 달라졌을 뿐……. 그렇다면 최후의 승자는 누가 될 것인가? 그것은 시간이 지나면 드러나게 될 것이다.

원영과 합의를 달성한 후 그들은 객잔으로 돌아왔다. 기운이 방문을 열자 생기라고는 전혀 없는 납란민이 얼음장같이 차가운 바닥에 누워 조금도 움직이지 않고 있었다. 기운의 호흡이 한순간 정지했다. 문득 정신을 차린 기운이 납란민을 향해 달려가서 그녀를 품에 안았다.

"민, 민……."

그는 반복해서 그녀를 부르며 그녀가 깨어나기만을 바랐다.

소리를 듣고 달려온 연희는 마지막 숨을 몰아쉬고 있는 납란민을 바라보며 천천히 말했다.

"그녀의 생명은 곧 지고 말 것입니다."

기운이 고개를 돌려 그를 매섭게 노려보았다.

"그녀의 병이 이토록 위중한데, 어째서 내게 그녀의 병세가 안정적이라고 한 것이오?"

"그렇게 말하지 않았다면 저와 함께 하나라로 오셨겠습니까?"

연희의 목소리는 몹시 차가웠다. 마치 세상천지의 그 무엇도 그의 감정을 흔들 수 없을 듯했다. 그의 냉혈함은 어두운 밤의 혼령과도 같았다.

"정신을 차리셔야 합니다. 사사로운 남녀간의 정 때문에 걸음을 멈춰서는 안 됩니다. 우리는 큰일을 해야 할 사람들입니다. 왕비께서는 대범하신 분이니 왕야를 탓하지 않으실 것입니다."

"닥치시오!"

분노로 소리친 기운의 눈가가 점점 붉어지더니 눈물이 맺혔다. 그녀의 병세가 이토록 위중한 것을 그는 정말로 몰랐다. 만약 알았다면 그는 결코 며칠 동안 쉬지 않고 말을 달려 그녀의 심신이 지치게 하지 않았을 것이다. 몇 년 전, 그녀를 욱나라로 보낸 일로 그는 지금까지 자책하고 있었다. 그런데 자신을 위해 모든 것을 희생한, 심지어 생명까지 잃게 된 이 여인을 그는 도대체 어찌 마주해야 한단 말인가?

어느새 정신을 차린 납란민이 바짝 마른 입술을 적시며 웃으면서 말했다.

"그의 말이 맞아요. 당신은 대업을 이룰 사람이에요. 절대로 저의 마음을 헛되게 하지 마셔요."

그녀는 줄곧 알고 있었다. 기운이 기우에게 복수를 하려는 것은 사사로운 욕심 때문이 아니었다. 그것은 선황에 대한 사랑 때문이었다. 선황이 다른 이들에게는 무정하였을지언정 원 부인의 아들인 그에게만은 더없는 사랑을 안겨 주었다는 것을, 심지어 자신의 목숨보다 더 소중히 여겼다는 것을 그녀는 알고 있었다. 그러나 바로 그 때문에 기우가 선황을 시해하게 된 것일 게다. 만약 선황이 다른 자식들에게도 사랑을 나누어 주었다면 당시의 비극적인 일은 벌어지지 않았을지도 모른다.

기운은 자신의 품에 기대어 있는 여인을 바라보았다. 이토록 아름답고 가냘프며, 이렇게나 쇠약하다니! 전에는 왜 깨닫지 못했던 걸까? 그녀 역시 남자의 세심한 애정이 필요한 여인이며, 자신의 관심이 필요한 여인이었다. 그러나 그는 모후의 억울한 죽음에 고통을 느끼고 부황의 복수를 꿈꾸느라 그녀를 돌보지 못했다. 언제나 자신의 곁을 조용히 지키고 있는 그녀를 잊고 있었던 것이다.

납란민은 몹시 놀라워하며 기운의 눈에서 눈물이 흘러내리는 모습을 바라보았다. 그녀는 곧바로 그의 눈물을 받아 내며 믿을 수 없다는 듯 희미한 목소리로 물었다.

"저 때문에 눈물을 흘리시는 건가요?"

기운은 그녀의 손을 꼭 잡고, 더 이상 아무 말도 하지 못한 채 고개만 끄덕일 뿐이었다.

"저를 마음에 두고 계셨군요."

무겁고 슬프던 마음이 편안해져 그녀는 아름다운 미소를 지었다. 그러나 그녀의 안색은 조금씩 창백해지고 어두워지고 있었다.

"바보 같기는. 내 어찌 그대를 마음에 두지 않을 수 있겠소."

기운은 마음 아파하며 그녀를 단단히 끌어안았다. 그의 눈물이 하염없이 뺨으로 흘러내렸다.

"줄곧 궁금한 것이 하나 있었어요. 수년간 가슴에 담아 둔 채 묻지 못했던……."

그녀의 눈빛은 점점 아득해져 갔고, 목소리 역시 점점 무거워졌다.

"납란민과 복아……, 누가 당신에게 가장 소중한 사람인가요?"

기운은 순간 멈칫했으나 곧바로 조금의 망설임도 없이 말하였다.

"납란민!"

그렇다. 이것은 수년간 그를 괴롭히던 문제이자 그가 결코 답을 얻을 수 없던 문제였다. 그러나 조금 전, 납란민이 바닥에 누워 있는 모습을 본 순간 그는 단 한 번도 느껴 보지 못했던 공포를 느꼈고, 그녀의 생명이 곧 지고 말 것이라는 연희의 말을 들었을 때에는 가슴이 갈기갈기 찢기는 듯한 고통을 느꼈다. 그제야 그는 깨달았다, 지금까지 그의 마음속에는 오직 납란민 한 사람뿐이었다는 사실을. 복아 공주는 그저 모친의 그림자일 뿐이었다. 그녀를 향한 감정은 그저 단순한 미련일 뿐, 결코 사랑이 아니었다.

그의 놀라울 만큼 단호한 대답에 납란민의 가슴은 벅차올랐고, 오랫동안 억누르고 있던 눈물이 하염없이 흘러내렸다. 그녀 역시 기운을 꼭 끌어안으며, 사라져 버릴 듯한 목소리로 말했다.

"운, 살아 있을 때 그 말을 들었으니……, 저는 죽어도 여한이 없습니다. 인생의 끝자락……, 수많은 근심이 있었으나, 당신의 사랑에 감사해요……. 당신은 저의 마음을……, 아시지요……?"

그녀의 목소리가 점점 잦아들더니 마침내는 입이 열리고 닫히는 모습만이 보일 뿐 한 마디도 소리가 되어 나오지 않았다.

희는 한 걸음 한 걸음 물러서서 방을 떠났다. 결코 변하지 않을 듯 차갑기만 하던 그의 얼굴에도 비애가 드러났다.

사랑, 이것은 그가 평생토록 하찮게 여기며 거들떠 보지 않던 것이었다. 여자는 그에게도 있다. 일곱 명의 부하들은 모두 그의 여자였다. 그러나 사랑은 단 한 번도 가져 본 적이 없었다. 그를 사랑하는 이들이 그를 사랑하는 이유는 오직 세 가지 때문이었다. 외모, 재산, 권력.

그따위 사랑이 무슨 소용이란 말인가?

그가 천천히 문을 닫는 그 순간, 그는 납란민의 촉촉한 눈이 조용히 감기는 모습을 보았다. 그녀의 얼굴에는 편안한 미소가 드리워져 있었다. 이 순간, 그녀는 행복할 것이다.

권세와 사랑은 함께 가질 수 없으며, 얻는 게 있으면 잃는 것도 있는 법이다. 바로 복아가 그렇지 않은가. 바로 그녀와 납란기우 사이가 그러했다.

가끔 그는 자문했다. 복아를 형님에게 보낸 행동이 과연 옳았던 것인지 틀렸던 것인지. 진상이 밝혀지는 순간, 복아뿐 아니라 형님도 상처를 받게 될 터였다.

그는 그녀가 형님의 아기를 가진 채 납란기우의 곁에 남기로 선택한 것을 믿을 수가 없었다. 그녀는 자신의 배 안에 있는 아기가 형님의 아기라는 것을 잊은 것인가?

욱나라.

연성은 서재에서 상소문을 손에 들고 있었으나 그의 생각은 먼 곳을 떠다니고 있었다.

보름이 지났는데도 그들은 아직 돌아오지 않았다. 혹시 그가 틀린 것인가? 복아를 보내지 말아야 했던 것인가? 아니다.

그는 줄곧 믿고 있었다. 그녀는 돌아올 것이다. 떠나기 전, 그녀의 눈빛은 단호했으며, 반드시 돌아오겠다고 그에게 굳게 맹세해 주었다. 그는 그녀를 믿었다. 그녀는 약속한 일은 반드시 지켰다.

그는 불현듯 하나라에서 복아를 처음 만났을 때가 떠올랐다. 강렬했던 그 순간을 그는 여전히 잊을 수가 없었다.

동지, 차가운 눈과 서리가 밀려들었고 북풍이 소리를 내며 옷소매 안으로 스며들었다. 광활한 설경에 내리는 눈은 세상을 침울하고 어두워 보이게 했다. 그때의 그는 변나라 승상이었고, 변나라 황제의 명을 받들어 사신의 신분으로 하나라를 비밀리에 방문한 터였다. 그는 하나라 황제와 교섭하여, 두 나라가 연합하여 강성한 기나라에 맞서도록 해야 했다. 그런데 어떤 조건으로 담판을 지어야 할까? 두껍게 쌓인 눈을 조심스레 밟자 눈 위에 그의 흔적이 남겨졌다.

그의 뒤를 따르는 어린 사내종은 끝없는 불만을 쏟아내고 있었다.

"이것이 하나라에서 손님을 대접하는 방법인가요? 저희를 이런 곳에 버려두고, 시중들 사람조차 보내지 않다니요."

사내종이 씩씩거리며 말했다. 연성은 가볍게 웃음 지으며 그에게 조용히 주의를 주었다.

"하나라에서 사람을 보내어 나의 시중을 들게 한다면 온 세상을 향해 우리 두 나라가 음모를 꾸미고 있다고 떠드는 것과 무엇이 다르겠느냐?"

그의 눈빛은 궁 안 곳곳을 좇고 있었다. 사내종은 그의 말을 듣고는 더 이상 아무 말도 하지 않고 조용히 그의 뒤를 따랐다.

그때, 갑자기 옥고리가 부딪히는 낭랑한 소리와 함께 짙은 향기가 풍겨 왔다. 그는 소리가 나는 곳을 찾아 회랑을 두 번 돌았다.

순간, 끝없이 펼쳐진 새하얀 매화 숲이 그의 눈에 들어왔다. '멀리서도 눈이 아니라는 걸 알겠나니, 은은한 향기 풍겨오도다.'[40]라는 구절이 정말로 어울리는 정경이었다.

엉겁결에 회랑에서 걸어 나온 그는 돌연 숨을 쉴 수가 없었다. 순결함을 지닌 옥과 같은 얼굴, 고운 용모, 아름다운 몸매의 여인이 바람을 따라 춤을 추고 있었다. 그 모습은 다채로운 빛깔의 나비가 날개를 펼치고 춤을 추는 것 같았다. 귀 기울여 들어 보니 붉은 옷을 입고 있는 여인이 조용히 부르고 있는 곡은 〈암향暗香〉[41]이었다.

그 옛날 달빛은, 매화나무 옆에서 피리부는 나를 몇 번이나 비췄던고.

고운 이 불러내어 아무리 추워도 함께 매화 꽃을 꺾었지.

이제는 하손何遜[42]도 나이 들었고, 더 이상 절묘한 작품을 쓰지 못하니,

---

40 북송의 정치가, 시인 왕안석(王安石)의 시 〈매화〉의 한 구절.

41 남송 문인 강기(姜夔)의 시. '암향'은 매화의 향기를 의미한다.

42 송대의 문인 하승천(何承天)의 증손으로서, 중국 남조 양(梁)나라의 시인. 8세부터 시부(詩賦)를 지은 천재였다.

대나무 난간에 시든 꽃송이만 남았구나.

강가는 고요하고, 편지를 보내고 싶어도 아득히 멀기만 한데

밤이 되니 눈이 내려 쌓이네.

비취 술잔에 눈물이 나네.

붉은 매화는 아무 말이 없고 남은 것은 영원한 기억뿐.

그대 손을 잡고 함께 갔던 그곳을 나는 영원히 기억하리.

서호西湖는 수많은 나무에 둘러싸여 차갑고 짙푸른색으로 변하였구나.

지금 매화는 차가운 바람에 모두 떨어지고 말았으니,

언제 다시 볼 수 있을꼬.

그녀의 목소리는 질리지 않는 부드러움을 띠고 있었고, 가늘고 청아했다. 연성은 자신도 모르게 그 자리에서 발걸음을 멈추고 그 모습을 멍하니 바라보았다. 한참이 지나고, 노래 한 곡이 끝났다. 여인은 아름다운 미소를 짓고 매화 가지 하나를 꺾더니 그 향기를 맡았다. 그녀는 천천히 눈을 감고 매화의 향기를 즐기는 듯했다. 그 순간, 그녀는 붉은 매화를 손에 꼭 쥔 채 그 자리에서 살짝 돌기 시작하더니 그 보폭을 점점 키워 갔다. 치마가 휘날리고 소매가 벌어지며 가볍게 흩날리는 모습이 마치 춤을 추며 하늘을 나는 것 같았다. 그것은 형용할 수 없는 아름다움이었다.

그는 생각했다. 그녀는 춤을 추려 하는가?

그녀의 몸이 회전하자 그 발걸음이 놀라울 만큼 빨라졌다. 그녀의 손에 쥐여 있던 붉은 매화가 땅에 떨어졌고, 하늘하늘

한 허리가 가는 버들가지처럼 일렁이고 나붓거렸다.

그는 자신도 모르게 숨을 죽였다. 그는 이 황궁 안에 이토록 청아하고 뛰어난 미모를 지닌 여인이 있다는 것에 크게 놀라고 있었다. 그녀의 얼굴은 순수하고 천진난만하기 그지없었다.

그녀는 도대체 누구인가? 하나라 황제의 후궁인가?

"짐의 공주가 어떻소?"

일부러 낮춘 목소리에는 숲 속에서 춤을 추는 여인에게 방해가 될까 봐 걱정스러운 마음이 담겨 있었다.

"폐하의 공주님이십니까?"

가볍게 몸을 돌려 간단히 인사를 올린 그의 눈빛에 놀라움이 드러났고, 반짝임이 더욱 빛을 발했다.

"짐의 유일한 공주, 복아라오."

자신의 딸에 대해 이야기하는 황제의 눈빛 속에는 넘치는 사랑이 담겨 있었고, 그의 미소는 시종 그의 입가를 떠나지 않았다. 그것만으로도 그가 딸을 얼마나 사랑하는지 알 수 있었다.

"그렇다면 폐하, 저희 공평한 거래를 하도록 하지요."

그가 시선을 옮겨 여전히 매화 숲에서 춤을 추고 있는 여인을 바라보며 말했다.

"변나라와 하나라의 연맹이 기나라를 멸하는 그날은 바로 복아 공주가 제 아내가 되는 날이 될 것입니다."

그 역시 알고 있었다, 이것이 얼마나 당돌한 요구인지를.

동맹을 위해 양국간의 혼인이 맺어진다면 일반적으로 공주는 황제의 비빈이 되어야 했다. 그러나 그는 일개 승상일 뿐이었다. 하지만 그는 자신의 마음속에서 끓어오르는 감정을 도저히 주체할 수가 없었다. 그래서 자신이 먼저 나서서 이 혼인을 요구한 것이다.

그는 약혼 사실을 오직 황제에게만 밝혔고, 심지어 그의 모친에게도 알리지 않았다. 그가 하나라에 가서 담판을 짓고 온 것은 나랏일이었기 때문이다. 만약 이 혼인에 대한 말이 퍼지기라도 하면 큰일이었다.

"폐하, 난빈마마께서 뵙기를 청하시옵니다."

닫혀 있는 붉은 문 밖에서 들려온 백복의 목소리가 그의 생각을 깨뜨렸다. 연성은 손에 들고 있던 상소문을 내려놓고 목을 가다듬었다.

"들여라."

육중한 붉은 문이 열리고, 고운 미소를 지은 난빈이 은쟁반을 들고 들어왔다. 기품 있는 황금색 옷을 입은 그녀는 유난히 아름답고 우아해 보였다. 팔월 초의 태양은 실로 매서워, 짧은 거리를 걸었을 뿐인데도 그녀는 땀을 뻘뻘 흘리고 있었다. 그녀는 한쪽 손으로는 소매로 이마의 땀을 닦아 내고, 다른 한 손에는 그릇 안의 탕이 넘칠까 걱정스러운 듯이 조심스럽게 은쟁반을 들고 있었다.

그녀는 연성의 곁으로 걸어와 그것을 내려놓았다.

"폐하, 이것은 신첩이 폐하를 위해 직접 준비한 배와 제비집을 넣어 만든 시원한 죽으로, 열기를 식혀 주는 효능을 갖고 있습니다. 무더운 여름날, 고생하시며 상소문을 읽으시는 폐하를 위해 준비했으니 이것을 한 모금만 드시면 심신의 피로가 모두 풀릴 것입니다."

연성은 식욕이 없어 그것을 받고 싶지 않았다. 하지만 그녀의 뱃속에 있는 아기를 생각하니 그녀의 애쓴 마음이 헤아려졌다. 그래서 손을 뻗어 그것을 받아 들었다.

"네가 참으로 마음을 썼구나."

한 모금을 들이켜자 시원하고 청량한 느낌이 입 안에서부터 건조한 그의 목으로 미끄러지듯 이어졌다. 그러고는 곧바로 활활 타오르던 그의 위 속으로 번져 갔다. 덥고 건조하던 느낌이 돌연 사라지고 그 대신 청량함과 상쾌함이 느껴졌다.

"어떠셔요, 폐하?"

난빈은 그의 한마디 칭찬 혹은 관심을 기대하는 눈빛으로 연성을 바라보았다. 연성이 막 입을 열려는데, 또 다른 긴박한 목소리가 들려왔다.

"연 대인, 들어가시면 안 됩니다!"

장기간의 여정 끝에 하나라에서 돌아온 연희는 형님에게 지금까지의 일을 급히 보고하려 했다. 그런데 별것도 아닌 백복이 그의 앞을 막아섰다. 그는 백복의 저지에도 아랑곳하지 않고 제멋대로 서재 안으로 걸어 들어갔다.

"형님……."

연성을 부르던 목소리가 조용히 멈추었고, 그는 냉담한 눈빛으로 난빈을 바라보며 아무 말도 하지 않았다.

"폐하와 연 대인께서 상의하실 일이 있으신 듯하니 신첩은 이만 물러가겠습니다."

난빈은 아름다운 미소를 지으며 탁자 위에 올려진 빈 그릇을 쟁반에 담아 총총히 서재를 나섰다. 백복이 붉은 문을 닫는 순간, 서재 안에서 한마디 말이 흘러나왔다.

"형님, 제가 하나라와 연맹을 맺었습니다. 이제 기나라가 우리를 공격하려 해도 그리 쉬운 일은 아닐 것입니다……."

난빈의 얼굴에는 여전히 미소가 걸려 있었으나 눈빛은 반짝였고 미간은 깊게 패어 있었다. 그녀는 생각에 깊이 빠진 듯한 모습으로 서재를 떠나갔다.

서재 안의 연성이 얼굴을 일그러뜨렸다.

"복아를 데려오지 않은 것이냐?"

"형님, 지금 욱나라의 생사존망에 관한 일을 논하고 있는데 아직도 그 여인에 대해 물으시는 겁니까? 그녀는 돌아오지 않았습니다. 그녀는 형님의 아이를 가진 채 납란기우의 품에 안겼는데, 형님은 아직도 그녀가 돌아올 거라고 믿으시는군요."

연희는 화가 난 듯한 모습으로 어릴 적부터 존경해 왔던 자신의 큰형을 바라보았다.

연희는 이해할 수 없었다. 그는 모든 면에서 훌륭했으나 오직 이 감정만큼은 버리지 못하고 있었다. 제왕의 신분으로 원하는 여인은 얼마든지 가질 수 있는 그가 어째서 고생스럽게 복아 한 사람에게만 집착하는 것일까? 그녀의 마음을 얻지 못하였기에 더욱 정복하고 싶은 마음이 생기는 것일까?

"아니다. 분명 기우가 그녀를 돌려보내지 않은 것이다."

연성은 태연자약한 미소를 지었다. 그는 복아를 이해하고 있었다. 그녀는 그에게 한 약속을 결코 어기지 않을 것이다.

연희는 그의 웃는 얼굴을 속절없이 바라보며, 애초에 복아를 그의 곁으로 데려온 것이 잘못된 결정이었음을 더욱 확신하게 되었다.

그녀로 인해 형님은 사랑이라는 감정에 깊이 빠져 버리고 말았다. 그녀로 인해 기나라와 하나라를 향한 형님의 복수심이 녹아 버렸다. 그녀로 인해 형님의 모든 주의력은 그녀에게 집중되었다. 지금까지는 미인이라는 화근에 대해 알지 못했으나 지금 그는 그것을 처절히 깨닫고 있었다. 미인계는 참으로 악독한 것이었다!

"형님, 우리가 지금 상의해야 할 것은 진비가 아니라 기나라입니다. 납란기우는 우리와 기운의 이번 계획을 꿰뚫어 보고 있었습니다. 그는 언제라도 욱나라를 공격할 수 있으니 우리는 적을 맞아 싸울 준비를 완벽히 해야 합니다."

"어찌 먼저 공격하여 주도권을 잡지 않고 적이 공격해 올 때까지 기다리려 하느냐?"

마음을 가라앉힌 연성이 의자에서 몸을 일으켜 연희를 향해 걸어갔다.

놀란 연희가 급히 말을 이었다.

"형님, 냉정함으로 적을 제압해야 합니다. 만약 기나라가 먼저 출병해 온다면 아무런 명분이 없으니 민심은 분명 그들의 커다란 약점이 될 것입니다. 우리는 기다려야 합니다."

그의 손이 연희의 어깨를 가볍게 두드렸다.

"이 전쟁은 피할 수 없다. 기우가 복아를 붙잡고 있는 것은 나를 유인하기 위해서이다."

"형님, 이미 다 알고 계시다면 왜 굳이……."

"복아는 내 아내이며 내 아이를 갖고 있다. 그들이 내게 얼마나 중요한지 너는 알아야 한다. 말했지 않느냐, 이 강산과 그녀를 맞바꿔야 한다면 나는 그녀를 선택할 거라고."

단호한 연성의 말에 연희는 멍하니 그를 바라보기만 할 뿐 한참 동안 말을 잇지 못했다.

그는 정녕 여인을 위해 천하를 포기하고 끝까지 가 보려 하는 것인가?

하나라의 도움이 있으면 그들은 지지 않을 수도 있다. 그러나……, 욱나라만으로는 기나라를 이기기는커녕 나라를 지키기에도 벅찼다. 그러니 절대로 강하게 나가서는 안 되는 것이다. 만약 출병을 한다면 분명 쌍방이 큰 피해를 입게 될 것이고, 피가 흘러 강을 이루게 될 것이다. 백성과 군대 역시 준비가 되어 있지 않은데, 지금 갑자기 출병을 한다는 것은 결코 있어서는 안 될 일이었다!

"만약……, 폐하께서 이미 결정하셨다면, 신은……, 폐하의 명을……, 따르겠습니다."

연희는 한 마디 한 마디씩 말을 내뱉었고, 이를 악물어 가며 겨우 말을 마쳤다. 그리고 옷소매를 날리며 그곳을 떠났다.

연성은 낙담한 듯 탁자를 붙잡은 채 자조 섞인 미소를 지었다. 연희의 말을 그가 어찌 이해하지 못하겠는가? 확실히 그는 제왕의 자리에 어울리지 않았다. 그는 납란기우처럼 무정하지도 않았고, 야심도 없었다. 그는 승상 자리에나 어울렸다. 이 자리는 애초에 그의 것이 아니었다. 그러나 자신이 억지로 빼앗은 자리가 아닌가. 빼앗았으나 지켜 나갈 능력이 없다니, 이 얼마나 서글픈 일인가.

연희, 그에게는 책략이 있었고, 그 무엇보다 제왕이 갖추어야 할 냉철함을 갖고 있었다. 그러니 그가 자신보다 이 자리에 더욱 적합했다.

연성은 붓을 들고 새하얀 종이 한 장을 꺼내어 몇 행의 글을 천천히 써 내려갔다. 그리고 붓을 내려놓고 옥새를 꺼내어 그 위에 사각형 모양의 옥새를 힘껏 눌러 찍었다.

기나라 황릉.

기호와 소요는 모후의 무덤 앞에 무릎을 꿇었다. 기호의 얼굴 위에는 세월의 흔적이 어지럽게 남아 있었다. 영준하고 준수하던 얼굴은 평범하고 소박한 삶 사이로 사라져 이제 그의 얼굴에 제왕의 기세는 한 가닥도 남아 있지 않았다. 그는 손으로 천천히 묘비를 어루만지며 '두지희杜芷希'라는 세 글자를 느껴 보았다.

"모후, 이 아들은 어젯밤 꿈에 모후를 뵈었습니다. 모후께서는 제게 모후를 해한 기우를 용서하라고 하셨고, 형으로서 그의 곁을 지키며 가족의 정으로 이미 차갑게 얼어 버린 그의 마음을 녹여 주라고 말씀하셨지요. 모후, 정말 그를 원망하지 않으십니까? 그는 모후를 죽음으로 내몰았습니다. 저는 모후께서 언제나 저보다 그를 더 아끼셨음을 알고 있습니다. 그렇지 않다면 하늘에 가서서도 여전히 그에 대한 걱정을 버리지 못하고 계시지는 않으시겠지요."

기호의 목소리는 다소 쉬어 있었고, 눈가는 붉어져 있었다. 매번 모후의 묘 앞에 올 때면 그는 자신의 감정을 제어하지 못했다.

일 년 전, 기우는 그들 가족을 이끌고 금릉으로 돌아왔다. 모후의 묘를 찾아뵈라는 말에 그들은 결국 그를 따라나섰던 것이다. 그리고 기우는 그들이 이곳에 남기를 원했다. 이 세상에 그의 가족은 오직 큰형뿐이니, 그가 이곳에 남아 자신이 천하를 다스리는 것을 도와 달라는 것이었다. 그러나 기호는 그에 동의하지 않았다. 모후를 죽음으로 몰아넣은 이와 같은 선상에서 있을 수는 없었기 때문이다. 그렇게 꼬박 일 년이라는 시간이 흘렀다.

"호, 제 생각에는 모후께서 그대 둘을 편애하신 적은 없으신 것 같아요."

소요는 오랫동안 농사를 지어 굳은살이 박인 그의 손 위에 자신의 손을 올려놓았다. 그녀는 수수하고 우아한 얼굴 위로 보는 이의 기분을 상쾌하게 하는 미소를 짓고 있었다.

"어릴 적부터 당신은 비록 위험한 파도 한가운데에 서 있었으나 모후께서는 항상 그대를 보호해 주셨고, 아껴 주셨으며, 모든 사랑을 주셨어요. 그런데 기우는요? 어릴 때부터 모후는 그를 냉담하게 대하셨고, 조금도 관심을 보이지 않으셨어요. 비록 그 덕분에 그는 보호를 받았으나 어머니의 사랑을 잃을 수밖에 없었지요."

"그렇게 성장했기에 기우는 당신을 태자의 자리에서 끌어내리고, 모후를 냉궁에 가두었어요. 자신을 사랑하고 있다고 여긴 부친을 돕기 위해서였죠. 그러나 그 후, 자신이 존경하던 부황은 그를 이용하고 있었고, 자신이 증오하던 모후는 독특한 방법으로 그를 사랑하고 있었다는 것을 깨달았지요. 그가 이 모든 것을 어찌 견딜 수 있었겠어요?"

"기우는 일생의 대부분을 고독과 증오, 배반 속에서 살아왔어요. 그리고 지금 그에게 가족이라고는 당신뿐이에요. 그는 자신의 잘못을 보상하려고 당신을 찾았고, 당신이 이곳에 남기를 바라는 거예요. 그가 아무리 많은 잘못을 했다 해도 당신은 여전히 그의 형이에요. 피는 물보다 진하다는 것을 당신도 모르지는 않겠지요?"

기호는 소요의 말에 감동하여 결심이 약해졌으나 그의 마음은 여전히 모순으로 가득했다.

그렇다. 어릴 적부터 기우는 고독한 나날을 보냈고, 모후의 사랑이 없는 생활을 묵묵히 견뎌 왔다. 그는 기우의 고독을 늘 이해하고 있었다. 얼마나 여러 번 기우에게 말해 주고 싶었던가, 사실 모후는 그를 사랑하고 있으며 그녀의 냉담함은 그를 보호하기 위함이라고. 그러나 모후가 그것을 허락하지 않았다. 그녀는 기우에게 부담을 주고 싶어 하지 않으셨고, 언제라도 생명을 잃을 수 있는 황실의 암투 속으로 기우를 끌어들이고 싶어 하지 않으셨다.

어젯밤 꿈에 나타난 모후는 기우를 용서하라고, 그 역시 어쩔 수 없었던 것이라고, 기우가 자신에게 한 일을 자신은 탓해 본 적이 없다고 말씀하셨다. 그들이 모자지간이기 때문이라고 하셨다. 모후마저 기우를 용서했다면 그가 기우를 용서하지 못할 이유가 무엇이란 말인가?

"나는 그의 형이며, 그의 유일한 형이오."

그가 나지막이 혼잣말을 했다.

"요, 그대의 말이 맞소. 피는 물보다 진하오."

지난 몇 년간 가슴속에 응어리져 있던 것이 갑자기 풀리는 느낌에 기호는 소요를 자신의 품에 힘껏 끌어안았다.

"요, 고맙소. 이토록 긴 시간 동안 내 곁을 지켜 줘서 고맙소. 나와 함께 그 힘겨운 나날을 보내 주어서 고맙소. 나를 이해해 줘서 고맙소. 나 납란기호에게 무슨 덕이 있어 그대 같은 이를 아내로 맞이했는지, 정말 행운이 아닐 수 없소."

소요는 그의 품에 기댄 채 황릉의 사방에서 풍겨 오는 향기를 깊이 들이마셨다. 그녀의 얼굴에는 생기가 넘치고 있었다.

"그럼 저는 당신이 저를 당신 마음에 담아 두신 것에 더욱 감사해야겠어요. 아세요? 가난한 삶은 고되었으나 당신과 함께할 수 있어서 저는 그 고된 날들도 달게 느껴졌어요."

　"이제 나는 기우 곁에 남아 모후가 그에게 주지 못한 사랑을 보상해 주기로 결심했소. 그대도 이곳에 나와 함께 남기를 원하오?"

　"조용한 생활이 좋지만 당신은 저의 남편이에요. 시집을 왔으니 남편의 말에 따르고 순종해야지요."

　그들의 웃음소리가 음산하고 구슬프던 황릉 안을 한 층의 옅은 온기로 감싸고 있었다.

『경세황비』 3권에서 계속

경세황비 2

ⓒ 오정옥 2014

초판1쇄 인쇄	2014년 3월 25일
초판1쇄 발행	2014년 4월 1일

지은이	오정옥(吳靜玉)
옮긴이	문은주

펴낸이	박대일
편집	이문영 · 임유리 · 신지연
교정	문정
마케팅	송재진
표지디자인	김은희

펴낸곳	새파란상상(파란미디어)
출판등록	2004년 9월 14일 제313-2004-00214호

주소	121-886 서울시 마포구 성지1길 32-36 (합정동)
전화	02. 3141. 5589(영업부) 070. 4616. 2012(편집부)
팩스	02. 3141. 5590
전자우편	paranbook@gmail.com
카페	http://cafe.naver.com/paranmedia
트위터	@paranmedia

ISBN 978-89-6371-143-0(04820)
       978-89-6371-141-6(전3권)